Stephanie Kate Strohm

Für immer dein Prinz

Eine schokozarte Schneeromanze

Aus dem Amerikanischen von
Ivana Marinović

cbj

Dieses Buch ist auch als E-Book erhältlich.

Für meine Schwester

MIX
Papier aus verantwortungsvollen Quellen
FSC® C083411

Verlagsgruppe Random House FSC® N001967

1. Auflage 2018

Die amerikanische Originalausgabe erschien 2018
unter dem Titel: »Prince in Disguise«
bei Disney Hyperion, einem Verlag der Verlagsgruppe
Hachette Book Group
Übersetzung: Ivana Marinović
Umschlagkonzeption: *zeichenpool, München
unter Verwendung der Fotos von © Getty Images
(Westend61, Dennis Hallinan)
MP · Herstellung: eR
Satz und Reproduktion: GGP Media GmbH, Pößneck
Druck: CPI books GmbH, Leck
ISBN 978-3-570-16527-0
Printed in Germany

www.cbj-verlag.de

Kapitel 1

Tränen strömten über mein Gesicht, während ich mich durch den Schmerz kämpfte. Es gab kein Entkommen. Ich hatte mir dieses Schlamassel selbst eingebrockt und ich sah keinen anderen Weg als mitten hindurch.

»Du hast nur noch sechzig Sekunden, Dylan! Und dreißig davon hast du mit Flennen verplempert.«

Meine beste Freundin, Heaven, ließ den Blick nicht von einer der ungefähr achttausend Stoppuhren ihres Dads – einer der Vorteile, wenn der ein Sportlehrer ist –, während ich mir den sechsten und letzten Salzcracker in den Mund stopfte. Wer hätte gedacht, dass sich diese harmlosen und faden Dinger, die sonst nur von Leuten mit Magenverstimmungen gegessen wurden, in brutale Massenvernichtungswaffen verwandeln konnten?

»Die Krümel müssen *alle* weg, Dyl! Wikipedia war diesbezüglich *sehr* deutlich.«

»Wo bitte siehst du noch Krümel?« Zumindest *dachte* ich, dass ich »Wo bitte siehst du noch Krümel?« sagte. Doch

Heavens Gesichtsausdruck konnte ich entnehmen, dass es wohl eher wie »Moh midde siduno Ümml?« klang.

»Zehn Sekunden, Dyl. Und du musst alles runterschlucken.«

»Kaaaannnnn niiiich«, jammerte ich mit dem schrecklichsten, salzigsten Mundvoll, den ich jemals gehabt hatte. Ich schaffte es einfach nicht.

»Wage es ja nicht, die Apfelschorle anzurühren.«

Wie von allein hatte sich meine Hand auf die so frische, kühle und fruchtige Köstlichkeit zubewegt, die verführerisch auf dem Couchtisch stand. Ich wimmerte.

»Und … *stopp!* Die Zeit ist um!« Traurig schüttelte Heaven den Kopf. »Ich hatte mehr von meiner kleinen Miss Stahlmagen erwartet. Was ist mit der Dylan Janis Leigh passiert, die an der Wand vom *Smokin Grill* verewigt wurde, nachdem sie den Belly-Buster-Burger in rekordverdächtigen zweiundzwanzig Minuten und vierunddreißig Sekunden geschafft hat? Wo ist dieses Mädchen hin?«

Meine ruhmreichen *Smokin Grill*-Tage lagen eindeutig hinter mir – ich war gerade krachend an der Cracker-Challenge gescheitert. Doch im Moment galt mein einziges Interesse der Frage, wie ich diese salzige Pampe aus meinem Mund bekommen könnte. Ich blickte mich nach einer Spuckmöglichkeit um.

»Juhuu!!« Heaven und ich hörten die Haustür zuknallen und drehten uns um. »Mom? Dylan? Seid ihr zu Hause?«

Meine große Schwester, Dusty, kam in den Raum geschwebt, mit dem Selbstbewusstsein einer Frau, die sich, ungefähr seit sie eigenständig laufen kann, regelmäßige Selbstbräunerduschen gönnt. Ich hatte gehofft, dass sie nach dem Ende ihrer jahrelangen Regentschaft als Miss Mississippi ein bisschen von ihrem Beautywahn runterkommen würde, aber anscheinend wird sie für den Rest ihres Lebens von ihrem Dasein als Schönheitskönigin gebrandmarkt bleiben.

Gott sei Dank war Dusty nicht auch noch zur Miss America gekrönt worden – ich konnte mir nicht mal ansatzweise vorstellen, wie unausstehlich sie wäre, wenn sie *den* Titel auch noch abgeräumt hätte.

Ich erstarrte. Dusty war nicht allein. Ein Kameramann, ein Typ mit großem, fluffigem Mikrofon und eine Frau mit einem Klemmbrett im Arm folgten ihr. *Huch, das war aber mal eine wirklich große Kamera!* Ich hatte das Gefühl, als würde sie mich direkt aus ihrer riesigen, pupillenartigen Linse anstarren.

»Oha, Dylan«, sagte Heaven leise und tippte mir auf den Handrücken. »Alles okay mit dir? Du bist gerade total bleich geworden … also noch bleicher als normal.«

»Dylan, was um alles in der Welt hast du da in deinem Mund?« Dusty hat ein ganz besonderes Händchen dafür, mir das Gefühl zu geben, ein Volltrottel zu sein. Na gut, genau in diesem Moment sah ich wohl auch wie ein Volltrottel aus, aber ich schwöre, ich hätte auch hier sitzen und meine Mathehausaufgaben machen können und sie wäre wahrscheinlich trotzdem angetanzt und hätte gesagt: »Dylan, was um alles in der Welt tust du da?«

»Cracker«, nuschelte ich wie gebannt vom bösen Blick der Kamera. Warum hörte sie bloß nicht auf, mich anzuglotzen? War sie an? Nahm sie mich in genau diesem Moment auf? *Oh Gott.*

»Die Kameras sind bald wieder weg, Dyl«, raunte Heaven und drückte meine Hand. »Du musst nur noch ein kleines bisschen länger mit ihnen klarkommen.«

Wenn es nach mir ginge, wären die Kameras schon lange Geschichte. Ein sechzehnjähriger Teenager zu sein, ist so schon qualvoll genug, auch ohne ständig Kameras ausweichen zu müssen, die jeden noch so peinlichen Moment für alle Ewigkeiten festhalten können.

Okay, sie waren natürlich nicht hier, um *mich* zu filmen, aber sie waren mehr als einmal gefährlich nahe daran gewesen, meinen Ellbogen ins Bild zu bekommen. Eine der vielen Gefahren, die eine Körpergröße von 1,83 m mit sich bringt, sind allseits präsente Gliedmaßen und die schiere Unmöglichkeit, sich einfach mal so unauffällig im Hintergrund zu verdrücken. Ich beneide das wandelnde Nichts von 1,50 m namens Heaven um ihre Fähigkeit, sich überall verkriechen zu können. Nur, dass ihr das nie in den Sinn käme. Ich wette, wenn Heaven so groß wäre wie ich, würde sie trotzdem 15-cm-Absätze tragen und sich kein bisschen darum kümmern, dass die Leute sie anglotzen.

»Ehrlich, Dylan, ich verstehe kein Wort von dem, was du sagst.« Dusty seufzte gnadenlos übertrieben. Seitdem *Heimlich dein Prinz* und der Reality-TV-Channel ein Teil unseres Lebens geworden waren, tat Dusty, solange Kameras im Raum waren, alles gnadenlos übertrieben. »Falls du gerade nicht dabei bist, deine Mahlzeit hochzuwürgen, um damit Vogelbabys zu füttern, würde ich es schätzen, wenn du das runterschluckst. Und zwar jetzt.«

»Sie kann nicht«, kam Haven mir zu Hilfe. »Das ist ja das Problem. Sie hat die Cracker-Challenge nicht geschafft.«

»Grundgütiger, wisst ihr eigentlich nichts Besseres mit eurer Zeit anzufangen?« Dusty öffnete mit einem *Plopp* den Deckel ihres überdimensionierten Cola-light-Bechers – ohne ein bis zwei Liter Diät-Cola in ihrem Blutkreislauf ist sie kaum einsatzfähig – und hielt ihn erwartungsfroh vor mein Gesicht. Ich war hin- und hergerissen, weil ich unbedingt den Geschmack der Cracker loswerden wollte. Aber ich wusste auch, dass, wenn ich die Cracker jetzt ausspuckte, einige ausgewählte Mitschnitte der Szene – in denen es so aussähe, als würde ich in einen leeren Colabecher kotzen – es hundertprozentig in das *Heimlich dein Prinz*-Finale schaffen würden. Den ganzen Sommer über hatte ich peinlichst darauf geachtet, mich zu verkrümeln, sobald die Kameras im Haus waren und wenn Mom mich doch dazu zwang, möglichst unauffällig zu wirken. Ich hatte mir große Mühe gegeben, nichts zu tun, was es in die Endfassung der TV-Show schaffen und im ganzen Land ausgestrahlt werden könnte. Dennoch schien es mir momentan das kleinere Übel, die Cracker in Dustys Becher zu würgen. Ich spuckte die Pampe aus und trank gierig meine Apfelschorle.

»Dilly, wo ist Mom?«, fragte Dusty, als ich die beinahe leere Flasche ordentlich wieder auf dem Couchtisch abstellte.

Jedes »Dilly«, das Dusty jemals von sich gegeben hat, hört sich für mich wie das Kratzen von Nägeln auf einer Kreidetafel an. Etwas, das meine Schwester sehr wohl weiß, und genau der Grund, weshalb sie mich weiterhin hartnäckig so nennt.

»Sie ist beim Zahnarzt und lässt sich die Zähne bleichen«, nuschelte ich, wobei ich den Blick auf den Teppich gesenkt hielt, statt in die Kamera zu schauen. Moms beständiges Streben nach perlweißen Zähnen ist anscheinend eines der Risiken, wenn man Co-Moderatorin von *Good Morning, Mississippi* ist.

»Auch gut. Ich bin sowieso gekommen, um mit *dir* zu reden.« Dusty ließ ihre eigenen, erst kürzlich gebleichten Beißerchen aufblitzen – die beiden hatten wahrscheinlich ganz alleine die Yacht unseres Zahnarztes finanziert. Dusty ist im

Grunde das exakte Ebenbild unserer Mom: Sie sind beide blond, ehemalige Schönheitsköniginnen und werden gemeinhin von den Leuten als »langbeinig« beschrieben, anstelle von »schlaksig«, wie ich für gewöhnlich von den Leuten genannt werde. Bevor Dusty im Rahmen der Reality-Show zur Braut des Prinzen mutierte, hatte sie sogar geplant, mit ihrem Abschluss in Kommunikationswissenschaften in die Fußstapfen unserer Mutter zu treten und Fernsehreporterin zu werden. Total die Klone. Und dann bin da noch ich: noch größer als die beiden, nicht annähernd so blond und völlig unfähig eine Tiara zu tragen – und das in jeder erdenklichen Hinsicht.

»Warum musst du denn mit *mir* sprechen?«, presste ich zwischen zusammengebissen Zähnen hervor. »Ich mein, warum bist du *hier* ... mit *denen* da?« Ich neigte meinen Kopf vage in Richtung der Kamera.

»Ach, ignorier sie einfach.« Dusty winkte wegwerfend in Richtung der Kameracrew, wobei die silbernen Tiffany-Armbänder um ihre schlanken gebräunten Handgelenke klimperten. »Tu einfach so, als wären sie nicht hier.«

Ja klar. Total einfache Übung.

»Das ist kein besonders guter Moment«, meldete sich Heaven zu Wort. »Dylan und ich sind sehr beschäftigt. Sie hilft mir bei einem, ähm ... wissenschaftlichen Projekt.«

Es war ein tapferer Versuch, aber ich kannte Dusty gut genug, um zu wissen, dass sie nichts von ihrem Vorhaben abhalten würde. Sie ist schlicht genauso wie diese albernen T-Shirts, die sie immer im Fitnessstudio trägt und auf denen so dämliche Sprüche stehen wie: *Southern Girls – hart wie Diamanten und Schrotkugeln!* Sie mag ein liebliches Äußeres haben, aber darunter ist sie zäh wie Leder.

Ich warf Heaven einen dankbaren Blick zu und formte ein

stummes »Rette dich« mit den Lippen, als sich Dustys manikürte Krallen schon um meine Handgelenke schlossen.

»Komm her, Schwesterherz.« Dusty zerrte mich auf die Couch, wo ich mit einem ziemlich undamenhaften Plumps landete.

»Ist sie an?«, wisperte ich, als sich Dusty neben mich setzte und ihren Rock glatt strich.

»Ist was …? Natürlich ist die Kamera an, deshalb ist sie ja hier, Dummerchen. Dylan, *ignorier* sie einfach!« Ein Schatten des Ärgers huschte über Dustys Dauerlächeln wie eine Regenwolke am Sommerhimmel. »Schau mich an. Mich!« Sie schnipste mit den Fingern vor meiner Nase herum, als ob ich ein Hündchen wäre, dem sie ein Kunststück beibringen wollte. Ich riss meinen Blick vom Teppich los. Aus dem Augenwinkel sah ich Heaven, die ebenfalls mit den Fingern schnipste und dabei die Lippen zu einem Duckface aufplusterte, um ihre perfekte *Dusty-ist-voll-genervt*-Imitation zum Besten zu geben. Ich unterdrückte ein Kichern.

»Schon besser«, seufzt Dusty zufrieden. »Und jetzt konzentriere dich einfach auf das hier.« Sie kreiste mit ihren französisch manikürten Fingern um ihre Augen herum. »Hör zu, Dilly …«

»Du sollst mich nicht so nennen.«

»Tut mir leid«, schnaubte sie ungeduldig. *»Dylan.«*

»Danke.« Ich war überrascht, dass sie auf mich hörte, aber wahrscheinlich wollte sie nur, dass die Zuschauer des Reality-Channels sie nicht nur als tollsten Menschen überhaupt, sondern auch als allertollste große Schwester der Welt sahen.

»Hör zu, Dylan«, begann sie von Neuem und erstrahlte plötzlich wieder übers ganze Gesicht, als ob die letzten fünfzehn Sekunden nicht stattgefunden hätten. War es möglich, dass die

Aufmerksamkeit des Reality-Fernsehens meine Schwester in einen noch perfekteren Beautyroboter verwandelte, als sie es ohnehin schon war?

»Es tut mir leid, aber können wir die andere aus dem Bild schaffen?«, unterbrach uns die Dame mit dem Klemmbrett.

»*Die andere?* Na gut, bitte eeenntschuldigt mich«, säuselte Heaven. »Dylan, ich bin in der Küche, falls du mich brauchst. Ich glaube, da hat es noch ein paar Maisflips, die meine Gegenwart besser zu schätzen wissen.« Und damit stolzierte sie davon.

»Heaven …«, protestiere ich kleinlaut.

»Ich bleibe nicht, wo ich nicht erwünscht bin!«, rief sie und ließ die Küchentür mit Schwung zufallen. Es war ein hochdramatischer Abgang, wie er nur einem der glänzendsten Mitglieder der Tupelo-Highschool-Musicalgruppe gelingen konnte.

Jetzt war ich wirklich auf mich allein gestellt.

»Also gut, leg los, Dusty.«

»Dylan.« Dusty lächelte wieder, als ob meine beste Freundin soeben nicht brutal aus dem Wohnzimmer geworfen worden wäre. »Du warst mein ganzes Leben lang an meiner Seite – als meine Schwester und als meine Freundin, auf jedem Schritt meines Weges.«

Ich starrte sie entgeistert an. Warum redete sie so geschraubt? Ich fühlte mich, als wäre ich auf einer Theaterbühne gelandet, ohne auch nur eine Zeile des Textes zu kennen.

»Hör auf zu zappeln.«

»*Hä* … was?«

»Dein Knie.« Sie gab mir einen Klaps drauf. »Hör endlich auf mit dem Knie zu wippen. Das kommt nicht gut.«

Ich errötete und konzentrierte mich darauf, die Knie aneinanderzupressen und meine Socken gegen den Boden zu stemmen. Ich selbst merke es nie, wenn mein Knie auf und ab wippte, es geschieht einfach von selbst. Trotz Moms Bemühungen, es mir abzugewöhnen.

»Du warst da, ganz zu Beginn, als ich mich in Ronan verliebt habe. Doch jetzt ist es Zeit für mich und Ronan, gemeinsam die Reise unseres Lebens zu beginnen, als Mann und Frau. Und diese Reise werde ich mit einem *Countdown zur Krone* beginnen.«

»Du bekommst keine Krone«, unterbrach ich sie. »Ronan ist kein wirklicher Prinz. Er ist ein Lord. Dir ist schon klar, dass du nicht wirklich Prinzessin wirst, oder? Nur eine Lady. Oder heißt es korrekt die *Right Honorable Dusty*?«

»Gott, sie ist schlimmer, als ich dachte«, murmelte die Frau mit dem Klemmbrett. »Dusty, Süße, mach einfach weiter«, fügte sie etwas lauter hinzu. »Wir schneiden das später so zusammen, dass es irgendwie passt.«

»Süßer Herr Jesus im Himmel, Dylan, willst du mich umbringen?«, zischte Dusty durch ihre zusammengebissenen Zähne hindurch. »Könntest du einfach nur mitspielen? Und nur ein einziges Mal nicht versuchen, mir das Leben *noch* schwerer zu machen?«

»Ich versuche gar nichts«, fauchte ich zurück. »Ich hasse Kameras nun mal. Und genau deswegen habe ich dir von Anfang an klipp und klar gesagt, dass ich an dem ganzen Kram nicht teilnehmen will.«

»Glaub mir, das ist mir sehr wohl bewusst«, erwiderte Dusty und verzog gequält das Gesicht. »Glaubst du etwa, ich wollte dich dabeihaben? Verdammt, hab ich nicht mein Bestes gegeben, um dich aus der ganzen *Heimlich dein Prinz*-Sache rauszuhalten? Vertrau mir Dylan, das hier hat rein gar nichts mit mir zu tun, sondern mit dem Sender. Ich habe versucht, sie vor dir und deiner Art zu warnen.«

Vor meiner *Art*? Was bitte sollte das denn nun wieder heißen? Ich hatte ohnehin nie bei dieser bescheuerten Show mitmachen wollen, aber dass Dusty versucht hatte, mich da unbedingt rauszuhalten, war mir nie in den Sinn gekommen. Obwohl es völlig irrational war, verspürte ich trotzdem einen kleinen Stich.

»Dusty, lass uns endlich weitermachen«, rief die Klemmbrettlady.

»Aber natürlich, Pamela!«, zwitscherte Dusty. »Ich hatte nur ein kurzes vertrauliches Gespräch mit meiner kleinen Schwester.«

»Ja, so eine Schwester ist eben eine ganz besondere Freundin«, zwitscherte ich und äffte Dustys zuckersüßen Tonfall nach. Sie stieß mich mit dem Ellbogen in die Seite.

»Autsch!«, rief ich.

»Mach dich nicht über mich lustig!«

»Behalt deine knochigen Ellbogen gefälligst bei dir!«

»Mädels!«, kläffte Pamela. Wir richteten uns kerzengerade auf. »Ich komme wohl besser gleich zum Kern der Sache. Wie ihr wisst, war *Heimlich dein Prinz* ein großer Erfolg für den Sender.«

Heimlich dein Prinz – was für eine dämliche Idee für eine Fernsehsendung. Ein »Prinz« – der übrigens gar kein Prinz war, sondern nur ein Lord, auch wenn niemand es hören wollte, egal, wie oft ich das Thema ansprach – kommt nach Amerika und tut so, als ob er *kein* Adliger wäre, um auf die gute, altmodische Art und Weise ein getreues Weib zu finden, das ihn wegen seiner inneren Werte liebt. Garantiert idiotensicher. Klar, vor allem, weil Reality-TV eine so tolle Erfolgsbilanz in Sachen

Partnervermittlungen hat. Wie viele erfolgreiche Eheschließungen gab es gleich noch mal nach gefühlten 400 *Bachelor*-Staffeln? Eine?

Zu meinem großen Pech sandte *TRC* den Heiratskandidaten – Ronan Dougal Murray, Lord von Dunleavy – nach Tupelo, Mississippi, wo sein Blick auf meine Schwester fiel, die beim *All-American-City-Familienpicknick* im Stadtpark einen ganz besonderen Auftritt als Miss Mississippi hinlegte. Natürlich verliebte er sich prompt und Hals über Kopf in sie ... oder was auch immer im Reality-TV unter Liebe lief. Ich hatte nichts gegen Ronan an sich – er war immer total nett –, aber ich war skeptisch. Wie konnte man sich ernsthaft in jemanden verlieben, den man erst ein paar Wochen kannte und nur im Beisein von Kameras getroffen hatte? Es war verrückt.

»Wir könnten nicht glücklicher darüber sein, wie sich die Serie entwickelt hat.« Pamela schenkte Dusty ein Lächeln, das nicht mal die Spur von so etwas wie menschlichem Glück vermittelte.

Natürlich war *TRC* glücklich. An dem Tag, an dem die Dreharbeiten zu *Heimlich dein Prinz* abgeschlossen werden sollten und ich schon glaubte, wir hätten für immer mit dem Reality-Channel abgeschlossen, offenbarte Ronan ihr, dass er eigentlich ein Lord sei. Dann fiel er vor meiner Schwester auf die Knie und machte ihr einen Heiratsantrag. Was habe ich gesagt? Ja, Ronan schien ein netter Kerl, aber er war vermutlich verrückt. Man *heiratet* nicht einfach jemanden, den man gerade erst kennengelernt hat. Hatten die Leute in Schottland denn nicht *Die Eiskönigin* gesehen?

»Um an den Erfolg von *Heimlich dein Prinz* anzuknüpfen, wird *TRC* ein Special drehen: *Glücklich bis ans Ende ihrer Tage – Dustys & Ronans schottische Royal Wedding*.«

»Meine Schwester, die neue Kardashian in Blond und Groß«, murmelte ich. Dusty funkelte mich wütend an. Wahrscheinlich, weil ich gerade ihr heimliches Lebensziel ausgeplaudert hatte.

»Aber Dusty und Ronan haben sich als so populär erwiesen, dass wir gerne mehr mit ihren Fans teilen würden als einfach nur den großen Tag.«

»Du hast Fans?«, fragte ich grinsend, doch Dusty ignorierte mich. Ich wusste, dass sie welche hatte. Ich zog es einfach nur vor, so zu tun, als ob diese Fans nicht existieren würden und als ob es keine *Dusty & Ronan*-Internetforen gäbe oder Klatschzeitschriften, auf deren Cover das Gesicht meiner Schwester prangte. Es war einfach zu schräg, sich vorzustellen, dass irgendwelche vollkommen fremden Leute in der Hochzeit meiner Schwester aufgingen. In ihrem *Leben. Viel* zu schräg für meinen Geschmack.

»Aus diesem Grund«, fuhr Pamela fort, als ob ich nichts gesagt hätte, »werden wir vorab den *Countdown zur Krone* drehen, um die Wochen der Planung und Vorbereitung bis zum großen Tag der Hochzeit zu zeigen. Das Ganze wird auf Ronans Familienanwesen in den schottischen Highlands gedreht.«

Countdown zur Krone? Echt jetzt? Kein Wunder, dass Dusty glaubte, sie würde ein Diadem bekommen. Der gesamte Fernsehsender war diesem Wahn verfallen.

»Klingt ja entzückend. Danke für die Info. Ich werde es mir in meiner Fernsehzeitschrift rot ankreuzen. Viel Spaß in Schottland, Dusty!«, sprudelte es mit falscher Begeisterung aus mir heraus. »Aber warum erzählen Sie mir das überhaupt?«

»Weil, Dylan, obwohl du nicht unbedingt das bist, was wir uns erwartet haben« – Pamela schaute mich an wie einen brennenden Beutel Hundeköttel – »ist dieses ganze Royale-Hochzeitsschwestern-Konzept auf äußerst positives Feedback bei unserer Testgruppe gestoßen. Du darfst es auf die Middletons schieben. Die Menschen wollen Dusty mit ihrer kleinen Schwester an der Seite sehen. Sie wollen amerikanische Middletons. Auch wenn das … Nun ja, ich schätze, die Vorteile überwiegen die Risiken. Dafür gibt es ja dann den Schnitt, nicht wahr?«

»Die Vorteile wovon?«, fragte ich argwöhnisch.

»Du kommst mit mir nach Schottland«, platzte Dusty heraus. »Um bei der Sendung mitzumachen. Um bei den gesamten *Countdown zur Krone*-Dreharbeiten an meiner Seite zu sein. Mama kommt natürlich auch mit.«

»Nein«, keuchte ich. »Was? Nein, das werde ich *nicht*. Ich kann nicht bei irgendeinem *Countdown zur Krone*-Mist mitmachen. Dusty, du weißt, dass ich Kameras hasse!«, flehte ich. »Darüber haben wir doch schon gesprochen. Ich dachte, sie würden nur die Hochzeit filmen. Du hast selbst gesagt, die Leute wollten nur dich und Ronan und die schicke Tischdeko sehen. Außerdem hast du mir versprochen, dass es nur ganz verschwommene Hintergrundaufnahmen von mir als Brautjungfer geben wird.«

Ich wusste, dass ich wie eine undankbare Göre klang, die nicht an der Hochzeit ihrer großen Schwester teilhaben wollte, aber Mitwirkende bei irgendeinem royalen Serien-Spin-off zu sein, klang für mich persönlich wie die Hölle auf Erden. Natürlich wollte ich bei Dustys Hochzeit dabei sein – ich wollte nur nicht, dass mir jemand dabei zuschaute. Und ganz sicher wollte ich nicht, dass man mich dabei *filmte*.

»Die Dinge ändern sich eben«, sagte Dusty kühl.

»Ich bin nicht fürs Reality-TV gemacht«, beharrte ich.

Außerdem war ich *ganz bestimmt* keine amerikanische Pippa Middleton.

»Was du nicht sagst.«

»Ich kann das nicht machen. Was ist mit der Schule? Schule ist wichtig«, brabbelte ich weiter. »Ich kann nicht so lange im Unterricht fehlen.«

»Wir haben einen sehr straffen Zeitplan … die Dreharbeiten zum *Countdown zur Krone,* Hochzeit inklusive, werden in drei Wochen abgewickelt sein. Außerdem werden wir größtenteils während der Weihnachtsferien drehen, du wirst also nicht allzu viel verpassen.«

Na toll. Nicht nur, dass Dusty Weihnachten ruinierte – jetzt mal im Ernst, wer außer meiner verrückten Schwester war egoistisch genug, Weihnachten zu heiraten? –, nein, jetzt klaute sie mir auch noch meine kompletten Schulferien. Meine großartigen Pläne, bis mittags auszuschlafen und den ganzen Tag im Pyjama fernzusehen, konnte ich mir damit getrost abschminken.

»Außerdem wird Schottland eine einmalige Möglichkeit für dich, etwas zu lernen! Du wirst eine neue, faszinierende Kultur kennenlernen! Und Europa sehen!«, fuhr Pamela schwärmerisch fort und zeigte dabei mehr Begeisterung, als ich bisher bei ihr gesehen hatte.

»Mama hat schon alles unterzeichnet, Dylan. Es gibt nichts mehr daran zu rütteln. Sie wird wohl kaum ein sechzehnjähriges Mädchen drei Wochen lang allein zu Hause lassen. Du kommst mit nach Schottland.«

»Aber … ich … ich …«

Es war ja nicht so, als ob ich etwas dagegen gehabt hätte, nach Schottland zu reisen. Natürlich nicht. Ich wäre liebend gerne nach Schottland gereist. Aber nur innerhalb eines Rahmens, der in absolut keinster Art und Weise die Dreharbeiten zu einer Fernsehsendung beinhaltete.

»*TRC* braucht dich, Dylan«, sagte Pamela. »Und deine Schwester auch«, fügte sie nachträglich hinzu.

»Komm an Bord, Schwesterherz. Denn du wirst sowieso mitkommen, und wenn ich dich mit Handschellen an den Flugzeugsitz fesseln muss.«

Ich erblasste. Trotz ihres sonnigen Charmes ist sich Südstaatenschönheit Dusty nicht zu schade, im Zweifelsfall rohe Gewalt anzuwenden. Sie ist eine beinharte Kämpferin. Richtig fies. Oh Gott, ich steckte in der Falle! Bis zum Hals. Plötzlich wurde mir ganz anders.

»Alles klar. Schwesterchen ist an Bord. Und jetzt gib uns noch was für die Kamera, Dusty«, wies Pamela sie an.

»Dylan …« Dusty nahm meine Hände in die ihren. Waren das etwa *echte* Tränen, die da in ihren Augen glänzten? Sie holte tief Luft. »Willst du die Pippa für meine Kate sein?«

Oh ja, es war wirklich gut, dass ich die Cracker vorhin nicht runtergeschluckt hatte, denn spätestens jetzt wären sie mir definitiv wieder hochgekommen.

Kapitel 2

Wer auch immer glaubt, Schottland im Winter wäre romantisch, hat echt einen an der Klatsche. Und in Anbetracht dessen, dass Dusty, Klemmbrett-Pamela und die Irren bei *TRC* sich dieses Spektakel ausgedacht hatten, waren definitiv *sie* diejenigen mit der Klatsche.

Ich stampfte mit meinen Turnschuhen auf den Kies des Parkplatzes, um wieder Gefühl in meinen Zehen zu bekommen.

Vermutlich hätte ich meine letzten kostbaren Momente der Freiheit ohne Kameras genießen sollen, aber ich konnte lediglich an die Tatsache denken, dass ich eines langsamen, qualvollen Kältetodes sterben würde. Na ja, vielleicht nicht ganz so langsam. Ich schlang die Arme fester um mich und sah dabei zu, wie mein Atem weiße Wolken in der eisigen Luft bildete. Vierzig Minuten. Seit *vierzig Minuten* stand ich nun schon hier.

Ich zog den *TRC*-Reiseplan aus der Hosentasche meiner Jeans und faltete ihn auseinander, um mich noch einmal zu vergewissern.

Jupp, da stand es, schwarz auf weiß in Times New Roman:

Kit Kirby, Trauzeuge, wird Dylan
am Dunkeld & Birnam-Bahnhof abholen.

Und da stand ich. Bei Dunkeld & Birnam. Am Bahnhof. Und kein Kit Kirby weit und breit.

Nachdem es mir gelungen war, Mom und Dusty zu überreden, ein paar Tage vor mir abzureisen, damit ich meine Spanischklassenarbeit mitschreiben konnte, hatte ich schon geglaubt, ich hätte das große Los gezogen. Ich meine, hallo? Zwei ganze Tage ohne *TRC*? Das wollte ich mir nicht entgehen lassen. Aber jetzt war ich mir nicht mehr so sicher. Ich war überzeugt, dass *TRC* es niemals zugelassen hätte, dass man Dusty mutterseelenallein am Dunkeld & Birnam-Bahnhof warten ließ. Wobei »Bahnhof« ohnehin eine ziemlich vollmundige Bezeichnung war, denn im Grunde gab es hier lediglich einen Bahnsteig mitten im Wald. Einen *einsamen* Bahnsteig. Kein Bahnhofsgebäude, in dem ich hätte warten und mich vor der Kälte schützen können, nur ein Bahnsteig aus Zement, den man neben zwei verlassenen Gleisen in einem Wäldchen abgestellt hatte, dessen Bäume ihre kahlen, braunen Zweige in den bleigrauen Himmel reckten.

»Müsste hier nicht schon längst Schnee liegen?«, brummte ich vor mich hin, jedoch mehr, um den Wolken meines Atems zusehen zu können, als aus irgendeinem anderen Grund. Normalerweise habe ich nicht die Angewohnheit, Selbstgespräche zu führen, aber, nun ja, es waren mittlerweile doch schon vierzig Minuten. Ich bin keiner dieser Menschen, die gut damit klarkommen, wenn man sie alleine ihren Gedanken überlässt.

»Nicht dieses Jahr«, antwortete eine gut gelaunte männliche Stimme. »Jedenfalls noch nicht.«

»Was zum …?« Ich wirbelte herum, wobei ich beinahe über meinen Koffer stürzte. Wie lange hatte diese gespenstische Erscheinung in dem dunkelgrauen Wollmantel schon hinter mir gestanden?

»Dieses Jahr hatten wir leider noch keinen Schnee. Ist alles ein bisschen braun, findest du nicht auch?«, fuhr die Gestalt fort, während ich mit den Armen fuchtelte und versuchte, mein Gleichgewicht wiederzugewinnen. »Sobald der erste Schnee fällt, wird es hier wesentlich netter ausschauen. Weniger trist. Im Moment ist es geradezu Brontë-esque. Oder Brontë-isch?« Er runzelte unentschieden die Stirn. »Klingt beides nicht richtig. Aber wie auch immer, hier oben ist es die reinste *Sturmhöhe* … nur die etwas nördlichere Version.«

»Du hast mich erschreckt!«

»Entschuldige bitte.« Seine anhaltende Heiterkeit ging mir enorm auf den Keks. »Ich dachte, du wüsstest, dass ich hier bin. Immerhin hast du mit mir gesprochen.«

»Ich habe nicht … Ich meine, ich war nicht … Ich meine … bist du Kit Kirby?«

»Nein.« Er schüttelte den Kopf und rückte gleich wieder seinen gestreiften Schal um den Hals zurecht. »Entschuldige, aber sollte ich Kit Kirby sein?«

»Ja«, stieß ich barsch hervor. »Und optimalerweise schon vor einer Stunde.«

»Ach so. Tut mir furchtbar leid deswegen.« Ein belustigtes Lächeln zuckte um seine Mundwinkel. »Ich habe die Kunst des Identitätendiebstahls noch nicht ganz gemeistert … Verwandlung auch nicht. Leider habe ich meinen Brief für die Hogwarts nie bekommen.«

Ich blickte ihn finster an. Nicht einmal eine *Harry Potter*-Anspielung konnte mich von meinen frierenden Gliedmaßen und meiner Verärgerung über diesen Jungen, der definitiv *nicht* Kit Kirby war, ablenken. Der Nicht-Kit-Kirby war groß, sogar größer als ich, hatte schwarzes Haar und erstaunlich blaue Augen. Er war so blass, dass ich, wäre ich eins dieser Mädchen gewesen, die Vampire heiß fanden, ihn attraktiv gefunden hätte, aber so eine bin ich nicht.

»Ich warte hier seit beinahe einer ganzen Stunde.« Ich hüpfte auf und ab, um die Taubheit aus meinen Füßen zu verscheuchen. Okay, das war jetzt ein abrupter Themenwechsel, aber ich wurde von meinem egoistischen Interesse getrieben, das Gespräch auf die Frage zu lenken, wie ich am besten ins Warme kommen könnte.

»Das ist ja schrecklich. Warum hast du niemanden angerufen?« Er runzelte verwirrt die Stirn.

»Mein Handy funktioniert hier drüben nicht.«

»Eigentlich gibt es hier eine Telefonzelle«, sagte er freundlich, als würde er einem kleinen, verirrten Kind etwas erklären. Ich zeigte mit dem Daumen in die Richtung des handgeschriebenen *Außer Betrieb*-Schildes. »Oh. Stimmt.« Er nickte rasch. »Sagtest du, dass du auf Kit Kirby wartest?«

»Mhm«, murrte ich und schlang wieder die Arme um mich.

»Dann bist du also wegen Ronans Hochzeit da?«

»Ja.« Verdutzt fragte ich: »Bist du Kit Kirbys Ersatz? Oder weiß das ganze Land über dieses Spektakel Bescheid?«

»Ehrlich gesagt, von beidem etwas«, erwiderte er. »Scheint so, als hätten die Filmleute ganz Perth auf den Kopf gestellt.«

»Wem sagst du das.« Ich wusste zwar nicht, was Perth war, aber ich hatte definitiv das Gefühl, dass alles auf den Kopf gestellt worden war, seit *TRC* in unser Leben getreten war.

»Obwohl ich zugeben muss, dass ich nicht explizit gekommen bin, um dich abzuholen. Ich wollte nur gerade eine Abkürzung über den Bahnhof nehmen, als du mich angesprochen hast. Das nennt man dann wohl einen glücklichen Zufall.«

»Ja, was hab ich ein Glück!«, murmelte ich. »Da du Ronan zu kennen scheinst und vermutlich kein Axtmörder bist, würde es dir was ausmachen, mich zu seinem Anwesen zu fahren? Steht dein Auto in der Nähe?«

»Nein, ich bin kein Axtmörder. Obwohl, denk nur an Raskolnikow … Wir wissen nicht wirklich, wozu wir fähig sind, nicht wahr?«

»Auto?«, wiederholte ich. Was für ein schräger Vogel. Jetzt war bestimmt nicht der Moment für russische Literatur-Geplänkel. Obwohl, mal ehrlich, war überhaupt *jemals* der Moment für russische Literatur-Geplänkel? Mich einmal durch *Schuld und Sühne* zu quälen, war mir jedenfalls mehr als genug gewesen.

»Welches Auto?«

»*Dein* Auto«, erwiderte ich, so deutlich es mir durch meine klappernden Zähne hindurch möglich war. Der Typ schien auf seinem ganz eigenen Planeten zu leben, wo er mit Zauberern und russischen Axtmördern abhing.

»Oh, ich habe gar kein Auto.« Er schob die Hände in die Taschen seines Mantels und lächelte. »Ich habe allerdings ein fantastisches Fahrrad, habe sie aber leider zu Hause gelassen.«

»Sie?«

»Mrs Manson Mingott. Sie ist eine echte Lady.«

»Okaaay«, seufzte ich. »Du hast also kein Auto. Wie kommen wir dann … oder wie komme zumindest ich zu dem Anwesen?«

»Oh, das ist fürchterlich weit weg von hier.« Er schüttelte betrübt den Kopf.

»War ja klar«, brummte ich. »Kannst du mir wenigstens einen Ort verraten, wo es warm ist und ich warten kann?«

»Ich weiß was Besseres.« Er streckte den Arm aus, und ich trat unwillkürlich zurück, um ihm auszuweichen, als seine Finger sich um den Griff meines Koffers schlossen. »Ich bringe dich selbst hin.«

»Wohin? Zu deinem nicht existenten Auto? Auf der Lenkradstange von deinem unsichtbaren Mrs-Maggleby-Marjorine-Fahrrad?«

»Mrs Manson Mingott«, berichtigte er mich. »Es ist nicht weit zu Fuß. Jedenfalls bis zum nächsten warmen Fleckchen. Die Ortschaft befindet sich gleich den Hügel runter.« Damit lief er los und zog den Koffer über den Kies des Bahnhofsparkplatzes. »Ihr *Amerikaner*«, lachte er leise. »Immer überall mit dem Auto hinfahren.«

»Eigentlich ist das mehr so ein L.-A.-Ding«, widersprach ich. Nicht dass ich es so genau wusste, aber schließlich las ich auch. »In Mississippi gehen wir viel zu Fuß.«

»Mississippi? Dann bist du wohl eine Freundin von Dusty?«

»Ich bin ihre Schwester.«

»Du bist *was*?« Er fuhr herum und starrte mich mit offenem Mund an.

»Jetzt schau nicht so schockiert. So abwegig ist das auch wieder nicht.«

»Nein … nein … natürlich nicht«, stammelte er. »Ich wollte damit gar nichts sagen. Du bist nur sehr …«

»… anders«, half ich ihm nach. »Ich weiß.«

»Anders ist gut«, erwiderte er schlicht, und unwillkürlich verspürte ich eine seltsame Freude darüber. Vergleiche mit

Dusty sorgen normalerweise dafür, dass ich meine Stacheln ausfahre – es ist nicht einfach, die kleine Schwester des schönsten Mädchens von Tupelo zu sein, ganz zu schweigen davon, dass sie an meiner Highschool die Anführerin der Cheerleader, Klassensprecherin, Abschlussballkönigin und Jahrbuchherausgeberin gewesen war. Eines Tages wünsche ich mir, an einem Ort zu leben, wo ich nie wieder »*Du* bist Dustys Schwester?« hören muss.

Wir bogen vom Parkplatz ab und betraten den kopfsteingepflasterten Bürgersteig, der so eng war, dass wir im Gänsemarsch gehen mussten, was mir den Ausblick auf einen sehr schwarzhaarigen Hinterkopf bescherte. So schwarz, dass es im Abendlicht beinahe blau schimmerte. »Ich war vor allem deshalb überrascht, weil du so gar nicht klingst wie Dusty. Bist du dir sicher, dass ihr verwandt seid?«

»Ziemlich sicher. Oder aber man hat mich wegen einer äußerst dramatischen Enthüllung in diese Staffel von *Heimlich dein Prinz* eingeschleust.«

Er lachte leise. »Warum hast du keinen amerikanischen Akzent?«

»Den habe ich. Ich habe nur einfach keinen Südstaaten-Akzent.«

»Und warum nicht?

»Ich habe ihn zum Schweigen gebracht wie einen unliebsamen Zeugen. Aber wie ich hören kann, hast du keine derartigen Anstrengungen unternommen.«

»Warum um Himmels willen sollte ich das wollen?«

»Weil man dich praktisch kaum versteht.«

Als ich das sagte, brach er in lautes Lachen aus. Was im Grunde nett von ihm war, da ich ungerechterweise ziemlich pampig zu ihm war. Es war schließlich nicht seine Schuld, dass man mich draußen in der Kälte hatte stehen lassen. Ich sollte dankbar sein, dass er mich in das Städtchen begleitete und damit vermutlich an einen warmen Ort.

»Mein Englischlehrer an der Eton wäre ziemlich empört, das zu hören.«

Ich brummte zur Antwort, da ich nicht sicher war, um was es sich bei *der Eton* handelte. Eine Schule vielleicht?

»Darf man fragen, wie der Name von Dustys mysteriöser Schwester lautet?«

»Dylan.«

»Dylan«, wiederholte er nachdenklich, als müsse er ihn probeweise im Mund umdrehen. »Das ist doch ein Jungenname, oder nicht?«

»Du bist ein Jungenname«, brummte ich.

»Wie bitte?«

»Nichts«, murmelte ich.

Er drehte sich zu mir um. »Es war nicht meine Absicht, dich zu beleidigen.« Seine Augen waren so unfassbar blau, dass es irritierend war. »Dylan ist ein fantastischer Name. Ein absolut erstklassiger Dichter. Na ja, bis auf dieses grauenhafte *Eines Kindes Weihnacht in Wales.* Das ertrage ich einfach nicht, absolut schrecklich. Aber abgesehen davon, ist er wirklich nicht schlecht. Du darfst dich wirklich geehrt fühlen.«

»Oh. Danke schön.« Noch nie hatte jemand so auf meinen Namen reagiert. Ich brachte es nicht übers Herz, ihm zu sagen, dass ich mir mehr als sicher war, dass ich nach Bob Dylan und nicht Dylan Thomas benannt worden war.

»Ihr in den Staaten werdet schon eher groß, oder?«

»Wie bitte?«

»Du und Dusty. Und deine Mom. Ihr seid die größten weiblichen Wesen, die ich je gesehen habe.«

»Oh. Ja, stimmt. Wir sind ziemlich groß.«

Ich hatte noch nie gewusst, wie ich auf dieses Thema reagieren sollte. Ich meine … ich *wusste*, dass ich groß war. Es war keine Überraschung.

»Das ist nett, zur Abwechslung einem Mädchen mal direkt in die Augen schauen zu können. Die Mädchen, die ich kenne, scheinen wirklich Liliputanerinnen zu sein. Allesamt ausgewachsene Hobbits.«

Ich wurde einfach nicht schlau aus diesem Typen. Vielleicht war das so eine Art kultureller Kluft zwischen Briten und Amerikanern. Historisch betrachtet – anhand meiner begrenzten Auseinandersetzung mit dem *BBC*-Programm – tendierte ich nicht dazu, ihren Humor zu verstehen.

»Ich bin übrigens Jamie.« Er lupfte den Koffer über einen besonders breiten Spalt in dem schmalen kopfsteingepflasterten Bürgersteig. »Wenn du mich schon so nett fragst.«

»Freut mich, dich kennenzulernen, Jamie. Tut mir leid«, entschuldigte ich mich, »ich habe furchtbar schlechte Manieren.«

»Wie nicht anders zu erwarten. Immerhin bist du Amerikanerin.«

Ich funkelte wütend seinen Rücken an, aber er drehte sich nur um und grinste mich breit an. Ein Scherz also. Ich erwiderte das Lächeln.

»Das muss der berühmte englische Humor sein, von dem ich so viel gehört habe.«

»Ach, ja«, seufzte er. »Der klassische staubtrockene Sarkasmus des Commonwealth. Eines unserer großartigsten kulturellen Vermächtnisse. Obwohl ich denke, dass sich die kommenden Wochen eher als Satire entpuppen werden.«

»Kein absurdes Theater?«

»Sehr schön.« Er nickte. »Eine Märchenhochzeit aus der Sicht von Ionesco. Er wäre ganz wild nach Reality-TV gewesen, glaubst du nicht auch?«

Ich gab ein unverbindliches »Mhm« von mir. Notiz an mich selbst: Muss damit aufhören, mich auf große künstlerische Strömungen zu beziehen, es sei denn, ich bin extrem gut über die Details besagter Strömung informiert. Dieser Typ hatte in zehn Minuten schon mehr literarische Anspielungen fallen lassen als mein Englischlehrer in den ganzen letzten drei Monaten.

»Und ich dachte schon, Amerikas einziges großes kulturelles Erbe bestünde darin, alles zu frittieren.«

»Also wirklich!«, protestierte ich. »Was ist mit Fish and Chips? Das ist doch auch frittiert. Und es ist so was wie euer Nationalgericht.«

»Das ist ein Klassiker. Ihr hingegen frittiert grausige Dinge.«

Als wir eine Brücke betraten, verengte sich der Bürgersteig noch weiter. Ich warf einen Blick über das Geländer und sah einen breiten Fluss, der gemächlich vor sich hin plätscherte und auf dessen dunkler Oberfläche sich kahle Äste spiegelten. Es war irgendwie hübsch, auf seine bescheidene Art und Weise.

»Grausig?« Ich lächelte. Ein Wort, das ich seit Ewigkeiten nicht mehr gehört hatte. »Wir frittieren richtig leckere Sachen. Du hast nicht richtig gelebt, wenn du noch keine frittierten Reese's probiert hast.«

»Ich glaube nicht, dass ich bisher überhaupt irgendwelche Reese's probiert habe, dabei bin ich recht zufrieden mit dem Umfang meines bisherigen Lebens.«

»Echt jetzt? Du hast noch nie einen Erdnussbutter-Schoko-Cup probiert?«

»Oh, Erdnussbutter, bääh.« Er gab ein komisches kehliges

Geräusch von sich wie eine Katze, die ein Haarknäul hochwürgt. »Warum seid ihr Amerikaner so verrückt nach dem Zeug? Erdnussbutter ist wirklich bizarr.«

»Dann hast du ganz offensichtlich etwas falsch gemacht.«

»Kann man denn dabei was richtig machen?«

»Ja, vergiss die Marmelade. Was wirklich zählt, ist die Schokolade.«

»Ich werde es mir merken.«

»Und überhaupt, Schokoriegel zu frittieren wurde in Großbritannien erfunden. Frittierte Marsriegel – die Idee kommt ursprünglich aus einer Imbissbude in Schottland. Also seid eigentlich ihr schuld.«

Er blieb mitten auf der Brücke stehen und ich entging nur knapp einem Zusammenstoß.

»Woher um alles in der Welt weißt du das?«

»Ich schaue eine Menge Kochsendungen und Dokus«, antwortete ich. Gott, ich musste wirklich aufhören, so viel fernzusehen. Obwohl dieses Informationshäppchen gerade ganz gelegen kam. Also doch ein Punkt fürs Fernsehen.

»Faszinierend«, murmelt er. »Und willkommen in Dunkeld«, fügt er in normaler Lautstärke hinzu.

Mein Blick folgte dem Schwung seines dunkelgrauen Ärmels, und ich erblickte eine kleine Ortschaft, die sich in das Tal am Fluss schmiegte. Sobald ich meinen kurzen Anfall von Verlegenheit überwunden hatte – ich hätte Dunkeld problemlos selber finden können, wenn ich nur clever genug gewesen wäre, mich dreißig Meter vom Bahnhof zu entfernen –, wurde ich von dem putzigen Anblick überrumpelt.

Der gesamte Ort war total niedlich. Kleine Häuser mit reetgedeckten Dächern und hölzernen Türen säumten die schmalen kopfsteingepflasterten Straßen und sanfte graue Rauchschleier stiegen aus den gedrungenen, runden Schornsteinen in den blassblauen Himmel empor.

»Das ist wirklich hübsch«, sage ich leise mit einer Stimme, die so ganz und gar nicht nach mir klang.

»Ja, es ist wirklich nicht schlecht. Ein ziemlich netter Ort für den Herrensitz der Dunleavys.«

»Ja, Ronan hatte Glück, hier aufwachsen zu dürfen«, sagte ich etwas wehmütig. Nicht, dass ich etwas am Stadtzentrum von Tupelo auszusetzen hatte, aber es sah definitiv nicht aus wie das hier. »Kommst du auch aus Dunkeld?«

»Ich? Nein, natürlich nicht«, sagte er amüsiert. »Ich bin aus Bakewell. Das liegt ungefähr drei Stunden nördlich von London.«

»Also bist du kein Schotte?«

»Nein, Engländer.« Er schien überrascht. »Ich dachte, das wäre klar. Wegen meines Akzents. Und weil du gesagt hast, dass mein Nationalgericht Fish and Chips sei. Nicht Haggis.«

»Oh. Äh. Na ja, ich habe schon gemerkt, dass du anders klingst als Ronan. Ich habe nur nicht … darüber nachgedacht.« Da Jamie anscheinend auch zur Hochzeitsgesellschaft gehörte, war ich einfach davon ausgegangen, dass sie aus der gleichen Ecke stammten. Ich meine, alle *meine* Freunde kommen aus Tupelo.

»Verständlich. Ich bezweifle, dass ich jemanden aus Mississippi von jemandem aus Alabama unterscheiden könnte, wenn es hart auf hart käme.« Er dreht sich zu mir um. »Grundgütiger, deine Lippen!«

»Meine … meine … was?«

»Deine Lippen.« Er beugte sich näher zu mir. Was hatte er vor? Ich erstarrte, und das nicht wegen der Kälte.

»Mein Gott, die sind ja ganz blau.«

»Oh … na ja, ich hab dir doch gesagt, dass ich am Erfrieren bin«, erwiderte ich abwehrend. Nicht, dass ich gedacht hatte, dass er von meinen Lippen fasziniert wäre. Obwohl meine Lippen vielleicht faszinierend *waren*. Ich hatte mir bisher nur nie großartig Gedanken um sie gemacht. Doch allein die Tatsache, dass sie es bisher nicht geschafft hatten, jemanden zu faszinieren, ließ mich schlussfolgern, dass es da kein Potenzial gab.

»Wir müssen dich ins Warme bringen, an einen Kamin, idealerweise mit einem heißen Tee, und das so schnell wie möglich. Auf zum *Atholl Arms*!« Er rannte los und schaffte es dabei irgendwie, auch meinen Koffer hinter sich herzuschleifen.

»Zum *Atholl Arms*?«, platzte es ungläubig aus mir heraus. Doch meine Stimmung hob sich schlagartig, als ich tief einatmete und ebenfalls losrannte, wobei meine halb aufgegessenen Flugzeugsnacks in meinem Rucksack herumrumpelten. Da war immer etwas Besonderes an den ersten Schritten, wenn ich losrannte – wenn meine Füße sich vom Boden lösten und meine Arme zu pumpen begannen –, dass es mir unmöglich machte, nicht zu lächeln.

»Ja, klingt ein bisschen wie Arschloch, stimmt's?«, rief er nach hinten, während er den Hügel hinab in Richtung Ortschaft polterte. Ich holte ihn mit Leichtigkeit ein, blieb jedoch ein paar Schritte hinter ihm, da ich nicht wusste, wo wir hinmussten. Er hatte nicht den Schritt eines erfahrenen Läufers, aber seine Beine waren so lang, dass er dennoch ziemlich schnell Boden gutmachte. Vor allem für jemanden, der eine Cordhose trug und einen ziemlich großen Koffer hinter sich herrollte. »Aber es besteht kein Zusammenhang, da bin ich mir ziemlich sicher, auch wenn ich gehört habe, dass der erste Herzog von Atholl ein ziemliches Scheusal gewesen sein soll.«

Scheusal? Auf dieser Seite des Atlantiks wurde definitiv eine andere Sprache gesprochen.

Wir erreichten den Ortskern im Nu und glücklicherweise war das *Atholl Arms* das erste Gebäude vor uns. Jamie stieß die rustikale Holztür mit einer dramatischen Geste auf und trat geduckt ein. Ich duckte mich ebenfalls und folgte ihm.

Im Inneren war absolut alles pfirsichfarben gehalten. Und blumig. Direkt vor uns befand sich ein hölzerner Empfangstresen, dahinter eine Tafel, an der sich die Zimmerschlüssel reihten, und eine geschwungene Treppe, die mit Tannenzweigen, großen roten Schleifen und funkelnden Lichterketten geschmückt war.

Das *Atholl Arms* war also ein Gasthaus. Zu unserer Linken befand sich ein Pub, aus dem die gedämpften Klänge einer Sportsendung drangen, linker Hand lockten das verführerische Flackern eines Kaminfeuers und die dick gepolsterten Sofas der Lobby.

»Die stärkste Kanne PG Tips, die Sie dahaben, schnell, Tilly!«, rief Jamie lautstark, woraufhin die Frau hinter der Rezeption von ihrem Platz aufsprang und das dicke Taschenbuch aus ihren Händen fallen ließ.

»Ich hab zwar keine Ahnung, was PG Tips ist, aber ich glaube nicht, dass ich es mag«, murmelte ich kaum hörbar und starrte sehnsüchtig das weinrote plüschige Sofa an. Meine Getränkevorlieben beschränkten sich exakt auf Fruchtsaftschorle und Limo.

»Du meine Güte, Jamie, sie ist ja ganz blau im Gesicht.« Die Frau kam hinter dem Tresen hervorgewuselt. Zum Vorschein kamen auch ein weihnachtlicher Cardigan sowie ein knöchellanger Rock, die sich fröhlich mit dem platinblonden Haar und dem knalligen Lidschatten bissen.

»Ich hatte nichts damit zu tun, Madam!« Während ich so rumstand, fragte ich mich, woher sie einander kannten, wenn Jamie nicht von hier war, doch plötzlich fühlte ich, wie ich von einer Woge der Müdigkeit übermannt wurde. Schläfrig von der Wärme, ließ ich mich bereitwillig von den beiden zum Sofa vor dem Kamin führen und entging dabei nur knapp dem Zusammenstoß mit einem dicken, fetten Weihnachtsbaum, der in der Ecke der Lobby stand. »Ich versichere Ihnen, dass ich lediglich der galante Retter in der Not war«, fuhr Jamie fort, während sie mich hinsetzen ließen. »Wenn ich nicht gehandelt hätte, wäre sie jetzt mit Sicherheit zu einem Eisklotz erstarrt.«

»Das ist sie auch so schon beinahe«, gackerte Tilly.

Ich ließ mich ins Polster zurücksinken. Es war noch plüschiger, als es aussah. Es hatte alle Kategorien von Kuschelig weit hinter sich gelassen und war direkt in Wonnig-Weich übergegangen.

»Dann also eine Kanne Tee. Aber vielleicht ist das nicht stark genug. Soll ich nicht auch ein Gläschen Brandy holen?«, bot Tilly an.

»Das würde ich an Ihrer Stelle nicht tun. Sie ist Amerikanerin. Die können ganz schön puritanisch sein, wenn es um Alkohol geht.«

»Amerikanerin?« Ich konnte ein Lächeln in Tillys sanft rollendem Akzent hören. »Du meine Güte, Jamie. Da hast du dir wohl eine der *Freibeuterinnen* geangelt, was?«

»Wohl kaum, Tilly«, erwiderte er. »Nicht alle Amerikanerinnen entspringen den Romanen von Edith Wharton.«

Tilly kicherte leise, und mein letzter Gedanke, bevor mir die Augen zufielen, war, dass ich nicht annähernd belesen genug war für diese Art von Scherzen.

Kapitel 3

»Dylan, wach auf.«

»Nur noch fünf Minuten, Mom.«

»Ernsthaft, Dylan, du musst jetzt aufstehen. Sonst wirst du heute Nacht kein Auge zumachen.«

»Ist mir egal.« Ich vergrub mich noch tiefer unter die Decke. Die Laken waren weich, aber irgendwas kratzte an meiner Wange. Ich stieß es von mir. Wo war Teddy? Ich tastete nach ihm, fand aber nichts.

»Dylan.« Ich wurde durchgeschüttelt. »Steh auf. Sofort. Oder der Jetlag wird dir noch bis nächsten Dienstag reinhängen.«

Jetlag …? *Jetlag …?* Schottland! Ich war überhaupt nicht zu Hause in meinem Bett und mein Teddy steckte immer noch im Koffer. In wessen Bett lag ich?

Ich schoss kerzengerade hoch und riss die Augen auf.

»Große Güte, Dylan, du hättest mich beinahe k. o. geschlagen!«, schrie Mom und sprang von der Bettkante auf.

»Zum Glück sind deine Reflexe vom Piloxing gestärkt.« Ich

zog mir die kratzige karierte Wolldecke bis unters Kinn und kuschelte mich wieder ein. Außerhalb des Bettes war es definitiv viel zu kalt.

»Wenn du wach genug bist, um dich über Core-basiertes Cardio-Fusion-Training lustig zu machen, hast du wirklich lange genug geschlafen. Auf jetzt, wenn ich bitten darf«, verlangte Mom unerbittlich.

Grummelnd gab ich nach und stützte mich schwerfällig auf die Ellbogen hoch. Es war eine Anstrengung, die eines Herkules würdig gewesen wäre.

»Wo bin ich?« Ich blickte mich in dem Raum um – an den glänzenden Mahagonipfosten des Himmelbetts vorbei zu einer passenden Frisierkommode samt Spiegel und schließlich zu einem gigantischen Kleiderschrank. Die Wände waren dunkelgrün tapeziert und mit Gemälden von Pferden bedeckt: hüpfende Pferde, majestätisch posierende Pferde und ausgelassen mit Hunden herumtollende Pferde. Dieses Schlafzimmer war wohl für einen *Mein kleines Pony*-Fan mit einer Schwäche für Karomuster entworfen worden.

»Du bist in Dunyvaig Castle, Ronans Familiensitz.« Mom kam zum Bett zurück und glättete die Tagesdecke, wobei die Pandora-Armreife an ihren Handgelenken leise klimperten. Ich schaute aus dem kleinen von dunkelblauen Vorhängen gerahmten Fenster, das in die dicke Steinmauer eingelassen war, und erblickte weite, nebelverhangene graue Felder, die mich sofort an das Wort *Moor* denken ließen.

»Aber … das *Atholl Arms* …«

»*TRC* hat einen Van vorbeigeschickt, um dich abzuholen. Einer der Trauzeugen hatte angerufen. Sie haben versucht, dich zu wecken, aber ohne Erfolg. Sie mussten dich in den Wagen tragen.«

Hm, das kam mir irgendwie bekannt vor, aber meine Erinnerung daran war so unscharf, als hätte ich im Fernsehen zugeschaut, wie es jemand anderem passierte. Ich war froh, dass ich endlich aufgewärmt war, aber auch etwas verstört, dass ich mich offenbar so leicht kidnappen ließ.

»Wie viel Uhr ist es?«, fragte ich schlaftrunken. Die Aussicht aus dem Fenster gab mir keinerlei Hinweis darauf – es war kein Fitzelchen Sonne zu sehen. Das Wetter ließ sich nur mit einem Wort beschreiben: *grau.*

»Neun. Du hast gestern das Abendessen verschlafen.«

»Oh, hm, das wäre dann wohl das erste Mal.«

»Ich weiß.« Sie lächelte, und die Fältchen um ihre Augen kräuselten sich auf die Art, die ich liebte, von der ich aber wusste, dass sie selbst sie hasste. Die kaum sichtbaren Linien ließen sie mehr wie Mom aussehen und weniger wie die Nachrichtensprecherinnen-Barbie, welche der Rest von Tupelo jeden Morgen zu sehen bekam. »Zum Glück bist du immer noch rechtzeitig fürs Frühstück, aber du hast nur noch eine halbe Stunde, bevor abgeräumt wird.«

»Worauf warten wir dann noch?« Ich sprang aus dem Bett und japste schmerzhaft auf, als meine Füße auf dem eiskalten Boden landeten. Ich hopste zu meinem Koffer und stöberte darin herum, bis ich mein dickstes Paar Socken fand – die mit den Schal tragenden Pinguinen drauf, die Oma mir mal zu Weihnachten geschenkt hatte. »Man sollte meinen, ein Prinz könnte bisschen mehr für die Heizkosten springen lassen«, brummte ich, während ich mir die Pinguine überzog.

»Wenn du in der Nähe von Ronans Familie auch nur ein Wort fallen lässt, dass dir zu kalt sei …« Moms Stimme war nun mindestens so frostig wie der Boden.

»Meine Güte, Mom, *so* unhöflich bin ich auch wieder nicht.«

»… werde ich *TRC* sagen, dass du dein eigenes Spin-off willst«, beendete sie ihren Satz.

Manchmal war es wirklich nicht schwierig zu sehen, wo Dusty ihren eisernen Willen herhatte. Nur das Mom wesentlich schlauer und listiger war als ihre älteste Tochter. Dustys Drohungen gingen alle mehr in Richtung roher Gewalt, aber Mom konnte mit richtig ausgefuchsten Sachen ankommen, die einen Disneybösewicht in seinen Zeichentrickstiefeln erzittern lassen würden. Und obwohl ich mir ziemlich sicher war, dass es eine leere Drohung war, spürte ich, wie mir allein beim Gedanken daran kalter Angstschweiß auf die Stirn trat.

»Ich schwöre bei Gott, Dyl, du wirst in einer Reality-Show feststecken, bis du achtzehn bist. Es kostet wahrscheinlich ein ganzes Vermögen, dieses Gebäude hier zu heizen, und es ist nicht unser Problem.«

»Mom, ist ja gut … du immer mit deinen skrupellosen Erziehungsmaßnahmen. Ich werde still vor mich hin leiden! Ich schwör's.«

»Das ist mein Mädchen. Und wirst du jetzt wohl diese schmudddelige Jeans gegen etwas Anständiges eintauschen?«

Tja, und auch das ist meine Mom – ständig um die Garderobe ihrer Jüngsten besorgt. Ich blickte an mir hinunter und bemerkte, dass ich immer noch meine Klamotten von gestern anhatte, was wohl etwas weniger verstörend war, als wenn mir irgendjemand Unbekanntes einen Pyjama angezogen hätte – auch wenn ich nicht allzu appetitlich roch. Ich zog eine frische Jeans aus meinem Koffer.

»Eine genauso schmuddelige Jeans. Perfekt«, schimpfte Mom leise. Ich ignorierte ihren Kommentar und zog ein langärmeliges Shirt und einen Kapuzenpulli heraus. Ich hatte versprochen, dass ich nichts wegen der Kälte *sagen* würde, aber ich hatte nicht behauptet, dass ich mich nicht gegen diese Kälte *wappnen* würde. »Wir treffen uns vor deiner Tür, wenn du so weit bist. Allein wirst du das Speisezimmer niemals finden.«

Meine Güte, wie groß war dieses Schloss eigentlich? Die gravierte silberne Klinke schepperte leise, als Mom die Tür sorgfältig hinter sich schloss.

Was ich für einen Wandschrank gehalten hatte, entpuppte sich als eigenes Badezimmer. Zumindest das würde die nächsten zwei Wochen ein echter Pluspunkt sein, überlegte ich, als ich mir meine Zahnbürste schnappte, um den Ekelfaktor zu reduzieren. Ein Badezimmer, das ich mit niemandem teilen musste. Das bedeutete, ich konnte pinkeln, wann immer ich wollte. Kein ewiges Warten, während Dusty sich schminkte, Lockenwickler eindrehte, die Augenbrauen zupfte und was sonst noch so zu ihrem endlosen Beauty-Programm dazugehörte. Obwohl – ich vergaß ständig, dass Dusty ohnehin nicht mehr bei uns wohnen würde, und schon bald würde sie nicht einmal mehr in *Amerika* wohnen. Also gingen mich ihre vierzigminütigen Duschsessions wohl nichts mehr an. Ich blickte in den bullaugengroßen goldgerahmten Spiegel über dem runden Porzellanwaschbecken – entgegen Moms Annahme habe ich sehr wohl *gewisse* Standards, was meine äußere Erscheinung angeht –, türmte mein Haar zu einem wirren Dutt auf und bändigte den Pony über der Stirn mit einem Haarband, das ich zusammengeknautscht in meiner Hosentasche fand.

»Bist du fertig? *So* willst du zum Frühstück gehen?«, fragte meine Mutter skeptisch, als ich zu ihr in den Flur trat und die Tür hinter mir schloss.

»Es ist immerhin keine Jogginghose.«

»Kind, du legst die Messlatte aber wirklich hoch an.« Mom seufzte. Wie immer war sie tadellos gekleidet, selbst um neun

Uhr morgens. Aber da sie normalerweise vor Sonnenaufgang im Studio sein musste, war neun Uhr schon ziemlich spät für Mom. Sie glättete ihre faltenfreie Stoffhose, wobei der perfekte, mit Highlights versehene blonde Bob um ihr Schlüsselbein schwang.

»Das ist aber eine ziemlich ausdrucksstarke Farbe.« Ich beäugte das Twinset aus Pullover und Strickjacke, das sich förmlich in meine Netzhaut brannte.

»Der Farbton nennt sich Koralle, Dylan.« Sie fummelte am Diamantstecker in ihrem Ohr herum. »Ein bisschen Farbe würde dir auch nicht schaden.«

Zu spät bemerkte ich, dass ich eine Jeans, einen dunkelblauen Kapuzenpulli und ein blaues Longsleeve trug. Vermutlich sah ich wie ein schlampiger Schlumpf aus. Aber was soll's, es war ja nicht so, als ob ich hier jemanden beeindrucken wollte.

»Blau ist auch eine Farbe«, gab ich trotzig zurück.

»Es ist aber nicht die *einzige* Farbe«, entgegnete sie.

Abrupt lief Mom los, und während ich ihr durch den langen Flur folgte, überkam mich die Sorge, ob ich mein Zimmer jemals wiederfinden würde. Wie in einem Hotel wurde der Gang zu beiden Seiten von einer Reihe identisch aussehender Türen gesäumt, bloß gab es hier keine orientierungsfreundliche Nummerierung daran. Ab und an unterbrach ein Gemälde von einem imposanten Typen in altmodischem Kostüm oder – Überraschung! – von noch mehr Pferden die Eintönigkeit der jägergrünen Tapeten und dunklen Holztüren. Schließlich erreichten wir eine breite, geschwungene Treppe und stiegen zwei Treppenfluchten hinab, von wo aus wir zu einer großen Eingangshalle gelangten. Doch bevor ich mir die bodenlangen Samtvorhänge und das prasselnde Kaminfeuer richtig anschauen konnte, hastete Mom weiter und bog nach links in ein förmliches Speisezimmer.

Aah, Frühstück! Die großartigste Mahlzeit des Tages. Abgesehen von Snacks – obwohl ja Snacks per definitionem eigentlich keine Mahlzeit sind. Also doch das Frühstück.

Mom ging zu einer Gruppe fremder Leute, die um die lange Tafel herumsaßen, und überließ es mir, mich um mein Frühstück zu kümmern. Erwartungsvoll ging ich auf das Buffet zu, das auf der Anrichte wartete, und sah zu, wie sanfte Dampfschwaden von den silbernen Warmhalteschüsseln aufstiegen. War das alles nur für die Sendung aufgebaut worden? Oder war so ein Frühstücksbuffet eine ganz alltägliche Sache für einen Prinzen? Denn wenn dem so war, konnte ich dem Ganzen zum ersten Mal einen gewissen Reiz abgewinnen.

Ich nahm mir einen Porzellanteller und war überrascht, dass er warm war … es fühlte sich irgendwie gut an. Aus einem mit Leinen ausgeschlagenen Weidenkorb suchte ich mir zwei makellose quadratische Weißbrotscheiben heraus, steckte sie in den glänzenden Toaster und schnitt eine Grimasse, als ich mein Spiegelbild darin erblickte. Ich packte den vorgewärmten Teller fester, es war Zeit, zur Sache zu kommen. Eier – immer doch. Ich schob mir zwei Spiegeleier drauf, dann noch zwei, sorgsam darauf bedacht, das schöne, fette Eigelb nicht zu beschädigen. Würstchen – warum nicht? Ich war normalerweise eher für Speck zu haben, aber die Dinger sahen verdammt lecker aus. Und dann … wurde es etwas seltsam. Pilze? Tomaten? *Bohnen?* Das waren doch keine Frühstückssachen! Ganz am Ende lag das seltsamste Ding von allen – eine Art kleiner schwarzer Hockey-Puck mit Stückchen drin. Ich stupste das Ding mit einer Zange an. Keine Ahnung, was das sein sollte.

»Also, wenn das nicht das kleine Mädchen mit den Schwefelhölzern ist.«

»Wie bitte?« *Jamie.* Natürlich. Der Junge mit den nicht enden wollenden literarischen Anspielungen und den unfassbar blauen Huskyaugen. Ich fragte mich, ob er es gewesen war, der mich in den Van getragen hatte. Wahrscheinlich nicht. Er sah eher drahtig aus. Obwohl es schwer zu sagen war, mit dem übergroßen altmodischen Fair-Isle-Wollpullover voller Mottenlöcher, den er anhatte. Das einzige Körperteil, das ich sehen konnte, war eine große Hand mit feingliedrigen Fingern, die ein Glas Orangensaft hielt. Offensichtlich war ich nicht die Einzige, welche den Tipp bekommen hatte, sich warm einzupacken.

Der Toaster gab ein *Ping* von sich. Geschickt entnahm er die goldbraunen Scheiben und legte sie neben den Spiegeleiern auf meinem Teller ab.

»Du weißt schon: *Das kleine Mädchen mit den Schwefelhölzern*? Weil du so durchgefroren warst? Das Märchen von Hans Christian Andersen?«

»Ja, ich habe die Anspielung verstanden.« Ich stocherte weiter an dem komischen Puck herum. Er erwies sich als überaus widerstandsfähig gegen meine Versuche, ihn zu durchstechen – fast wie bei einem echten Hockey-Puck. »Ist nicht unbedingt eines meiner Lieblingsmärchen. Zieht mich irgendwie runter.«

»Natürlich, im Gegensatz zu dem herzerwärmenden und überhaupt nicht deprimierenden Hans-Christian-Andersen-Klassiker *Die kleine Meerjungfrau.*«

»Es *ist* herzerwärmend, wenn singende Krabben dabei sind. Du kannst über Walt Disney sagen, was du willst, aber der Mann wusste, wie man eine deprimierende Story aufpeppt.«

»Ich bin mir ziemlich sicher, dass Walt Disney das Zeitliche segnen durfte, lange bevor Sebastian seine erste Note geträllert hat.«

»Na ja, sie haben ihn nach seinem Tod kryonisch einfrieren lassen, also leistet er wahrscheinlich immer noch seine Beiträge zum Storyboard und so.« *Stocher, stocher, stocher.* Was war diese schwarze Scheibe bloß? Tier? Pflanze? Mineral? Ich wurde aus der Konsistenz einfach nicht schlau.

»Das ist übrigens Black Pudding.«

»*Pudding*?!« Von all den Dingen, die ich mir zusammengereimt hatte, was diese Materie wohl sein könnte, war *Pudding* definitiv nicht dabei gewesen. »Was daran soll bitte Pudding sein? Es ist überhaupt nicht wackelig. Es sitzt einfach nur da und rührt sich nicht, und das ganz ohne Form. Das ist doch nicht normal. Was für einen Geschmack soll das überhaupt haben? Und bitte sag mir jetzt nicht, dass es dunkle Schokolade ist.«

Jamie verschluckte sich an seinem Orangensaft und prustete los. »Ach du meine Güte, das ist doch kein süßer Pudding!«, rief er.

»Oh.« Okay. Also war es ein herzhafter Pudding. Ich hatte schon so professionelles Zeug auf dem Kochsender im Fernsehen gesehen. Dinge wie Parmesanpudding und Zuckererbsenflan und andere brenzlige Herausforderungen aus dem *Iron Chef*-Kochwettkampf. »Und woraus ist es dann gemacht?«

»Hmm … Fleisch. Blut. Fettstückchen.«

»Blut?!«

»Ja, Blut.« Er lachte. »Du solltest dein Gesicht sehen, Dylan. Dabei ist es doch auch nur ein Teil vom Tier, oder nicht?« Auch wieder wahr. »Black Pudding ist nicht wirklich ein Pudding, es ist eine Blutwurst. Außerdem brauchen wir unser tägliches

Blut … wir sind doch hier alle Vampire«, fügte er in verschwörerischem Tonfall hinzu.

»Das würde mich kein bisschen wundern.« Ich legte die Zange auf den kleinen Teller zurück. Für mich ganz sicher keinen Black Pudding. »Wir sind in einem Schloss, keine Sonne weit und breit, und ich habe noch niemanden mit einem gesunden Teint gesehen. Das hier ist eigentlich das perfekte Vampirnest.«

»Dilly!«

»Tja, *das* ist definitiv kein Vampir«, murmelte ich, als meine amazonenhafte Oompa-Loompa-Schwester in den Raum gestürmt kam, mit einer ihr nicht gerade diskret folgenden Kameracrew im Rücken, während sie mit ihren orangefarbenen künstlich gebräunten Armen in meine Richtung wedelte.

»Sei dir da mal nicht so sicher«, raunte Jamie mir ins Ohr. »Ich gehe stark davon aus, dass dieses gelbstichige Strahlen rein gar nichts mit der Sonne zu tun hat.«

»Eigentlich hat sie ihren Teint besser im Griff«, wisperte ich mit einem aufgesetzten Grinsen. Dusty war süchtig nach sonnenloser, künstlicher Bräune, aber normalerweise beherrschte sie diese Kunstform so perfekt, dass es relativ natürlich wirkte. So orangefarben war sie nicht einmal beim Miss-America-Wettbewerb gewesen, und ich hatte schon geglaubt, dass sei der Gipfel der Künstlichkeit gewesen. »Entweder hat sie für die Kameras übertrieben oder sie sieht nur im Vergleich zu euch leichenfressenden Dämonen so aus.«

Ach ja, die Kameras. Oder in diesem Fall, die *Kamera*. Da war sie, unschuldig auf der Schulter eines Crewmitglieds ruhend, und drohte mich mit ihrem bösen Blick in das schwarze Loch ihrer Linse hineinzusaugen.

»Nicht beachten, nicht beachten«, flüsterte ich mantramäßig vor mich hin. Oder zumindest versuchte ich es. »Tu einfach so, als wäre sie nicht da.«

Jamie sah mich neugierig an. *Oh stimmt. Darf nicht vergessen, etwas unauffälliger zu sein, wenn ich wie eine Gestörte vor mich hin brabble.* Und wenn ich mich nur ein kleines bisschen weiter nach rechts schob, versperrte Dustys supervoluminöse Mähne meinen Blick auf die Kamera. Hmm … Heaven behauptete ja steif und fest, dass Dustys Haarpracht eigentlich aus Extensions bestand – vielleicht hatte sie ja doch recht. Ich glaubte nicht, dass ein menschlicher Kopf von Natur aus so viele Haare produzieren konnte.

Na ja, wie auch immer. Wenn ich die Kamera nicht sah, konnte ich so tun, als wäre sie nicht da. Ich würde tun, was zu tun war, um zu überleben … und von den Vorzügen eines Gratisfrühstücksbuffets zu profitieren. Aber hallo!

»Da ist ja mein Mädchen!« Ein maskulines Dröhnen drohte mein Trommelfell zu zerreißen.

Bevor Dusty es zu mir schaffte, wurde sie von einem großen bärtigen Etwas, das nach einem Schotten aussah, abgefangen. Mir war gar nicht aufgefallen, dass Ronan am Tisch saß. Aber wenn es um Buffets geht, lasse ich mich leicht ablenken. Ronan warf Dusty in die Luft, wirbelte sie herum und beugte sie dann weit nach hinten, um sie laut vernehmlich abzuknutschen. Kein Wunder, dass sich *TRC* um die beiden riss – sie waren wirklich albern.

»Du hast das Frühstück verpasst, mein Schatz.« Er küsste sie noch einmal. »Na, hast du Lust auf eine richtig knackige Wurst?«

»Ronan!«, kreischte Dusty und gab ihm einen Klaps, als sie sich aus seinen Armen befreite. »Du Schlingel.«

Jamie tat so, als würde er dezent in seinen Orangensaft kotzen. Oh Mann, ich fühlte mich definitiv nicht gestärkt genug, um mit den beiden im Doppelpack klarzukommen. Ich riss mit den Zähnen entschlossen einen Bissen von meinem Toast ab. Dieses schnulzige Geturtel war nur bis zu einem gewissen Grad zu ertragen – vor allem auf leeren Magen.

»Und schau einer an, wer endlich da ist!« Ronan schlug mir so fest auf den Rücken, dass mir ein halb verdauter Toastbrocken aus dem Mund flog. Ich betete, dass niemand es bemerkt hatte. Oh Gott, hatte es jemand bemerkt? Vielleicht war das Licht hier drinnen so gedämpft, dass halb zerkauter Toast unsichtbar für das bloße Auge blieb. »Also bist du gut angekommen, Dylan?«

»Jupps.« Hatte ich gerade wirklich »Jupps« gesagt? Oh Gott. Jupps, das hatte ich. Das würden sie mit Sicherheit auch in der Sendung zeigen. Was wenn das mein Erkennungs-Slogan würde? Was, wenn *TRC* auf die Idee kam, Tassen mit dem Aufdruck »Jupps!« zu verkaufen? Würde ich für immer als das »Jupps«-Mädchen in die Geschichte eingehen? Warum musste auch diese dämliche Kamera hier sein und alles ruinieren? Ich vermisste die Zeit, als ich mich noch ganz privat wie ein Volltrottel aufführen konnte, ohne dass alles, was ich von mir gab, für die Nachwelt konserviert und digital in Millionen amerikanischer Haushalte übertragen wurde? Ich hörte ein leises, spöttisches Kichern. »Gibt es da hinten was zu lachen?«

»Jupps«, erwiderte Jamie. *Grrrrr.*

»Dylan«, sagte Ronan mit plötzlichem Ernst, »wie du weißt, bin ich ein Einzelkind.« Wurden wir hier gerade Zeugen eines feierlichen Familienzusammenführungs-Moments? Peinlich berührt trat ich hektisch von einem Fuß auf den anderen, bis ich – quasi als oberpeinliche Kirsche auf dem Sahnehäubchen – mit dem Knie gegen die Anrichte knallte. Ich unterdrückte ein schmerzhaftes Fluchen, während Ronan weiterredete. »Ich habe mir immer vorgestellt, dass es ein großer Spaß wäre, eine kleine Schwester zu haben. Und nun, dank Dusty, habe ich eine!« Er grinste. »Oder werde ich jedenfalls bald haben.«

Ich versuchte, sein breites Lächeln zu erwidern. Das war ja alles wirklich sehr nett, aber ich wünschte mir in dem Moment, ich würde nicht so viele Spiegeleier vor mir herumbalancieren … und dass mein Knie nicht so verflucht wehtäte. Jamie, der Feigling, schlich sich unauffällig aus dem Blickwinkel der Kamera.

»Wenn du mir also die Ehre erweisen würdest … ich habe hier eine Kleinigkeit für dich.« Ronan nahm ein pastellfarbenes Päckchen von einem Stuhl und reichte es mir. Vorsichtig stellte ich meinen Teller auf der Anrichte neben dem Tablett mit dem Blutwurst-Pudding ab und riss das Geschenkpapier herunter.

Die *Kleinigkeit* entpuppte sich als überdimensioniertes schweinchenrosa T-Shirt, das in pinkfarbenen Glitzerbuchstaben »Ich bin die kleine Schwester!« verkündete.

»Bist du nicht der größte Schatz überhaupt?!«, quietschte Dusty. »Oh, ich könnte an Ort und Stelle dahinschmelzen! Dilly, ich hatte ja keine Ahnung, ich schwöre!«

»Das wäre doch nicht nötig gewesen«, nuschelte ich, und, ganz im Ernst, das wäre es wirklich nicht. Aber der Ausdruck in Ronans Augen war so aufrichtig wie der eines erwartungsfrohen, flauschigen Welpen, sodass ich mich genötigt fühlte, etwas Nettes zu sagen. »Das ist wirklich … ähm … toll, Ronan. Danke schön. Ich … freue mich total, deine kleine Schwester zu sein.«

Ronan strahlte, als hätte er soeben im Lotto gewonnen.

»Zieh es gleich an!«, jauchzte Dusty. »Anzieh'n! Anzieh'n!«

»Ja, unbedingt anziehen!«, rief eine männliche Stimme. Ich hatte das starke Gefühl, dass es Jamies war.

»Meinst du wirklich?«

»Ich trage meins auch!«, dröhnte Ronan begeistert. Er zog den Reißverschluss seines Pullis ein Stück weit auf und enthüllte ein babyblaues T-Shirt, auf dessen Brust »Ich bin der große Bruder!« prangte.

»Jetzt *musst* du es aber anziehen.« Oh ja, Dusty genoss das hier. Mist, alles nur ihretwegen. Wenn ich das T-Shirt nicht anzog, würde ich wie der totale Trottel dastehen. Mit einem Seufzen zog ich es über meinen Kapuzenpulli. Es reichte mir bis zu den Knien.

»Das ist ja so herzig«, gurrte Dusty. »Einfach nur herzig.«

Ich bedachte sie mit meinem am wenigsten herzigen Blick.

»Es ist einfach nur wunderschön«, flüsterte Ronan gerührt. Ronan konnte eine echte Heulsuse sein, wenn er sich in etwas hineinsteigerte. Das hatte ich beim *Heimlich ein Prinz*-Schauen schon mitgekriegt.

»Total schön.« Ich tätschelte ihn ungelenk, in der Hoffnung, damit jeglichem Versuch einer Umarmung zuvorzukommen. Ronans Umarmungen waren mehr so von der knochenknirschenden, rippenbrechenden Art und ich hing an jeder einzelnen meiner Rippen. Ich schnappte mir meinen Teller und wuselte Richtung Tisch davon, während Dusty sich Ronan um den Hals warf. Freiheit. Und Essen. Endlich. Ich ignorierte gezielt alle anderen, die am Tisch saßen, und begann damit, mir die Eier in den Mund zu schaufeln.

»Entschuldigen Sie.« Ich spürte ein Tippen auf meiner Schulter. Jamie ließ sich auf den Stuhl neben mir gleiten. »Es tut mir leid, Sie zu stören, aber ich muss Sie einfach fragen – sind Sie tatsächlich die kleine Schwester?«

»Hahw-de-hah-hah.«

»Haben Amerikaner im Allgemeinen Probleme mit dem Kauen oder ist das dein ganz persönliches Ding?«

Verdammt, Dylan! Mach beim Kauen gefälligst den Mund zu! In Tupelo hatte ich nie so viele Toastprobleme gehabt.

»Oje. Entschuldige.« Ich würgte schnell den Bissen runter. »Das ist mehr so eine Dylansache. Ich esse zu schnell. Ich habe ständig Hunger. Obwohl ich normalerweise nicht an Toaststückchen ersticke.«

»Wenn du nicht gerade von einem schottischen Riesen angefallen wirst.«

Also hatte er es gesehen. Was bedeutete, dass die Kamera es ebenfalls erfasst hatte. Na super. Unverdaute Toaststückchen, »Jupps« und ein schweinchenrosa Kleine-Schwester-T-Shirt. Ich hatte einen richtig guten Start hingelegt.

Kapitel 4

»Bist du fertig damit, dir den Bauch vollzuschlagen, Dylan?«, rief Dusty.

»Gib mir noch eine Minute!«, knurrte ich zurück.

»Sie ist fertig.« Wie aus dem Nichts tauchte Mom hinter mir auf und legte eine warnende Hand auf meinen Rücken.

»Nein, bin ich nicht.«

»Doch, bist du«, flüsterte sie und nahm mir meinen Teller weg. »Du kannst jetzt aufstehen, die Besichtigungstour geht gleich los.«

»Eine Besichtigungstour?« Ich schluckte sorgfältig – Mission »Erfolgreich Kauen« erledigt. Wenigstens diesmal. »Ist das Pflicht?«

»Ach, sei doch keine Spielverderberin, kleine Schwester.« Ich funkelte Jamie an, stand aber dennoch auf, um mich ihm anzuschließen. Wenigstens sorgte es dafür, dass Mom von mir abließ. »Vielleicht finden wir ja einen Geheimgang. Eine Falltür. Oder eines dieser Bücherregale, die sich umdrehen lassen und dann eine Kammer offenbaren.«

»Haben die hier wirklich so Zeug?«

»Ich schätze, es gibt nur einen Weg, das herauszufinden.«

Der Rest der Gruppe trudelte ein. Ich ignorierte weiterhin geflissentlich die Kameracrew, doch außer ihnen waren da nur noch ich, Jamie, Mom, Dusty und Ronan. Eine kleine Gruppe für ein so großes Schloss.

»Woher wussten alle, dass es eine Führung gibt?«, fragte ich.

»Hast du keinen Reiseplan bekommen?«

»Oh. Doch. Hab ihn in meiner anderen Hose vergessen.«

Ganz vorne zählte Dusty schnell die Anwesenden durch. »Wo ist denn deine Mom, Ronan?«, fragte sie.

»Mama ist nicht … na ja, ihr geht's … ähm … ihr geht es nicht so gut.« Ronan wurde rot. *Hmm.* Schräg. Okay, vielleicht nicht *schräg,* aber das erste Mal, als Ronan bei uns zu Hause aufgekreuzt war, hatte Mom für ihn quasi einen Festzug veranstaltet – es gab sogar *Ballons.* Und diese schnieke Möchtegern-Queen-Mum konnte sich nicht einmal dazu herablassen, zu einer Besichtigungstour ihres eigenen Schlosses aufzutauchen. Ganz zu schweigen von Ballons. Nicht dass ich die unbedingt brauchte, um mein Leben zu genießen oder so, aber sie verliehen einem festlichen Anlass doch das gewisse Etwas.

»Na ja, ich schätze, das geht in Ordnung.« Dusty runzelte die Stirn. »Dann wirst du uns also herumführen, mein Herz?«

»Aber natürlich, meine Braut!« Und im Handumdrehen war Ronan wieder ganz der alte fröhliche Charmeur. Jamie und ich schoben uns unauffällig an das hintere Ende der Truppe.

»Wenn ich auch nur etwas ansatzweise Mysteriöses bemerke«, sagte Jamie mit gedämpfter Stimme, »werde ich die

Tour umgehend verlassen. Und ich erwarte von dir, dass du dasselbe tust.«

»Natürlich«, pflichtete ich ihm bei. »Gleich beim ersten Anzeichen von etwas Verdächtigem. Ich habe auch vor, gegen jedes Gemälde zu drücken – nur für den Fall, dass eines herumschwingt und einen dubiosen Geheimgang eröffnet.«

»Exzellente Idee.« Er nickte entschieden. »Das wird bestimmt niemandem auffallen, wenn du wahllos irgendwelche unbezahlbaren Kunstwerke von ihrem angestammten Platz rückst.«

»Wie ihr vielleicht wisst, versuchte William der Eroberer im elften Jahrhundert, in Schottland einzumarschieren, was ihm jedoch misslang.« Ganz vorne hatte Ronan mit der Tour begonnen und führte die Gruppe aus dem Speisezimmer in den Flur hinaus. Echt jetzt? Wir legten im elften Jahrhundert los? Das hier würde im wahrsten Sinne des Wortes noch eine Ewigkeit dauern.

»Woher kennst du Ronan eigentlich?«, wisperte ich leise in Jamies Ohr, damit Ronan – oder noch schlimmer, Mom – nicht mitbekamen, dass ich während der Besichtigung schwätzte. »Du warst hier schon mal, oder?«

»Oh. Ach, ja. War ich. Obwohl ich bisher noch keine umfassende Geheimgangexpedition durchgeführt habe.«

»Ihr beide müsst ziemlich gut befreundet sein, wenn du sein Trauzeuge wirst.«

»Aye, nach der normannischen Eroberung folgten sehr friedliche Zeiten für die Clans … na ja, zumindest so friedlich, wie das Leben in den Highlands eben war.« Ich blickte auf, nur um zu sehen, wie Ronan sich mit der Faust gegen die Brust schlug.

»Ich glaube, er wird mit dem Alter immer schottischer«,

flüsterte Jamie liebevoll und neigte den Kopf. »Wir sind alte Familienfreunde«, erklärte er, während wir vor dem Gemälde einer Fuchsjagd stehen blieben und die Führung ein Stück ohne uns den Flur weitergehen ließen. »Unsere Mütter kennen sich schon, seit sie in den Windeln gelegen haben, und wir wurden zusammengesteckt, seit wir in den Windeln gelegen haben … oder zumindest ich. Ich vermute mal, weil wir beide Einzelkinder sind«, grübelte Jamie. »Mama wollte sicherstellen, dass mir die geschwisterliche Erfahrung im Leben nicht fehlt. Ronan ist ein ganzes Stück älter als ich, deswegen waren wir nie richtig dicke Kumpels, aber befreundet sind wir auf jeden Fall. So in etwa muss es sein, einen großen Bruder zu haben, der zum Studieren wegzieht, während man selbst noch zur Schule gehen muss.«

»Ich verstehe.« Wir schlenderten in sicherem Abstand zur Gruppe den Flur entlang. »Muss nett sein, einen Prinzen als Familienfreund zu haben.«

»Es hat definitiv seine Vorteile.« Er lächelte, als würde er sich über einen Insider-Witz freuen – wahrscheinlich irgendwas, das mit Poloponys oder ähnlich royalem Zeug zu tun hatte. »Du weißt aber schon, dass Ronan nicht wirklich …«

»… nicht wirklich ein Prinz ist?«, beendete ich die Frage für ihn. »Ja! Danke! Endlich! Dann bin ich ja doch nicht die Einzige, die das kapiert!«

»Man kann es *TRC* wohl kaum vorwerfen«, entgegnete Jamie. »*Heimlich dein Right Honourable Lord* klingt nicht ganz so schmissig.«

»Das stimmt.«

»Was uns natürlich zur Schlacht von Stirling Bridge führt, einem großen Tag für uns Schotten … und den Clan Murray«, verkündete Ronan derweil. Der Rest der Gruppe war bereits im nächsten Raum angelangt. Jamie und ich beeilten uns, sie einzuholen.

Wir traten über die breite Schwelle in einen großen Raum, dessen Wände von Bücherregalen gesäumt wurden. Es gab sogar eine dieser rollbaren Leitern, genau wie in *Die Schöne und das Biest*! Eines der Regale wurde beinahe vollständig von einem gigantischen Weihnachtsbaum verdeckt, der mit funkelnden Lichtern, Schottenkaroschleifchen und farblich darauf abgestimmten Weihnachtskugeln geschmückt war. Weit und breit war keine der Eis-am-Stiel-und-bunte-Bommel-Kreationen zu erkennen, wie sie für gewöhnlich den Baum der Familie Leigh schmückten. Dieses Jahr hatten wir natürlich keinen Baum – dank Dusty und ihrer Hochzeit, die unser Weihnachten gestohlen hatten. Irgendwie hatte ich Probleme, mir vorzustellen, wie ich unter diesem professionell dekorierten, harzig duftenden Koloss Geschenke auspacken sollte. Jamie und ich schlängelten uns lautlos zum hinteren Teil der Gruppe, während Ronan sich lang und breit in Lobgesängen über William Wallace erging.

»Hallo, ihr Lieben!« Ein äußerst attraktiver Hobbit in zerknittertem Smoking kam mit spitzbübischem Gesichtsausdruck in den Raum geschlendert. Er war unglaublich klein und ein bisschen pummelig, aber er hatte eine verblüffende Ähnlichkeit mit einem ziegenbärtigen Märchenprinzen.

»Du kommst zu spät zur Führung, Kirby!«, brüllte Ronan mit seinem breitesten schottischen Akzent von der Spitze des Trupps aus. »Man könnte meinen, es wäre gar nicht so schwierig, mal pünktlich aufzutauchen.«

»Ooh, jetzt hör ihn sich einer an – der *Laird* ist wieder da!« Der Hobbit warf einen Arm in die Luft und machte ein paar lustige, kleine Tanzschritte. »An diesen lieblichen Highlandertonfall kann ich mich von unserer Zeit in Cambridge überhaupt nicht erinnern.«

»Hör dir lieber selber zu, Rob Roy, bevor du mir ans Bein pinkelst.« Ronan klopfte Kit mit seiner Pranke beherzt auf die Schulter, womit er ihn zum Taumeln brachte. Ich glaube, manchmal vergisst Ronan, wie groß und kräftig er ist. »Du warst doch derjenige, der immer schottischer und schottischer wurde, mit jeder Bahnstation, die wir uns von Eton entfernten.«

»Na, ich konnte mich doch nicht entspannen mit diesen ganzen englischen Pinkeln an der Backe, oder?« Er rümpfte die Nase. »Immer dieses tadellose Englisch, als ob die Queen höchstpersönlich 'ne Ansprache hält, und der ganze Kokolores.«

»Tja, wir haben die Sprache erfunden. Offenbar wissen wir, wie sie gesprochen werden sollte«, mischte Jamie sich ein.

»Ach, da ist ja mein liebster Oberpinkel!« Der kleine Mann flog auf uns zu und warf seine Arme um Jamies Taille.

Laird, Rob Roy, Eton … ich machte mir geistig eine Notiz, das alles beizeiten nachzuschlagen. Im Grunde war ich bei der Hälfte des Gesprächs nicht mitgekommen.

»Bist du dann mal fertig damit, die Führung zu unterbrechen?«, fragte Ronan.

»Führ du nur fort!« Der kleine Mann winkte großspurig mit der Hand. »Ich werde dich nicht davon abhalten, die glorreiche Geschichte des Clan Murray zu erzählen. Ich möchte mir nur Klein-Jamie für ein Minütchen ausborgen. Och, und hörst du wohl damit auf, immer weiterzuwachsen?«, sagte er an Jamie gewandt. »Du sorgst nur dafür, dass wir anderen schlecht dastehen.«

»Ich kann dich doch sowieso nicht bändigen, Kirby. Das

habe ich noch nie geschafft.« Ronan seufzte. »Diejenigen von euch, die sehen wollen, wie eine Mistgabel während des Jakobiten-Aufstands von 1745 gehandhabt wurde, folgen bitte mir.«

»Kirby? Kit Kirby?«, fragte ich, als Ronan, Dusty und Mom sich zum anderen Ende des Raumes hin entfernten. Unter all den möglichen Szenarien, dem flüchtigen Kit Kirby doch noch zu begegnen, hatte ich mir sicher keinen Burschen im Smoking vorgestellt. Oder dass er mir nur ungefähr bis zum Bauchnabel ging. »*Das* ist der Mann, der mich am Bahnhof dem Kältetod überlassen wollte?«

»Nicht schon wieder!«, stöhnte Kit Kirby und schlug sich mit der Hand gegen die Stirn.

»Wie lange saß ich dort gleich noch mal fest?«, fragte ich vorwurfsvoll.

»Leider passiert das jedes Mal.« Jamie schüttelte betrübt den Kopf.

»Wohl kaum!«, protestierte Kit Kirby. »Das letzte Mal war es eine Flughalle, das ist eine komplett andere Geschichte.«

»Er hat die Neigung, Frauen in den verschiedensten Transportmitteln im Stich zu lassen«, erklärte Jamie.

»Allerdings niemals mit Absicht, wenn ich bitten darf! Das war ein reines Versehen. Pünktlichkeit ist schlicht nicht meine Stärke. Jeder hat eben so seine Talente, kleiner Jamie.« Es war irgendwie komisch, dass Kit ihn »Kleiner Jamie« nannte, wo er doch beinahe doppelt so groß war wie er.

»Talente? Du hast Talente?« Jamie hob süffisant eine Augenbraue. Mann, ich wünschte, ich könnte das auch. Ich probierte es aus. Fehlanzeige. Wo eine Augenbraue hinwanderte, da folgte ihr die andere auf dem Fuße. »Das war mir überhaupt nicht bewusst. Bitte, kläre uns doch auf.«

»Zum einen wäre da mein Charme!« Kit strich sich mit funkelnden Augen über seinen gepflegten Ziegenbart. »Das ist der Grund meines Erfolgs bei den Frauen. Aller Nationen, wenn ich hinzufügen darf.«

»Ach ja, die Frauen aller Nationen.« Jamie seufzte vernehmlich. »Es hätte viel schlimmer kommen können, Dylan. Wenigstens bist du nicht ohne Pass in Aserbaidschan gestrandet. Und ohne Brieftasche. Und ohne Mobiltelefon.«

»Das ist wirklich passiert?« Nichts in seinem Gesicht deutete auf einen Scherz hin. »Du meinst das gerade schon ernst, oder?«

»Ach ja, *Sabina.*« Kit verschränkte die Hände vor dem Herzen. »Sie war herzallerliebst. Augen, in denen ein Mann ertrinken könnte. Wenn ich doch nur den Flugplan richtig gelesen hätte. Oder eine Armbanduhr besessen hätte.«

»Ja, wenn …«, pflichtete Jamie ihm bei. »Wie auch immer, Kit, darf ich dir dein letztes Opfer vorstellen.« Jamie deutete auf mich und ich winkte ihm zu. »Du hättest sie beinahe getötet, du nichtsnutziger Lump!«

»Ich habe sie *nicht* getötet! Sie steht doch hier, putzmunter und in voller Lebensgröße!«, krähte Kit triumphierend. »Warm und wohlig im guten, alten, zugigen Schloss Dunyvaig. Wo kein Schaden, da kein Richter, nicht wahr?«

»Ich bin Dylan«, stellte ich mich vor. »Dustys Schwester.«

»*Du* bist Dustys Schwester?«

»Jupp.« *Aargh!*

»Kit Kirby, stets zu Diensten, Dustys Schwester.« Er verbeugte sich so schwungvoll, dass ich stark vermutete, dass er im örtlichen Laientheater mitspielte. »Die Sache mit dem Bahnhof tut mir schrecklich leid. Wird nicht wieder vorkommen, bei meiner Ehre. Na ja, vielleicht sollte ich lieber nicht schwören«, berichtigte er sich. »Aber du weißt schon, ich werde mein Bestes geben.«

»Darauf würde ich mich nicht verlassen, Dylan«, warf Jamie ein.

»Warum trägst du denn einen Smoking?«, fragte ich neugierig. Ja klar, er war zerknittert, aber trotzdem übertrieben schick für die frühe Tageszeit. Der Anzug sah aus, als hätte er in ihm geschlafen. Oder vielleicht auch nicht geschlafen – wenn man die dunklen Ringe unter seinen Augen bedachte.

»Ach, nun ja, das ist eine lange Geschichte.« Kit Kirbys Augen funkelten schelmisch. »Aber was gibt es Besseres als eine lange Geschichte an einem kalten Morgen bei einem prasselnden Kaminfeuer? Sie beinhaltet drei Vegas-Showgirls, einen entthronten saudischen Prinzen und eine unverschämt teure Flasche Champagner …«

»Kein Wort mehr, Kirby!«, rief Ronan dazwischen. Wie um alles in der Welt hatte er das gehört? Er stand am anderen Ende des Raumes und fuchtelte mit der zuvor erwähnten Mistgabel herum. »Das sind unschuldige Ohren«, fuhr er fort. »Lass uns schön brav bleiben vor der kleinen Schwester.«

»Ich bin kein Baby«, brummte ich störrisch. Ich kam mit so was klar. Ich hatte schließlich schon den Homecoming-Ball und den Tate-Moseley-Vorfall überlebt. Na gut, es war Heaven, die den Tate-Moseley-Vorfall hatte durchstehen müssen, aber ich hatte das Ganze aus vorderster Reihe mitbekommen. Mich konnte nichts mehr schocken.

»Der Kerl ist doch eine gottverfluchte Fledermaus«, beschwerte sich Kit Kirby, sobald Ronan sich wieder der Gruppe zugewandt und aufgehört hatte, bedrohlich seine historische Mistgabel zu schwingen. »Verflixte Ultraschallohren. Der schlimmste Aufsichtsschüler in der Geschichte von Eton.«

»Ein Aufsichtsschüler?! So etwas gibt es wirklich? So wie Percey Weasley in *Harry Potter*?!«

»Ja, Ronan hat sich bei seiner *ZAG*-Prüfung bewundernswert hervorgetan«, sagte Jamie ganz ernst, und nur seine Augen verrieten, dass er mich aufzog. Er hielt mich also für eine ahnungslose Amerikanerin. Jamie musste sich fühlen wie ich damals, als Ronan zum Abendessen vorbeikam und meine Mom fragte, ob er für offizielle amerikanische Anlässe einen Anzug wie Colonel Sanders von der Kentucky-Fried-Chicken-Werbung benötigte.

»Eigentlich ist es ja der *UTZ*-Grad, der die Jungs von den echten Männern unterscheidet, Jamie.« Ich rümpfte vornehm die Nase. In seinen Mundwinkeln zuckte die Andeutung eines unterdrückten Lachens.

»Ich und Ronan sind die besten Kumpels, seit wir als kleine Jungs zusammen auf die Eton gekommen sind. Ich kann es kaum glauben«, sagte Kit rührselig. »Ronan ist dabei zu heiraten, Klein-Jamie tritt in meine glorreichen Fußstapfen an der Eton, und ich bin einfach nur … alt. Wo ist bloß die Zeit geblieben, Dylan?« Er gab mir einen Klaps auf die Schulter und blickte mich mit suchenden Augen an. »Wo nur?«

»Also, ähm, ihr zwei wart zusammen auf der Eton? Total cool. Ist das eine Highschool oder so?« Sachte entfernte ich Kits Hand von meiner Schulter und wechselte das Thema.

»Yeah, cool, total die Highschool oder so«, äffte er mich mit der Stimme einer affektierten amerikanischen Tussi nach. »Ich kenne euer amerikanisches Kauderwelsch, ich schaue mir all die Filme an. *Du bist 'ne Jungfrau, die nicht Auto fahren darf. – Oh, das war wirklich fies*«, zitierte er, um sofort den Titel des Filmes anzufügen. »*Clueless*.«

Sah man einmal davon ab, dass er mich beinahe dem Kältetod überlassen hatte, konnte jemand der *Clueless* zitierte, gar nicht *so* übel sein.

»Wie sie dich jemals an der Cambridge aufnehmen konnten, übersteigt einfach meinen Horizont.« Jamie schüttelte den Kopf.

»Es ist mein Charme, stimmt's?« Kit Kirbys Augen blitzten auf. »Mach dir keinen Kopf, Klein-Jamie. Ich bin mir sicher, auch du wirst eines Tages in diesen geheiligten Hallen wandeln, wenn du erst so alt und angesehen bist wie dein guter Onkel Kit.«

»Du bist nicht mein Onkel«, sagte Jamie nachdrücklich.

»Ooh! Spirituosen!« Kit ging schnurstracks auf eine Kristallkaraffe zu, die auf einer Anrichte stand, und goss sich einen ordentlichen Schluck in ein passendes schweres Kristallglas. Durch den Raum hindurch konnte ich hören, wie Mom eine Frage zu den Vorhängen stellte. »Lust auf einen kleinen Drink, Dylan?« Kit hielt mir das Glas entgegen und ließ die bernsteinfarbene Flüssigkeit in dem gedämpften Licht schwenken.

»Es ist erst halb elf Uhr morgens.«

»Ach, ich befinde mich noch in einer anderen Zeitzone.« Er zuckte die Achseln. »Außerdem verdient der Trauzeuge den einen oder anderen Drink. Bei dem ganzen Stress, stimmt's?« Er kippte den Rest seines Getränks in einem einzigen Zug. »All die Verantwortung. Meine armen Nerven.«

»Du trägst deine Verantwortung wirklich bemerkenswert.« Jamie klopfte ihm auf die Schulter. »Das hast du toll gemacht, wie du Dylan ganz allein vom Bahnhof abgeholt hast.«

»Ah, verpiss dich, Klein-Jamie.« Kit schenkte sich ein weiteres Glas ein. »Wir können schließlich nicht alle so brav und bieder sein wie Seine Königliche Schüchternheit, oder?«

»Ist das euer Spitzname für Ronan?«

»Ja«, erwiderte Jamie. »Weil er Aufsichtsschüler war.«

»Stimmt. Aufsichtsschüler«, sagte Kit abgelenkt, als er einen weiteren Schluck nahm. »Ein verdammt aufmerksamer Aufsichtsschüler.«

»Ganz genau«, bestätigte Jamie.

»Ich, ähm, ich glaube, die Führung ist ohne uns weitergegangen.« Ich sah, wie Dusty und Mom Ronan aus dem Raum folgten und im Flur verschwanden. Ich hatte absolut kein Interesse daran, mich im Schloss zu verirren – vor allem nicht in Gesellschaft von zwei Verrückten. Na ja, zumindest Kit Kirby war definitiv verrückt. Jamie war einfach nur … anders.

»Du hast recht, Dylan! Ist wohl besser, wir nehmen das Zeug einfach mit, was?« Kit schnappte sich die Karaffe, klemmte sie unter den Arm und machte Anstalten, dem Rest der Truppe hinterherzuwatscheln.

»Wenn ich mich nicht sehr täusche, ist das Waterford-Kristall«, merkte Jamie an. »Das Muster lässt auf die Mitte des 19. Jahrhunderts schließen … 1840, wenn ich raten müsste.«

»Raten müsste, raten müsste …«, brummte Kit. »Was denn, bist du jetzt unter die Antiquitätenhändler gegangen? Geigenspielen hat dir als Hobby wohl nicht gereicht, was, Sherlock? *Quietsch, kreeeisch, kreeeeeisch.*«

Ich hielt mir die Ohren zu. Falls Jamie auf der Geige tatsächlich so klingen sollte, dann betete ich dafür, dass er nicht auf der Hochzeit spielen würde – oder überhaupt irgendwo in meiner Nähe.

»Ich möchte dich lediglich daran erinnern, dass dieses Ding wahrscheinlich mehr wert ist als du.«

»Von wegen«, schnaubte Kit. »Es ist wohl eher so, dass *ich* unbezahlbar bin.«

Als wir der Gruppe in den Flur folgten, hielt ich mühelos mit Jamies langen Beinen Schritt, während Kit hinter uns hertrippelte. Vor uns sah ich, wie Dusty sich umdrehte und uns ungeduldig zuwinkte. Ich beschleunigte mein Tempo.

»Außerdem werde ich es schon nicht fallen lassen«, fuhr Kit fort. »Ich habe sehr viel Feingefühl ... die Hände eines Babyengels. Alle Mädels sagen das.«

Ich schauderte. »Nimm's mir nicht übel, aber ich kann mir nichts vorstellen, von dem ich mich weniger gerne anfassen lassen würde als von den Händen eines Babyengels.«

»Nicht einmal von einem Riesenkraken?«, wollte Jamie wissen.

»Die Hände eines Babyengels sind viel gruseliger. Warum ist der Engel ein Baby? Warum berührt er mich überhaupt? Bin ich tot? Wenn mich ein Riesenkrake berühren würde, würde ich davon ausgehen, dass es ein Zufall war – weil ich in sein Revier geschwommen bin oder so.«

»Du müsstest schon richtig weit rausschwimmen, um in sein Revier zu gelangen«, wandte Jamie ein.

»Du weißt doch gar nicht, wie weit ich schwimmen kann.«

»Du bist wirklich fast so sonderbar wie unser kleiner Jamie hier«, mischte Kit sich ein und starrte uns an.

»Sobald wir am Ende dieses Flures angelangt sind, betreten wir den älteren Teil des Gebäudes ...« Wir hatten so weit aufgeholt, dass Ronan wieder zu hören war. »Ihr werdet sehen, dass sehr viel von der mittelalterlichen Substanz erhalten geblieben ist. Außerdem haben wir einen großen Raum mit einem Billardtisch.«

»Kommt schon, Mädels« Irgendwie hatte Kit es geschafft, uns zu überholen, und war beinahe schon bei der Gruppe angelangt. »Ein Billardtisch wartet!«

»Christopher Clarence Kirby!« Beim Klang der herrischen Frauenstimme blieb er wie angewurzelt stehen. »Du stellst auf der Stelle den Scotch wieder hin oder ich werde dich höchstpersönlich ins Verließ begleiten.«

Und das war meine erste Begegnung mit Ronans Mom.

Kapitel 5

»Die Medusa ist auferstanden«, flüsterte Jamie.

Ronans Mutter hatte definitiv etwas an sich, das mich an mythologische Ungeheuer denken ließ, aber ich wäre nicht so weit gegangen, sie eine Medusa zu nennen. Ein Kopf voller Schlangen hätte auch viel zu unordentlich ausgesehen über diesem supersteifen Tweeddamenkostüm. Nicht ein Härchen in ihrem eleganten Chignon stand ab. Nein, wenn sie eine Kreatur gewesen wäre, dann ein Drachen. Wenn auch ein Zwergdrache, da sie ein gutes Stück kleiner war als alle in meiner Familie. Aber da war etwas Reptilienhaftes in ihrem kühlen Blick und den hohen, kantigen Wangenknochen.

»Na, wenn das nicht meine allerliebste Ladyschaft ist!« Kit lief mit ausgebreiteten Armen auf sie zu, wobei er die Karaffe immer noch in einer Hand hielt. »Ein Traum in Tweed, wie immer. Jedes Mal, wenn ich dich sehe, siehst du noch jünger aus.«

»Den Scotch, Christopher!« Ronans Mom wich geschickt Kits Umarmung aus. Derart zurückgewiesen, stellte Kit die

Karaffe auf dem nächstbesten Beistelltisch direkt neben einer hölzernen Stockente ab.

»Mama!« Ronan machte einige große Schritte auf uns zu und Dusty folgte ihm mit etwas Abstand. Wenn man beide nebeneinanderstehen sah, erschien es ein Ding der Unmöglichkeit, dass die winzige Mrs Dunleavy (musste ich sie so nennen? Ich hatte keine Ahnung) einen Giganten wie Ronan geboren haben sollte. »Bist du sicher, dass du schon aufstehen solltest? Ich dachte, dir geht es nicht gut.«

»Es *geht* mir auch nicht gut. Aber offenbar haben sich die Umstände geändert. Mein Heim ist kein sicherer Ort mehr. Das Personal hat mich umgehend alarmiert, als Christopher eingetroffen ist.«

Das Personal? Ach du meine Güte. Na ja, mir war schon klar, dass es Angestellte gab – ich hatte überall im Haus Leute in gestärkten weißen Hemden und grauen Hosen gesehen, und für eine Person allein wäre es unmöglich gewesen, ein so großes Anwesen in Ordnung zu halten. Aber trotzdem, *Personal.* Das klang so … *Downton-Abbey*-artig.

»Ach, Mrs D.«, jammerte Kit, »man muss nur einmal ein einigermaßen unbezahlbares Erbstück zerbrechen …«

»Oder sieben!«, warf Jamie fröhlich ein.

»Oder ein kleines bisschen Kuchen naschen …«

»Der eigentlich für eine Schar von zweihundertfünfzig Gästen gedacht war, den Herzog von York zwar mit eingeschlossen, aber nicht *nur* für ihn«, konterte Jamie.

»Ich habc aber auch nicht das ganze Ding gegessen, oder?«, wehrte sich Kit.

»Nein, nur die Mitte.«

»Die Mitte ist ja auch das Beste daran, oder nicht?«, witzelte Kit.

»Du hättest warten können, bis es Zeit für den Nachtisch war, so wie der Rest von uns. Ohne die Kucheninnereien rauszuschaufeln wie ein ungeduldiger Barbar«, schimpfte Jamie.

»Alles, was ich damit sagen will, ist«, insistierte Kit vernehmlich, »dass man nur ein paar kleine Fehlerchen machen muss, und schon hat man das Gefühl, als wäre man das fleischgewordene *AMBER*-Alarmsystem. Das ist nicht wirklich fair, oder? Ein paar klitzekleine Verfehlungen hochgerechnet gegen ein ganzes Leben der Freundschaft und Zuneigung?«

»Ich glaube, *AMBER*-Alert ist ein Alarmsystem für vermisste Kinder«, warf ich ein.

Alle starten mich an. Na gut. Anscheinend war ich nicht Teil dieser Konversation.

»Hmmmmmm.« Obwohl sie die kleinste Person in dieser wild zusammengewürfelten Gruppe im Flur war, schaffte Ronans Mom es irgendwie, von oben herab auf uns runterzuschauen. Gruselig. Doch seltsamerweise leuchteten ihre Augen auf, als ihr Blick an James hängen blieb. »Du siehst heute Morgen gut aus, Jamie.«

»Ähm, danke schön.« Er errötete. Tja, spätestens jetzt war wohl klar, wer Mrs Dunleavys kleiner Liebling war. Und es war ganz sicher nicht Kit Kirby. »Wird dein charmanter Vater sich uns ebenfalls bald anschließen? Ich hatte so sehr gehofft, dass es ihm möglich sein würde, früher zu kommen. Ich hoffe sehr, er ist sich bewusst, dass Dunyvaig stets eine Heimat für ihn sein wird.«

»Das ist wirklich nett. Aber ich glaube, er ist momentan … sehr beschäftigt.«

»Aber natürlich«, lenkte Ronans Mutter ein. »Von einem Mann in seiner Position würde ich auch nichts anderes erwarten.«

Seiner Position? Ich warf Jamie einen fragenden Blick zu, doch er zuckte nur mit den Schultern und formte mit den Lippen etwas, das wie »Geschäfte« aussah.

»Also, ich freu mich ja so, dass es Ihnen besser geht und Sie wieder auf den Beinen sind!«, sagte Dusty. Die Anspannung unter dem Schleier aufgesetzter Fröhlichkeit war deutlich hörbar. Hatte Dusty etwa *Angst* vor Ronans Mutter? Ich hatte Dusty in gesellschaftlichen Situationen noch nie mit weniger als hundert Prozent Selbstvertrauen antreten sehen. Es war geradezu beunruhigend.

»Mir geht es ganz sicher nicht besser.« Mrs Dunleavy lenkte die volle Aufmerksamkeit ihres eisigen Blickes auf Dusty, die entsprechend zusammenzuckte, bevor ihr Lächeln erstarb. Oje, meine Schwester tat mir beinahe leid. Man stelle sich nur *so was* als Schwiegermutter vor. »Ich fühle mich grauenhaft«, fuhr Ronans Mutter fort und zog ihr Schottenkarotuch fester um die Schultern, »aber wenn das eigene Heim in Gefahr ist, muss man sich der Situation gewachsen zeigen.«

»In Gefahr?!«, protestierte Kit. »Gefahr?! Wohl kaum. Ist ja nicht so, als ob ich in der Gegend herumspazieren und eine Zivilisation nach der anderen in Schutt und Asche legen würde!«

»Kit Kirby: Smaugs Einöde«, flüsterte Jamie.

Unwillkürlich entwich mir ein prustendes Lachen. Alle starrten mich an. Schon wieder. Ich war auf bestem Weg, einen geistig unausgeglichenen Eindruck in diesem Reality-TV-Albtraum zu hinterlassen.

»Ach ja.« Ronan räusperte sich. »Du hast noch gar nicht den Rest von Dustys Familie kennengelernt. Mama, das ist Dustys Schwester, Dylan.«

Langsam streckte Mrs Dunleavy ihre feingliedrige Hand

aus. Ich schüttelte sie vorsichtig und hatte das Gefühl, im Vergleich zu ihr geradezu riesenhaft zu sein. Musste ich jetzt einen Knicks machen? Na ja. Zu spät. Hallo *TRC*? Ein Leitfaden mit Benimmregeln in Gegenwart von Adligen wäre wirklich hilfreich gewesen. Aber vermutlich hofften sie darauf, dass wir die prolligen Amerikanerinnen heraushängen ließen und Ronan und seine Familie bis auf die Knochen blamierten.

»Dusty. Dylan. Was für … interessante Namen ihr Mädchen doch habt.«

Oh, *interessant*. Ich kannte dieses *interessant*. Das war exakt dasselbe *interessant*, das auch Krystal Hooper letztes Jahr verwendet hatte, um Heavens Outfit am ersten Schultag zu beschreiben.

»Als mir Ronan erzählte, er würde ein Mädchen mit dem Namen Dusty nach Hause bringen«, fuhr sie fort, »da dachte ich, ach du meine Güte! Dusty? So wie *staubig*? Ist das etwa ein *Aschenputtel*?« Ihr Lachen klang wie das Klirren von Eiswürfeln in einem Glas. Niemand stimmte mit ein. Ich begegnete Dustys Blick, doch sie senkte den Kopf, starrte zu Boden und spielte verlegen an ihren Haaren herum.

»Ich habe meine Töchter nach meinen zwei Lieblingssängern benannt«, sagte Mom taktvoll wie immer. »Dusty Springfield und Bob Dylan.«

»Nicht Dylan Thomas?! Ich bin enttäuscht!«, klagte Jamie so leise, dass es niemand sonst mitbekam. Wir wurden langsam richtig gut darin, unsere Privatgespräche abseits aller anderen zu führen.

»Nach Sängern benannt? Wie überaus … ungewöhnlich.« Ah, *ungewöhnlich* – der noch unhöflichere kleine Bruder des fiesen kleinen *interessant*. »Ronan wurde selbstverständlich nach seinem verstorbenen Vater benannt.« Ronan legte eine tröstende Hand auf die Schulter seiner Mutter. Sie tätschelte sie flüchtig. »Da Sie Ihre Tochter nach Sängern benannt haben, nehme ich an, Sie waren so etwas wie ein … na, wie sagt man doch gleich … ein *Groupie*?«

Ronan schnappte nach Luft. »Mama!«

Boah wie fies! So eine unverschämte Hexe! Mom war ganz sicher kein Groupie. Und schon gar nicht alt genug, um Bob Dylans Groupie zu sein.

Mom hingegen lachte nur. »Nein, nichts dergleichen. Es war mehr so, wie Dusty Springfield in ihrem Lied singt: *The only one who could ever reach me was, in fact, the son of a preacher man.*«

»Sie spielen damit auf den Vater der Mädchen an, verstehe ich das richtig?« Ronans Mutter rümpfte die Nase.

Unwillkürlich versteifte ich mich bei der seltenen Erwähnung meines Vaters. Mom hatte diesen Scherz natürlich schon zuvor gebracht, und so blieb die Liste der Dinge, die ich über ihn wusste, mehr oder weniger dieselbe:

1. *son of a preacher man* (Pfarrer? Pastor? unklar)
2. groß (ganz offensichtlich)
3. ein totaler Arsch (auch das offensichtlich)

»Und er ist …?«

»Nicht im Bilde«, erwiderte Mom bestimmt.

Nicht im Bilde. Klar. Moms Standardantwort. Er war zwar im Bilde gewesen, als Dusty noch klein war, verschwand dann aber, kurz nachdem ich zur Welt kam. Also durfte ich mich wohl für sein Mitwirken an meiner Geburt bedanken, aber ansonsten hatte der Mann, der theoretisch mein Vater war und angeblich auch existierte, mir nicht viel mehr gegeben als eine dicke, fette Ladung Nichts. Und die gar nicht mal so kleine Befürchtung, dass ich der Grund für sein Verschwinden war.

»Hmmmmm.« Allmählich begann ich dieses *Hmmmmm* zu fürchten, die Art und Weise, wie es abfällig durch ihre Nase pfiff.

Okay, womöglich okkupiert Mom ständig das Badezimmer und legt viel zu viel Wert auf ihr Äußeres, aber wenn es darauf ankommt, ist sie eine wirklich coole Socke. Sie hatte es irgendwie geschafft, mich und Dusty davon abzuhalten, uns gegenseitig umzubringen; sie hatte uns erfolgreich durch die Schulzeit gebracht und dafür gesorgt, dass wir was zum Essen und Anziehen hatten, während sie gleichzeitig als bildschöne, perfekte Co-Moderatorin in Mississippis beliebtester Frühstücksfernsehsendung arbeitete – und *all das*, ohne dabei auf *Personal* zurückgreifen zu können. Schützend trat ich etwas näher an sie heran. Nicht, dass sie meine Hilfe benötigt hätte – Mom war noch nie in eine heikle gesellschaftliche Situation geraten, die sie nicht würdevoll gemeistert hätte. Wie schon gesagt, sie ist eine echt coole Socke.

»Florence, erzählen Sie mir doch etwas mehr über diese ganz wunderbaren Vorhänge«, flötete Mom und wechselte das Thema. Mrs Florence Dunleavys Nüstern erbebten bei der allzu vertraulichen Verwendung ihres Vornamens, und ich war mir sicher, dass Mom genau das beachsichtigt hatte. Sie war eine Großmeisterin in dieser hochgeschätzten Südstaatentradition, eine Kränkung so subtil auszusprechen, dass man sie beinahe nicht mitbekam. »Unser lieber Ronan hier konnte sich nicht mehr daran erinnern, wo sie herkommen, aber ich war mir sicher, dass Sie es wissen müssten.«

Entschlossen lenkte Mom Florence – wie ich sie von nun an im Geiste nennen würde – in Richtung Fenster. Der Rest der

Gruppe schien einen kollektiven Seufzer der Erleichterung auszustoßen.

Irgendetwas gurgelte leise. Ich sah Dusty an. Sie war komplett grün im Gesicht – so grün, wie ich sie seit dem berühmt-berüchtigten Kotzmarathon im Dollywood-Vergnügungspark in den Sommerferien vor der zwölften Klasse nicht mehr gesehen hatte.

»Entschuldigt mich einen Moment, Leute, ich … ich muss mich nur mal frisch machen.« Dusty presste sich die Hand vor den Mund und stürmte von dannen. Ronan runzelte besorgt die Stirn und eilte ihr hinterher.

»Armes Ding. Sie hat keine Chance«, gluckte Kit mitfühlend.

»Was meinst du mit ›Sie hat keine Chance‹?«

»Ist nicht böse gemeint, Dylan, wirklich! Ich habe nichts gegen deine Schwester, absolut nichts. Sie ist ein tolles Mädchen. Und ein echter Hingucker.«

»Ja, ja, das weiß ich«, unterbrach ich ihn. Ich hatte in meinem Leben wirklich schon genug zum Thema Dustys Aussehen gehört. »Komm zur Sache.«

»Ich will damit nur sagen, so bezaubernd unsere Dusty auch ist und so rein ihre Liebe zu Ronan sein mag, so bin ich mir doch sicher, dass sie nicht unbedingt Lady Dunleavys erste Wahl für ihren kostbaren einzigen Sohn ist.«

»Warum nicht?«

Kit und Jamie tauschten einen Blick. Okay, ich war nicht dumm, ich wusste, warum nicht – aber es fiel mir dennoch schwer, mir vorzustellen, dass die perfekte Dusty für jemanden nicht gut genug sein sollte. Ich hätte dieses ganze Schloss mit Müttern füllen können, die ihr Leben dafür gegeben hätten, Dusty zur Schwiegertochter zu haben.

»Mal schauen«, überlegte Kit und zählte an seinen Fingern ab. »Zum einen ist sie keine Aristokratin, und dann ist sie auch noch viel zu attraktiv, auf diese ganz offensichtliche, amerikanische Art und Weise …«

»Ja, nichts ist schlimmer, als offensichtlich attraktiv zu sein.« Jamie schüttelte den Kopf. »Es ist so furchtbar vulgär.«

»Ronans Mom mag sie nicht, weil sie zu hübsch ist?«

»Viel zu hübsch«, bestätigte Kit.

»Es wäre besser, sie würde nur bei gedimmtem Licht gut aussehen«, fügte Jamie hinzu. »Während man wie wild blinzelt.«

»Ich weiß nie, ob du etwas ernst meinst.«

»Ich bin so gut wie nie ernst«, erwiderte Jamie mit völlig ernster Miene.

»Ich meine es todernst. Verzeihen Sie, meine Liebe«, sagte Kit zu der Stockente auf dem Tischchen und schob sie beiseite, um die Karaffe mit dem Scotch zu retten. »Dusty ist ihr allerschlimmster Albtraum.« Er ging wieder auf den Raum zu, in dem wir zuvor gewesen waren, und Jamie und ich folgten ihm. »Ein blondes Dummchen – nicht böse gemeint – fällt aus den ehemaligen Kolonien ein und stiehlt ihren einzigen Sohn. *Und* bringt geschmackloserweise noch eine billige Fernsehcrew mit. Oh Schreck!«

»Das ist nicht Dustys Schuld«, erwiderte ich trotzig, auch wenn ich keine Ahnung hatte, warum ich sie verteidigte. Ich hatte sie schon wesentlich schlimmere Dinge genannt als nur Dummchen. »Florence hätte die Kameracrew ja nicht reinlassen müssen. Sie hatte die Wahl.«

Kit und Jamie tauschten einen Blick.

»Also hatte sie nicht *wirklich* eine Wahl?«

»Kit«, sagte Jamie warnend.

»Weiß doch sowieso jeder, oder etwa nicht? Ich bringe die kleine Schwester nur auf den neuesten Stand.« Er nickte mit einem Blick auf mein monströses T-Shirt. »Sie brauchen das Geld«, verkündete Kit freiheraus. »Man benötigt schon einen ganzen Haufen Kohle, um einen alten Steinhaufen wie diesen zu unterhalten.«

»Also ist Ronans Familie gar nicht reich?«

»Reich ist ein relativer Begriff, nicht wahr?« Kit nahm nachdenklich einen Schluck direkt aus der Karaffe, woraufhin Jamie zusammenzuckte. »Reich, ja, für Normalsterbliche. Aber nicht reich genug, um mit den gekrönten Häuptern Europas mithalten zu können … oder anscheinend auch nur, um die Heizung laufen zu lassen.«

»Das ist jetzt wirklich genug«, sagte Jamie mit entschiedener Stimme.

»Ooh, Entschuldigung. Ich bin ja so schrecklich vulgär mit meinem Gerede über *Geld.*« Kit schwankte leicht. »Ich habe sein Zartgefühl verletzt.«

»Warum setzt du dich nicht einfach hin, Kit?«

»Warum setzt *du* dich nicht hin?«, brummte Kit mürrisch, ließ sich jedoch von Jamie zu einem kleinen, opulent gepolsterten Sofa mit Kohlrosenmuster führen, das aussah, als ob es direkt aus Omas betreuter Wohneinrichtung käme. In einem Schloss war wohl auch nicht immer alles stilvoll. Kit sackte auf dem Sofa zusammen und hielt die Karaffe im Arm wie ein Baby. Behutsam nahm Jamie eine karierte Decke von der Armlehne und deckte ihn sorgfältig damit zu.

»Geht es ihm gut?«

»Alles in Ordnung, er muss sich nur ein Weilchen aufs Ohr hauen.«

»Okay«, sagte ich skeptisch. Vormittags betrunken einzudösen, erschien mir nicht ganz so unproblematisch, aber was wusste ich schon?

»Komm, wir gehen.« Jamie griff nach meiner Hand. Bei seiner Berührung zuckte ich unwillkürlich zusammen, seine Hand war jedoch überraschend warm. »Deine Finger sind noch immer eiskalt, kleines Mädchen mit den Schwefelhölzern.«

»Ich bin noch dabei, mich zu erholen. Irgendjemand hat mich ganz allein am Bahnhof stehen gelassen, weißt du nicht mehr?«

»Ich gedenke, diese verleumderische Beleidigung zu ignorieren!« Kit hob ein Augenlid. Also war er doch noch nicht eingeschlafen. »Ihr zwei steckt doch unter einer Decke, jawohl, unter einer Decke. Ihr versucht, meinen guten Namen in den Schmutz zu ziehen.« Er kuschelte sich zurück in die Rosenkopfkissen und zog die Decke unter sein fülliges Kinn, während sich seine Lider flatternd wieder schlossen.

»Es ist ein bisschen so, als ob man ein gigantisches ziegenbärtiges Baby hätte, oder?«, sagte Jamie liebevoll.

»Ein gigantisches, *betrunkenes,* ziegenbärtiges Baby. Bist du dir sicher, dass es ihm gut geht?«

»Ganz sicher. Ehrlich gesagt, glaube ich, dass es mehr der Schlafentzug ist als alles andere. Für gewöhnlich ist er so früh gar nicht wach.«

»Meinetwegen. Ich befinde mich ganz sicher nicht in der Position, über Leute zu urteilen, die auf Sofas einschlafen.«

»Nein, ganz gewiss nicht. Du befandest dich gestern Abend nämlich im Koma.«

Die Bilder, die diese Bemerkung heraufbeschwor, erforderten einen sofortigen Themenwechsel.

»Ist er eigentlich dein Onkel?«

»Nein, bestimmt nicht. Ronan und Kit sind beste Freunde seit ihren Kindertagen. Also ist Kit ein weiterer …«

»… alter Familienfreund?«, ergänzte ich.

»Ganz genau. Sie haben mich immer ein bisschen wie ihren nervigen kleinen Bruder behandelt. Ich habe nie so sehr dazugehört, um Teil der Bande zu sein, aber doch genug, um getriezt zu werden.«

»Mir musst du nicht erklären, was es bedeutet, ein armes gequältes Geschwisterchen zu sein. Ich könnte ein ganzes Buch darüber schreiben. Aber gut, ich glaub, ich hab's kapiert. Ich meine, woher ihr einander kennt. Endlich.« Ich nickte langsam. »Die vom Sender hätten uns einen Stammbaum geben sollen oder so was.«

»Das wäre doch viel zu nett gewesen. Und womöglich kontraproduktiv. Ich nehme an, das vorrangige Ziel dieser Fernsehfritzen bestand von Anfang an darin, uns wie Volltrottel dastehen zu lassen.«

»Das habe ich mir ganz genauso gedacht«, erwiderte ich düster. »Also … was nun?«

»Was nun …?«, wiederholte Jamie. »Erst einmal glaube ich, dass wir den Anschluss an die Führung hoffnungslos verloren haben.«

»Ja, falls sie überhaupt noch stattfindet.« Mir wurde bewusst, dass wir auch die Kameras verloren hatten. Es ging also bergauf.

»Mit der ganzen Meute im Nacken hätten wir ohnehin nicht den Hauch einer Chance gehabt, etwas Mysteriöses zu entdecken.«

»Das stimmt. Mom würde mich umbringen, wenn ich anfangen würde, wahllos Bücher aus irgendwelchen Regalen zu ziehen, nur um herauszufinden, ob sich dahinter geheime

Kammern verbergen. Das ist ihr viel zu chaotisch. Sie ist allergisch gegen Unordnung jeglicher Art.«

»Bücherregale, aber natürlich!«, rief Jamie entzückt aus. »Dylan, du bist ein Genie. Wir müssen einfach nur Bücher herausziehen, bis sich das Geheimnis von selbst offenbart. Lass uns loslegen!«

Er nahm wieder meine Hand, hastete los und wich nur knapp einem Beistelltischchen aus, das von einer kleinen Schäferin aus Porzellan geziert wurde, die aller Wahrscheinlichkeit nach ebenfalls unbezahlbar war.

»Wohin gehen wir?« Hielten wir eigentlich gerade Händchen? Ich meine, ganz offensichtlich hielten wir Händchen … aber mehr auf die Packen-und-hinter-sich-herziehen-Art, nicht auf die Romantisch-zusammen-schlendern-Art. Also zählte das vermutlich nicht als Händchenhalten. Nicht, dass es irgendwie wichtig gewesen wäre oder so.

»In die Bibliothek!«

»Die Bibliothek? Aber war das nicht das Zimmer, in dem wir gerade waren? Mit den Regalen? Und der Rollleiter wie in *Die Schöne und das Biest*?«

»Nein, nein, natürlich nicht, das war ein Wohnzimmer.« Jamie zog mich in halsbrecherischem Tempo von einem Flur in den nächsten, bog abrupt nach links und rechts, während das Geräusch unserer Turnschuhe vom dicken, weichen Flor der Läufer geschluckt wurde.

»Wie dumm von mir … einfach davon auszugehen, dass der gigantische Raum mit den endlosen Bücherregalen eine Bibliothek sein könnte.«

»Speziell die Dunleavys des 19. Jahrhunderts waren ausgesprochene Bücherwürmer. Ich denke, einige von ihnen wären Gelehrte geworden, wenn sie sich nicht um das Anwesen hätten kümmern müssen. Sie haben eine ganze Sammlung zusammengetragen. Leider ist das meiste davon Botanik … furchtbar öde. Ah, da sind wir ja!«

Jamie stieß die schwere Holztür auf und zog mich mit sich hinein, als ein überraschter Laut meinen Lippen entwich.

Kapitel 6

Es war, als würde man ein riesiges Schmuckkästchen betreten. Bücher in allen nur erdenklichen Farben kletterten die Wände empor, das Blattgold auf ihren Rücken schimmerte im Schein des Feuers. Der Raum war winzig, aber so hoch, dass ich mich fragte, ob er über zwei Stockwerke ging. Es gab natürlich auch hier eine Rollleiter, und an der einzigen Stelle der Wand, die nicht mit Büchern bedeckt war, prasselte ein Feuer fröhlich vor sich hin. Wer zur Hölle hielt all diese Feuer am Laufen? Oh ja, richtig, das *Personal.*

Abgesehen von mehreren weichen Ledersesseln und einem ganz besonders gemütlich aussehenden Ledersofa, war das einzige Möbelstück im Raum ein riesiger Schreibtisch aus Eichenholz. Ich hüpfte drauf und ließ meine Beine baumeln.

»Hmm.« Jamie hielt abrupt in der Mitte des Raumes inne. »Ich habe da … so ein Gefühl.« Er ließ sich auf seine Knie sinken, presste ein Ohr an die Holzdielen und begann den Boden abzuklopfen. »Das klingt ein bisschen … anders … hohl irgendwie. Vielleicht … könnte da etwas sein … genau …

hier!« Er hob die Ecke eines schnörkeligen Orientteppichs hoch und eine Falltür kam zum Vorschein.

»Du machst wohl Witze.« Ich rutschte vom Schreibtisch herunter. Es war tatsächlich eine Falltür. Ich hatte noch nie eine im echten Leben gesehen, aber es bestand kein Zweifel. Sie hatte sogar einen kleinen Griff, an dem man sie aufziehen konnte.

»Wenn es um Falltüren geht, mache ich nie Witze. Na ja, so gut wie nie«, ergänzte er. »Wenn mir ein wirklich geniales Wortspiel mit Falltüren einfallen würde, müsste ich nie wieder vor einer auf die Knie fallen.«

»Du wusstest doch die ganze Zeit, dass sie da ist!«

»Wie können Sie es nur wagen, meinen detektivischen Spürsinn zu verleugnen!«, rief Jamie aus. »Madam, Sie haben mich tief getroffen! Vielleicht bin ich einfach nur außergewöhnlich begabt darin, Falltüren aufzufinden. Haben Sie diese Möglichkeit schon in Betracht gezogen?«

»Ja, das habe ich. Aber ich habe auch die Möglichkeit in Betracht gezogen, dass du einfach ein totaler Spinner bist.«

»Ja, das ist definitiv auch eine Möglichkeit.« Er grinste. »Sollen wir?«

»Aber jetzt, wo ich weiß, dass es eine vorsätzliche Falltür war, fühlt es sich nur halb so mysteriös an«, beschwerte ich mich.

»Die vorsätzliche Falltür«, wiederholte Jamie sinnierend.

»Das klingt wie der Titel eines schlechten Nancy-Drew-Buchs.«

»Ach, wen kümmert schon Nancy Drew. Das ist mein Titel, nicht ihrer. Also, ich würde ein Buch mit dem Titel *Die vorsätzliche Falltür* ganz sicher lesen. Vielleicht sollte ich eins schreiben.«

»Erstens, wenn man es genau nimmt, habe *ich* mir den Titel ausgedacht. Und zweitens zerstört der Aspekt des Vorsätzlichen jegliches Mysterium. Klingt für mich nicht wirklich nach einem spannenden Schmöker.«

»Die Tür mag vorsätzlich gewesen sein, aber das Ziel ist es nicht.« Jamie tippte sich an den Nasenflügel.

Ich hatte das Wort »vorsätzlich« die letzte Minute so oft gehört, dass es seine Bedeutung komplett verloren hatte. Jamie schob die Finger durch den kleinen silbernen Ring an der Falltür, zog daran und schwang sie so weit auf, dass sie den obersten Absatz einer Treppe enthüllte. Dann sah er zu mir.

»Worauf wartest du?«, fragte ich.

»Ladys first.«

Ich spähte in das Loch hinab und blickte dann wieder zu Jamie auf.

»Hast du Angst?«, fragte er lächelnd.

»Nein!« Alles, was ich gesehen hatte, waren ein paar Stufen, die ins finstere Nichts hinabführten. Was bitte schön sollte daran schon beängstigend sein?

»Soll ich vorangehen? Nach Monstern oder dem Schwarzen Mann und derlei Gestalten Ausschau halten?«

»Ich glaube, mit dem Schwarzen Mann werde ich schon fertig.« Ich holte tief Luft und setzte meinen Fuß beherzt auf die oberste Stufe. Fühlte sich stabil an. Also dann.

»Düster in das Dunkel schauend stand ich lange starr und grauend …«

»Ist das ein Zitat aus *Die vorsätzliche Falltür?«* Nächste Stufe – ich konnte immer noch nicht das Ende der Treppe sehen.

»Wohl kaum. Das ist von Edgar Allan Poe. Und jetzt mach Platz, Dylan.«

»Ja, ja, nimmermehr.« Stufe. Noch eine Stufe. »Ich geh ja schon.«

Ich tastete mit der Hand in der Dunkelheit herum, bis ich die Mauer neben mir spürte, und strich in Ermangelung eines Treppengeländers mit den Fingern daran entlang. Vielleicht waren fehlende Treppengeländer Standard bei Falltüren, aber gerade jetzt hätte ich wirklich gut eines gebrauchen können. Vorsichtig bewegte ich mich abwärts, einen Fuß vor den nächsten setzend, bis da keine Stufen mehr waren – ich hatte den Gang erreicht. Langsam schob ich mich vorwärts, bis auf einmal auch die minimale Lichtquelle erlosch.

»Jamie!« Ich schnappte nach Luft. Das hier war eine Art von Dunkelheit, die ich nicht mehr erlebt hatte, seit Heaven und ich uns damals versehentlich in den Keller der Kirche einsperren ließen.

»Alles in Ordnung, Dylan?«

»Nein! Warum hast du die Tür zugemacht?«

»Ich wollte die anderen nicht auf die Existenz der Falltür aufmerksam machen.«

»Ich bin mir sicher, dass, wenn *du* davon wusstest, auch die Leute, die *tatsächlich* hier leben, Bescheid wissen«, grummelte ich. »Was ist, wenn wir hier unten nicht mehr herauskommen?«

»Unmöglich. Wir flitzen kurz zurück und stoßen die Tür auf. Alles ganz einfach.«

»Ja, wenn wir uns nicht zuvor im Dunkeln den Hals brechen.« Ich streckte eine Hand vor mir aus. »Ein schwarzes Loch auszukundschaften, ist echt nicht so spannend.«

»Wenn wir doch nur eine Fackel hätten.«

»Eine Fackel? Wo sind wir hier, bei *Frankenstein?*«

»Fackeln sind nicht nur für Monster da, Dylan … warte kurz …« Ich hörte Schritte und das Rascheln von Stoff. »Ah, hier ist sie ja.« Ein leises Klicken, dann durchbrach ein Strahl künstlichen Lichts die Dunkelheit. »Eine Fackel.«

»Eine Taschenlampe«, antwortete ich. Zum ersten Mal konnte ich die niedrige Steindecke und den schmalen gemauerten Gang sehen. Es erinnerte mich daran, wie Hugh Jackman in *Les Misérables* einen Kerl durch die Kanalisation schleifte, ein nicht besonders aufregender Film, abgesehen von der Tatsache, dass er Heaven dazu inspirierte, sich die Haare komplett abzuschneiden. Was ich total bizarr fand, denn wer bitte will schon aussehen wie eine tote, zahnlose Prostituierte? Natürlich sah Heaven am Ende absolut hinreißend aus – wie Lupita Nyong'o. Wenn ich mir alle Haare abschneiden würde, würde ich definitiv bloß wie eine tote, zahnlose Prostituierte aussehen. Tatsächlich würde ich vermutlich einfach nur wie ein Junge aussehen. »Hattest du die Taschenlampe hier unten gebunkert?«

»*Die vorsätzliche Fackel* wird natürlich die Fortsetzung zu meinem Bestseller *Die vorsätzliche Falltür*.«

»Das ist mit Abstand die schlechteste Idee für eine Buchreihe, die ich je gehört habe.«

»Papperlapapp. Ein schneidiger britischer Held und seine wackere amerikanische Gefährtin erforschen unbekanntes Terrain? Das ist doch brillant.«

»Wacker?« Na ja, ich bin schon Schlimmeres genannt worden. »Und dieses Terrain ist bereits erforscht worden. Von dir.«

»Aber für dich ist es unerforscht, meine wackere amerikanische Gefährtin.« Ich drehte mich um und sah, dass er mich breit von der Seite angrinste. »Du kannst die Fackel halten, wenn du magst.«

»Wie überaus gütig von dir.« Ich nahm die Taschenlampe entgegen. »Ich schätze mal, jetzt bist du der Gefährte.«

»Dann geh voran.«

Ich richtete den Lichtstrahl nach vorne, sah aber nichts weiter als noch mehr von Hugh Jackmans Abwasserkanal. Der Gedanke, dass wir in diesem Tunnel unter dem Schloss herumwanderten, während alle anderen völlig ahnungslos über unseren Köpfen herumliefen, war irgendwie irre. Ich fragte mich, wie viele Leute außer Jamie noch von diesem Geheimgang wussten. Vermutlich alle. Aber es war nett, wenigstens so tun zu können, als hätte ich einen supergeheimen Ort gefunden, wo ich mich vor *TRC* verstecken konnte. Auch wenn es sich um einen feuchten, stickigen Tunnel handelte. Am Ende des Ganges kamen wir zu einer Abzweigung – die Wege schienen endlos in beide Richtungen weiterzuführen.

»Wo führt das hin?«, fragte ich verblüfft.

»Das Tunnelsystem ist ziemlich weitläufig. Ich glaube, es erstreckt sich unter dem gesamten Schloss und ist auch mit einigen anderen Gebäuden verbunden. Ich bin mir ehrlich gesagt nicht sicher.«

»Das ist doch verrückt.« Ich schüttelte den Kopf. »Warum all diese Geheimgänge?«

»Es ist nur eine Theorie, aber der Großteil des Anwesens wurde in Zeiten politischer Unruhen erbaut. Vielleicht waren es Fluchtwege.«

»Hm. Und in welche Richtung sollen wir gehen?«

»Wohin du magst.«

Ich leuchtete mit der Taschenlampe nach links, dann nach rechts, wieder nach …

»Jamie«, flüsterte ich. »Da hinten leuchtet etwas.«

»Mach die Fackel aus.«

Ich schaltete die Taschenlampe aus. In der Dunkelheit war das schwache bläulich weiße Leuchten auf der linken Seite leichter zu erkennen.

»Magie«, flüsterte ich.

»Wie bitte?«

»Was? Ähm, nichts!« Natürlich war es keine Magie. *Natürlich.* »Wir sollten nachschauen, was das ist, stimmt's?«

»Von den furchtlosen Helden der *Vorsätzlichen Falltür* würde ich nicht weniger erwarten!«

»Du musst echt damit aufhören«, stöhnte ich. Ich ging nach links, schaltete die Taschenlampe wieder an und schwenkte sie durch die Dunkelheit.

»Au!«

»Dusty?«, fragte ich verdutzt. Der Strahl meiner Taschenlampe fiel auf meine Schwester, die mit ihrem iPhone in der Hand vor einem Schuhkarton kauerte.

»Ich sagte Au! Echt jetzt, Dilly, du scheinst mir mit dem Ding direkt in die Augen.«

»Oh, sorry.« Ich richtete den Strahl auf den Boden. Dusty blinzelte und schüttelte den Kopf. »Was machst du hier unten?«

»Facebook. Aus irgendeinem Grund hat mein Handy nur hier Internet, wenn ich mich ganz tief runterkauere. Was echt nicht logisch ist.«

Ah. Vermutlich scrollte sie sich durch ihre Zigtausende von Kontakten und bewunderte ihre Selfie-Sammlung, damit sie auch nicht für zwanzig Minuten vergaß, wie beliebt sie war.

»Und warum hockst du in einem dunklen Tunnel vor Facebook?«

»Ich habe hier mein Handy versteckt. Ihr wisst doch, dass *TRC* nicht will, dass wir in irgendeiner Weise Kontakt mit der Außenwelt haben. Wegen der Spoilergefahr.«

»Ja, Gott behüte, es würde ins Internet durchsickern, was deine heutige Farbwahl war.« Ich verdrehte die Augen. »Amerika wäre am Boden zerstört.«

»Ich stelle die Regeln nicht auf, Dylan.« Sie warf das Handy zurück in den Schuhkarton zu ihren Füßen.

»Nein, du brichst sie nur.«

»Was willst du eigentlich von mir, Dyl?« Dusty knallte den Deckel mit mehr Kraft als nötig wieder auf die Schachtel, dann erhob sie sich und sah mich mit blitzenden Augen an. »Erst bin ich blöd, weil ich bei der Show mitspiele, und jetzt nervst du mich, weil ich gegen die Regeln verstoße. Was davon ist das Richtige? Ihr könnt nicht beides von mir haben.«

»Ich hab nur … Meine Güte, Dusty, das war nur ein Witz.« Würde sie jetzt etwa *weinen?* Bei diesem Licht war es schwer zu sagen, aber es sah so aus, als würde sie rot anlaufen und sei drauf und dran, *wirklich* loszuheulen. Nicht auf die gekünstelte Art, wie damals, als sie geflennt hatte, weil ihr Ex die falschen Blumen zum Abschlussball besorgt hatte, oder als sie zur Miss Mississippi gekrönt worden war. »Es tut mir leid, okay?«

»Was soll's.« Sie tupfte mit den Fingerspitzen unter ihren Augen herum, um etwaigen verschmierten Eyeliner wegzuwischen. Gott behüte, sie könnte auch nur eine Sekunde weniger als perfekt aussehen. »Ich habe heute schon genug Mist abbekommen, ich brauch nicht noch mehr von dir.«

»Geht es dir denn wieder besser?«, fragte Jamie besorgt. Ups. Ich hatte ganz vergessen, dass er auch noch da war. Immer wenn ich zu viel Zeit mit Dusty verbringe, verwandele ich mich irgendwie wieder in ein unausstehliches 8-jähriges Kind.

»Oh, ja, mir geht es gut. Nur ein kleiner fieser Magenvirus. Es liegt an dem Zeug, das ihr Leute hier esst. Nichts für ungut, Jamie.«

»Schon gut.« Er zuckte mit den Schultern. »Großbritanniens kulinarische Schwächen waren schon immer für einen Witz gut.«

»Nicht mehr«, widersprach ich. »Denk doch nur an all die bekannten britischen Köche wie Jamie Oliver, Gordon Ramsay, Nigella Lawson.«

»Ja, vielen Dank, Fräulein Kochsendung«, fuhr Dusty mich an. »Ich sage ja nur, dass dieses Essen hier ziemlich gehaltvoll ist.«

»Ja, weil wir in Mississippi *nie* Butter essen.«

»Musst du eigentlich immerzu dagegenhalten, wenn ich was sage?« Dusty ließ einen schweren Seufzer entweichen.

»Ist Mississippi besonders bekannt für seine Butter?«, erkundigte sich Jamie höflich und ignorierte geflissentlich die wütenden Blicke, die ich Dusty zuwarf.

»Ähm, nein, nicht wirklich«, gab ich zu. »Aber der Süden ist auf seine Art berüchtigt dafür, alles in Butter zu ertränken. Buttrige Buttermilchküchlein. Buttrige Maisgrütze. Buttriges … alles.«

»Ah, ich verstehe. Wie der viel gescholtene Ruf der britischen Küche – eine Art kultureller Witz, der nicht immer ganz zutrifft.«

»Ganz genau«, platzte Dusty dazwischen. »Mom beispielsweise hat immer alles in PAM gekocht.«

»*PAM*?«, wiederholte Jamie neugierig.

»Das ist ein fettfreies Kochspray. Nicht so wichtig«, erklärte ich und wandte mich an Dusty. »Solltest du nicht zu der Schlossführung zurück?«

»Und du?«, wiederholte Dusty spitz. »Oh, tut mir leid, aber wolltet ihr beide … alleine sein? Zu zweit?«

»Dusty!«, kreischte ich. »Halt die Klappe!« Ich spürte, wie mein Gesicht heiß wurde. Und dann noch heißer, als mir klar wurde, dass mein Kreischen sich für Jamie wie schieres Entsetzen angehört haben musste, dabei war es nur meine Verlegenheit. Oh Gott, dieser Tag … musste … einfach … ein … Ende finden. Wenigstens hatte ich nun wissenschaftlich bewiesen, dass es unmöglich war, vor Peinlichkeit spontan in Flammen aufzugehen – andernfalls wäre ich schon lange tot.

»Wir haben nur das Schloss erkundet«, erwiderte Jamie gelassen, als ob mein Ausbruch nie stattgefunden hätte. Dusty hingegen trug einen höchst nervigen Ausdruck von Belustigung zur Schau. »Wir suchen nach Falltüren, Geheimgängen und solchen Sachen. Wie du siehst, hatten wir großen Erfolg. Du offenbar auch.«

»Offenbar.« Sie zuckte die Achseln. »Na schön, lasst uns aus dieser Höhle verschwinden. Ich denke, ich kann Ihre Königliche Arschigkeit jetzt wieder verkraften.«

Ich musste laut losprusten. Dusty war viel witziger, wenn sie nicht dauernd so perfekt tat.

»Los, lauf, Dylan. Du hast die Taschenlampe.«

Von wegen. Sie war einfach nur rechthaberisch und nervtötend. Seufzend drehte ich mich um in die Richtung, aus der wir gekommen waren.

»Nun, Jamie, ich weiß nicht, ob sie es dir schon erzählt hat, aber unsere Dilly ist ein ziemliches Ass im Hürdenlauf.« Ich blickte hinter mich. Dusty hatte sich bei Jamie untergehakt.

»Das heißt *Crosslauf*«, berichtigte ich sie mürrisch. »Das ist etwas anderes. Ich bin Langstreckenläuferin, ich hüpfe nicht über irgendwelche Sachen drüber.«

»Ja, sie ist ziemlich sportlich«, gurrte Dusty. »Man würde es nie meinen, so wie sie immer herumgammelt und Essen in sich reinstopft, aber sie ist eine richtige kleine Athletin.« Es gab nichts Nervigeres als Dusty in ihrem vollen Südstaatenschönheiten-Modus. Und überhaupt, was zog sie da gerade wieder für ein Spielchen ab? Ich wurde nicht ganz schlau draus. Versuchte sie, mich Jamie schmackhaft zu machen oder den einzigen Freund zu vergraulen, den ich in diesem eisigen Steinhaufen von Schloss hatte?

Was auch immer es war, sie führte etwas im Schilde, und das gefiel mir ganz und gar nicht.

Kapitel 7

Meine Tage auf Dunyvaig Castle nahmen eine seltsame traumähnliche Form an. Ohne die Uhr und den Kalender auf meinem Handy fühlte sich alles zeitlos an. Ohne Fernsehen, ohne Telefon und mit nichts zu tun, verbrachte ich den Großteil der Tage damit, ziellos im Schloss herumzuwandern, so viel Gratisessen wie nur möglich in mich reinzufuttern und mit Jamie zu wetteifern, wer mehr Erdnüsse in Kits offenen Mund werfen konnte, wenn der für sein nachmittägliches Nickerchen wegdöste. Ich war schockiert, als ich herausfinden musste, dass eine ganze Woche vergangen war, ohne dass ich es mitbekommen hatte. All diese Erdnusswettbewerbe waren zu einem einzigen großen Einerlei verschwommen. Nach sieben Tagen des Nichtstuns setzte der Lager… äh, der Schlosskoller ein, und ich hatte das Gefühl, als würde mir die Decke auf den Kopf fallen. Also schnürte ich meine Sportschuhe, schob die schwere Eingangstür auf und beschloss, eine Runde zu laufen.

Mit jedem Schritt konnte ich spüren, wie mein Kopf klarer wurde. Alles war immer besser, wenn meine Arme pumpten, mein Herz schneller schlug und mein Atem in kurzen, knappen Stößen weiße Wölkchen bildete. Na ja, normalerweise bildete mein Atem keine weißen Wölkchen, wenn ich rannte, aber hier, in der kalten Dezemberluft, trug ich zum ersten Mal seit dem außergewöhnlichen Kälteeinbruch in der zehnten Klasse meine Winterklamotten. Und es fühlte sich gut an.

Und was noch besser war, ich war ganz offiziell *TRC* davongelaufen. Der Kameramann hatte ungefähr sieben Minuten durchgehalten, bevor er zu dem Schluss kam, dass er genug langweiliges Füllmaterial von mir hatte, und zum Schloss zurückhechelte. Endlich starrte mich kein großes linsenartiges Auge mehr an. Na ja, abgesehen von den Wachteln hier draußen, aber die hatten nur zwei kleine, winzige Knopfaugen. Und sie taten nichts weiter, außer mich mürrisch anzukrähen, als ich an ihnen vorbeirannte. Aber mal ehrlich, sie waren doch selber schuld, wenn sie auf der Straße schliefen.

Trotzdem waren sie niedlich, wie sie dahockten, ganz weich und braun, in Reifenspuren zu kleinen Bündelchen zusammengekuschelt wie Mini-Fußbälle. Immer wieder sah ich die Bewegung einer Wachtel, die sich durch den Wald pickte, der zu beiden Seiten die Straße säumte. Wachteln … irgendwie nett. Wer hätte das gedacht?

Ich folgte einer Biegung, die aus dem Waldgebiet hinaus und aufs offene Feld führte, wo Schafe grasten. In der Ferne lagen drei kleine Hütten mit reetgedeckten Dächern, Rauch stieg gemütlich aus ihren Schornsteinen empor. Hatte ich das Gelände des Schlosses hinter mir gelassen? Oder gehörte das alles noch zum Anwesen? Falls dem so war, musste es gewaltig sein. Viel größer, als ich es mir jemals vorgestellt hätte.

Zeit umzukehren. Es wurde bald dunkel, und das Letzte, was ich wollte, war mich zu verlaufen und die ganze Nachte im

Moor herumzuirren. Bei meinem Glück würde ich dem Hund von Baskerville direkt vor die Schnauze laufen.

Ein ohrenbetäubendes Röhren ertönte hinter mir und jagte meinen Puls in die Höhe. Der Hund! Ich beschleunigte, drehte jedoch den Kopf, um hinter mich zu blicken. *Komm schon, Dylan.* Natürlich war es kein Hund – es war ein dreckverspritzter grüner Range Rover, der irgendwie breiter wirkte als die schmale unbefestigte Straße, auf der er fuhr. In diesem Moment blieb mein Fuß an etwas hängen und ich fiel der Länge nach hin. Ich landete auf dem schlammigen Schotter und ein heftiger Schmerz schoss mir durch Knie und Handgelenke. Ich hatte die erste Crosslauf-Regel vergessen: *Achte auf deine Füße.* Dreh dich nicht um, um nach dem Hund von Baskerville Ausschau zu halten. Na gut, den letzten Teil hatte ich gerade selbst hinzugefügt, aber im Moment passte er definitiv.

Ich war mit dem Bauch voran in einer Dylan-großen Pfütze gelandet. Ich drehte mich zur Seite und versuchte, den nassen Pulli von meinem Körper wegzuziehen, nur um mit einem saugenden Geräusch und der unangenehmen Schwere pitschnasser Baumwolle belohnt zu werden.

Der Geländewagen brauste an mir vorbei und durchtränkte mich mit einem Tsunami braunen Wassers. Mit einem munteren »'tschuldigung, Schätzchen!« rauschte der Missetäter davon. Vorsichtig richtete ich mich wieder auf und klopfte ein paar Kieselsteine von meinen zittrigen Knien. Ich wischte den Schlamm von meinen Augen und meinem Mund … mit einem ebenso schlammigen Ärmel. Es war Zeit, nach Dunyvaig zurückzukehren und zu hoffen, das Wasser in der uralten Leitung würde heute wärmer sein als die Luft, denn ich brauchte dringendst eine Dusche.

Ich machte kehrt und setzte einen schlammigen Schuh vor den anderen. Nach ein paar halbherzigen Versuchen, wieder loszujoggen, ließ ich es ganz bleiben – in schwerer, nasser, dreckiger Baumwolle herumzurennen, war kein Vergnügen. Damit war mein Vorsatz gefasst: Ich würde niemals bei einem dieser Schlammrennen mitmachen. Der Wind pfiff mir über den Nacken und ich fror erbärmlich in meinem durchnässten Pulli. Mit jedem feuchten Schritt wurden meine Füße schwerer, meine Glieder kälter und das Schloss schien weiter und weiter wegzurücken. Warum war ich auch so lange gerannt? Bei diesem Tempo war es ausgeschlossen, dass ich es vor Einbruch der Dunkelheit nach drinnen schaffen würde. Und dann würde mich definitiv ein Hund auffressen.

Viel zu viele qualvolle Minuten später erschien nach einer Kurve eines dieser reetgedeckten Cottages. Es stieg zwar kein Rauch aus seinem Kamin, aber vielleicht wurde es ja anderweitig geheizt. In diesem Moment wäre ich mit Freuden in die Flammen der Hölle getanzt, nur um mich aufzuwärmen.

Ziemlich ungraziös kletterte ich über den Lattenzaun und landete schwerfällig auf der Weide dahinter. Ein paar Schafe blökten mich lautstark aus ihrer Ecke des Feldes an, verzichteten jedoch darauf, rüberzukommen und nachzuschauen, was ich da machte.

Ich kämpfte mich durch das hohe Gras, bis ich es schließlich zur Haustür schaffte. Ich sandte ein stummes Stoßgebet zum Himmel, dass sie offen und es innen sehr, *sehr* warm wäre.

»Hallo?«, rief ich und klopfte an die Tür. Keine Antwort. Ich hämmerte mit beiden Fäusten fester gegen das verwitterte Holz. »Hallo? Hallo?!«

Immer noch keine Antwort. Ich versuchte, die Tür zu öffnen. Das Schloss rasselte, blieb jedoch fest verschlossen. Ich konnte nicht glauben, dass ich den ganzen Weg zum Schloss würde zurücklaufen müssen.

In diesem Moment sprang mir ein gelbes Leuchten ins Auge. Ich bog ums Eck und entdeckte einen grünen Geländewagen mit knallgelben Sitzen und tief gefurchten schwarzen Reifen, der direkt hinter dem Cottage parkte. Ich war verblüfft, als ich einen wohlbekannten springenden Hirsch als Emblem auf dem vorderen Kotflügel entdeckte.

»John Deere«, murmelte ich und beugte mich hinab, um mir das Logo genauer anzuschauen. »Ich hätte nicht gedacht, dass ich dich auf dieser Seite des Atlantiks sehen würde.« Ich tätschelte kumpelhaft die Motorhaube, als wäre es ein alter Hund, der in den letzten Strahlen der Nachmittagssonne ein Schläfchen hielt. Die Schlüssel steckten in der Zündung und warteten nur darauf, umgedreht zu werden. Wäre es Diebstahl, mit dem Wagen zurück zum Schloss zu fahren? Nicht wenn das alles noch zum Anwesen gehörte, richtig? Und vor allem nicht, wenn ich ihn zurückbrachte. Es war das einzige Mittel, das mir jetzt noch gegen den sicheren Kältetod blieb.

Nun, wie Oma zu sagen pflegte: Gott hilft denen, die sich selbst helfen. Also sprang ich auf den Fahrersitz und drehte den Schlüssel um. Der Wagen erwachte röhrend zum Leben. Ich trat behutsam aufs Gaspedal und rollte auf die Straße. Als er an Tempo zulegte, lockerte ich den Griff um das Lenkrad und war froh zu sehen, dass die frische Brise mich ein wenig trocknete – auch wenn es eiskalt war. Vielleicht war es einfach mein Schicksal, dass ich in Schottland niemals so etwas wie Wärme empfinden würde. Oder vielleicht war es mein warmes Südstaaten-Mississippi-Blut, das mich zu schwach für dieses Klima sein ließ.

Ich war wohl doch nicht so weit gelaufen, wie ich gedacht hatte. Bevor ich mich's versah, fuhr ich schon die lange gekieste Zufahrt entlang und kurvte dann röhrend um den kreisförmigen Teil, der direkt zum Eingang des Hauses … äh, Schlosses führte. Es war komisch, den Wagen einfach dort stehen zu lassen, aber ich hatte keine Ahnung, was ich sonst damit anstellen sollte. Falls er nicht von selbst verschwand, konnte ich später immer noch jemanden fragen, wo ich ihn parken sollte. Im schlimmsten Fall würde ich ihn selbst zurückfahren. Sobald ich wieder trocken war. Und einen Mantel trug.

Ich hüpfte die Stufen zur Eingangstür hinauf und wich den Stellen aus, wo der uralte Stein gesprungen und abgesplittert war. Ich stieß die Tür auf und schlüpfte ins Innere. Die Eingangshalle war menschenleer, abgesehen von einem großen dunkelhaarigen Typen in grauem Anzug, der die Hände in die Hosentaschen geschoben hatte. Als er sich umdrehte, war ich überrascht, Jamie zu sehen. Von hinten sah er anders aus … älter irgendwie. Aber dann fiel ihm sein Haar in die Stirn, und er sah wieder genauso aus wie immer, auch wenn er eine Krawatte trug.

»Hallo«, begrüßte mich Jamie fröhlich. »Bist du das *Ding aus dem Sumpf?*«

»Nein, ich bin das Dylan-Ding.«

»Dylan!«, rief er. »Ich habe dich ehrlich nicht erkannt.«

»Verständlich.« Ich versuchte, etwas von dem Schlamm aus meinem Gesicht zu wischen, schaffte es jedoch nur, ihn mir in die Augen zu schmieren.

»Du scheinst ein kleines Problem gehabt zu haben? War es der kleine lahme Ballonmann?«

»Wie bitte?« Ich starrte ihn ratlos an.

»Wenn die Welt schlamm-herrlich …«

Ich starrte ihn weiter an.

»… ist der kleine lahme Ballonmann …« Er verstummte und blickte auf den Boden, die Spitzen seiner Ohren liefen rosa an. »Das ist, äh, ein Gedicht. Von E. E. Cummings.«

»Okay. Na ja. Offensichtlich ist E. E. Cummings nie im Dezember in Schottland gewesen, denn an dem Schlamm hier ist absolut nichts herrlich. Ich war laufen und da kam dieser Truck vorbei und raste mitten durch diese riesige Pfütze auf der Straße.«

»Oh. Ich nehme an, das würde erklären …« Er deutete auf meine schlammige Erscheinung, aber ihm schienen die passenden Worte zu fehlen. »Na ja, *das.*«

»Jupp, das war ein astreiner Schlamm-Tsunami«, sagte ich grimmig.

»Wahrscheinlich würdest du gerade einen Mord begehen für ein heißes Bad.«

»Wahrscheinlich nicht, Raskolnikow.« Oh, war es schräg, dass ich mich auf ein Gespräch bezog, das wir vor einer Woche geführt hatten? Ich schaute ihn besorgt an, aber er schien es nicht weiter befremdlich zu finden. »Aber womöglich habe ich einen schweren Autodiebstahl begangen.«

Er hob eine Augenbraue. Oh Mann. Und schon wieder war ich neidisch. Ich wünschte, ich hätte meine Augenbrauenmuskeln so im Griff. Konnte man das trainieren? In einer Art Gesichts-Fitnessstudio?

»Ich habe mir einen Wagen geliehen, um hierherzufahren. Er stand vor einem kleinen Haus. Ich wusste nicht, ob es zum Anwesen gehört oder nicht.«

»Ich vermute, das muss eine der Hütten des Hausmeisters sein. Es sei denn, du bist wirklich weit gerannt. Es gibt mehrere, sie sind über das ganze Anwesen verstreut. Außerdem noch

Scheunen und andere Nebengebäude, die man zur Aufsicht und Pflege der Viehbestände benötigt.«

»Also ist all das … das ganze Land, die Häuser, die Kühe … All das gehört Ronan?«

Jamie nickte.

»Das ist doch *irre*«, staunte ich. »Wie kann ein Mensch das alles besitzen?«

»Na ja, eigentlich gehört es der Familie, Ronan ist nur der Verwalter von …«

»Trotzdem irre«, unterbrach ich ihn. »Das Anwesen ist so groß wie eine ganze Stadt! Man könnte darauf locker fünfhundert Häuser unterbringen wie das, in dem wir wohnen. Ich kann mir nicht einmal vorstellen, wie das wäre.«

Jamie gab nur ein unverbindliches »Mhm« von sich. Da er mit Ronan aufgewachsen war, war er es sicher gewohnt, aber mir kam es trotzdem verrückt vor. Was Dusty wohl von alldem hielt? Wie musste es sein, jemanden zu heiraten, dessen Vorstellung von Normalität ein Schloss beinhaltete und ein Grundstück, das größer war als unser gesamtes Viertel?

»Na ja …« Ich beschloss das Thema zu wechseln, wenn alles, was Jamie beizutragen hatte, ein *Mhm* war. »Was tust du eigentlich hier? Hast du auf jemanden gewartet?«

»Ich bin einfach … ähm … hier.« Er machte eine vage Geste Richtung Flur. Huch. Seltsam. Na ja, genau genommen war nichts an Jamie bisher normal gewesen. Wahrscheinlich war er hier vorbeispaziert, während er über den kleinen lahmen Ballonmann nachdachte, und hatte dabei vergessen, wohin er überhaupt wollte.

Mit Schreck bemerkte ich, dass ein Kameramann in einem dunklen Eck neben einem der Beistelltische lauerte. Vermutlich war er schon die ganze Zeit dort gewesen, obwohl ich keine

Ahnung hatte, *warum*. In dieser Show ging es um Dusty und Ronan – wieso wollten sie also irgendwelche Aufnahmen von *mir?* Und woher hatte er überhaupt gewusst, dass jemand durch diese Tür kommen würde? Manchmal erschienen diese Kamerafritzen an den abwegigsten Orten. Dieser Kerl da, von dem ich mir ziemlich sicher war, dass er Mike hieß, filmte jeden Morgen das Frühstück, auch wenn es größtenteils daraus bestand, dass sich Leute stumm Eier und Toast in den Mund schaufelten. Wie viele Aufnahmen benötigte *TRC* wirklich von meiner Mom, während sie so tat, als ob der Kaffee stark genug wäre?

Nun, wenn ich nur halb so widerlich aussah, wie ich mich fühlte, würde dieser Clip seinen Platz vermutlich gleich nach dem Abspann finden, während sie schräge Zirkusmusik im Hintergrund laufen ließen, damit ich auch ja wie eine Irre rüberkam. Für etliche *Heimlich dein Prinz*-Folgen hatten sie Aufnahmen von Dustys bester Freundin so zusammengeschnitten, dass es aussah, als würde sie mit einem Eichhörnchen sprechen. Anne-Marie mochte vielleicht etwas durchgeknallt sein, aber doch nicht *so* durchgeknallt. Trotzdem, ich hatte das ungute Gefühl, dass die verrückte Eichhörnchen-Zirkus-Musik von Anne-Marie nun mir blühte. Vielleicht war ja genug Dreck in meinem Gesicht, damit niemand bemerken würde, dass dieses Sumpfmonster in Wahrheit Dylan Leigh war, eine ganz gewöhnliche Elftklässlerin aus Tupelo.

Ein eleganter Herr in der üblichen Dienstuniform aus weißem Hemd und grauer Hose kam auf mich und Jamie zu, flankiert von einem weiteren Kameramann und einigen mit Klemmbrettern bewaffneten Produktionsleuten. *Na super.* Der erste Kameramann musste auf sie gewartet haben. Oder er hatte ihnen irgendwie gesteckt, dass er erstklassiges Zirkusmusik-Bildmaterial aufgespürt hatte. Ich hatte keinerlei Ahnung, wie diese Sendung funktionierte, aber allmählich glaubte ich, dass es besser wäre, wenn ich es schnellstens herausfand.

»Verzeihen Sie …« Der Butler blieb stehen und verbeugte sich. »Das Abendessen hat bereits begonnen. Wenn Sie so gütig wären …?«

»Wenn ich so gütig wäre, *was*?«

Der Mann deutete mit dem Kopf Richtung Speisezimmer, aber es war völlig ausgeschlossen, dass ich in diesem Aufzug dort auftauchen würde.

»Erlauben Sie mir, Sie zum Speisesaal zu geleiten.«

»Ja klar, danke, aber ich brauch noch ein Sekündchen, um mich umzuziehen.«

»Madam.« Der diabolische Diener stand direkt vor meiner Nase und seine schmalen Lippen kräuselten sich bedrohlich. Die Produktionsleute rückten um ihn zusammen und versperrten mir damit wirksam den Ausweg zur Treppe. »Erlauben Sie.«

Der Butler umfasste meinen Ellbogen und führte mich entschlossen Richtung Speisezimmer. Ich drehte mich nach Jamie um, der fassungslos schien, was zwar nett war, aber nicht sonderlich hilfreich. Was wäre wohl peinlicher … so zum Abendessen aufzutauchen oder zu versuchen, mich mit Gewalt aus dieser Situation zu befreien und die Treppe raufzustürmen? Obwohl ich mir noch nicht einmal klar war, ob Letzteres wirklich eine Option war – für einen älteren Herrn hatte dieser Butler einen überraschend kräftigen Griff.

Als wir den Speisesaal betraten, erstarben das sanfte Geklimper von Besteck und das Geplätscher der Gespräche, und Stille legte sich über den Raum.

»Jamie«, flüsterte ich panisch und griff unwillkürlich nach seiner Hand. Er erwiderte den Druck. Alle hatten sich für das Dinner schick gemacht. Also so *richtig* schick. Wie wenn sie in die Kirche oder zu einer Cocktailparty gehen würden oder so.

»Hat dir denn niemand gesagt, dass wir uns für das Dinner umziehen sollen?«, fragte er leise.

Tja, das erklärte dann wohl den Anzug und die Krawatte. Selbstsüchtig, wie ich war, wünschte ich mir, dass ich einen ebenso schmutzigen Mistreiter an meiner Seite hätte. Aber wenn Jamie jetzt keinen kurzen Umweg über die Küche nahm, um eine Runde in der Soßenschüssel zu drehen, bestand keine Chance, dass er jemals so dreckig werden könnte wie ich.

»Ich wusste nicht einmal, dass es ein Dinner *gibt*.« Noch immer glotzten mich alle an. Oh Mann, warum schauten sie nicht einfach weg? Es war nicht das erste Mal, dass ich mir wünschte, unsichtbar zu sein.

Nie hatte ich die Kamera bewusster wahrgenommen als in den Sekunden, in denen sie von meinen schlammverkrusteten Laufschuhen zu der total trotteligen Shorts-über-Leggins-Kombi hinaufschwenkte und schließlich zur Krönung – einem schlabbrigen, schmuddeligen *Tupelo-High*-Sweatshirt.

»Komm schon herein, Liebes, du bist zu spät zum Dinner!« Moms Stimme klang honigsüß, doch der Ausdruck in ihren Augen war es keineswegs. »Da ist noch ein Plätzchen frei für dich zwischen mir und Dusty!« *Dusty*. Wenn überhaupt, dann sah sie noch betretener aus als ich. Sie steckte in einem bodenlangen knallpinken Ballkleid, das nicht gerade wenig von ihrem gebräunten Dekolleté zur Schau stellte. Und um dem ganzen noch die Krone aufzusetzen, trug sie ein Diadem. Ein *Diadem*. Sie sah aus, als würde sie gleich wieder zum Tupelo-High-Abschlussball abdüsen. Mein neuer Erzfeind, der Butler, erschien wieder vor mir und hatte, weiß der Teufel woher, ein Handtuch besorgt. Er legte es über meinen Stuhl, wie Tate Moseley es tat, bevor er die Hunde in seinen neuen Truck ließ. Ich ließ mich auf meinem Handtuch nieder und fühlte mich dabei ein wenig wie Tate Moseleys Hund – der weniger süße von beiden. »Was auf Gottes grüner Erde hast du da an?«, zischte Mom mit einem zu einem maskenhaften Lächeln erstarrten Gesicht.

»Ich wusste nicht, dass es ein offizielles Dinner ist! Ich wusste nicht einmal, dass es *überhaupt* ein Dinner gibt! Sollte es keinen Zeitplan oder so etwas geben? Wenn man mir einfach einen Plan geben würde, wäre ich auch pünktlich zur Stelle! Wenn ich gewusst hätte, dass es ein Abendessen gibt, wäre ich niemals laufen gegangen! Du weißt, dass das Essen bei mir immer zuerst kommt!«

»Du bist zu spät und du schaust beschämend aus.«

»Vielen Dank, Mom.«

Jetzt, da ich darüber nachdachte, war es tatsächlich etwas seltsam. Bevor ich hierhergekommen war, hatte man mir einen Plan geschickt, aber der war nur für die Anreise gewesen. Hatten denn alle außer mir einen Plan für die Dreharbeiten bekommen? Versuchten sie, mich zu sabotieren oder dergleichen? Es klang womöglich paranoid, aber langsam brachten sie mich dazu, dass ich paranoid wurde.

Ein Teller mit rosa Pampe erschien vor mir und wurde von einer weiß behandschuhten Hand abgestellt.

»Nun, noch ist nicht alles verloren – nichts geht über eine erfrischende kühle Vorspeise.« Mom ließ ein dümmliches, trällerndes Lachen vernehmen, das stark an Dustys erinnerte, und alle kehrten zu ihren normalen planmäßigen Gesprächen zurück. Ich pikste halbherzig mit meiner Silbergabel in die rosa Pampe vor mir.

»Das ist Fisch«, sagte Dusty. »Lachs-Rillette.«

»Igitt.« Ich ließ die Gabel fallen.

»Du darfst mich gerne eine stillose Amerikanerin nennen, aber gerade könnte ich für einen Teller Hähnchen-Sticks mit Ranch-Dressing töten.« Dusty lehnte sich nach vorne und stützte ihr Kinn auf der Hand ab. Zu ihrer linken plauderte Ronan ahnungslos weiter mit seiner Mom und schaufelte Fisch-Pampe in seinen Mund, während er etwas nachspielte, das wie eine ziemlich brutale Rugby-Partie aussah. »Andererseits … ich *bin* eine stillose Amerikanerin. Gott, ich sehe aus wie so eine bekloppte Barbie.«

»Wenigstens bist du auch, was die Körperhygiene angeht, eine Barbie. Ich dagegen sehe aus wie Pig Pen.«

»Ich glaube ja, du und ich haben verschiedene Infos bezüglich des Dress-Codes bekommen«, flüsterte sie, als sie sich vorbeugte, um die Bändel an meinem Kapuzenpulli zurechtzuzupfen, und ihr Gesicht mit den Haaren vor den Kameras verbarg.

»Glaubst du?«, flüsterte ich zurück und beugte mich vor, um im Gegenzug ihre Halskette zurechtzurücken. Wahrscheinlich sahen wir aus wie Affenweibchen, die sich gegenseitig lausten, aber mir fiel keine bessere Möglichkeit ein, mich vor der Kamera zu verstecken. »Warum wollen sie uns wie Trottel dastehen lassen? Ich dachte, Amerika liebt dich und will nur deine schönsten Momente mit dir teilen und bla, bla, bla.«

»Vielleicht ist das langweilig geworden«, sagte Dusty unheilvoll.

Ich schreckte auf, als ich bemerkte, dass die Kamera nur wenige Zentimeter hinter meiner Schulter lauerte. Wenn überhaupt, erschien sie mir nur noch unheimlicher als zuvor. Mir war immer klar gewesen, dass Täuschungen und Inszenierungen zum Reality-Fernsehen dazugehörten – ich war ja nicht blöd –, aber tatsächlich vom Produzententeam manipuliert zu werden, fühlte sich noch viel mieser an, als ich gedacht hätte. Diese dämliche Show war genauso künstlich und falsch wie Dustys Bräune. Mit einem Schlag wurde mir klar, dass man mich beim *Countdown zur Krone* für die Trottelrolle eingeplant hatte, wie zuvor Anne-Marie. Warum sonst hätten sie darauf bestehen sollen, dass ich in dreckigen Sportklamotten an einem förmlichen Dinner teilnehme? Ich würde Dustys dämliche Schwester sein. Die Witzfigur. Die blöde Amerikanerin. Oh Mann. Ich benötigte nun wirklich keine Hilfe, um wie ein Trottel dazustehen. Das schaffte ich schon ganz gut alleine.

Plötzlich ließ Dusty ihr ultrastrahlendes Grinsen aufblitzen, so schnell, als würde sie einen Lichtschalter anknipsen.

»Grundgütiger, Dylan!«, rief sie. »Sieht aus, als wärst du in ein ziemliches Schlamassel geraten!«

Typische Dusty – immer wendete sie die negative Aufmerksamkeit von sich ab, indem sie mich in ein schlechtes Licht rückte.

»Dylan hat mich vor einem Wildschwein gerettet.« Ich sah über den Tisch und mein Blick begegnete Jamies. »Unglücklicherweise hat ihre Kleidung stark gelitten bei ihrer Bemühung, meine Sicherheit zu gewährleisten.« Ein sanftes Lächeln zuckte um seine Mundwinkel. »Sie war fruchtbar tapfer. Geradezu verwegen.«

»Jamie, wie überaus albern.« Ronans Mutter lachte auf eine Art, die vermutlich unbeschwert klingen sollte, doch stattdessen leicht gestört rüberkam. Es war absurd, wie nett sie zu Jamie war. Nun, er war wohl um einiges höflicher und wohlerzogener als Kirby. Als es darum ging, einen Trauzeugen zu finden, den auch Florence befürwortete, stand er wohl außer

Konkurrenz. »Wildschweine wurden in der Gegend um Dunyvaig seit den Zeiten von Heinrich VIII. nicht mehr gesichtet.«

»Mädchen können nicht tapfer sein.« Kit fuchtelte mit seinem Glas Weißwein herum und Jamie bekam ein paar Spritzer ab. Na, schau einer an, wer plötzlich wach und wieder bei Sinnen war. »Oder verwegen. Das sind doch männliche Adjektive, oder nicht?«

»Ich kann dir versichern, sie war die Tapferkeit in Person.« Jamie schnitt sorgfältig ein viereckiges Stück von der Fischpampe ab. »Was für ein außerordentlich erfrischendes Rillette.«

Und einfach so, schien alles nicht mehr ganz so schlimm.

»Er mag dich«, raunte Dusty.

»*Was?* Er? *Wer?* Nein. Was? Ich meine, *was*? Nein.«

»Tut er wohl, du spastische kleine Eule. Es ist so offensichtlich, dass selbst *du* es merken müsstest, Miss Hatte-noch-nie-einen-Freund.«

»Ich hatte sehr wohl einen Freund«, erwiderte ich trotzig. Es war schon peinlich genug, eine Sechzehnjährige zu sein, die noch nie geküsst worden war. Doch es war noch viel schlimmer, eine Sechzehnjährige zu sein, die noch nie geküsst worden war, wenn man eine große Schwester hatte, die ungefähr noch nie Single war. »Nur, weil du schon tausend Freunde hattest …«

»Ich hatte keine *tausend* Freunde …«

»… bedeutet das noch lange nicht, dass du alles weißt und ich keine Ahnung habe. Ich hatte schon einen Freund.« Mürrisch schob ich etwas Fischpampe in meinen Mund – böser Fehler.

»Dilly, wenn du gerade auch nur daran denkst, den Namen Matty Van Meter zu erwähnen, dann ist das so was von peinlich. Ihr wart in der *ersten* Klasse.«

»Er war trotzdem mein Freund.«

»Er ist seltsam. Aber er sieht gut aus. Auf eine seltsame Art und Weise. Ich meine natürlich Jamie, nicht Matty Van Meter. Das arme Kind hatte nicht viel Glück mit seinem Äußeren.«

»Er sah *gut* aus und er hatte eine Menge Playmobil.«

»Ja, eine bewundernswerte Qualität bei einem schönen jungen Mann, da bin ich mir sicher.« Anmutig nahm sie ein winziges Schlückchen von ihrem Wein. Irgendwie schaffte sie es, dass kein Fleck von ihrem knallrosa Lippenstift oder schmierigen Lipgloss am Glas kleben blieb. Es waren genau solche Dinge, die in mir die Frage aufwarfen, ob Dusty überhaupt ein echter Mensch war. »Und? Hast du Jamie schon nach seiner Playmobil-Sammlung gefragt?«

»Äh, nein.« Ich schnaubte. »Meine Prioritäten haben sich seit der ersten Klasse ganz leicht verschoben.«

»Und wo liegen sie jetzt? Deine hohen Prioritäten, Männer betreffend?«

»Keine Ahnung! Echt jetzt, Dusty!« Ich nahm einen Schluck Wasser. Unerwarteterweise mit Kohlensäure. Dusty klopfte mir auf den Rücken, während ich hustend versuchte, wieder Luft zu bekommen. »Was soll die ganze Fragerei überhaupt? Ich will einfach nur jemanden, der nett ist, und klug und interessant, und der mich auch nett und klug und interessant findet. Das ist doch nicht so schwer.«

»Nein, ist es nicht«, erwiderte sie leise. »Wenn es passt, ist es sogar kinderleicht.« Ich folgte ihrem Blick zu Ronan. Der Rest dieser Show mochte eine einzige Farce gewesen sein, aber Dusty liebte ihn wirklich. Selbst ich konnte das sehen. »Willst du einen Rat von mir?«

»Einen Rat? Was für einen Rat?«

»Was Männer angeht, du Dummerchen.«

»Von dir?«, schnaubte ich. »Nein, danke.«

»Wie bitte? Ich bin *die* ultimative Quelle für Männer-Ratschläge. Nur für den Fall, dass du es noch nicht gemerkt hast, ich bin *verlobt*, und das mit einem *sehr* attraktiven Mann. Offenbar weiß ich also, wovon ich spreche.«

»Nein, schon okay, danke. Ich hab in meinem Leben als deine kleine Schwester schon genug Tipps aufgeschnappt: *Ooh, hi, hi, hi! Kicher, kicher! OMG, was für ein großer, starker Mann du doch bist!*«

»Ich rede überhaupt nicht so …«

»*Gott, dein Bizeps ist ja breiter als meine superwinzige Mini-Taille! Ich wette, du könntest Bankdrücken mit mir machen. Oh, upsala, schau dir das nur an, mir ist doch glatt ein üppiges Stück von meinem Dekolleté rausgerutscht!*«

»Ach halt den Mund«, brummte Dusty. »Ich wollte dir eigentlich bloß dabei helfen, dir diesen großen, seltsamen Fisch da drüben zu angeln.« Sie deutete über den Tisch hinweg zu Jamie, der glücklicherweise ganz damit beschäftigt schien, Kit davon abzuhalten, seinen Wein zu verschütten. »Aber er scheint dich sowieso so zu mögen, wie du bist.« Sie rümpfte die Nase. »Also mach einfach weiter wie gehabt.«

»Das ist ja auch der Plan.«

»Also gibst du zu, dass du den Plan hast, ihn dir zu angeln?«, stürzte Dusty sich sofort auf mich.

»Was? Nein …«

»Aber genau das hast du doch gerade gesagt …«

»Was ich damit *meinte,* war, dass mein Plan darin besteht, einfach weiter das zu tun, was ich bisher getan habe, weil ich absolut keine Pläne oder Absichten verfolge, die Jungs, Fische oder Angeln beinhalten!«

Es war wirklich ein Beweis für die höhlenartige Akustik des

Speisesaals, dass scheinbar niemand meinen Ausbruch mitbekommen hatte.

»*Die kleine Schwester, mir dünkt, gelobt zu viel*«, neckte Dusty mich mit affektierter Stimme.

»Halt die Klappe, Shakespeare«, knurrte ich.

Das würde noch ein langer, langer Abend werden.

Kapitel 8

Mir ist klar, dass ein Elf-Gänge-Dinner kaum die Kriterien für eine schwere Notlage erfüllt, aber ein Elf-Gänge-Dinner im Angesicht des drohenden Kältetods infolge schlammverkrusteter, feuchter Klamotten und eines besonders fiesen Durchzugs gehörte nicht zu den Höhepunkten meines bisherigen Lebens. Ich war wesentlich glücklicher, als das Dinner vorbei war und ich sicher unter meiner Decke eingepackt im Bett lag. Falls *TRC* sich entweder ein Drama oder aber Komik versprochen hatten, indem sie Dusty darin bestärkten, sich wie eine durchgeknallte Barbie anzuziehen, und mich durch eine Schlammpfütze schleiften, dann mussten sie nun schrecklich enttäuscht sein. Der einzige einigermaßen interessante Vorfall beim Dinner ereignete sich, als Kit Kirby Szenen aus dem Musical *Pippin* mit einem geschmorten Stubenküken nachspielte. Dieser seltsame kleine Mann war auf dem besten Weg zu seinem eigenen Spin-off: *Kleiner Kirby ganz groß* oder so was in der Art. Heaven würde die Serie definitiv aufnehmen.

Heaven … oh Mann, wie ich mir wünschte, dass Heaven hier wäre. Jamie hatte sich als überraschend witziger Komplize entpuppt, aber ich konnte ja nicht mit Jamie *über* Jamie reden, oder? Denn sosehr ich Dusty auch widersprochen hatte … ich *wollte* über Jamie reden. Unbedingt sogar. Nur nicht mit Dusty, die es liebte, mich wegen meines andauernden Single-Status aufzuziehen, und die selbst immer nur mit Footballspielern und Abschlussballkönigen gegangen war und, na ja, einem Right Honorable Lord oder was auch immer Ronan nun war. Sie könnte das mit Jamie niemals verstehen.

Ich fragte mich, ob Heaven ihn schräg finden würde. Wahrscheinlich schon. Aber es gab ein gutes Schräg und ein schlechtes Schräg und Jamie war definitiv die gute Variante. Ich mochte es, dass ich nie wusste, was er als Nächstes sagen würde. Ich mochte es, dass er nach Falltüren suchte. Ich mochte es, dass er mich dazu brachte, über Lachsrillette zu lachen. Verdammt, ich mochte ihn eben einfach. Und das war etwas, das ich nicht mehr laut zu einem Jungen gesagt hatte, seit Andy Chan mir in der vierten Klasse gesagt hatte, dass ich müffeln würde und voll eklig wäre. Ich konnte mich kaum dazu überwinden, auch nur zu *denken*, dass ich Jamie mochte, nicht einmal ganz allein nur mit meinem Teddy als Gesellschaft.

Doch dann schoss mir ein entsetzlicher Gedanke durch den Kopf: Wussten alle, dass ich ihn mochte? Dusty wusste es. *Oh Gott.* Bedeutete das, auch *Jamie* wusste, dass ich ihn mochte? Es war zu schmachvoll, um weiter darüber nachzudenken.

Ich grub mich tiefer unter die Decke und versuchte, meinen Körper dazu zu zwingen, mehr Körperwärme abzugeben. Nach einer heißen Dusche, gefolgt von einem langen, ausgiebigen Bad in einer altmodischen, frei stehenden Badewanne, die tatsächlich Klauenfüße hatte, war ich zwar gründlich entschlammt, aber dank meines nassen Haars wieder verfroren. Normalerweise hielt ich mich nie mit dem Fön auf, aber im Moment wünschte ich mir, einen zu haben. Nur nicht so dringend, dass ich zu Dusty gegangen wäre, um sie zu fragen, ob ich mir ihren borgen könne. Erstens wusste ich nicht, wo sie sich in diesem Labyrinth von einem Schloss aufhielt; zweitens würde sie mich zweifelsohne damit aufziehen, dass ich ganz untypische Mädchensachen mit einem Fön versuchen wollte; und drittens wollte ich sie ganz bestimmt nicht bei irgendwelchen mitternächtlichen Aktivitäten mit Ronan unterbrechen.

Hatte Dusty recht? Mochte Jamie mich auch? Auf jeden Fall schien er gerne Zeit mit mir zu verbringen. Andererseits waren die Möglichkeiten hier recht begrenzt – Ronan schwebte mit Dusty auf einer rosaroten Wolke, und Kit Kirby war ein dauerbetrunkenes Riesenbaby ohne jeglichen Zeitbegriff. Aber wenn ich ehrlich zu mir war, dann wusste ich nicht, welche Vorstellung mir mehr Angst machte: dass Jamie mich nicht mochte … oder dass er es doch tat.

Klopf-klopf-klapp-klopf-klopf-klopf.

»Hallo?«, flüsterte ich und zog die Decken bis unter die Nase hoch. Wer konnte bloß vor der Tür stehen? Wie immer hatte ich absolut keine Ahnung, wie viel Uhr es war, aber es fühlte sich spät an. Es war mitten in der Nacht.

»Willst du einen Schneemann bauen?«

Ich schlüpfte aus dem Bett und vollführte einen entsetzten Hüpfer, als die eisige Kälte des Bodens durch meine Pinguinsocken schnitt. Ich schob mich näher Richtung Tür.

»Los, komm und spiel mit mir.«

»Jamie?«, fragte ich. Wer sonst könnte es sein? Ich meine, es könnte Ronan sein mit einer neuen Phase in seiner Operation »kleine Schwester«. Obwohl ich meine Zweifel hatte, dass

Ronan es durch »Willst du einen Schneemann bauen?« geschafft hätte, ohne in Tränen auszubrechen.

»Ich sah dich schon so lang' nicht mehr …«

»Du hast mich beim Dinner gesehen.« Es war definitiv Jamie. Ronan hätte seinen schottischen Akzent nie im Leben so unterdrücken können.

»… vermiss' dich sehr. Was ist nur los mit diiiiir?«

Ich machte die Tür auf. Jamies Mund war noch immer zu einem breiten »iiiir« verzogen.

»Ähm, hi.«

»Hallo.« Er grinste.

»Das ist aber eine ziemliche Veränderung weg von E. E. Cummings.«

»Die Poesie offenbart sich uns in den unterschiedlichsten Gestalten, Dylan.«

»Trägst du da etwa einen Pyjama?«, fragte ich ungläubig. Er sah so aus, als ob er direkt aus *Peter Pan* herausspaziert wäre. Ich hatte nicht geglaubt, dass Menschen heutzutage so was noch trugen.

»Selbstverständlich. Ich bin doch kein Tier.«

»Das ist ja ein … richtiges *Ensemble.*« Wenn ich mich nicht ganz täuschte, passte der Saum seines marineblauen Pyjamas zum Schottenmuster seines Bademantels. Seine Schlafkleidung war besser aufeinander abgestimmt als meine für die Schule.

»Falls du meinen Bademantel meinst, so kann ich dir versichern, dass er unentbehrlich ist, wenn man in diesen zugigen Fluren herumwandelt.«

»Du siehst einfach ein bisschen sehr förmlich aus, das ist alles.«

»Die verschiedenen Elemente meines Ensembles sind sicherlich nicht viel skuriler als all diese Kreaturen, die da auf deiner Hose herumspringen.«

»Also, um genau zu sein, trage ich in diesem Moment drei verschiedene Hosen übereinander. Und diese Kreatur da ist Tweety. Das war ein Geschenk von meiner Oma. Und ich würde es wirklich vorziehen, wieder über *dein* Pyjamaproblem zu sprechen.«

»Oder wir könnten auch ganz aufhören, unsere Pyjamas zu diskutieren.«

»Einverstanden.« Ich streckte meine Hand aus.

»Das Pyjama-Friedensabkommen von Schloss Dunyvaig tritt hiermit in Kraft.«

Wir schüttelten die Hände. Jamie drückte meine Finger und hielt sie einen kleinen Moment länger fest als nötig – oder war das nur meine Einbildung? Oder war *ich* es, die zu lange festhielt? Schnell ließ ich seine Hand los, als ob ich mich verbrannt hätte. Jetzt wo ich mir – und Teddy – eingestanden hatte, dass ich Jamie tatsächlich mochte, schob ich die totale Paranoia, dass er es herausfinden könnte. Wie stellte man es überhaupt an, die Freundin von irgendwem zu werden? Es schien ein Ding der Unmöglichkeit. Der ganze Weg dahin war ein einziges Minenfeld aus Peinlichkeiten. Ich hatte nichts weiter getan, als seine Hand zu schütteln, und doch glühten meine Wangen, als ob ich ihn während des Nachtischs mitten auf der Waldbeeren-Pavlova besprungen hätte.

»Also? Willst du jetzt einen Schneemann bauen?«, fragte er.

»Wie bitte?«

»Zieh deine Schuhe an«, befahl er. »Schnell.«

»Äh, okay.« Ich ging in mein Schlafzimmer zurück und schnappte mir ein paar halb zerfetzte Uggs, die mal Dusty gehört hatten. »Warum genau ziehe ich meine Schuhe an?«

»Weil die Tatsache, dass du diese formlosen braunen Klumpen anziehst, obwohl du dich bisher geweigert hast, meine Frage zu beantworten, bestätigt, dass du nicht abgeneigt bist, einen Schneemann zu bauen.«

»Das sind Uggs. Und sie sind bequem«, sagte ich. »Moment mal, hast du das mit dem Schneemann ernst gemeint?«

»So ernst wie das mit der Falltür.«

Ich konnte Jamies verschmitztes Grinsen sehen, als er sich umdrehte, und folgte ihm hastig durch den Flur.

»Jamie, warte. Jamie!« Ich zog an seiner Hand, damit er stehen blieb. »Ein Schneemann? Schneit es etwa?«

Ein Grinsen breitete sich über sein ganzes Gesicht, und ich hätte schwören können, dass ich spürte, wie etwas in meiner Brust aufbrach und schmolz, als würde es mich durch und durch mit Wärme erfüllen.

»Ich denke, das Beste ist, wenn du es mit eigenen Augen siehst.«

Er hielt meine Hand in seiner, als wir die lange, breite Treppe mit dem bordeauxroten Teppich hinabeilten. Sie führte in die große Eingangshalle, und Jamie stieß eine der gewaltigen Türen so weit auf, dass wir hindurchschlüpfen konnten, dann schloss er sie hinter uns.

Draußen hatte sich die ganze Welt verändert. Zuvor war alles grau und braun gewesen, doch jetzt glitzerte mir strahlendes Weiß entgegen. Der Mond hing voll und tief am Himmel und erleuchtete die schimmernden Felder. In der Ferne konnte ich gerade noch so die Bäume des Waldes erkennen, der das Anwesen begrenzte, und die Rasenfläche vor uns schien grenzenlos.

»Ich habe noch nie Schnee gesehen«, flüsterte ich.

Jamie nahm meine Hand und führte mich die steinernen

Stufen hinab zum Rasen, wo meine Füße im Schnee versanken. Staunend streckte ich meine Hand aus und sah zu, wie die Schneeflocken in meiner Handfläche landeten. Wenn man genauer hinschaute, konnte man erkennen, dass jede für sich wie ein kleiner eigenständiger Stern aussah, komplizierter als alles, was ich und Heaven je in der Grundschule aus Bastelpapier ausgeschnitten hatten. Ich blickte auf, und alles, was ich sehen konnte, war Jamie. Der Schopf seines dunklen Haars fiel ihm bis über seine unfassbar blauen, von langen Wimpern umrahmten Augen. Er war so nah, dass ich, als er ausatmete, den Hauch seines Atems spüren konnte wie eine warme Liebkosung in der kalten Luft. Ich neigte mein Gesicht zu seinem, sodass sich unsere Nasen beinahe berührten. Ich konnte sein Herz schlagen hören – vielleicht war es auch meins –, ein sanftes *poch, poch* in der ansonsten stillen Nacht. Weich wie eine Feder strich er mit seinen Lippen über meine, kalt und kühl, das Flüstern eines Kusses.

»Und ich bin auch noch nie geküsst worden.«

Wenn er überrascht war, so zeigte er es nicht. Obwohl ich mich dafür hätte ohrfeigen können, damit herausgeplatzt zu sein.

»Gut.« Er lächelte. »So wirst du niemals erfahren, ob ich mies darin bin.«

Er war *nicht* mies. Er war das Gegenteil von mies. Er küsste mich wieder, dieses Mal etwas fester, und ich hatte das Gefühl, mit ihm zu verschmelzen. All die Sorgen, die ich gehabt hatte, dass ich, wenn mich endlich jemand küsste, nicht wissen würde, was zu tun wäre, verpufften in diesem Augenblick. Es war, als ob ich dazu geboren wäre, Jamie zu küssen ... *Jamie* ... Plötzlich fiel mir ein, dass ich nicht einmal seinen Nachnamen kannte. Vermutlich war das nicht ganz korrekt. Aber interessierte es mich? Nicht im Geringsten. Denn Jamie küsste mich, seine großen Hände umfassten meinen Rücken, als ob wir tanzen würden, während ich meine Arme um seinen Hals schlang, um das weiche Haar in seinem Nacken zu spüren. Wer hätte gedacht, dass die Zunge von jemandem im Mund zu haben – was sich in der Theorie so schräg anhörte –, sich im echten Leben so perfekt anfühlen würde.

Wir lösten uns voneinander, und ich blickte zu ihm auf, kaum in der Lage, zu glauben, dass dies hier wirklich passierte.

»Du hast Schnee in deinen Wimpern«, sagte Jamie. Er strich mit seinem Daumen über meine Wange. *»Jäh schaute ich den kalten Himmel, Lust der Krähen …«*

»Was? Jetzt?«

»Das ist von Yeats.«

»Halt die Klappe und küss mich, Yeats.«

Er warf den Kopf in den Nacken und lachte. »Ich dachte, es wäre der passende Moment für ein Gedicht.«

»Neei-ein.« Ich packte die Aufschläge seines Morgenmantels. Nun da Jamie mich geküsst hatte, erfasste mich das Gefühl, als müsste mir nichts mehr peinlich sein. Ich konnte alles tun, weil ich *wusste*, dass er mich auch mochte. Ich fühlte mich so furchtlos, als würde ich fliegen. Vielleicht konnte man ja tatsächlich vom Leben berauscht sein.

»Ich hatte ja schon immer die Vermutung, dass ihr amerikanischen Frauen recht direkt seid.«

»Weniger reden, mehr küssen.«

»Wirklich furchtbar direkt.«

»Willst du dich etwa beschweren?«

»Ganz sicher nicht.«

Als seine Lippen die meinen fanden, drückte mich Jamie fest an seine Brust. Nein, er beschwerte sich definitiv nicht.

Als ein Lichtstrahl durch die stille Dunkelheit schnitt, klappte ich die Augenlider auf. Geblendet schloss ich sie schnell wieder und vergrub mein Gesicht an Jamies Hals. *Mhmmm.*

»Gott, Dylan, ich glaube, du hast mich auf eine höhere Ebene befördert. Sollen wir in das Licht gehen? Sind wir schon tot?«

Ich gab ihm einen Klaps auf den Arm. *Licht …?* Moment mal …

»Jamie!« Ich richtete mich abrupt auf. Jetzt war nicht der Moment für zwangloses Rumgeschnuppere am Hals, auch wenn hier jemand verführerisch nach Zimt roch wie ein großes männliches Weihnachtsplätzchen. »Das ist doch der Sender, oder? Die Kameracrew. Sie müssen uns gefolgt sein.«

Ich wusste, dass niemand bei *TRC* besonderes Interesse daran hatte, mich zu filmen. Aber ich hatte genug Reality-TV geschaut, um zu wissen, dass knutschende Pärchen immer etwas Sendezeit wert waren – egal wie schräg und schlaksig die beteiligten Personen waren. Und das war das Letzte, was ich jetzt wollte.

»Vielleicht haben sie uns ja noch nicht entdeckt«, erwiderte er grimmig. »Komm mit, schnell!«

Er packte meine Hand und rannte in Richtung des Wäldchens los, fort von dem Licht. Ich warf einen Blick zurück, um zu sehen, ob da irgendwelche Kameras waren, aber außer dem blendenden Lichtstrahl war nichts zu sehen.

»Ich hoffe wirklich, dass sie nichts gesehen haben«, keuchte ich, als wir aus der Einfahrt stürmten und rechts auf die Straße bogen.

»Ich bin dir wohl peinlich, was?«, fragte er neckisch.

»Sei nicht albern«, schimpfte ich. »Ich hätte es nur lieber, wenn mein erster Kuss nicht im landesweiten Fernsehen landen würde. Mir scheint das wie ein besonders demütigender Kreis der Hölle.«

»Eigentlich ist es mir unbegreiflich, wie zwei Menschen, die so viel Wert auf ihre Privatsphäre legen, in einer Reality-Show enden konnten.«

»Da bist du nicht allein, Kumpel.«

Einen Augenblick war nichts weiter zu hören als das Knirschen des Schnees unter unseren Füßen. Noch nicht einmal das Glucksen einer Wachtel. Das Licht, das mich erschreckt hatte, war längst verschwunden. Falls wir *TRC* abgehängt hatten, schien es mir nicht allzu schlau, mitten in einem Schneesturm in einen Wald zu rennen.

»Sollen wir wieder zurück?«, fragte ich, machte jedoch keine Anstalten, mein Tempo zu verringern.

»Keine Angst, wir sind fast da. Siehst du das Licht?«

»Was, von den Fernsehleuten?« Ich blickte zurück. »Sie können uns unmöglich noch auf den Fersen sein.«

»Nein, vor uns. Vom Stall. Dort. Kannst du's sehen?«

Ich blinzelte durch das Schneegestöber und konnte in der Ferne tatsächlich ein schwaches Licht ausmachen.

»Keine Sorge, es ist näher, als es scheint«, versicherte er mir.

Er hatte nicht unrecht, wenig später bogen wir von der Straße ab und bahnten uns unseren Weg durch den Schnee in Richtung des Lichts. Ich konnte nicht glauben, wie schnell der Schnee sich anhäufte – es schien, als ob wir nur ein paar Minuten draußen gewesen wären, doch er ging mir schon bis über die Knöchel. Dann, mit einem ohrenbetäubenden Knarren, schwang Jamie eines der gigantischen Scheunentore auf. Der Wind stieß uns hinein und hinterließ eine Schneewehe zu unseren Füssen, als Jamie das Tor hinter uns zuzog. Wir wurden von einem Schwall warmer Luft und dem überwältigenden Geruch von Pferden empfangen.

»Wow.« Ich klopfte den Schnee von meinen Armen und schüttelte es aus meinem Haar. »Hier drinnen ist es ja warm, ich kann es kaum glauben.«

»Hier auf Dunyvaig haben sie sich schon immer besser um die Pferde gekümmert als um die Menschen.«

Wie zur Bestätigung ließ jemand ein leises zufriedenes Wiehern hören.

»Das ist aber ein riesiger Stall.« Wir befanden uns am Ende einer langen Gasse von Boxen unter einer gewaltigen Kuppel aus Dachbalken. Alles war aus hellem Holz gemacht und wurde vom sanften, goldenen Licht der silbernen Lampen beschienen, die jeweils über jeder Box hingen. Angelockt durch ein Schnauben und ein nachdrückliches Stampfen von Hufen näherte ich mich der ersten Box.

»Ronans Mutter war zu ihrer Zeit eine ziemlich leidenschaftliche Reiterin. Sie trat bei den Olympischen Spielen für Großbritannien an.«

»Was? Nein, das hat sie nicht. Ist ja irre.«

»Doch, wirklich. Sie hat zwar keine Medaille gewonnen, aber sie hat teilgenommen. Natürlich fuhr sie damit fort, sich für ein eigenes schottisches Olympiateam zu engagieren, deswegen bin ich mir nicht so sicher, wie sie heute zu den Olympischen Spielen steht.« Ich spürte, wie sich etwas auf meine Schultern legte. Jamie hatte eine karierte Decke um mich gewickelt. »Mach dir keine Sorgen, sie ist sauber.«

»Woher willst du das wissen?«

»Ich hab daran gerochen.«

»Ha, eine sehr wissenschaftliche Methode, danke.« Ich zog sie enger um mich und hielt sie vor der Brust mit einer Hand fest. Mit der kuscheligen Decke und dem beheizten Stall war das mit Abstand der wärmste Ort, an dem ich seit meinem Abflug aus Mississippi gewesen war.

»Hey, mein Mädchen«, sagte ich sanft zu einem großen braunen Pferd, das den Kopf aus seiner Box neigte, um uns genauer unter die Lupe zu nehmen.

Jamie tippte auf ein Namensschild aus Messing, das an der Tür der Box angebracht war.

»Äh, Junge«, korrigierte ich mich. »Hey, Junge. Wenzeslaus. Das ist ein krasser Name für ein Pferd.«

»Muss wohl ein krasses Pferd sein.«

»Ich liebe es, wie Pferdenasen sich anfühlen.« Ich streckte meine Hand aus, um die Nüstern zu streicheln. »So weich. Wie Samt.« Wenzeslaus schnaubte in meine Hand und deckte mich dabei mit seinem heißen Atem und wahrscheinlich auch einem klitzekleinen bisschen Pferderotze ein. »Mann, ich wünschte, ich hätte einen Apfel oder ein paar Möhrchen oder so was. Ich liebe es, wenn sie einem aus der Hand fressen. Es ist doch erstaunlich, dass so etwas Großes so sanft sein kann.«

Jamie legte seine Arme um meine Hüfte und blickte das Pferd über meine Schulter hinweg an. Ich lehnte mich mit dem Rücken an seine Brust und beobachtete Wenzeslaus, der mit seinen großen braunen Augen blinzelte. Dann drückte mir Jamie einen sanften Kuss auf den Nacken, sodass mir ein Kribbeln bis in die Zehen in meinen Uggs schoss. So war es also, wenn man jemand mochte, der einen ebenfalls mochte. War es wirklich so einfach? Im Grunde war es genau das, was Dusty beim Dinner gesagt hatte – vielleicht hatte sie am Ende ja doch eine Ahnung, wovon sie sprach.

Obwohl es ehrlicherweise schwer zu glauben war, dass irgendwas von dem hier echt war. Das mitternächtliche Klopfen an der Tür, der Schnee, der Kuss. Ich hegte allmählich den Verdacht, dass ich aufwachen und herausfinden würde, dass nichts von alldem hier stattgefunden hatte. Oder noch schlimmer, dass ich aufwachen und zu meinem schrecklich unbeholfenen Ich zurückkehren würde und nicht mehr in der Lage wäre, Jamie in die Augen zu schauen, geschweige denn eingekuschelt in eine Pferdedecke kribbelnde Küsse zu genießen.

»Es schneit wirklich heftig.« In Wenzeslaus' Box gab es ein kleines Fenster, durch das ich nichts als Weiß sehen konnte.

»Ähm, ja. Das tut es wohl«, stimmte er mir zu.

»Sollen wir ins Schloss zurückkehren?«

»Ich bin mir nicht sicher, ob das so klug wäre.« Ich schaute ihn an. Eine süße, kleine Falte grub sich zwischen seine Augenbrauen, als er die Stirn runzelte. »Ich fürchte, wenn wir in dem Schneegestöber losziehen, könnte es sein, dass wir den Weg nach Dunyvaig nicht mehr finden.«

»Also … bleiben wir einfach hier?« Ich löste mich aus seiner Umarmung und drehte mich zu ihm um.

»Ich schätze schon, zumindest für den Moment.«

Hierbleiben. Für den Moment. Ganz alleine. In einem müffeligen und doch irgendwie romantischen Pferdestall. Alleine. Mit einem Jungen. Mit Jamie. In der Nacht.

»Es war kein besonders gut durchdachter Plan«, fuhr er fort, ohne von der geistigen Achterbahn zu ahnen, in der ich gerade herumwirbelte. »Ich muss zugeben, ich habe nicht weit über meinen Versuch hinausgedacht, das schöne Mädchen aus den Klauen der ruchlosen Fernsehproduzenten zu retten.«

Schön?

»Ich kann dir versichern«, schob er hinterher, »dass hier war keine vorsätzliche Pferdestallverführung oder dergleichen.«

»Der Nachfolger zu den internationalen Bestsellern *Die vorsätzliche Falltür* und *Die vorsätzliche Fackel*.«

»Leider durfte *Die vorsätzliche Pferdestallverführung* bei den Kritikern nicht ganz den Erfolg seiner Vorgänger verbuchen«, fuhr Jamie ernsthaft fort, während seine Augen funkelten. »Der jugendgefährdende Inhalt sorgte in der Literaturwelt für einige Furore. Natürlich.«

»Natürlich«, pflichtete ich ihm bei.

»Ehrlich, Dylan« – er schluckte hörbar – »es war nie meine Absicht, dich zu entführen.«

»Ich weiß.«

»Dann bin ich froh, denn ich … ich mag dich ziemlich gerne.« Er kratzte sich verlegen im Nacken und blickte hinauf zu den Dachsparren, überallhin, nur nicht zu mir. »Und ich möchte, dass du gut von mir denkst«, murmelte er.

»Das tue ich.« Ich streckte die Hand aus, um sein Kinn zu berühren, und er richtete die ganze Kraft seiner klaren, blauen Augen auf mich. »Außerdem mag ich dich auch ziemlich gerne«, fügte ich schüchtern hinzu.

»Dann bin ich aber froh, dass wir das geklärt hätten.« Er lächelte. »Hast du Lust, den Heuboden zu sehen? Dort oben gibt es größere Fenster. Wir können dem Schnee zuschauen.«

»Klar.« Ich zog meine Decke ein wenig fester um mich. »Tschüss, Wenzeslaus.« Er schnaubte, als ich ihm zum Abschied die Nase tätschelte.

Wir kletterten über eine Metallleiter zum Heuboden empor. In der Mitte des Raums gab es keinen Boden, sodass man zu den Boxen runterschauen konnte. Alle vier Wände wurden von Heuballen gesäumt. Praktischerweise waren ein paar davon beinahe wie ein Podium unterhalb der großen Seitenfenster aufgestapelt. Jamie breitete eine Decke über die unteren Ballen und wir machten es uns darauf gemütlich. Ich reichte ihm einen Teil meiner Decke, und er kuschelte sich drunter, legte einen Arm um mich und wickelte uns beide damit ein.

Schweigend saßen wir da und sahen dem Schneetreiben draußen zu. Die Flocken waren so groß und flauschig, sie schienen beinahe reglos vom Himmel zu hängen. Es waren keine Geräusche zu hören, abgesehen von dem vereinzelten sanften Schnauben und Stampfen der Pferde in den Ställen unter uns. Ich konnte die Süße des Heus riechen und den warmen, erdigen Duft der Pferde – beides so eindringlich, dass es beinahe greifbar war. Alles war so still. Es war einer dieser Momente, in denen die Zeit weder Gestalt noch Sinn mehr zu haben scheint. Wir waren durch einen winzigen Riss in der Zeit gefallen, und alles, was ich mir wünschte, war dort zu bleiben und mich treiben zu lassen, wie die Schneeflocken draußen vor dem Fenster es taten. Ich hatte immer gedacht, Romantik bestünde aus Feuerwerk und Tanz, aus hellen Lichtern und großen Tönen. Jetzt wusste ich, dass Romantik eine vollkommene Stille sein konnte.

Denn da war Jamie. Seine Wärme. Sein langes Bein, das an meinem ruhte. Sein Geruch nach Zimtsternen. Mein Knie, das gegen seines stieß. Einfach nur mit ihm zu sein, ihn scheinbar zufällig zu berühren, obwohl wir beide wussten, dass es nicht zufällig war – das war perfekt.

»Er rieselt aus bleiernen Sieben«, zitierte er, als wir dem fallenden Schnee zusahen, *»er bestäubt den ganzen Wald.«*

»Hmm?«

»Das ist eine von euch. Emily Dickinson.«

»Ah.« Ich nickte. »Amhersts glamouröseste Einsiedlerin. Sorry …« Ich bedeckte meinen Mund, als mir ein Gähnen entwich.

»Dann ist also nicht die Zeit für Poesie?«

»Doch. Ich meine, wenn man während eines mitternächtlichen Schneesturms in einer Scheune kein Gedicht verkraftet, wann denn dann? Es ist definitiv ein guter Moment für Gedichte. Ich bin einfach nur müde. Ein Verrückter in einem Pyjama hat mich mitten in der Nacht aufgeweckt.«

»Gemäß des Pyjama-Friedensabkommens von Schloss Dunyvaig stehen Pyjamas nicht mehr zur Diskussion.«

»Sorry, tut mir leid.« Ich gähnte wieder.

»Mach einfach die Augen zu, Dylan«, sagte er leise.

»Meine Mom wird uns umbringen, wenn wir die ganze Nacht draußen verbringen.« Dennoch fielen flatternd meine Augenlider zu und mein Kopf sank auf Jamies Schulter.

»Wir werden zurück sein, bevor irgendjemand aufwacht«, sagte er zuversichtlich.

»Jamie?«

»Mhm?«

»Wir hatten Glück, dass dieser Stall in der Nähe war. Und so warm.«

»Ja, das stimmt. Eigentlich eine glückliche Fügung.«

»*Glückliche Fügung.*«

»Wie bitte?«

»*Glückliche Fügung.* So solltest du dein Buch nennen. Vergiss *Die vorsätzliche Falltür.*«

»Seine erste Falltür vergisst man nie, Dylan«, sagte er ernsthaft.

Ich wusste, dass *ich* sie nie vergessen würde.

Kapitel 9

Irgendetwas pikste in meinen Rücken. Nein, *tausend Sachen* piksten in meinen Rücken. Kleine, kratzige Sachen. *Was ist nur los mit diesem Bett? Und da liegt etwas Schweres auf mir, quer über meinem Bauch.*

Ich reckte und streckte mich unter dem Gewicht.

Es war ein Arm. Oh mein Gott, es war ein menschlicher Arm. Ich schrie auf und schleuderte ihn von mir.

»Aaah!«

BUMM.

»Ehrlich, Dylan, willst du mich umbringen?«

Ich beugte mich vor und erblickte Jamie auf dem Boden, der aus verwitterten Holzplanken bestand und mit Stroh bedeckt war. Das war ganz sicher nicht mein Schlafzimmer.

»Mir ist schon klar, dass ich am frühen Morgen womöglich kein besonders angenehmer Anblick bin, aber so schrecklich kann ich auch wieder nicht sein.«

»Tut mir leid.« Ich streckte meine Hand nach unten und half ihm, zurück auf den Heuballen zu klettern. *Heuballen.*

Stall. Schneesturm. Kuss. Alles, was letzte Nacht geschehen war, kam mit voller Wucht zurück. Ich war noch immer in dem Stall – es war also definitiv kein Traum gewesen. Es war *real.* Jamie hatte mich wirklich geküsst. Ich konnte nur hoffen, dass ich bei Tageslicht noch immer halbwegs okay aussah. Jamie hingegen, in seinem zerknitterten Pyjama, mit Strohhalmen im dunklen Haar, hatte noch nie so süß ausgesehen wie gerade.

»Dir auch einen guten Morgen, Süße.« Er grinste verschmitzt und streckte seine Hand nach meiner Wange aus. Ich versteifte mich, als er ein Stück Stroh aus meinem Haar entfernte. »Der rustikale Look steht dir.«

»Im Grunde meines Herzens bin ich eben doch ein Landmädchen.«

»Ach ja, die Schöne aus Mississippi. Wo ist das noch einmal? Wo du herkommst?«

»Tupelo.«

»Tuh-peh-loh«, verkündete er bedächtig. »Was für ein wundervolles Wort. Was bedeutet es?«

»Äh, weiß nicht genau. Ich glaube, das ist ursprünglich so eine Art Baum.«

»Faszinierend.«

»Moment mal … Jamie … was machen wir da eigentlich? Wir können doch nicht hier herumsitzen und über Bäume reden!«

»Ich gebe zu, dass Gehölzkunde vielleicht nicht das packendste aller Themen ist, aber es freut mich durchaus, mehr über deine Herkunft zu erfahren …«

»Nein! Schau doch nur!« Ich deutete über die Heuballen hinweg aus dem Fenster. Muntere goldene Sonnenstrahlen fielen durch das Glas … was für ein perfekter, wunderschöner

Tag, um von meiner Mutter umgebracht zu werden. »Es ist schon hell. Wir müssen los, und zwar sofort!«

»Es war die Nachtigall, und nicht die Lerche, die eben jetzt dein banges Ohr durchdrang.«

»Was? Vögel? Du hörst Vögel?«

»Glaub' Liebe mir: es war die Nachtigall.«

»Ich höre aber wirklich nichts.«

»Das ist Shakespeare, Dylan! *Julia!*«

»Ja, okay, Julia, lass uns gehen.« Ich begann ihn Richtung Leiter zu schubsen. »Hopp, hopp, runter vom Balkon. Lass uns hier verschwinden.«

»Ich fürchte, dir fehlt die poetische Ader.«

»Irgendjemand hier muss ja vernünftig bleiben.« Ich folgte ihm mit Lichtgeschwindigkeit die Leiter hinunter, das Metall unter meinen Fingern war eiskalt. »Wäre es nicht wirklich praktisch, wenn jetzt wieder ein Wagen hinter dem Stall stehen würde?«

»Ich glaube eher nicht.« Er legte die Stirn in Falten. »Allerdings sind wir geradezu von alternativen Transportmitteln umgeben.«

»Und die wären?«

»Na ja, Pferde.«

»Pferde?«

»Ja, Pferde. Du setzt dich auf sie drauf und sie bringen dich irgendwo hin. Jahrhundertelang waren sie das Beförderungsmittel Nummer eins, um schnell voranzukommen.«

»Ja klar, vor einer halben Ewigkeit. Es gibt einen Grund, warum wir auf Autos umgestiegen sind. Autos sind nicht lebendig. Sie bewegen sich nicht unter einem. Sie sind nicht hinterlistig und gerissen.«

»Hast du jemals auf einem Pferd gesessen?«

»Ja.« Ich hob trotzig mein Kinn. »Ein Mal. Auf einem Pony. Auf einem Jahrmarkt. Und das hat gereicht.«

»Aber du bist *Amerikanerin.«*

»Ja und? Denkst du vielleicht, ich bin so eine Art Cowgirl oder was?«

»Du kommst aus Mississippi.«

»Das ist nicht unbedingt eine Rodeogegend. Kannst *du* denn etwa reiten?«

»Selbstredend«, antwortete er, als ob das die normalste Sache der Welt wäre.

»Selbstredend«, wiederholte ich brummend. »Tja, Reiten war im Sportunterricht nicht mitversichert, also werde ich wohl zurücklaufen. Bis später dann im Schloss.«

»Sei nicht albern, Dylan.« Er griff nach meinem Arm, damit ich stehen blieb. »Wenn wir reiten, sind wir viel schneller zurück. Wir können zusammen reiten.«

»*Zusammen*?«, echote ich.

»Ja.« Er nahm eine seltsame Vorrichtung aus Metall und Leder von einem Haken an der Wand und ging auf die erste Box zu. »Es ist zwar nicht besonders gut für ein Pferd, weil es auf Dauer Nierenschäden verursachen kann …«

»Nun, wenn es die Nieren schädigt, sollten wir es wahrscheinlich nicht tun«, unterbrach ich ihn.

»… aber für eine kurze Zeit, auf einem Pferd, das groß genug ist, sollte es in Ordnung gehen«, beruhigte er mich. Nur dass ich nicht wirklich beruhigt war. »Hallo, Wenzeslaus. Wir sind's wieder.« Er öffnete die erste Box und ging auf das große braune Pferd zu, streifte die Zügel über seinen Kopf und schob ihm das Metallstück ins Maul. Irgendwie schien Wenzeslaus viel größer als gestern Nacht. »Außerdem magst du doch Pferde, oder nicht?«

»Ja, klar mag ich Pferde … Ich mag es, ihre Nüstern zu kraulen und sie mit Möhren zu füttern. Aber nicht auf ihnen zu *sitzen.*«

»Ich fürchte, dass man dich auf einen schlimmen Jahrmarkt geführt und für den Rest deines Lebens traumatisiert hat. Ich verspreche dir, dass es absolut sicher ist. Alle Pferde hier sind tadellos ausgebildet, sie benehmen sich viel besser als die meisten Menschen.«

Er führte Wenzeslaus aus seiner Box in den Gang, hin zu einem hölzernen Kasten, der aussah wie eine kleine Holztreppe. Jamie hüpfte auf den Kasten, schwang sein Bein über den Hengst und saß dann einfach so da, als wäre er auf dem Rücken eines Pferdes zur Welt gekommen.

»Brauchst du keinen Sattel?«, fragte ich mit etwas schriller Stimme, die so gar nicht nach mir klang. »Müsste da nicht ein Sitz sein, so was wie ein Sicherheitsgurt?«

»Ich werde dein Sicherheitsgurt sein. Komm schon, rauf auf den Aufsitzblock.«

Gehorsam stieg ich die ersten zwei Stufen hoch. Sosehr ich auch Bammel hatte, auf das Pferd zu steigen, so *unbedingt* wollte ich doch auch zurück zum Schloss. Als ich auf der obersten Stufe stand, schwang ich mein Bein übers Pferd und saß plötzlich direkt hinter Jamie.

»Das war doch gar nicht so schlimm, oder?«, sagte er. »Halt dich gut fest.« Ich schlang meine Arme um seine Taille und musste an Dustys Ex denken – Dyron mit dem Motorrad. Nur, dass Wenzeslaus im Gegensatz zu Dyrons Motorrad keine wilden Flammen auf seine Flanken gemalt hatte. Ich konnte Jamies Körperwärme durch seinen Morgenmantel hindurch spüren, legte meine Wange an den weichen Flanellstoff und lehnte mich entspannt an seinen Rücken.

»Das wäre geschafft«, sagte er sanft. »Bist du bereit?«

»Ja, bin ich.«

Ohne dass ich ein »Yihaa!« oder »Hühott!« vernommen hätte, setzte sich Wenzeslaus in Bewegung. Ich klammerte mich noch fester an Jamie. Wir trotteten den Gang entlang auf das Scheunentor zu … das sehr große, sehr stabile, sehr *geschlossene* Scheunentor.

»Jamie«, sagte ich panisch, »das Tor! Wie sollen wir …?«

»Halt dich fest!«, rief er, doch anstatt das Tempo zu drosseln, wurden wir immer schneller und schneller. Ich schloss die Augen und wappnete mich für den Aufprall.

Aber es kam keiner. Ich fühlte, wie mir die Kälte entgegenschlug und der Wind an meinen Wangen vorbeistrich. Dann öffnete ich zaghaft ein Auge. Wir waren draußen … *aber wie hatten wir das angestellt?*

Ich drehte mich gerade noch rechtzeitig um, um zu sehen, wie das große Scheunentor hinter uns zuschwang.

»Ist das ein automatisches Tor?«, rief ich und lachte erleichtert auf.

»Bewegungsmelder. Ich habe dir ja gesagt, wenn es um die Pferde geht, scheuen sie keine Kosten!«

Wir verfielen in eine schnellere, weniger holprige Gangart. Der Schnee lag so hoch, dass Wenzeslaus' Beine nahezu vollständig darin versanken, aber das schien ihn nicht weiter zu behindern. Es war beinahe so, als ob er durch den Schnee schwimmen würde. Jetzt, da es aufgehört hatte zu schneien, war das Schloss jenseits des weitläufigen Rasens leicht zu erkennen. Ich kniff die Augen zusammen, um sie gegen das grelle Sonnenlicht abzuschirmen, das von der Schneedecke reflektiert wurde.

»Erfrischend, oder nicht?«, rief Jamie. Etwas daran, auf dem Rücken eines Pferdes zu sitzen, ließ uns beide sehr laut werden. »Ich fühle mich wie auf einer arktischen Expedition. Auf dem Weg zum Nordpol mit Admiral Perry!«

»Es freut mich, dass du dich amüsierst. Ich könnte das hier mehr genießen, wenn ich wüsste, dass meine Mom noch immer schläft.«

»Wo ist deine Abenteuerlust geblieben, Dylan? Wie oft strandet jemand schon während eines schottischen Schneesturms in einem Pferdestall?«

»Nie.«

»Ganz genau. Ich bin mir sicher, dass es eine Art Ausnahmeklausel für wundervolle Abenteuer gibt, welche einen davor bewahrt, Ärger zu bekommen. Die *Narnia*-Satzungen oder irgend so etwas in der Art.«

»Meine Mom macht ihre eigenen Gesetze.« Aber ehrlich gesagt hatte ich in diesem Moment, da ich mit den Armen um Jamie geschlungen Richtung Schloss trabte, weit weniger Angst vor Mom. Und auch weniger Angst davor, auf einem Pferd zu sitzen. Offenbar war es doch nicht so schlimm. Jamie hatte mich heute Morgen zwar nicht wieder geküsst, aber wenigstens war da keine peinliche Stimmung zwischen uns. Außerdem schien er immer noch bereit, Körperkontakt mit mir zu haben. »Wo sind eigentlich deine Eltern?«

»Arbeiten«, erwiderte er vage. »Sie reisen ziemlich viel herum. Ich habe gerade Schulferien und ziehe es bei Weitem vor, hier zu sein als in einem leeren Haus.«

»Verständlich. Kommen sie auch zur Hochzeit?«

»Wahrscheinlich.«

»Wenn sie mit dir Weihnachten feiern wollen, bleibt ihnen wohl nichts anderes übrig, oder? Ich kann immer noch nicht glauben, dass Dusty an Heiligabend heiraten will. Sie ist echt irre. Erwartet sie ernsthaft, dass alle ihre Familien sitzen lassen, um *sie* zu feiern? Ich hoffe, die Kameraleute bekommen ihre Überstunden bezahlt.«

Jamie murmelte etwas, das ein *Mhmm* oder *Öhm* hätte sein können, aber definitiv kein Wort war.

»Florence hat dich doch am ersten Tag nach deinem Dad gefragt, oder? Sind sie befreundet oder so?«

»So was in der Art. Da sind wir ja schon!«, verkündete er abrupt.

Ich hatte langsam das Gefühl, dass Jamie nicht besonders erpicht darauf war, über seine Familie zu reden. Aber das konnte ich nachvollziehen. Ich hasste es, wenn die Leute mich nach meinem Vater fragten – da ich buchstäblich nichts über ihn wusste, hatte ich auch nichts über ihn zu sagen. Und das Letzte, was ich hören wollte, war irgendein süßliches, vor Mitleid triefendes »Oje, du Ärmste«. Mom, Dusty und ich hatten es auch ganz gut ohne ihn geschafft.

Nun, ich musste zugeben, Wenzeslaus brachte uns wirklich in Windeseile zurück – Pferde waren wohl doch empfehlenswerte Beförderungsmittel. Jamie sprang als Erster runter, dann legte er seine Hände um meine Taille, um mir beim Absteigen zu helfen. Irgendwie rutschte mein Oberteil dabei hoch und seine Hände landeten auf meiner bloßen Haut. Ich wurde rot, zupfte den Saum rasch runter und beschloss, so zu tun, als wäre nichts passiert.

»Bitte mach, dass alle noch schlafen«, betete ich innig, als Jamie eine der riesigen Eingangstüren aufschob.

Wie üblich wurden meine Gebete nicht erhört.

»Ja, wen haben wir denn da …?«

Dusty stand in der Tür, die Arme vor der Brust verschränkt und lediglich mit einem ultraknappen pinken Seidenmorgenmantel bekleidet, das Haar mit Jumbo-Heizwicklern auf ihrem

Kopf aufgedreht. Ich hatte das Gefühl, dass ich bis zu diesem Augenblick den Ausdruck »die Katze lässt das Mausen nicht« nie ganz verstanden hatte. Doch jetzt stand ich der leibhaftigen Personifikation gegenüber: Dusty lächelte wie ein Tigerkätzchen, das soeben die weltgrößte, fetteste Maus zwischen ihre Krallen bekommen hatte.

»Guten Morgen, Dusty!«, begrüßte Jamie sie fröhlich. »Ein wunderschöner Tag, nicht wahr? Wie geschaffen für einen erfrischenden Spaziergang! Dylan und ich hatten beschlossen, eine frühmorgendliche Runde über das Anwesen zu drehen.«

»Damit wollt ihr euch also herausreden?« Dusty ließ übertrieben eine ihrer Augenbrauen hochwandern. Gott, konnte das eigentlich jeder außer mir? »Ein Morgenspaziergang, ja? Kinder, Kinder, das ist wirklich unterste Amateurschublade. Vor allem, da ihr beide immer noch im Pyjama steckt. Und was für tolle Pyjamas das sind …« Sie schüttelte den Kopf. »Echt sexy, Dylan.«

»Das ist ein Geschenk von Oma! Außerdem wollte ich gar nicht sexy sein!«

»Das muss sie gar nicht wollen, denn das ist sie auch so«, ergänzte Jamie loyal, auch wenn das natürlich genau die falsche Antwort war, da Dustys selbstzufriedenes Lächeln Grinsekatze-Proportionen annahm.

»Das ist aber eine außergewöhnliche Wendung der Ereignisse für einen Sonntagmorgen«, flötete sie entzückt.

»Ist Mom schon wach?«

»Vielleicht, vielleicht auch nicht. Alles, was ich weiß, ist, dass sie bisher noch nicht aus ihrem Zimmer gekommen ist. Sieht so aus, als wärt ihr fürs Erste aus dem Schneider.«

Eine Welle der Erleichterung überrollte mich, als stünde ich im eisig kalten Wellenbecken des *Geyser Falls*-Spaßbads an einem superheißen Julitag. Ich stieß einen so lauten Seufzer aus, dass Jamie neben mir zusammenzuckte.

»Es ist nur so, dass ich noch gar nicht entschieden habe, ob ich ihr von eurem mitternächtlichen Abenteuer erzählen soll oder nicht.«

»Dusty!«, rief ich empört. »Das würdest du tun?«

»Ich kümmere mich nur um die Tugendhaftigkeit meiner süßen, kleinen Schwester«, sagte sie und legte beschützerisch einen Arm um mich. »Es ist meine schwesterliche Pflicht, Mom darüber zu informieren, falls ihr ungezogen wart. Zu eurem eigenen Besten.«

»Ich kann dir versichern, dass ihre Tugendhaftigkeit absolut intakt ist«, meldete sich Jamie zu Wort.

»Würdest du bitte nicht das Wort ›intakt‹ verwenden, wenn du über meine Tugendhaftigkeit sprichst?« Ich schüttelte mich. »Ich bin doch nicht Tess von den d'Urbervilles.«

»War die in deiner Klasse?« Dusty neigte den Kopf und schien nachzudenken. »Die billige Blondine, die in der Milchshake-Bar gearbeitet hat?«

»Tess von den d'Urbervilles ist die Heldin eines Romans von Thomas Hardy«, erläuterte Jamie. »Sie geriet leider in eine etwas unglückliche Situation, nachdem sie auf einem Mantel einschlief.«

»Nun, dann sollte ich es Mom doch sagen, damit du nicht so endest wie Tess von den d'Urbervilles.«

»Sie war ein Opfer ihrer Zeit«, protestierte ich.

»Oder wie diese Tess von der Milchshake-Bar«, fügte Dusty unheilvoll hinzu. »Ja, vielleicht sollte ich es ihr wirklich erzählen.«

»Das würdest du nicht wagen.« Ich verengte die Augen zu Schlitzen.

Sie hob wieder eine Augenbraue, so nach dem Motto: *Wetten, dass?*

»Nach allem, was ich für dich getan habe?« Okay, jetzt war ich ernsthaft sauer. »Nach deinem Schulball in der Elften habe *ich* all die Flaschen *Southern Comfort* unter *meinem* Bett versteckt. Dabei war ich erst zehn. Das war echt mies von dir, Dusty. Das hättest du niemals von mir verlangen dürfen.«

»Halt die Klappe.« Ihre Augen huschten nervös zu ihrer Linken.

»Wohin schaust du? Ich … *Oh* …« Ich konnte nicht glauben, dass ich es nicht bemerkt hatte. Ich konnte nicht glauben, dass ich mir gestattet hatte, auch nur einen Moment nachlässig zu sein und zu glauben, dass ich hier ernsthaft ein privates Gespräch führen könnte. Ein Kameramann versteckte sich neben der Tür, er stand teilweise im Schatten, sodass er mir nicht sofort aufgefallen war – aber da war er. Und ganz offensichtlich hatte er das ganze Gespräch aufgezeichnet. »Tja, ich schätze, das spielt nun keine Rolle mehr«, sagte ich matt.

»Was spielt keine Rolle mehr?«, fragte Dusty

»Ob du es Mom erzählst oder nicht. Sie wird es bald sowieso im Fernsehen sehen.« Ich deutete zur Kamera.

»Schau nicht hin«, zischte Dusty zwischen zusammengebissenen Zähnen. »Tu so, als wäre sie nicht hier.«

»Wie bitte soll ich so tun, als ob sie nicht hier wäre? Und was noch wichtiger ist: Wie kannst *du* so tun, als ob sie nicht hier wäre? Wie kannst du die ganze Zeit nur so gekünstelt sein, so falsch? So falsch wie diese dumme, falsche Sendung?« Ich schnappte nach Luft, um mich zu beruhigen, was mir jedoch misslang. »Für mich ist es nicht in Ordnung, dass alle meine privaten Augenblicke im Fernsehen ausgestrahlt werden, damit die ganze Welt sie sieht! Ich kann mein Leben nicht vor der

Kamera führen so wie du! Das ist krank, Dusty! Es ist nicht normal.« Ich hasste es, wie emotional ich klang. Ich hasste es, dass ich die aufsteigenden Tränen in meiner Kehle hören konnte. »Ich wollte nur diese eine Sache für mich allein haben. Ich wollte, diese Sache … zwischen Jamie und mir … was auch immer es ist … einfach nur für uns beide. Nicht bei *TRC*. Kapierst du das denn nicht?«

Jamie drückte meine Hand. Hastig wischte ich eine Träne von meiner Wange. Ich hätte nicht peinlicher sein können, wenn ich auf den Teppich gepinkelt hätte.

»Das ist aber nicht, was du in dem Vertrag unterzeichnet hast, Dylan.« Klemmbrett-Pamela kam mit dem lautlosen Gang und der bedrohlichen Aura eines Dementors hinter dem Kameramann in die Eingangshalle geglitten. »Oder was deine Familie unterzeichnet hat. Die nächsten zwei Wochen passiert alles, was passiert, vor uns. Lebt einfach euer Leben ganz normal weiter. Wir werden lediglich da sein, um es aufzuzeichnen.«

»Was soll an dem hier schon normal sein«, presste ich hervor. »Sind wir jetzt fertig?«

»Bitte, kehrt zu eurem Gespräch zurück.« Pamela lächelte gnädig. »Tut einfach so, als wären wir überhaupt nicht hier.«

Pamela glitt leise, wie sie gekommen war, wieder davon.

»Weißt du deshalb, wo wir heute Nacht waren?«, fragte ich Dusty. Sie hatte Mühe, meinem Blick standzuhalten. »Hat Pamela es dir gesagt? Ist sie in dein Zimmer geplatzt und hat dich geweckt? Nur um ein bisschen Drama für *TRC* zu fabrizieren?«

»Lass es gut sein, Dylan«, warnte Dusty.

»Schön. Na gut. Wir können genauso falsch weitermachen wie gehabt. Ich gehe auf mein Zimmer, bevor Mom aufsteht.

Wenn ich es mir genau überlege, ziehe ich es vor, erst umgebracht zu werden, sobald ich wieder amerikanischen Boden unter den Füßen habe. Nicht vor laufender Kamera.«

Ich drängte mich an ihr vorbei und stapfte die Treppe hoch. Bei meinem Glück würde ich auf dem Weg in mein Zimmer geradewegs Mom in die Arme laufen.

»Alles in Ordnung?«

Oh Gott. Jamie.

»Jamie, es tut mir so leid«, beeilte ich mich zu sagen, als wir den Flur im Obergeschoss erreichten. »Ich weiß, dass ich mich in Dustys Gegenwart in ein Riesenbaby verwandle. Sie treibt mich einfach in den Wahnsinn.«

»Bitte, du musst dich nicht entschuldigen. Auch wenn ich selbst keine Geschwister habe, kann ich mir vorstellen, dass es eine ziemlich gespannte Dynamik sein muss. Außerdem sind das hier absolut ungewöhnliche Umstände, in die man uns hineingeworfen hat.«

»Ich weiß … ich hätte nur lieber, dass du mich von meiner guten Seite siehst.«

»Eigentlich mag ich ja alle deine Seiten ganz gern«, erwiderte er mit einem Grinsen.

»Ähm, ja. Danke«, sagte ich. Ich war es nicht gewohnt, so viele Komplimente zu bekommen. Es war schön, aber es war auch echt schräg. Das hier war so eine Sache, die Leuten in Filmen passierte – oder Mädchen wie Dusty –, aber nicht mir.

»Da sind wir schon, ich lasse dich mal lieber allein«, verkündete er. Wir waren irgendwie vor meinem Zimmer gelandet – keine Mutter weit und breit. Vielleicht gab es doch so etwas wie kleine Wunder.

»Wo ist überhaupt dein Zimmer.«

»In einem ganz anderen Flügel.«

Ein ganz anderer Flügel? Ein *verbotener Flügel* etwa?

»Ich hab dir verboten, den Westflügel zu betreten!«, knurrte ich.

»Wie bitte?«

»Das ist aus *Die Schöne und das Biest.* Da gibt es einen Flügel. In dem Film. Also auch.« Gott, wie bescheuert. Warum war ich nur so bescheuert? »Ich glaub, ich sollte aus dem Flur verschwinden, bevor meine Mom kommt.«

»Wahrscheinlich.« Jamie schien nur knapp vor einem heftigen Lachkrampf zu stehen, aber er unterdrückte ihn tapfer. »Einen schönen Morgen noch, Dylan«, murmelte er.

»Dir auch einen schönen Morgen.«

Er beugte sich vor und küsste mich sanft auf die Lippen. Und dann war er fort.

Sobald ich die Tür hinter mir geschlossen hatte, gestattete ich mir einen kurzen Freudentanz und ein paar vergnügte Quietscher. Jamie hatte mich geküsst. Er hatte mich geküsst! In einem Schneesturm, in einer Scheune und dann auch noch am helllichten Tag, was bedeutete, dass es *real* war. Das hier war kein Tate-Moseley-Vorfall. Hier passierte etwas Echtes.

Ich flitzte unter die Dusche, um es noch zum Frühstücksbuffet zu schaffen, bevor es abgeräumt wurde. Ich war geküsst worden. Endlich. *Endlich!* Und das von jemandem, den ich tatsächlich mochte.

Ein paar Minuten später summte ich »Willst du einen Schneemann bauen?«, während ich mein Haar mit einem Handtuch abrubbelte, halbwegs saubere Klamotten anzog und den Flur entlang und die Treppe hinunter Richtung Frühstück hüpfte.

Am Tisch im Speisesaal erwartete mich etwas noch viel Besseres als gebratener Speck.

»Heaven?«

»Ich wusste doch, dass du rechtzeitig zum Frühstück kommst!«

Sie sprang von ihrem Stuhl. Ich drückte sie so fest an mich, dass sie womöglich ein paar Zentimeter vom Boden abhob.

»Immer langsam, Dylan!« Sie lachte und kehrte zum Tisch zurück. »Schätze mal, du hast mich vermisst.«

»Du hast ja *keine* Ahnung«, erwiderte ich voller Inbrunst und ließ mich auf den Platz neben ihr plumpsen. »Warum bist du überhaupt hier?«, rief ich.

»Ihr Leute seid einfach zu weiß.« Heaven schlürfte genussvoll an ihrer Müslimilch.

»Sorry, wie bitte?«

»Du hast mich schon verstanden. Der Sender wollte mehr Vielfalt für die Show. Aber falls ihr alle glaubt, dass ich hier rumsitze und irgendwelchen harmlosen, frechen Beste-Freundinnen-Mist von mir gebe, dann könnt ihr euch auf was gefasst machen.« Jemand räusperte sich. Ich sah mich um – der einzige andere Mensch im Raum war ein Kameramann im Eck. Natürlich. »Ach, schneid doch einfach ein bisschen drumherum, Filmfritze.« Sie stocherte drohend mit ihrem Löffel in seine Richtung. »Er ist mir schon den ganzen Morgen gefolgt und hat auf ein ›Mhmmm‹ oder ein ›Nein, das hat er *nicht*!‹ von mir gewartet.«

»Ich bin so froh, dass du da bist. Ich brauch ganz dringend ein bisschen Beste-Freundinnen-Mist. Du musst aber nicht frech werden.«

»Was ist los?« Sie legte ihre Löffel beiseite und sah mich blinzelnd an. »Du siehst aus, als müsstest du pinkeln.«

»Ich muss nicht pinkeln! Ich platze nur vor *Informationen*!«

»Oooh, wenn du aussiehst, als müsstest du pinkeln, wird das bestimmt super. Los, spuck's aus.«

Wie perfekt war denn bitte dieses Timing? Ich war endlich, endlich geküsst worden, und – *bumm!* – da tauchte auch schon meine beste Freundin auf, damit ich mit ihr darüber quatschen konnte! Obwohl … bei genauerer Betrachtung war das Timing vielleicht ein bisschen *zu* perfekt. Verdächtig perfekt. Hatte *TRC* Heaven hier einfliegen lassen, *weil* ich Jamie geküsst hatte? Damit wir darüber quatschen konnten? Nein, rein logistisch betrachtet, ergab das keinen Sinn. Außerdem war es physikalisch gar nicht möglich. Und *TRC* interessierte sich ganz bestimmt nicht so sehr für mich oder das, was auch immer ich im Pferdestall getan oder nicht getan hatte, um Heaven deswegen extra einfliegen zu lassen. Alles, wofür sich Amerika interessierte, waren meine perfekte Schwester und ihre perfekte Hochzeit mit ihrem Nicht-ganz-Prinzen – und genau das würde *TRC* ihnen auch liefern. Wahrscheinlich hatten sie sich nur das Material von zu Hause in Tupelo angeschaut und gemerkt, dass Heaven die ganze Sache tatsächlich etwas auflockern könnte. Ich war von Grund auf langweilig – ehrlich –, aber Heaven hatte ein Händchen dafür, so Dinge zu sagen, die als Facebook-Statusmeldung bei anderen Leuten in der Chronik landeten.

»Hallo? Erde an Dylan?«

»Hm?«

»Ach Mann.« Sie schaufelte ein paar Cornflakes auf ihren Löffel. »Du hast deinen Pipi-Ausdruck verloren. Hast du es vergessen?«

»Nein, ich habe es nicht vergessen. Ich werde es dir nur … etwas später erzählen.«

»Ohhh.« Sie nickte in Richtung Kamera. »Darum würde ich mich gar nicht kümmern, Dyl. Hast du denn nichts gelernt aus deiner Erfahrung mit dem Reality-TV? Du kannst dich vor diesen Kameras nicht verstecken. Es gibt keine Geheimnisse hier. Du kannst also genauso gut gleich damit rausrücken.« Der Kameramann hüstelte abermals. »Sorry, aber haben Sie was im Hals?«

Er schüttelte beinahe unmerklich den Kopf.

»Ich glaube, du darfst nicht mit ihnen reden«, murmelte ich.

»Ich rede, mit wem ich will, wann ich will, damit das klar ist«, sagte sie und rümpfte die Nase. »Wie heißen Sie?«

»Er wird nicht antworten.« Ich zuckte die Achseln. »Aber ich glaube, er heißt Mike.«

Er antwortete nicht. Aber ich war mir beinahe sicher, dass Pamela ihn einmal Mike genannt hatte. Vielleicht hatte sie aber auch nur über ein Mikrofon geredet.

»Schnippeln Sie das Bildmaterial einfach zurecht, Mike, okay? Die hier muss neu im Showbusiness sein.« Sie stieß mit dem Daumen in meine Richtung und verdrehte die Augen.

Erst Dusty und jetzt Heaven. Warum war es für alle anderen so einfach, sich der Unausweichlichkeit der Kameras hinzugeben, nur mir nicht?

»Wenn es dir nichts ausmacht, würde ich nur ganz gerne … etwas warten.«

»Wie du willst.« *Knusper, knusper, knusper.* »Es wird so oder so im Fernsehen landen. Und ich habe nicht vor zu warten, bis wir wieder in Mississippi sind, um zu hören, was dir diesen *Ich-muss-mal*-Ausdruck beschert hat.«

»Ja, so lange kann ich es mir auch nicht verkneifen«, sagte ich düster. Aber war das wirklich meine einzige Option? Darüber zu reden, was für schnulzige, kitschige Gefühle Jamie in mir weckte – wohl wissend, dass er es irgendwann im Fernsehen sehen würde, zusammen mit all den Leuten aus meiner Schule? Das Einzige, was noch schlimmer war als diese

Vorstellung, war der Gedanke, *überhaupt nicht* darüber reden zu können. Gott, das war wie *Sophies Entscheidung* des Tratschens.«

»Was hat es eigentlich mit diesem Tanzkurs auf sich?«, fragte Heaven. »Hast du dich freiwillig gemeldet oder zwingen sie dich? Ich war etwas geschockt, als ich es auf dem Terminplan gesehen habe.«

»*Du* hast einen Terminplan? Echt jetzt? Hat eigentlich *jeder* außer mir einen?«

Heaven starrte mich ratlos an. Offensichtlich hatte sie keine Ahnung, wovon ich sprach.

»Tanzstunden?«, fragte ich.

»Mhmm.« Heaven zog ein Stück Papier aus ihrer Hosentasche, und da stand es – fein säuberlich in Times New Roman: *Tanzstunde.* Und dann stand da auch noch mein Name. Und Jamies.

Ich würde mein Gespräch mit Heaven wohl doch etwas eher führen müssen als erwartet.

Kapitel 10

Nur wenige Stunden später stand ich zusammengekauert in einer Abstellkammer und versuchte, nicht mit dem Kopf gegen die Decke zu stoßen. Jedes Mal, wenn ich besonders tief einatmete, kollidierte mein Ellbogen mit einem Farbeimer. Diese Kammer war offenbar nicht für große Menschen gedacht.

Als ich Schritte im Flur hörte, spähte ich durch die Tür. Jackpot. Ich zog Heaven mit einem Arm zu mir herein und schloss mit der anderen die Tür hinter uns.

»Hör zu, Kumpel, ich hab den schwarzen Gürtel in Karate …«, war alles, was sie sagen konnte, bevor ich ihr den Mund zuhielt.

Ich schnaubte. »Ja, du *besitzt* vielleicht einen schwarzen Gürtel, das ist aber nicht ganz dasselbe, wie einen zu haben.«

»Dylan?«, murmelte sie.

Ich nahm meine Hand von ihrem Mund und zog an der Kette, die über unseren Köpfen hing. Eine einzelne Glühbirne ging flackernd an und erleuchtete mich, Heaven und ein ganzes Sortiment sorgfältig arrangierter Putzmittel.

»Verdammt, wegen dir habe ich beinahe einen Herzinfarkt bekommen!« Wütend stemmte sie ihre geballten Fäuste in die Hüften.

»Vorsicht, tritt nicht in den Putzeimer«, warnte ich sie.

»*Wolltest* du mir einen Herzinfarkt bescheren? Ich dachte schon, jemand versucht mich zu kidnappen!«

»Ich wollte einfach nur mit dir an einem Ort reden, wo es keine Kameras gibt.«

»Glückwunsch, Mission erfüllt. Wäre es auch möglich gewesen, mich an einem Ort ohne Spinnen zu sprechen?« Sie schüttelte sich. »Ich kann jetzt schon mindestens zwei sehen, und das sind nur die, die ich bisher entdeckt habe.«

»Ich habe jemand geküsst«, platzte ich heraus.

Heavens Augen wurden so groß wie Untertassen und ihr Mund formte ein perfektes *O*.

»Oder, genauer gesagt, jemand hat *mich* geküsst«, fuhr ich fort. »Ist ja auch egal. Wir haben uns geküsst, das ist das Wesentliche.«

»Also mehrere Küsse? Ich meine, mehr als einer?«

»Mhmmm.«

»Nicht im Ernst, oder?« Heaven nahm mich fest in die Arme. »Ich dachte, dieser Tag würde niemals kommen!«

»Hey!« Ich befreite mich aus ihrer Umarmung. »Ich bin nicht ganz so ein hoffnungsloser Fall.«

»Nein, nein, natürlich bist du kein hoffnungsloser Fall. Oh Gott, das ist ja so aufregend!« Sie streckte die Hand aus und kniff mir in die Wange. »Meine kleine große Dylan ist erwachsen geworden! Sieh doch nur, wie du über romantisches Zeug redest. Wer hat einen ersten Kuss in einem Schloss zu verbuchen? Das übertrifft ganz sicher Tate Moseleys Garage«, endete sie mürrisch.

»Im Ernst jetzt«, sagte ich streng. »Hör auf damit. Tate Moseley verdient es nicht, dass du auch nur eine einzige Gehirnzelle an ihn verschwendest.«

»Ja, du hast ja recht.« Sie wedelte vor ihrem Gesicht herum, als würde sie jeglichen Gedanken an den Tate-Moseley-Vorfall verscheuchen. »Hier geht es nicht um Tate und auch nicht um mich, es geht um dich! Und deinen neuen Typen! Oh Mann, ich kann einfach nicht glauben, dass du jemanden geküsst hast, und ich weiß noch nicht einmal, wer er ist!«

»Einer der Vorteile, Tupelo zu verlassen«, erwiderte ich trocken.

»Wie heißt er?«

»Jamie.«

»Jamie …«, hauchte sie. »Sag mir jetzt nicht, dass er Schotte ist.«

»Nein, er ist Engländer.«

»Das ist ja noch besser!«, quietschte sie und packte vor Begeisterung meine Hand. »Oh Mann, Krystal Hopper würde sich vor Frust in die Hose machen, wenn sie wüsste, dass du hier drüben mit einem richtigen Engländer rummachst.«

»Ich weiß.« Ich grinste.

»Okay, und wie kam's dazu? Du musst mir alles erzählen!«

Ich gab ihr eine Kurzzusammenfassung meiner Abenteuer mit Jamie: von unserem Treffen am Bahnhof bis hin zur Falltür und, natürlich, dem Schneesturm, dem Kuss und der Nacht im Pferdestall.«

Doch anstatt, wie ich angenommen hatte, in Verzückung zu geraten, sah Heaven vor allem … skeptisch aus.

»Dylan, du weißt, ich liebe dich von ganzem Herzen, aber ich bin mir ziemlich sicher, dass du mir gerade einfach nur die Handlung einer Liebesschnulze nacherzählt hast.«

»Nein, das war kein Film! Es war wirklich so!«

»Obwohl ich glaube, dass das Mädchen in dem Film ermordet wurde. *Mord im Pferdestall?* Nein, das war es nicht. *Stürmischer Schneemord?*«, riet sie. »*Mord auf Schottisch?*«

»Na ja, aber ich wurde nicht ermordet. Ganz offensichtlich. Siehst du? Es war echt.«

»Echt? Verdammt.« Sie schüttelte den Kopf. »Wenn du deinen ersten Kuss bekommst, dann aber *richtig*.«

Ich kicherte.

»War das ein *Kichern*?« Heavens Kinnlade klappte runter. »Mädchen, du steckst in ernsten, richtig ernsten Schwierigkeiten. Ist es jetzt gestattet, den Schrank wieder zu verlassen?«

»Schätze schon.« Ich fummelte an der Brosche an meiner Schulter herum, die meine karierte Schärpe festhielt. »Ich fühle mich nicht bereit zum Tanzen.«

»Du fühlst dich nie bereit zum Tanzen. Deswegen hast du ja mich.« Kurzerhand schubste sie mich aus der Kammer. Ich suchte mit meinem Blick den Flur nach Kameras ab – die Luft war rein. Anscheinend waren wir unentdeckt geblieben. Heaven warf die Tür hinter uns zu.

»Schaust gut aus, Dyl«, sagte sie, als sie mich kritisch musterte. »Das steht dir irgendwie, dieses altmodische Ding. Du hast einen majestätischen Schwanenhals.«

»Ähm, danke.« Verlegen rieb ich mir den Nacken. Ich konnte mir nicht so recht vorstellen, wie ein weißes Kleid mit Puffärmelchen und einem wadenlangen Tüllrock mir stehen konnte. Das war doch mehr so ein schräges Ballerina-Outfit.

»Kennst du *La Sylphide*?«, fragte Heaven.

»La-was?«

»Das ist ein Ballett«, erklärte sie und hob elegant einen mit einem schwarzen Schläppchen bekleideten Fuß. »Da ist dieser schottische Typ, der eigentlich dabei ist, dieses nette Mädchen namens Effie zu heiraten, aber dann verliebt er sich in diese Waldfee und vermasselt alles.«

»So wie du.«

»Egal, jedenfalls erinnern mich unsere Outfits an die altmodischen Tutus aus *La Sylphide.* Vor allem mit diesen karierten Dingern, die wir um die Schultern befestigt haben.« Sie zog an dem blau-grün karierten Schottenstoff, der an meinem Rücken herabhing.

»Du meinst doch nicht etwa, dass wir Ballett tanzen müssen … oder doch?«, fragte ich nervös.

»Wer weiß?!« Heaven vollführte einen Grand jeté über den Flur hinweg, wobei ihr weißer Rock emporflatterte. »Ich hoffe bloß, dass wir diese Outfits behalten dürfen.«

»Meins kannst du auch gleich haben«, brummte ich.

Heaven führte mich den Flur entlang, wobei sie ein paar Schritte vor mir hertanzte, gerade so, wie diese komische Fee den Typen in den Wald gelockt haben musste.

»Heaven, was passiert eigentlich am Ende von *La Sylphide?«*

»Ich glaube, alle sterben«, antwortete sie lapidar. »Oh …« Abrupt blieb sie vor einer riesigen offenen Tür stehen.

»Wow.« Beinahe wäre ich mit ihr zusammengestoßen, als ich über ihre Schulter blickte. Schon der Rest von Schloss Dunyvaig war riesig, natürlich, aber nichts hatte mich auf den Ballsaal vorbereitet. Die weißen Wände waren mit Gold verziert und glitzerten und funkelten mit den Kandelabern um die Wette, welche den Raum säumten. Ich schaute hoch und erblickte ein riesiges Deckengemälde mit Hirschen, das sich über die gesamte Fläche des Saals erstreckte. Drei opulente Kristalllüster hingen herab und beherrschten den Raum. Ich hatte etwas Derartiges noch nie zuvor gesehen.

»Also wenn jemand das Wort *Schloss* fallen ließ, dann habe ich genau *so etwas* erwartet«, raunte Heaven anerkennend. »Wird hier die Hochzeitsfeier stattfinden?«

»Keine Ahnung. Glaubst du etwa, Dusty würde ihre Hochzeitspläne mit mir teilen?«, schnaubte ich.

»Kommt schon rein, Mädels!«, rief Dusty vom anderen Ende des Saals. Sie winkte und lehnte sich an Ronan, der seinen Arm um ihre Taille geschlungen hatte.

Manchmal überraschte es mich immer noch, wie schön Dusty ist. Beinahe so, als würde ich es vergessen, nur um mich umzudrehen und von Neuem in Erstaunen versetzt zu werden. Während wir auf sie zugingen, fragte ich mich nicht zum ersten Mal, wie es wohl wäre, so schön zu sein. Ob dann alles leichter wäre. Ob es mir gefallen würde, dass mich die Leute anschauten, statt jedes Mal verschreckt zusammenzuzucken, wenn mich nur jemand bemerkte.

»Heaven!« Dusty ergriff eine von Heavens Händen und presste sie gefährlich nahe an ihrem prominenten Busen. »Vielen lieben Dank, dass du den ganzen Weg hierhergeflogen bist, um dabei zu sein. Die Proben für die Hochzeit werden sich so viel einfacher gestalten, jetzt da du für Anne-Marie einspringst.«

»Dusty hat dich eingeladen?«

»Mhm«, machte Heaven und grinste mich an. Okay, das bedeutete, dass in Wirklichkeit *TRC* sie dabeihaben wollte, aber Dusty sie der Sendung wegen zum Schein eingeladen hatte. Es war zu verwirrend für mich – diese Parallelen zwischen dem, was Realität und was Reality-TV war. Warum mussten wir bei dieser falschen Story mitspielen? Es war alles so dämlich. »Ich danke dir, dass du mich eingeladen hast, Dusty. Ich wollte schon immer mal nach Europa! Das ist ja so cool!«

»Wir freuen uns, dass du gekommen bist.« Dusty lächelte.

»Wo ist denn Anne-Marie?«, wollte ich wissen.

Dusty winkte ab. »Ach, irgendwas mit ihrem Medizinstudium. Die Gute hat einen total irren Stundenplan.«

»Anne-Marie studiert Medizin?«, fragte ich ungläubig. »Deine beste Freundin und zukünftige Trauzeugin … Anne-Marie … studiert *Medizin*?«

Ich hätte schockierter nicht sein können, wenn Anne-Marie auf dem Mond gelandet wäre. Meine früheste Erinnerung an Dustys Sandkastenfreundin war die, wie sie in unserem Wohnzimmer einen Wachsmalstift verspeiste. Meine frischeste war die, wie sie sich in *Heimlich dein Prinz* mit einem Eichhörnchen unterhielt. Gut, das mit dem Eichhörnchen war womöglich von *TRC* so zusammengeschnitten worden, aber wenn so die Zukunft der Medizin aussah, fürchtete ich ehrlich um den Fortbestand der Menschheit.

»Bitte, Dylan, gib dir Mühe, nicht ganz so entsetzt zu gucken, wenn sie hier ankommt, ja?« Dusty rümpfte die Nase. »Das ist echt beleidigend.«

»Hey, Ronan!«, unterbrach uns Heaven, bevor ich noch tiefer ins Fettnäpfchen treten konnte. »Gut siehst du aus! Schön, dich wiederzusehen.«

»Es tut mir sehr leid …« Er runzelte verwirrt die Stirn, während er energisch ihre Hand schüttelte. »Aber hatten wir schon das Vergnügen?«

»Eigentlich nicht. Aber mein Ellbogen war auf eurer Verlobungsparty im Bild. Ich meine, ich war auch dort«, klärte sie ihn auf. »Also im selben Raum mit euch. Aber alles, was man im Fernsehen von mir sehen konnte, war mein Ellbogen.«

»Ich bin überzeugt, dass du ganz prächtige Ellbogen hast«, erwiderte er galant.

»Alter, der Prinz mag meine Ellbogen!«, quietschte Heaven.

»Kein Prinz«, flüsterte ich zurück.

Irgendwas – oder irgendjemand – stupste mich sanft in die Seite. Ich drehte mich um und blickte geradewegs in Jamies hellblaue Augen.

»Ich trage einen Kilt«, verkündete er stolz.

»In der Tat.« Obenrum trug er ein schlichtes weißes Hemd mit einem schwarzen Smoking, aber untenrum einen blauen Schottenrock mit schicken Kniestrümpfen. Da fiel mir auf, dass auch Ronan einen Kilt trug, wenn auch in einer anderen Farbe, nur sah er an ihm nicht ungewohnt aus. Ronan hatte schon einen Schottenrock getragen, als er das erste Mal zu uns zum Abendessen nach Hause kam. Obwohl ich stark vermute, dass da *TRC* die Finger im Spiel gehabt haben könnte. »Warum ist Ronans Kilt grüner als deiner?«, fragte ich. »Bedeuten die Karos etwas?«

»Das ist ein Tartan, ein traditionelles Familienmuster«, erwiderte Jamie und räusperte sich hastig. »Ich fand ja schon immer, dass meine Waden entschieden zu meinen Vorzügen gehören. Es ist eine Schande, dass sie die letzten sechzehn Jahre in Hosen gefangen waren.«

»Hat hier jemand ›in Hosen gefangen‹ gesagt?« Heaven drehte sich zu uns um, während Dusty und Ronan zu ihrem üblichen Dauerkuscheln und -knutschen zurückkehrten.

»Hallo.« Jamie streckte seine Hand aus. »Es ist mir eine Freude, dich kennenzulernen. Ich bin Jamie.«

»Jamie?« Heavens Augen leuchteten auf. »*Der* Jamie?! Sieh an, sieh an.« Sie nahm seine Hand und schüttelte sie langsam, während sie ihn von oben bis unten musterte. »Groß genug ist er ja.«

»Groß genug wofür, wenn ich fragen darf?«, erkundigte Jamie sich höflich.

»Du weißt schon«, antwortet Heaven in vielsagendem Tonfall.

Oh Mann.

»Jamie, darf ich vorstellen, das ist meine beste Freundin, Heaven.«

»*Allerbeste* Freundin«, fügte sie hinzu. »Ich weiß alles«, flüsterte sie und beugte sich ganz nah zu ihm vor.

»Dann werde ich mein Möglichstes geben, um sicherzustellen, dass Dylan nur Gutes von mir zu berichten weiß.«

»Ich mag den da.« Sie blickte ihn mit einem kritischen Blinzeln an. Dann schnaubte sie lachend. »*Den* da. Nicht dass da viele gewesen wären. Jamie, du bist der erste Junge, den Dylan je …«

»Echt super!«, unterbrach ich sie schnell. »Tolle Vorstellung, alles ganz toll hier.«

Beide glotzten mich an.

»Sollen wir mit Tanzen loslegen?«, fragte ich und zupfte am Ausschnitt meines Kleides. Warum war es plötzlich so heiß hier drin? »Wenn wir schon diese blöden Schlappen anhaben, können wir genauso gut auch tanzen, oder?«

»Ganz deiner Meinung!«

Kit Kirby kam mit einem Grand jeté in den Raum gesprungen, der noch höher war als der von Heaven, wobei seine kurzen Beine in einer perfekten Waagrechten zu seinem rundlichen Oberkörper unter dem Kilt hervorlugten. Er landete mit einem Plié und schwang die Arme in einer dramatischen Geste über den Kopf.

»Der Tanz!«, trug Kit feierlich vor und kam mit ausgestreckten Armen und gespitzten Zehen auf uns zu. »Poesie in Bewegung! Ach, der schottische Volkstanz, das glänzendste Juwel in der artistischen Krone des Britischen Empires! Ihr amerikanischen Damen seid eingeladen zu diesem Vergnügen! Das ist euer erstes Céilí, nicht wahr?«

»Cä-*was*?«, fragte ich.

»Céilí«, antwortete Ronan mit seinem schottischen Akzent. »Ein Céilí ist eine Art schottische Party mit Musik und Tanz. Und ihr könnt euren Arsch drauf verwetten, dass unsere Hochzeit die größte Party sein wird, welche die Highlands jemals gesehen haben!«

Wenn Ronan von schottischen Traditionen zu schwärmen begann oder einfach nur das Wort »Highlands« erwähnte, schaffte ich es kaum noch, ein ernstes Gesicht zu wahren. Ich wusste zwar, dass die Highlands eine tatsächlich existierende Landschaft waren, aber wenn Ronan es aussprach, klang es immer so als, als stünde er kurz davor, sich das Gesicht blau anzumalen wie Mel Gibson in *Braveheart*.

»Bravo, bravo!«, jubelte Kit Kirby. »Ich habe vor zu tanzen, bis der Morgen anbricht, und entweder verlobt aufzuwachen oder hinter Gittern. Oder beides.«

»Och, das wäre ein wirklich märchenhaftes Ende, Aschenputtel.« Ronan lachte.

»Du bist nicht der Einzige hier, der ein Happy End verdient, Eure Lairdschaft«, konterte Kit. »Und nun, meine Lieben«, wandte er sich plötzlich äußerst eifrig uns fünfen zu, »bitte lasst euch nicht einschüchtern, wenn wir erst anfangen zu tanzen.«

»Einschüchtern?« Heaven verschränkte die Arme vor der Brust. »Von dir?«

Heaven war nicht nur in der Musicalgruppe, sie war auch im Tanzteam unserer Schule, und jedes Mal, wenn sie anfing sich zu bewegen, bildete sich auf wunderbare Weise ein Kreis aus Zuschauern um sie herum. Mit Heaven auf einen Schulball zu gehen, war, wie der oberpeinliche, tollpatschige Statist bei einem Musikvideo-Dreh zu sein. Man musste ihr einfach aus dem Weg gehen, um nicht von einem Rhythmus-Tornado überrollt zu werden.

»Soll das etwa eine Herausforderung sein, du Winzling?« Kit baute sich vor ihr auf – Bauch voran.

»Kann schon sein.« Sie warf sich in Pose, eine Hand in die Hüfte gestemmt. »Auf der Suche nach einem Tanzduell, kleiner Mann?«

»In Jazzschuhen, bei Morgengrauen!«, rief er.

»Könnten wir bitte anfangen?«

Ich hatte nicht einmal bemerkt, dass Ronans Mutter den Saal betreten hatte. Auch nicht den Geigenspieler hinter ihr. Doch sobald ihre spröde Stimme ertönte, schien es, als würde die Temperatur im Raum um mehrere Grad fallen. Im Gegensatz zu uns fluffigen, weißen Baumwollbällchen trug Florence einen schwarzen Samtblazer und einen wadenlangen Schottenrock – ich schwöre, diese Frau besitzt mehr Blazer als Hillary Clinton.

»Zwei Reihen. Die Damen auf der einen, die Herren auf der anderen Seite«, befahl sie. »Jamie, deine Haltung ist wie immer tadellos.«

Ich verdrehte die Augen in seine Richtung, als ich mich in die Reihe der Mädchen begab. Seine Haltung war wie immer unauffällig. Er musste Florence in seiner Kindheit ein paar erstklassige Dankeskarten geschrieben haben oder so was in der Art.

»Wir sind noch nicht fertig«, raunte Heaven in Kit Kirbys Richtung, bevor sie zum Anfang der Reihe davonstolzierte.

»Der erste Tanz beim Empfang wird der Scottish Grand March sein«, verkündete Florence.

»Unser erster Tanz?« Dusty runzelte die Augenbraue, als wir uns alle zu ihr umdrehten. »Aber das ist nicht unser Lied.«

»Wie bitte?«, fragte Florence eisig.

»Unser Lied ist *It's Your Love.* Von Tim McGraw und Faith Hill.« Florence' Miene blieb steinern, während Dusty weiterredete. »Sie haben es in der Bar gespielt, als wir uns das erste Mal geküsst haben, weißt du noch, mein Herz?«

Ronan beugte sich aus seiner Reihe vor und drückte ihre Hand.

»Das ist eine Tradition«, erwiderte Florence mit einem Naserümpfen. »Die Braut und der Bräutigam betreten die Empfangshalle immer zum Scottish Grand March, gefolgt von der Hochzeitsgesellschaft. Ich nehme an, ihr könnt euren amerikanischen ersten Tanz danach haben.«

»Okay … na schön«, sagte Dusty mit zittriger Stimme. »Ich meine, das ist großartig!«, fügte sie strahlend hinzu und lächelte Florence verzweifelt an. »Ich fühle mich sehr geehrt, den Scottish Grand March zu tanzen. Vielen herzlichen Dank, Lady Dunleavy.«

»Ähm, Entschuldigung?« Ich hob die Hand wie in der Schule. »Gefolgt von der Hochzeitsgesellschaft? Müssen wir einen Tanz aufführen? Also, wir alle?«

»Ja.«

»Tanzen ist nicht so mein Ding«, erwiderte ich lahm.

»Das wirst du schon hinkriegen, kleine Schwester«, sagte Ronan aufmunternd. »Im Grunde läuft man nur im Kreis herum.«

»Exakt. Keinerlei Herausforderung für Tänzer egal welchen Niveaus«, fügte Kit hinzu.

»Wir werden ja sehen, wer welches Niveau hat, sobald wir mit diesem Marsch angefangen haben«, mischte Heaven sich ein.

»Der Marsch bildet nur den Anfang. Wir werden selbstverständlich eine traditionelle Céilí-Band haben, welche die gesamte Feier über traditionelle schottische Musik spielen wird«, fuhr Florence fort.

Das klang nach ziemlich viel Tradition.

»Aber werden die denn überhaupt Tim McGraw kennen?«, fragte Dusty besorgt.

»Ich werden sicherstellen, dass sie das tun, mein Schatz«, versprach Ronan.

»Ich kann wohl keinen Tim McGraw versprechen«, überging Florence ihren Sohn, »doch ich kann euch versichern, dass sie den *Duke von Atholl's Reel* spielen werden, und ihr werdet dazu tanzen.«

Ich musste beinahe losprusten und kaschierte es mit einem Husten.

»*Atholl?*«, formte Jamie mir gegenüber stumm.

»*Jupp*«, gab ich ebenso stumm zurück.

Er nickte mitfühlend.

»Der *Duke von Atholl's Reel* ist eine Tradition der Dunleavy!«, sagte Florence schrill. »Und ich erwarte Perfektion, was seine Ausführung anbelangt.«

»Nichts als Perfektion«, erklärte Kit Kirby.

»Zumindest von einigen von uns«, gab Heaven zurück, die anscheinend vergessen hatte, dass Anne-Marie und nicht sie selbst diese Tänze am großen Tag ausführen würde.

Ronans Mutter begann uns herumzuführen und uns die Tanzschritte zu zeigen. Es wurde viel vor- und zurückgelaufen und von einer Seite zur anderen gehüpft. Ich konnte mir kaum etwas davon merken, aber das Gute daran, in einer Reihe zu tanzen, war, dass die Leute, die wussten, was sie taten, einen einfach mitschleifen konnten. Und genau das taten sie.

Nach mehreren Trockenübungen gab Florence dem Fiedler ein Zeichen und wir begannen aufeinander zuzugehen und hin und her zu hüpfen.

»Dylan«, flüsterte Jamie, als wir uns mit dem Arm um die Taille des anderen geschlungen im Kreis drehten. »Ich würde dich gerne ausführen.«

»Ausführen?«

»Ja, zu einer Verabredung«, wiederholte er, als wir in die andere Richtung wirbelten. »Ein richtiges Date. Eins, das keine Pferdedecken beinhaltet. Irgendwas abseits von Dunyvaig Castle.«

Wir kehrten rückwärst in unsere Reihen zurück. *Hop, hüpfe-di-hops. Hopp, hopp, hopp.* Erst kamen Dusty und Ronan vorbei, dann Heaven und Kit, dann gaben wir einander die Hand und hüpften die Reihe von Tänzern entlang.

»Wie? Du meinst ein Abendessen oder Kino?«

»So was in der Art«, erwiderte er, und ein belustigtes Lächeln umspielte seine Lippen. »Willst du mit mir ausgehen?«

»Ähm. Klar.« Als mir bewusst wurde, dass ich nicht sonderlich begeistert klang, setzte ich hinzu. »Ja. Ja, ich will.«

»Gut.«

Er setzte mich am Ende der Reihe ab, und wir klatschten im Rhythmus der Musik, als Ronan Dusty zwischen den Tänzern und durch den Saal wirbelte.

»Freitag. Das ist doch der traditionelle Ausgehabend, ja? Ich hole dich um acht ab«, sagte Jamie und klatschte fröhlich und vergnügt weiter.

»Was genau plappert Mr Darcy dort drüben vor sich hin?«,

fragte Heaven und beugte sich zu meinem Ohr vor, damit ich sie über die Musik hinweg hören konnte.

»Abendessen um acht.«

»Was?«

»Eine Verabredung«, sagte ich immer noch verblüfft. »Ich habe ein Date.«

»Das hier ist wirklich ein wahres Wunderschloss«, gab Heaven ebenso verblüfft zurück.

»Ach, halt die Klappe«, wisperte ich.

Doch auch wenn ich es niemals zugegeben hätte, war ich ganz ihrer Meinung.

Kapitel 11

Irgendwie gelang es mir, die fünf Tage quälender Vorfreude und Nervosität zu überleben. Ich schaffte es sogar, mich in Jamies Gegenwart relativ normal zu verhalten, und verschrieb mich der Aufgabe, jeden einzelnen schokoüberzogenen Keks, der mir über den Weg lief, anzufallen und mit Genuss zu verspeisen.

Als ich dann am Freitagnachmittag mein Schlafzimmer betrat, verkrampfte ich mich unwillkürlich, und meine Nackenhaare stellten sich auf. Etwas hier stimmte nicht. Da lag ein Kleid auf meinem Bett – und es gehörte nicht mir.

Ich näherte mich ihm argwöhnisch, nur für den Fall, dass es beschloss hochzuflattern und mich zu erwürgen. Doch es blieb, wo es war.

»Was hat es nur mit den ganzen weißen Kleidern auf sich?«, murmelte ich, als sich meine Hand, fast wie von selbst, ausstreckte, um es zu berühren. »Ich bin es doch nicht, die heiratet.«

Das Kleid hatte lange durchsichtige Ärmel und einen kurzen gebauschten Rock unter der tief sitzenden Taille. Der elfenbeinfarbene Spitzenstoff bestand aus kaskadenförmigen Blüten und Ranken, aber nicht so, dass es kitschig oder billig ausgesehen hätte. Es war wie ein modernes Prinzessinnenkleid. Ein Kleid, gemacht, um in einem Schloss getragen zu werden.

Ich bemerkte einen Schuhkarton rechts neben dem Kleid, an dem ein Umschlag lehnte. Neugierig öffnete ich ihn.

Die Produktion dachte, dass du womöglich
nichts Passendes mitgebracht hast.
Viel Spaß bei deinem Date!
Pamela

Ein Schauer lief mir über den Rücken und ich sank aufs Bett. Natürlich wussten sie es. Selbstverständlich. Wie hatte ich nur so dumm sein können, ernsthaft zu glauben, Dunyvaig zu verlassen, würde auch bedeuten, *TRC* hinter mir zu lassen? Ein Teil von mir wollte das Kleid in die Badewanne stopfen und aus schierem Trotz ertränken … aber es war zu hübsch, um es kaputtzumachen. Und was, wenn Jamie einen Anzug trug und ich in Jeans und Pulli auftauchte? Ich würde wie ein Trottel dastehen. Vielleicht war es da besser, dieses Kleid von Satan höchstpersönlich anzunehmen, um mein Gesicht zu wahren. Mist, das war tatsächlich *nett* von *TRC* – auf eine schräge, aufdringliche Art und Weise. Es wäre um einiges schlimmer gewesen, wenn sie mich in meinen Sportshorts oder dergleichen zu meiner Verabredung geschickt hätten. Vielleicht hatte Pamela sich doch nicht mit dem Sender verschworen, um mich wie eine komplette Idiotin dastehen zu lassen.

Aber ganz ehrlich, ich hatte große Mühe zu glauben, dass es Pamela überhaupt kümmerte, wie ich aussah. Ich konnte mir nicht vorstellen, dass irgendwer bei *TRC* sich für die Dating-Missgeschicke von Schottlands sozial gehemmtesten Touristen überhaupt interessieren könnte. Sie mussten förmlich nach Bildmaterial lechzen, wenn sie glaubten, Kameras mit mir und Jamie nach Dunkeld zu schicken, sei eine lohnenswerte Investition ihrer Zeit. Dieses Kleid schien mir die reinste Geldverschwendung für etwas, das unweigerlich auf dem Boden des Schnittraums enden würde – oder was auch immer die digitale Entsprechung dafür war.

Ein Klopfen an der Tür. War das Jamie? *Nein!* Unmöglich! Es war noch lange nicht acht Uhr … und ich war noch längst nicht bereit!

»Dilly?«

Definitiv nicht Jamie.

»Dilly, ich bin's, Dusty. Mach auf!«

Ich riss die Tür auf. Sie sah immer noch gut aus, selbst in Yogahose und einem absurd riesigen Cambridge-Rugby-Pullover, der Ronan gehören musste. Echt nervig. Obwohl mir schleierhaft war, warum jemand eine komplette Ladung Make-up im Gesicht brauchte, wenn er im Jogginganzug rumlatschte. Die Welt würde doch wohl kaum untergehen, wenn Dusty nicht vierundzwanzig Stunden am Tag Lidschatten trug. Ich fragte mich, ob Ronan überhaupt je ihr echtes Gesicht gesehen hatte.

»Willst du hier einziehen?« Ich deutete auf den Rollkoffer zu ihren Füßen.

»Nee, das ist Zeug für Haare und Make-up.« Als ich die Tür hinter ihr schloss, rauschte sie geradewegs an mir vorbei. »Ich dachte, ich könnte dir dabei behilflich sein, dich für dein Date fertig zu machen.«

»Oh Gooott!«, stöhnte ich. »Haben die das in den Nachrichten gebracht oder was? Gibt es hier einen inoffiziellen Dunyvaig-Castle-Newsletter, den ich auch nicht bekomme? Woher wissen das alle?«

»Es gibt hier keine Geheimnisse«, sagte Dusty düster, als sie den Reißverschluss ihres Koffers aufzog. »Du solltest dich einfach freuen, dass die Kamera im Moment nicht hier ist.«

»Das tue ich auch. Wie hast du das geschafft?«

»Ich hab es ihnen als Vorher-nachher-Show verkauft, und sie wollen, dass es so eine Art magische Verwandlung wird. Sie wollen den Prozess gar nicht sehen.«

»Ich verstehe nicht, warum du ihnen überhaupt was verkaufen musstest«, erwiderte ich. »In der Show geht es schließlich nicht um mich. Es geht um dich. Warum wollen sie das überhaupt filmen?«

»Sie filmen *alles*, Dylan. Das beinhaltet auch Mom beim Kreuzworträtsellösen. Das beinhaltet Ronan, wenn er sich nach dem Frühstück die Zähne mit Zahnseide säubert. Und das beinhaltet dich. Gewöhn dich dran.«

Mich daran gewöhnen? Niemals. Ich schnaubte, aber sie ignorierte es.

»Außerdem lieben die Leute Umstyling-Aktionen, nur will niemand zusehen, wie die Grundierung aufgetragen wird.« Dusty machte sich daran, ihre verschiedenen Zaubertränke und Fläschchen auszupacken und sie auf meinem Schreibtisch aufzureihen. »*TRC* will, dass die Zuschauer glauben, du seist hier ganz einfach so heraufspaziert … ganz *du selbst* … und als Prinzessinnen-Barbie herausspaziert.«

»Wie Hermine beim Weihnachtsball.«

»Ja, du Nerd.« Sie verdrehte die Augen.

»*Harry Potter* ist nicht nerdig!«, protestierte ich. »Er ist ein Zauberer, der auf der ganzen Welt verehrt wird!«

»Damit machst du es auch nicht besser, Dilly.«

»Tja, du kannst deinen Kram zusammen mit deinem *Harry-Potter*-Hass gleich wieder einpacken. So etwas habe ich nicht nötig. Ich brauche deine Hilfe nicht, um mich für mein Date fertig zu machen. Und ich brauche auch ganz bestimmt keine Umstyling-Aktion.«

»Komm schon, Dummerchen.« Sie fuhr damit fort, ihr Zeug auszupacken, und ignorierte mich vollständig. »Jamie mag dich, so wie du bist, und das ist toll, aber jeder kann eine kleine Optimierung vertragen.«

»Ich will aber gar nicht optimiert werden.« Ich verschränkte schützend die Arme vor der Brust.

»Dylan.« Endlich hielt sie beim Auspacken inne, setzte sich auf ihre Fersen zurück und schaute zu mir auf. »Weißt du noch, was dein Lieblingsfilm war, als du klein warst?«

»Äh, hallo? Das ist ein echt krasser Themenwechsel, du Spinnerin.«

»Beantworte meine Frage.«

»*Arielle, die Meerjungfrau*.«

»Ganz genau.« Sie lächelte liebevoll. »Du hast mich das verdammte Ding so oft anschauen lassen, dass ich mir sogar überlegt hatte, der DVD ernsthaften Schaden zuzufügen, um mich von der lebenslänglichen Strafe zu erlösen, vierzehnmal täglich *Unter dem Meer* anzuhören. Und weißt du auch noch, welches deine liebste Stelle war?«

»Die Krabbe?«

»Nein, nicht die Krabbe«, schnaubte sie. »Es war der Teil, als Arielle in den Speisesaal kommt und das rosa Kleid trägt und Prinz Eric sie sieht und seine kleinen Zeichentrickaugen aufleuchten, weil sie einfach so verdammt hübsch ist. Du hast es mich immer und immer wieder zurückspulen lassen. Du hast diesen Teil *geliebt*. Manchmal war es die einzige Stelle, die du dir den ganzen Tag angeschaut hast.«

»Okaaay …«

»Und wenn du heute Abend die Treppe runterläufst«, fuhr sie fort, »und Jamie dort steht und auf dich wartet, um dich auszuführen, willst du dann nicht, dass seine Augen aufleuchten, als wäre er Prinz Eric im Speisesaal? Das ist *dein* Arielle-im-rosa-Kleid-Moment«, sagte sie voller Ernst. »Leb diese Fantasie doch einfach mal aus.«

Ich sah sie schweigend an. Sie schaute mit stählernem Blick zurück.

»Na schön«, sagte ich mit kaum hörbarer Stimme.

»Entschuldigung, wie war das?«

»Na schön«, wiederholte ich lauter. »Na schön, okay, na gut! Mach, was du willst. Aber nerv mich bloß nicht damit!«

»Oh, Dilly!«, quietschte sie, sprang auf und quetschte mich fest an sich. »Das wird ja so ein Riesenspaß! Du wirst es nicht bereuen! Ich schwöre es! Und ich werde auch überhaupt nicht nerven!«

»Zu spät«, brummte ich gedämpft in ihrem Würgegriff.

Ich hatte keine Ahnung, warum ich das hier tat. Nein, das war eine Lüge – ich wusste ganz genau, warum. Ich hasste mich dafür, es zugeben zu müssen, aber ich wollte wirklich, dass Jamies Augen aufleuchteten, als wäre er eine Zeichentrickfigur und ich eine Meerjungfrau … und auch eine Zeichentrickfigur.«

»In Ordnung, das Wichtigste zuerst.« Dusty ließ mich los, hüpfte zum Koffer zurück und begann darin rumzuwühlen wie ein tollwütiger Dachs. »Aha!« Sie sprang auf und hielt triumphierend eine kleine Schachtel hoch.

»Dusty, nein!«, gebot ich. »Leg das Bleichmittel wieder hin.«

»Aber du hast gesagt …«

»Ich werde *nicht* blond.«

»Aber du bist doch schon blond!«, protestierte sie. »Nur auf die … schmutzige … aschfarbene … traurige Art.«

»Danke auch«, erwiderte ich sarkastisch. »Ich werde nicht platinblond wie du und Mom.«

»Nein, nicht wie ich und Mom. Du wirst blond wie *du*. Siehst du?« Sie hielt die Schachtel an meinen Kopf. »Es ist deine Farbe, nur ein bisschen heller. Ein wirklich natürliches, weiches Honigblond. Vertrau mir einfach, Dilly. Bitte. Kannst du mir vertrauen?«

Sie hatte mich schon einmal gebeten, ihr zu vertrauen. Und es endete damit, dass ich Salatdressing trank, weil sie geschworen hatte, dass es Limonade sei. Anscheinend hatte ich immer noch nichts dazugelernt.

»Na schön«, kapitulierte ich. »Also gut. Wenn wir das schon tun, dann lass es uns richtig durchziehen.«

»Kein Widerspruch mehr?«

»Solange kein blauer Lidschatten mit von der Partie ist.«

Sie grinste. »Abgemacht. Und jetzt ab mit dir ins Badezimmer, Süße, wir haben was vor uns!«

Gefühlte Stunden des Zupfens und Putzens und Lockens später stand ich vor dem Badezimmerspiegel und berührte ungläubig mein Gesicht. Wer war diese Fremde mit den sanften graublauen Augen, die von langen, dunklen Wimpern gerahmt wurden? Wessen volle Pfirsichlippen waren das? Ganz sicher nicht meine. Verdammt, selbst meine Nase sah irgendwie gerader aus, und ich war ziemlich sicher, dass Dusty keinerlei chirurgischen Eingriff vorgenommen hatte, als ich gerade nicht aufpasste. Sosehr ich es auch hasste, es zugeben zu müssen, hatte sie mit dem Haar doch recht gehabt. Die etwas hellere Nuance ließ mein gesamtes Gesicht erstrahlen – vielleicht freute ich mich aber auch einfach nur darauf, Jamie zu sehen.

»Sehe ich halbwegs okay aus?«, fragte ich aufgeregt, als ich aus dem Badezimmer trat und am Saum meines Kleides herumzupfte. »Ist das Kleid zu kurz?«

»Nein!«, rief Dusty. »Es ist perfekt. Solange du nur damit aufhörst, daran herumzuspielen wie ein Kindergartenkind.«

Plötzlich presste Dusty die Lippen zusammen und stürzte ins Bad zurück. Sie hatte nicht einmal Zeit, die Tür zuzumachen, als ich das unmissverständliche Plätschern von Kotze hörte.

»Jesus, reagierst du jetzt nicht etwas über? Ich dachte, du hättest gesagt, ich würde okay ausschauen!« Ich folgte ihr ins Badezimmer und lehnte mich gegen den Türrahmen. »Was ist los mit dir, Kotzbrocken? Bist du schwanger oder was?«

Mit trübem Blick sah Dusty von der Kloschüssel auf. Aber der Ausdruck, der sich über ihr Gesicht breitete, war keine Übelkeit – es war Panik.

Kapitel 12

»Oh mein Gott«, flüsterte ich, als mir klar wurde, dass mein Scherz eigentlich gar kein Scherz war, und zwar so gar nicht. »Es stimmt! Du bist schwanger.«

»Nicht jeder, der kotzt, ist schwanger.« Sie wischte sich mit dem Handrücken über den Mund, rappelte sich auf und betätigte die Klospülung.

»Nein, aber *du* schon.« Ich sah zu, wie sie sich unter meinem Wasserhahn gründlich den Mund ausspülte, und konnte kaum glauben, dass es tatsächlich wahr war. Ich rühmte mich damit, schwangerschaftsbedingte Wendungen im Fernsehen aus kilometerweiter Entfernung ausmachen zu können – warum also hatte ich das nicht früher herausgefunden? Vielleicht weil es unmöglich schien, dass die perfekte Dusty schwanger, aber noch nicht verheiratet sein könnte. »Du hast mindestens schon zweimal gekotzt, seit wir hier sind. Höchst ungewöhnliches Verhalten. Und dein Busen ist besonders voll.«

»Hör auf meine Brüste anzuglotzen, du Spinnerin.«

»Ich kann nicht anders – sie sind einfach da! Gib es zu! Du

bist schwanger!« Ich deutete auf die riesigen busenförmigen Ausbuchtungen, die sich selbst unter ihrem übergroßen Rugby-Pulli deutlich abzeichneten. Sie verschränkte die Arme davor.

»Da gibt es nichts zuzugeben! Ich hab einfach einen sensiblen Magen, das ist *alles.*«

Dusty und ich starrten einander an, keine von uns wollte den Blick als Erste senken. Oder blinzeln. Doch dann kam mir ein richtig schlimmer Gedanke …

Ich wollte einfach nicht glauben, dass Dusty so etwas lebensveränderndes aus einem derart dämlichen Grund tun würde, und dennoch … sie war schon so tief in den Kaninchenbau des Reality-Fernsehens gefallen …

»Hat Pamela dich dazu angestiftet?«, fragte ich, während ich versuchte, eine Spur von Ehrlichkeit in ihren Augen zu entdecken. »Um mehr Drama zu schaffen? Gehört das alles zur Story? Hat Pamela dich geschwängert?«

»Natürlich nicht, du übergeschnapptes Huhn.« Dusty schnaubte entnervt und ballte die Hände an ihren Hüften zu Fäusten.

»Dusty!«, rief ich. »Du kannst kein Baby kriegen nur wegen der Einschaltquoten!«

»Ich bekomme kein Quotenbaby!«

»Weißt du denn überhaupt noch, wo die Grenze ist? Zwischen Realität und Reality-TV? Ist irgendwas von dem hier echt, Dusty? Bist *du* noch echt?« Ich zwickte sie.

»Au«, quiekte sie. »Hast du mich gerade etwa gekniffen?« Sie rieb sich übertrieben den Arm. »Natürlich bin ich echt, du Dummerchen.«

»Ach wirklich? Und was ist mit dem ganzen Zeug da? Du hast doch nicht mal echte Wimpern, Dusty.« Ich wedelte mit meiner Hand vor ihrem Gesicht herum. »Diese Show ist so fake. Und es scheint ganz so, als wärst du es mit ihr.«

»Autsch, Dylan. Warum sagst du mir nicht, was du wirklich denkst?«

»Es tut mir leid, aber ich … ich verstehe das alles einfach nicht. Es ist unfassbar dämlich, dass wir so tun müssen, als ob irgendwelche Sachen echt sind, obwohl wir wissen, dass sie es nicht sind. Wie kann es sein, dass das alles für dich okay ist?«

»Weil es nicht das echte Leben ist. Es ist nur eine Show. Also spielt es keine Rolle. Bei allem mitmachen, was der Sender will, Pamela das geben, was sie sehen möchte – nichts von alldem spielt eine Rolle. Das einzige, was eine Rolle spielt, sind Ronan und ich. *Das* ist echt.«

»Und das Baby, ist das echt?«

»Ich …« Dusty zögerte, und die verschiedensten Gefühle huschten so schnell über ihr Gesicht, dass ich keines davon dingfest machen konnte. »Verdammt, Dylan. Ronan und ich haben einander versprochen, dass es niemand außer uns erfährt. Ich wollte nur diese eine Sache für mich haben, verstehst du? Nur diese eine große Sache für uns ganz alleine.« Sie legte schützend die Hand über ihren Bauch.

»Es tut mir leid, Dusty, ich wollte dich nicht … Ich meine … ich bin nicht …«

»Das Baby ist echt«, bestätigte sie leise und blickte auf ihren Bauch hinab, beinahe so, als könne sie es selbst nicht ganz glauben.

»Wow. Ich bin nur … *Wow.*« Ich konnte nicht glauben, dass Dusty wirklich schwanger war. Dass sie ein Baby bekommen würde. Dass es brandneuen Zuwachs zu unserer Familie geben würde, die so lange eine kleine, in sich geschlossene Einheit aus uns dreien gewesen war. »Wie ist es passiert?«

»Manchmal passieren Unfälle – wundervolle Unfälle – zwischen zwei Menschen, die bis über beide Ohren verliebt sind und einvernehmlich …«

»La, la, la, la, la!« Ich bedeckte meine Ohren mit den Händen. »Schon gut, ist ja auch egal. Weiß nicht, warum ich überhaupt gefragt habe. Ich will es gar nicht hören.«

»Dilly.« Sie zog mir die Hände von den Ohren und blickte mich flehentlich an. »Du darfst es niemandem erzählen. Keiner Menschenseele. Niemand weiß es.«

»Nicht einmal Mom?«

»Nicht einmal Mom. Nur ich und Ronan. Und ich kann es gerade nicht brauchen, dass seine Mutter es vor der Hochzeit erfährt. Sie ist nicht unbedingt mein größter Fan.«

»Ich werde es niemandem erzählen. Versprochen.« Unwillkürlich streckte sich meine Hand nach Dustys Bauch aus. Ich zog sie zurück, bevor sie ihn berühren konnte. Es schien mir irgendwie unmöglich, dass da eine zukünftige Nichte oder ein Neffe drinstecken sollte. Ich würde jemandes Tante sein – Tante Dylan! »Vielleicht würde sich Florence über das Baby freuen?«

»Sich freuen?«, wiederholte Dusty fassungslos. *»Freuen?«*

»Äh ja. Normalerweise machen Babys Menschen fröhlich. Weil sie klein und knuffig sind und so Zeug …« Als ich Dustys ungläubigen Ausdruck auffing, verstummte ich. »Sie wird doch Oma, oder nicht?«

»Nein, Florence wird sich nicht über das Baby freuen. Sie wird mich für eine Schlampe halten, die es nicht geschafft hat, bis zur Hochzeit ihre verdammten Beine zusammenzuhalten.«

Mir klappte die Kinnlade runter. Das war definitiv die Art von Ausdrucksweise, die dafür sorgte, dass junge Damen ihren Miss-America-Titel verloren.

»Oder schlimmer noch, sie wird glauben, dass ich Ronan hereingelegt hätte, um ihn dazu zu bringen, mich zu heiraten. Dass er mich nur wegen des Babys zur Frau nimmt. Weil ich genau die schreckliche, manipulative Tussi bin, die nur aufs Geld aus ist, für die mich alle halten. Aufs Geld aus …«, schnaubte sie. »Ist das nicht grandios ironisch? Hier gibt es *nichts*, wonach man aus sein könnte. Das, was noch von Ronans Familienvermögen übrig ist, ist fest angelegt, um diesen herrschaftlichen Steinhaufen davor zu bewahren, über unseren Köpfen einzustürzen.«

Scheinbar hatte Kit recht gehabt mit dem, was er am ersten Tag hier gesagt hatte. Na ja, es ergab wirklich Sinn – Ronan schien mir nicht wie ein Mann, der sich grundlos dem Reality-TV verschreiben würde. Und Florence würde *ganz* bestimmt keine Kameras hier reinlassen, ohne einen *wirklich* guten Grund zu haben. Doch es war mehr als offensichtlich, wie sehr Ronan sein Heim liebte und wie stolz er auf seine Geschichte war, und selbst ich konnte nachvollziehen, dass man seine Privatsphäre opferte für etwas, das man so sehr liebte.

»Dann sprich in der Sendung darüber«, versuchte ich, sie zu ermuntern. »In deiner persönlichen Beichte. Zeig Florence und allen anderen, dass du nicht wegen des Geldes an Ronan interessiert bist. Weil er keins hat.«

»Nein, das würde nicht gut kommen. Das würden sie nie im Leben ausstrahlen. Das ist nicht Teil des Märchentraums. Cinderella soll schließlich nicht in ein Schloss mit gravierendem Wasserschaden, rissigem Fundament und Bleirohren einziehen.«

Bleirohre? Ich machte eine rasche mentale Strichliste, wie oft ich in den letzten zwei Wochen Leitungswasser getrunken hatte, und das Resultat behagte mir ganz und gar nicht.

»Aber ein Baby? Das ist ganz großes Kino.« Sie seufzte. »Kann es kaum erwarten zu sehen, was Twitter dazu zu sagen hat.«

»Vielleicht *ist* es keine große Sache, Dusty«, sagte ich zögernd. »Ich meine, ihr beide liebt einander. Und ihr werdet heiraten. Und ihr wolltet doch sowieso heiraten. Äh, stimmt doch, oder?«

»Natürlich wollten wir«, erwiderte Dusty gereizt. »Das mit dem Baby haben wir erst nach der Verlobung erfahren.«

»Also wird vielleicht …«

»Nichts wird vielleicht. Florence darf das mit dem Baby nicht erfahren. Du musst mir schwören, dass du es keiner Menschenseele erzählen wirst. Weder Heaven. Noch Mom. Noch Jamie. Niemandem.«

»Ich schwöre. Ich werde es niemandem erzählen. Versprochen.«

Ich streckte ihr meinen kleinen Finger hin, wie ich es so oft getan hatte, als wir klein waren. Sie verhakte ihren mit meinem und wir schüttelten sie.

»Es fühlt sich fast schon gut an, es jemand anders zu erzählen«, sagte Dusty mit einem traurigen Lächeln. »Natürlich werde ich mir trotzdem die ganze nächste Woche in die Hose machen vor Angst, dass es dir rausrutscht …«

»Wird es nicht! Du kannst mir vertrauen, ich …«

»Aber es fühlt sich gut an. Es meiner Schwester zu erzählen. Und niemandem sonst. Ich brauche momentan nicht die Meinung von ganz Amerika zu dem kleinen Würmchen da drin.«

»Kann ich's seheeeeen?« Irgendwer, der stark nach Heaven klang, hämmerte gegen die Tür. Dusty und ich zuckten gleichzeitig zusammen, dann starrten wir einander an.

»Sollen wir sie reinlassen?«, flüsterte ich.

»Nein, lass uns lieber total verdächtig sein und die Tür verriegeln. Meine Güte, sie will dein Umstyling sehen.«

»Mein was?«

»Dein Umstyling. Für dein Date. Ehrlich, Dilly, manchmal glaube ich ja, dass sich alle geirrt haben und *du* die Dämliche von uns beiden bist.«

»Die Dämliche von uns beiden? Wer denkt, dass du dämlich bist?«

Dusty wedelte mit den Händen in meine Richtung, als sie losging, um die Tür zu öffnen. Erst musste ich also herausfinden, dass die glorreiche Dusty ein voreheliches Kind unter dem Herzen trug, und dann, dass sie sich Sorgen machte, die Menschen fänden sie dämlich? Ich musste mich setzen.

»DYLAN!«, kreischte Heaven und brachte die Gemälde an den Wänden zum Erzittern, als sie in mein Zimmer gepflügt kam. »HEILIGER BIMBAM, DU SIEHST JA AUS WIE EIN GANZ ANDERER MENSCH!!«

»Ist doch keine große Sache«, murmelte ich. Die wirklich große kleine Sache hockte in der Gebärmutter meiner Schwester einen halben Meter links von mir.

»Und ob es eine große Sache ist, eine *riesige* Sache!« Heaven stemmte die Hände in die Hüften. »Du siehst hammermäßig aus! Und es ist dein erstes Date! Und das im fortgeschrittenen Alter von sechzehn Jahren!«

»Sechzehn ist nicht so alt …«

»Warum ziehst du nicht einfach deine High Heels an?«, schlug Dusty vor. »Du willst ihn doch nicht ewig warten lassen.«

»Wartet er schon? Bin ich spät dran? Oh mein Gott, bin ich?« Ich griff nach den Schuhen, stolperte und landete auf dem Teppich, wobei ich den Schuhkarton quer durch den Raum katapultierte, wo er gegen die Tür knallte und zu Boden fiel.

»Mädchen, Mädchen …« Heaven zerrte mich auf die Füße, während Dusty sich bückte, um die Schuhe einzusammeln. »Versuch, dich zusammenzureißen, okay?«

»Das *tu* ich doch schon.«

Ich setzte mich aufs Bett, nahm die Schuhe von Dusty entgegen und schlüpfte erst in den einen, dann in den anderen. Das letzte Mal, dass ich Absätze getragen hatte, war … niemals. Das Letzte, was ich in meinem Leben brauchen konnte, war *noch* größer auszusehen. Das konnte ja interessant werden.

»Ich hoffe echt, dass mein Date keine längeren Fußmärsche beinhaltet«, betete ich inbrünstig, als ich aufstand und mein Gleichgewicht auf dem unebenen Grund austestete. Ich musste jetzt fast 1,95 m groß sein. Jemand sollte die Dorfbewohner warnen – ich wollte nicht versehentlich eine *Angriff der Riesenfrau*-Massenpanik auslösen.

Es klopfte wieder. Unsere drei Köpfe wirbelten gleichzeitig herum.

»Bist du es, Jamie?«, fragte ich mit beinahe unkenntlicher, piepsiger Stimme. »Ich bin noch nicht fertig! Ich meine, ich bin fertig, aber noch nicht ganz. Oh Gott.«

»Liebes, bist du bereit?« Definitiv nicht Jamie. Das war Mom. Dusty riss die Tür auf und Mom kam mit einer uralt aussehenden Kamera in der Hand herein.

»Oh Gott, Mom, nein«, stöhnte ich. »Keine Fotos, bitte.«

»Weißt du eigentlich, wie schwierig es war, dieses Ding aufzutreiben?« Mom ignorierte mich geflissentlich und begann draufloszuknipsen, wobei der Blitz winzige Explosionen in dem dämmrigen Licht verschoss. Ich gab mir größte Mühe, bei jedem Klicken zu blinzeln, damit die Bilder allesamt unbrauchbar wären. »*TRC* hat mir vielleicht mein Handy genommen, aber ich lasse doch meinen kleinen Schatz nicht auf ihr erstes Date gehen ohne fotografische Beweise.«

»Jetzt hast du deine Beweise, okay? Kannst du nun vielleicht aufhören?«, flehte ich. »Ich bin restlos blamiert. Auftrag ausgeführt, Mom.«

»Los, stell dich neben deine Schwester. Heaven, du kommst auch mit drauf.«

Ich stellte mich brav zwischen die beiden und zog Grimassen, während sie sich in Pose warfen. Es gab bestimmt königliche Schiffe, die mit weniger Trara vom Stapel gelaufen waren.

»Sind wir jetzt fertig?« Ich wusste, dass ich weinerlich klang. Aber mir *war* ja auch nach Heulen zumute.

»Das hier kommt direkt an den Kühlschrank. Und vielleicht auch auf die Weihnachtskarte«, sagte Mom vergnügt.

»Super.« Bei meinem Glück würde Mom wahrscheinlich eine reizende handgeschriebene Nachricht beifügen: *Eine frohes Fest wünscht die Familie Leigh – Könnt ihr glauben, dass Dylan* endlich *von jemandem auf ein Date eingeladen wurde?!* – oder etwas ähnlich Grauenhaftes. »Es wird langsam Zeit. Heaven, kannst du mir meinen Kapuzenpulli reichen?«

»Deinen Pulli?«, jaulte Mom. »Dylan, du wirst doch nicht ernsthaft einen *Pulli* über dieses wundervolle Kleid ziehen.«

»Du darfst meinen guten Mantel haben«, bot Dusty an. »Und überhaupt kannst du dir für den Rest unserer Zeit hier so viele Klamotten von mir leihen, wie du willst. Vielleicht hörst du dann ja auf, dich wie ein vorpubertärer Skaterjunge anzuziehen.«

Mom und Dusty tauschten einen höchst nervigen amüsierten Blick.

»Ist es wirklich schon so weit?«, fragte Mom und warf einen Blick auf die zierliche Goldarmbanduhr an ihrem Handgelenk. »Ich will nicht, dass sie zu früh kommt. Es schadet nicht, ihn etwas warten zu lassen.« Sie zwinkerte mir zu. Ich blinzelte mit steinerner Miene zurück.

»Jamie kann womöglich warten, aber die Regie nicht. Heaven, bring sie zur Treppe«, befahl Dusty. »Ich hole den Mantel und treffe euch alle unten. Aber sorg dafür, dass sie allein die Treppe runterläuft, du darfst nicht im Bild sein. Du auch nicht, Mom.«

»Ja, ja, schon kapiert.« Heaven nahm meinen Arm und führte mich den Flur entlang, als würde sie einer betagten Dame über die Straße helfen. »Raus aus dem Bild, Heaven. Weg aus der Einstellung, Heaven.«

»Reality-TV ist auch nicht so der Knaller, was?«

»Dann ist es eben nicht ganz so glamourös, wie ich gehofft hatte. Egal. Ich habe trotzdem vor in einem Jahrzehnt oder so die neue Bachelorette zu werden.«

»Viel Glück.« Wir hatten das Ende des Flurs erreicht. Die Treppe erstreckte sich wie ein gähnendes Nichts vor mir und wand sich hinab in den Abgrund ... und zu Jamie. »Das ist echt so was von schräg, Heaven«, flüsterte ich und umklammerte ihren Arm. »Das ist alles zu viel.«

»Zu viel?«

»Es ist einfach zu viel los.«

»Mit dem Date?«

»Ähm. Ja. Mit dem Date.« Entschlossen schob ich alle babyförmigen Gedanken aus meinem Kopf. Fairerweise musste ich zugeben, dass ich auch ohne Dustys Neuigkeit völlig am Ausflippen gewesen wäre. »Das ist viel zu viel Druck, meine ich. Und alles viel zu schick. Ich weiß, dass die Sache hier wunderschön und magisch ist und wir uns in einem Schloss befinden, und ich habe bestimmt noch nie in meinem Leben so hübsch ausgesehen, aber ich fühle mich, als würde ich zum Abschlussball gehen. Gerade wünsche ich mir beinahe, ich hätte Jamie in Tupelo kennengelernt«, sagte ich wehmütig, »und wir würden einfach nur einen Film im Hobbykeller seiner Mom anschauen oder so.«

»Mit offener Tür, natürlich.« Heaven grinste.

»Natürlich.« Ich grinste zurück.

»Dylan, dieser ganze zusätzliche Firlefanz« – sie löste sanft eine Haarsträhne aus einem meiner herabbaumelnden Ohrringe – »das ist doch bloß der Zuckerguss auf dem ganzen Kuchen. Du wirst einfach nur mit dem Jungen abhängen, den du magst. Das ist alles, mehr nicht.«

»Warum bin ich dann so nervös?«

»Weil du ihn magst, Dumpfbacke.« Sie verdrehte die Augen. »Ich habe mich übrigens im *Cineplex* in den Mülleimer vom Mädchenklo übergeben, als Tate mich das erste Mal ins Kino eingeladen hat.«

»Das hast du *nicht*!«

»Hab ich wohl. Hab's dir nur nie erzählt, weil es mir so peinlich war.«

»Ich bin erschüttert, dass du so etwas vor mir geheim halten konntest.« Ich tat empört.

Sie zuckte die Achseln. »Ich erzähl es dir jetzt. Aber nun hör endlich auf, Zeit zu schinden, und geh da runter.«

»Okay, okay. Schon gut.« Ich atmete langsam aus. »Ich schaffe das.«

»Du bist geboren, um das hier zu tun, Baby«, feuerte Heaven mich an. »Schwebe wie ein Schmetterling, steche zu wie eine Biene.«

»Stechen?«

»Na ja, Dads Ratschlag passt wohl nicht zu jeder Situation.«

Sie zuckte die Achseln. Heavens Dad unterrichtete an unserer Schule Football, und immer, wenn ich Ansporn brauchte, ließ sie sich von seinen Sportlersprüchen inspirieren. »Geh einfach da runter, okay?!

»Okay.«

Und da war sie schon … die riesige Kamera, die auf der Schulter eines mageren Typen in dunkelblauem Pulli thronte. Er wartete oben am Treppenabsatz auf mich, die Linse nur ein paar Fingerbreit von meinem Gesicht entfernt. Ich nahm einen zittrigen Atemzug und war mir nur allzu bewusst, dass das Auge der Kamera auf meiner schwitzenden Stirn ruhte, auf meinen nervös herumflatternden Händen, meinem viel zu schnellen Herzschlag, der so laut war, dass ich sicher war, die Kamera könnte ihn hören. Er war nahe, zu nahe. Ich hatte das Gefühl zu ersticken. *Atmen, Dylan.* Ich durfte nicht vergessen zu atmen.

Ich stellte einen meiner ultrahohen Absätze auf der ersten Stufe ab und legte meine frisch manikürte Hand auf das hölzerne Geländer, um das Gleichgewicht nicht zu verlieren. Dann begann ich mit meinem langsamen Abstieg – der Kameramann folgte etwas seitlich versetzt und nur Zentimeter hinter mir. Das hier würde gut werden. Alles würde gut werden. Ich war in meinem Leben schon hunderttausend Stufen runtergelaufen. Klar, noch nie zuvor war mir dabei ein Kameramann gefolgt, aber ich gab mein Bestes, mir nicht anmerken zu lassen, wie schlimm er mich aus der Fassung brachte.

Und dann tauchte Jamie auf. Er wartete unten in der Eingangshalle und sah beinahe unerträglich gut aus in seinem grauen Anzug und einer schlichten gestreiften Krawatte. Er hatte etwas mit seinem Haar angestellt, sodass es ihm in einer weichen dunklen Welle in die Stirn fiel. Pamela mochte der

Teufel höchstselbst sein, aber in diesem Moment dankte ich ihr vom Grunde meines Herzens, mir das Kleid besorgt zu haben. Denn Jamie stand mit offenem Mund da und sah mich mit diesem Leuchten in den Augen an, das ich bisher nur aus Filmen kannte und von dem ich nie geglaubt hätte, dass ich es mal bei jemandem sehen würde, der mich ansah.

Jamie, der einen eigenen Kameramann im Schlepptau hatte, machte ein paar Schritte auf mich zu, beinahe so als würde er von einem unsichtbaren Faden gezogen werden, bis er am Fuß der Treppe ankam. Er streckte seine Hand aus und ich ergriff sie und landete mit nur dem Hauch eines Wankens neben ihm. Ich wusste, dass da ein Kameramann hinter ihm war, und ein anderer, der immer noch an meiner Seite klebte, aber zum ersten Mal kümmerte es mich nicht. Jetzt gab es da nur mich und Jamie.

»Dylan«, sagte er. »Ich … mir fehlen die Worte.« Er schüttelte den Kopf. »Zum ersten Mal in meinem Leben hat es mir die Sprache verschlagen. Ganz und gar.«

»Keine Gedichte also?«

»Du bist ein Gedicht«, erwiderte er schlicht. »Es tut mir leid.« Er zuckte zusammen und rieb sich die Stirn. »War das abgeschmackt? Nein, sag nichts … es war fürchterlich abgeschmackt.«

»Ich weiß nicht einmal, was ›abgeschmackt‹ bedeuten soll.«

»Ähm, kitschig.«

»Es war total kitschig. Aber ich mochte es trotzdem.«

Und dann standen wir einfach nur da und grinsten uns schmachtend an.

»Ächem …«

Ich drehte mich um. Dusty wartete hinter mir und hielt einen smaragdgrünen Wollmantel. Mom spähte über ihre Schulter und lächelte ihr echtes Lächeln – jenes, das sie sich für mich und Dusty aufhob und es bei *Good Morning, Mississippi!* nie auf Sendung schaffte. Ich verspürte den überwältigenden Drang, zu ihr hinzurennen und sie so fest zu umarmen, wie ich nur konnte, aber ich wollte nicht wie ein Kleinkind rüberkommen. Ich ging schließlich nur mit einem Jungen aus und zog nicht zum Studium fort oder so.

»Viel Spaß, Dylan«, formte Mom stumm mit den Lippen, sodass es das Mikro nicht auffangen konnte. »Viel *Spaß*.«

Ich nickte ihr kaum merklich zu und ihr Lächeln wurde breiter.

»Ich will ja nicht, dass du dir deinen flachen Hintern abfrierst, Schwesterherz«, sagte Dusty, als sie mir in den Mantel half.

»Danke.« Ich zog den Mantel fester um mich und machte den obersten Knopf zu. Er schwang um mich herum wie eine Glocke. »Bist du … ähm, geht es dir gut?«, fragte ich leise.

»Mir geht es *blendend*.« Sie kniff die Augen etwas zusammen, aber nicht auf die fiese Art. »Denk jetzt nicht an mich, Dylan, okay? Amüsier dich einfach bei deinem Rendezvous. Hat lang genug gedauert, bis du eins bekommen hast, kannst es also genauso gut genießen.«

»Sollen wir?«, fragte Jamie, bevor ich zu einer vernichtenden Antwort ansetzen konnte. Er hielt mir seinen Arm hin. Es fühlte sich komisch an, mich einzuhaken – als würde ich eine Rolle in einem Theaterstück spielen –, aber ich war mir ehrlich nicht sicher, ob ich es die Eingangstreppe runterschaffen würde, ohne mich an jemandem festzuhalten.

Ein Bediensteter in Uniform öffnete uns schwungvoll die Tür. Draußen sah es aus, als würde mich eine Weihnachtskarte erwarten. Große, dicke, fluffige Flocken fielen lautlos auf einen karminroten Schlitten und zwei grau getupfte Pferde. Ein Kutscher, der auf dem Vordersitz saß, tippte sich an den Zylinder. Der Kameramann neben ihm tippte gar nichts, sondern hielt teilnahmslos die Kamera auf uns gerichtet. Es war Mike vom Frühstück – er war wohl endlich von der Frühschicht abkommandiert worden oder auch nur dazu verdonnert, die langweiligsten und unbrauchbarsten Episoden zu filmen. Vielleicht befand er sich auf Dylan-Schicht, für den Fall, das *TRC* verzweifelt zwei Minuten Füllmaterial vor der nächsten Werbepause brauchte.

»Ist das alles für uns?«, quietschte ich.

»Du weißt doch, dass ich kein Auto habe.« Jamie führte mich zum Schlitten. »Außerdem weiß ich, dass du Pferde magst … vor allem, wenn du nicht selbst auf ihnen reiten musst.«

»Das stimmt.« Jamie half mir in den Schlitten und ich glitt unter eine dicke Pelzdecke. *Mhmm, weich.* »Aber das ist doch ein riesiger Aufwand.«

»Tja, du bist den Aufwand wert, Dylan.« Er setzte sich neben mich, dann beugte er sich vor und kramte vor unseren Füßen auf dem Boden herum. »Heiße Schokolade?« Er tauchte mit einer Thermoskanne wieder auf.

»Gerne.« Ich nahm die Kanne und schraubte den Deckel ab. Jamie legte den Arm um mich, und ich kuschelte mich an ihn, als ich den ersten heißen, cremigen Schluck nahm. Ich hatte noch nie so etwas Leckeres getrunken.

»Bereit, Sir?«, fragte der Kutscher.

»Bereit«, erwiderte Jamie.

Der Fahrer schnalzte mit der Zunge und wir glitten mit dem hellen Gebimmel von Schlittenglöckchen in die Nacht davon.

Kapitel 13

»Hast du arg schlimmen Hunger?«, fragte Jamie besorgt, während wir über den Schnee dahinglitten.

»Ich meine, ich bin nicht am Verhungern, aber ich dachte, ein Abendessen wäre Teil von diesem … Date … Dingsda.«

Es war ein Date. Kein Date-*Dingsda*. Warum schaffte ich es nicht, es einfach nur ein Date zu nennen?

»Natürlich. Ich hatte nur gehofft, wir könnten einen kleinen Umweg vor dem Abendessen einlegen, falls dir das recht ist.« Jamie wirkte irgendwie anders. Beinahe steif. Ich sah, wie sein Adamsapfel auf und ab hüpfte, als er schluckte, und mir wurde klar, dass er nervös war. Die Kamera machte die Sache bestimmt nicht leichter, denn Jamie blickte immer wieder hin. Ich nehme an, es hätte schlimmer kommen können – Kamera-Mike hätte auch hier bei uns sitzen können –, aber die Linse fühlte sich immer noch viel zu nah an.

»Ja klar, das geht in Ordnung. Ich werd's überleben.«

»Reines Überleben reicht nicht. Wie wär's mit Shortbread?«

Er holte einen Korb unter seinen Füßen hervor, und als er

das weiße Leintuch zurückschlug, kamen die goldenen, mit Zuckerkristallen bestreuten Rundungen der kleinen Kekse zum Vorschein.

»Danke.« Ich schnappte mir einen und knabberte nervös daran herum, während ich versuchte, nicht an Dustys bombige Babyüberraschung zu denken. Das war jetzt nicht der Moment, Babysorgen im Kopf zu wälzen – am Ende würde ich noch etwas ausplappern oder mich den ganzen Abend danebenbenehmen. Jetzt war es Zeit, diese Dinge wegzupacken und meine supertollen Verdrängungskräfte zu aktivieren. Sie hatten mir schon bei meinem Versuch geholfen, die Kameras auszublenden, und ich wusste, sie würden mir auch hierbei helfen. »Was hast du sonst noch da unten versteckt? Ein Schachspiel? Leuchtpistolen?«

»Nichts Besonderes. Ich wollte einfach nur vorbereitet sein.«

»Du bist definitiv vorbereitet. Du könntest es locker mit einer Pfadfinderin aufnehmen.«

Als Jamie sich ebenfalls einen Keks nahm, schnappte ich mir schnell einen zweiten, bevor er den Korb wieder zu seinen Füßen abstellte. Er hob den Arm, und ich kuschelte mich drunter, tiefer in die Decke und enger an Jamie. Geschah das hier wirklich? Konnte das wirklich das echte Leben sein?

Der Kameramann vor uns verlagerte sein Gewicht, als der Schlitten ziemlich flott um die Kurve bog. Oh, richtig … es war gar nicht echt. Nicht wirklich. Nichts davon. Ich verspürte den Impuls Kamera-Mike zu fragen, warum er eigentlich hier war. In *Countdown zur Krone* ging es um Dustys Hochzeit – nicht Dylans erstes Date. Ich konnte mir schon vorstellen, wie Krystal Hooper und alle anderen zu Hause genervt alle Szenen vorspulten, die mich beinhalteten, bis *TRC* wieder zu dem richtig interessanten Zeug zurückkehrte. Selbst mit dem zugegebenermaßen beeindruckenden Schlitten konnte ich nicht verstehen, warum irgendjemand das würde anschauen wollen. Aber Pamela hatte uns mehr als deutlich eingebläut, dass wir niemals, unter keinen Umständen, die Kameracrew direkt ansprechen durften. Und die Vorstellung, Pamela zu verärgern, machte mir mehr Angst, als ich zugeben wollte.

»Schau dir die Sterne an, Dylan.« Jamie zeigte zum Himmel empor. »*Wie zahllos sie sich scharen über unsrem stürmischen Schnee …*«, zitierte er.

»Wer war das?«, fragte ich.

»Robert Frost«, antwortete er. »*Sterne.* Schau nach oben, Dylan.«

Das tat ich. Es waren mehr Sterne, die über uns am samtschwarzen Himmel glitzerten, als ich je zuvor in meinem Leben gesehen hatte. Keiner von ihnen rührte sich von seinem Platz, aber trotzdem wünschte ich mir was. Und dann noch etwas. Einmal für mich und Jamie und einmal für Dusty und das Baby.

»Funkel, funkel, kleiner Stern«, trug ich feierlich vor, *»ach, wie bist du mir so fern.«*

»Das war wunderschön, Dylan«, beglückwünschte er mich. »Das lässt einen wirklich über die Mysterien des Universums nachsinnen.«

»Das war auch meine Absicht. Du solltest mich mal hören, wenn ich ›Ich bin der kleine Hampelmann‹ vortrage. Es wird dich deine Auffassung darüber, was der Mensch ist, ganz neu überdenken lassen.«

»Sind wir nicht alle nur kleine Hampelmänner?«

»Die nur darauf warten, an die Wand gehängt zu werden, damit jemand am Band zieht?«

Er grinste. »Ich habe immer gedacht, es sei unmöglich, mit Mädchen zu reden«, sagte er. »Aber mit dir ist alles so einfach.«

»Mir geht's mit dir genauso.« In diesem Augenblick war ich zu schüchtern, um ihm in die Augen zu schauen, aber ich drückte seine Hand, und er erwiderte den Druck.

»Ich hätte nicht geglaubt, dass es möglich wäre, sich auf Anhieb mit jemandem so wohlzufühlen. Ich stehe kurz davor, meine Meinung bezüglich Seelenverwandtschaften zu revidieren. Oder Liebe auf den ersten Blick. Nicht dass ich denke, wir seien seelenverwandt. Oder verliebt. Noch nicht. Haha.« Jamie gab ein seltsames kleines Lachen von sich und lief knallrot an. »Ähm, ja, noch ein bisschen heiße Schokolade gefällig?«

»Entspann dich. Es ist irgendwie süß, zu sehen, wie du in Verlegenheit gerätst.« Ich seufzte, als ich die Thermoskanne entgegennahm. »Ich habe das Gefühl, dass ich ständig schräge Dinge von mir gebe, und du, du hast dich immer so im Griff.«

»Ich darf dir versichern, das Gegenteil ist der Fall. Es ist einfach nur mein britischer Akzent. Ich weiß zwar nicht, warum, aber aus irgendeinem Grund lassen sich die Amerikaner einreden, dass wir Briten viel intelligenter und selbstbewusster sind als in Wirklichkeit.«

»Da magst du wohl recht haben.«

Der Schlitten verlangsamte, und selbst im Dunkeln wusste ich sofort, wo wir waren. Man muss nur eine Dreiviertelstunde damit verbringen, sich die Zehen vor einem verlassenen Bahnsteig abzufrieren, und er bleibt einem für immer im Gedächtnis.

»Wir fahren zum Bahnhof?«, fragte ich. »Nehmen wir den Zug?«

Womöglich würde das hier ein *Bachelor*-mäßiges Traumdate werden. Würden wir über Nacht wegbleiben? Ich hatte meinen Pyjama nicht dabei. Und auch keine Zahnbürste.

»Nicht wirklich«, antwortete er und lächelte. Und als wir vorfuhren, wusste ich auch, warum.

Direkt neben der Stelle, wo der Schlitten hielt, war der bekieste Parkplatz geflutet und mit einer Eisschicht bedeckt worden. Überall standen mit Tannenzweigen und großen roten Schleifen geschmückte Straßenlaternen und warfen einen goldenen Schein auf die improvisierte Eisbahn.

»Lass mich raten … du hast da unten auch ein Paar Schlittschuhe versteckt.«

Jamie zog ein Paar weißer Damenschlittschuhe hervor und hob sie hoch. »Wie hast du das bloß erraten?« Er reichte mir grinsend die Schlittschuhe. »Ich wollte an den Ort zurück, wo wir uns das erste Mal begegnet sind«, erklärte er, während er sich vom Schlitten schwang und zu meiner Seite herüberkam. »Aber ich dachte mir, Schlittschuhfahren wäre um einiges reizvoller, als uns schweigend eine Dreiviertelstunde lang zu Tode zu frieren.«

Sofort fing mein Herz an zu schmelzen – er hatte sich wirklich Gedanken gemacht für dieses Date –, nur um gleich wieder einzufrieren, als mir auffiel, *wie Bachelor*-mäßig diese ganze Szenerie doch war. Das Wintermärchendate – normalerweise im Komplettpaket mit Kunstschnee und lauschigem Eispalast – kam beinahe in jeder Staffel vor. Falls Jamies nächste Worte »Schottland ist der perfekte Ort, um sich zu verlieben« lauteten, wäre ich hier raus.

Ein furchtbarer Gedanken machte sich in meiner Magengrube breit. Hatte *Jamie* dieses Date geplant? Oder war das alles von *TRC* ausgebrütet worden? Vielleicht wollten sie mich und Jamie damit interessanter machen – indem sie uns in ein völlig übertriebenes romantisches Szenario hineinwarfen, das vom Produktionsteam kreiert worden war, damit alle weiblichen Singles Amerikas in Verzückung gerieten. Ich spottete permanent darüber, wie bescheuert doch all diese Mädchen beim *Bachelor* waren, ernsthaft zu glauben, dass ihr Traummann tatsächlich jede Kletterfelsenpartie, jedes private Konzert und jede Heißluftballonfahrt selbst arrangiert hatte, wo es doch ganz offensichtlich ABC gewesen war. War ich genauso doof? Ich wollte ganz bestimmt kein dämliches Weihnachtswunderdate haben, wenn Pamela das alles angezettelt hatte.

»Darf ich?«

Jamie kniete sich in verdächtiger Märchenprinz-Manier vor mich und ich streckte verlegen einen Fuß aus. Er zog meinen Stöckelschuh runter, stellte ihn vorsichtig auf dem Boden ab, lockerte die Schnürsenkel des Schlittschuhs und hob ihn an meine Zehen.

»Ich hab's schon.« Abrupt riss ich ihm den Schuh aus der Hand. »Ich kümmere mich um die Schnürsenkel. Ich weiß, wie man einen Schuh bindet.«

»Wie du wünschst«, erwiderte er einfach, bevor er wieder zur anderen Seite des Schlittens verschwand.

Scheiß auf die *Die Braut des Prinzen*! Jegliche Ritterlichkeit war an mich verschwendet. Ich wusste, dass ich eigentlich dahinschmelzen sollte. Ich hatte ein märchenhaftes Schlittschuhdate, das aus dem Nichts für mich erschaffen worden war, und dann auch noch an dem romantischen Ort unserer ersten Begegnung. Jamie zog hier eine astreine Cinderella-Nummer an meinem abnorm großen und ganz bestimmt nicht liebreizenden Fuß ab. Er sah so gut aus im Mondlicht, dass es in meiner Brust schmerzte. Und dennoch konnte ich es nicht wirklich genießen. Ich wurde den Verdacht nicht los, dass die ganze Sache von *TRC* arrangiert worden war. Oder noch schlimmer – was wenn Jamie selbst von *TRC* angeheuert worden war? Vielleicht hatte Pamela ihn dazu ermuntert, sich Dustys schräger Schwester zu erbarmen und bei diesem

Date mitzuspielen, um eine halbwegs brauchbare Story für die Sendung zu inszenieren. Aber dann verzog sich Jamies Mund zu einem süßen, schiefen Lächeln und ich hasste mich für diesen Gedanken. Das hier war echt. Er musste einfach echt sein.

Vorsichtig setzte ich einen wackligen Fuß aus dem Schlitten und klammerte mich verzweifelt an die Seitenwand, als hinge mein Leben davon ab, dann zog ich meinen zweiten nach und stellte ihn daneben. Dies war womöglich der richtige Moment, um zu erwähnen, dass ich noch nie zuvor erfolgreich Schlittschuh gelaufen war, ohne mich an etwas festzuhalten.

»Alles okay da drüben?« Irgendwie hatte Jamie es schon aufs Eis geschafft.

»Jupps.«

Jupps. Irgendwie klang das gar nicht mehr so schlimm. Ich machte einen großen unsicheren Schritt auf ihn zu und streckte die Arme seitlich von mir wie ein wenig eleganter Vogel Strauß, während ich mir Mühe gab, aufrecht stehen zu bleiben.

»Grundgütiger!«, rief Jamie, schoss auf mich zu und schlang seine Arme um meine Taille, um mich zu stützen.

»*Grundgütiger*?«, wiederholte ich.

»Ja, ich neige dazu, das Vokabular einer schrulligen alten Großtante zu übernehmen, wenn ich mich erschrecke. Warst du überhaupt jemals Schlittschuh laufen?«

»Klar. Nur nicht die Art, wo man sich nicht an irgendwelchen Wänden festhalten kann.«

»Dann werde ich deine Wand sein«, sagte er galant.

»Hab Dank, du gute Wand.«

»Dylan, das war ja Shakespeare!«, rief er begeistert aus.

»Tja, du bist nicht der Einzige hier, der Gedichte zitieren kann. Oder, in diesem Fall, ein Theaterstück.«

Jamie begann rückwärtszulaufen, die Hände um meine Taille gelegt, während er mich vom Schlitten wegzog.

»Jamie!«, kreischte ich und klammerte meine Hände um seine. »Wir bewegen uns!«

»Ja, das ist die Idee dahinter.« Wie zum Teufel konnte das bei ihm so mühelos aussehen? »Halt deine Knie etwas gebeugt. Dann ist es viel einfacher, das Gleichgewicht zu halten.«

Gehorsam beugte ich die Knie.

»Wie kommt es, dass du so viel über Shakespeares Wände weißt? Hochschauen!«, befahl er. »Nicht auf deine Füße.«

»Oh. Stimmt.« Ich blickte in seine hellblauen Augen. Eine dicke dunkle Haarsträhne hatte sich bereits aus der sorgfältig gekämmten Frisur gelöst und fiel ihm verführerisch in die Stirn. »Wir mussten in der achten Klasse Szenen aus *Ein Sommernachtstraum* aufführen. Ich habe die Wand gespielt.«

»O Wand, o süß' und liebenswerte Wand.«

»Ich kann dir versichern, nichts an der Middleschool-Dylan war süß oder liebenswert. Ich hatte eine Zahnspange, schlimme Strähnchen und eine etwas dürftige Einstellung zur Körperpflege. Außerdem war ich praktizierende Wicca-Anhängerin.«

»Wie exotisch! Hattest du schwarzen Nagellack und Pentagramm-Anhänger?«

»Natürlich. Und ich habe mir satanische Rockmusik angehört und versucht, Flüche über die beliebten Mädchen zu verhängen.«

»Hat es geklappt?«

»Nein, nie. Aber Heaven meint, das liegt daran, dass sie mit ihrem Licht gegen meine dunkle Magie gewirkt hat.«

»Was für ein Glück für diese beliebten Mädchen, dass Heaven da war, um sie zu beschützen.«

»Ein Glück für mich, dass ich so durchgeknallt war und trotzdem noch jemanden hatte, der mit mir am Mittagstisch sitzen wollte.«

»Ein höllisches Glück«, sagte Jamie wehmütig. »Hier. Versuch es mal ein bisschen auf eigene Faust.«

»Lass mich nicht fallen.«

»Niemals«, versprach er.

Er ließ meine Taille los, hielt aber meine eine Hand fest in seiner, und wir glitten Seite an Seite dahin. Na ja, Jamie glitt dahin, und ich konzentrierte mich darauf, meine Knie zu beugen und nicht hinzufallen.

»Warum bist du bei allem immer so gut?«, fragte ich.

»Wie bitte?«

»Du reitest ein Pferd wie ein Ritter, du läufst tadellos Schlittschuh … Warum kannst du das alles so gut?«

»Ich beherrsche zwei Sachen ganz passabel«, wies er mein Lob zurück. »Das kann man wohl kaum eine exzellente Leistung auf allen Gebieten nennen. In den meisten anderen Sportarten bin ich echt mies.«

»Das sagst du jetzt, aber wahrscheinlich bist du ein Fechtmeister und ein Tennisprofi und ein Wunderkind beim Schach.«

»Schön wär's«, erwiderte er lächelnd. Doch ich hatte das vage Gefühl, dass er alles drei war und es nur nicht zugeben wollte.

Ein besonders fieser Schmerz in meinem Knöchel lenkte mich von meinen Gedanken ab.

»Ich hatte keine Ahnung, dass ich so schwächliche Knöchel habe«, sinnierte ich. »Das liegt wohl daran, dass sie eine so große Person tragen müssen. Man könnte meinen, sie hätten sich langsam daran gewöhnt.

»Machen sie dir Probleme?«

»Sie … pochen irgendwie. Kann man da was gegen tun? Gibt es so was wie Knöchelkrafttraining?«

»Ich habe nicht den blassesten Schimmer. Du bist die Athletin, nicht ich. Das hier ist meine sportlichste Aktivität seit einer Ewigkeit.«

»Na klar, du heimlicher Fecht-Tennis-Champion«, murmelte ich.

»Wie bitte?«

»Was ist mit deinem Fahrrad, von dem du mir am Bahnhof erzählt hast«, fragte ich lauter, während er mich zurück zum Schlitten zog.

»Das ist lediglich ein Transportmittel. Ich bin keiner dieser grauenhaften Kampfradler, die gepolsterte Elasthanhosen tragen und sich von Energiegels ernähren.«

»Hat dein Fahrrad so ein Körbchen vorne dran?«

»Ganz gewiss nicht. Und auch keine Wimpel am Lenker und keine Klingel in Marienkäferform.«

»Du hast gerade eins zu eins das Fahrrad meiner Kindheit beschrieben.«

Ich ließ mich auf das Trittbrett des Schlittens sinken. Meine Knöchel sangen förmlich vor Erleichterung, als ich die Schnürsenkel löste.

»Bereit fürs Abendessen?«, fragte Jamie, sobald wir uns der Schlittschuhe entledigt hatten und wieder auf dem kuscheligen Rücksitz saßen.

»Fürs Essen bin ich immer bereit.«

»Hast du schon erraten, wohin wir fahren?«

»Hmm …« Als der Schlitten über die Brücke fuhr, kamen die Lichter und qualmenden Schornsteine von Dunkeld in Sicht – es sah aus wie eine kleine Winterwelt, die in einer Schneekugel stecken sollte. »Wenn wir am Bahnhof angefangen haben, dann müssten wir uns jetzt auf dem Weg zum *Atholl Arms* befinden.«

»Korrekt«, sagte er zufrieden.

»Ich verspreche auch, dass ich dieses Mal nicht auf dir einschlafe.«

»Selbst wenn, würde es mir nichts ausmachen, dich wieder nach Hause zu tragen.«

»*Du* hast mich in den Van getragen? *Oh Gott.* Wir hatten uns doch gerade erst getroffen. Das ist so was von peinlich.«

»Nun, ich bin erleichtert zu hören, dass die Vorstellung, ich könnte deinen bewusstlosen Körper tragen, nicht länger peinlich ist, jetzt wo wir einander besser kennen.«

»Bestimmt habe ich im Schlaf was Oberpeinliches getan«, sagte ich düster.

»Überhaupt nicht. Du hast mit deinem Kopf an meiner Schulter geschlafen. Eigentlich war es ziemlich charmant.«

Einen Moment saßen wir schweigend da und hingen unseren Gedanken nach. Ich war mir ziemlich sicher, dass ich ihn vollgesabbert hatte und er nur zu sehr Gentleman war, um es mir zu sagen.

»Das ist wirklich schön, Jamie. Das … das Ganze hier … ist wirklich schön«, beendete ich lahm meinen Satz. Und da mir die Worte so völlig unzureichend schienen, beugte ich mich schüchtern zu ihm und küsste ihn auf die Wange.

»Daneben, Dylan.«

»Was?«

»Das war daneben«, wiederholte er leise, als er sich näher zu mir beugte. Das Letzte, was ich sah, war das Flattern seiner dunklen Wimpern, die sich schlossen, bevor sein Mund den meinen fand. Und dann verblasste alles, bis auf mich und Jamie, und ich hatte das Gefühl, als könnte mir nie wieder kalt werden.

Kapitel 14

»Grundgütiger, Jamie!

Beim Klang der schrillen Frauenstimme öffnete ich die Augen, nur um eine entrüstete Tilly auf den Stufen des *Atholl Arms* stehen zu sehen.

»Du bist wirklich der letzte junge Mann, von dem ich erwartet hätte, dass er eine Lady in einer Kutsche entführt!«

»Hat er gar nicht«, beeilte ich mich zu erklären, während ich über Jamie drüber- und aus dem Schlitten kraxelte. »Ich meine, es war eine einvernehmliche Entführung.«

»Die einvernehmliche Entführung«, sagte Jamie, wie nicht anders zu erwarten, sobald der dämliche Satz meinen Mund verlassen hatte.

Als auch der Kameramann vom Schlitten hüpfte, wurde mir mit einem Schlag klar, dass ich allen Ernstes vor laufender Kamera mit Jamie rumgeknutscht hatte. Oh. Mein. Gott. Mein Gesicht brannte vor Scham und ich schlug den Mantelkragen höher. Wie hatte ich nur so unachtsam sein können? Ich hatte *TRC* direkt in ihre manipulativen Hände gespielt. Ich hasste es, zugeben zu müssen, dass Dusty vielleicht doch recht gehabt hatte und man sich irgendwann wirklich an die Kameras gewöhnte. Denn in dem Moment, als ich meine Augen schloss und anfing, Jamie zu küssen, hatte ich komplett ausgeblendet, dass sie überhaupt existierte … und jetzt würden Dusty und Mom und all die Idioten aus meiner Klasse es sehen können.

»Wenigstens bist du noch bis zum Hals zugknöpft, du armes Küken«, gluckte Tilly, als sie mich vom Schlitten weg und in die Wärme des Gasthauses führte. »Man weiß ja, wie sie sind, diese aristokratischen Wüstlinge mit ihren losen Händen.«

»Aristokratischer Wüstling?«, formte ich stumm in Jamies Richtung.

Er zuckte wie wild mit den Schultern und formte mit den Lippen irgendwas zurück, was wie *»Liebesroman«* aussah.

»Ich hätte wirklich mehr von dir erwartet, junger Mann.« Tilly wedelte mit dem Finger in seine Richtung.

»Du darfst es auf den Mondschein schieben, Tilly. Ich schätze, wir haben uns hinreißen lassen.«

»Hmpf … Mondschein«, schnaubte sie. »Gebt mir lieber eure Mäntel, und dann ab mit euch zum Abendessen.«

Jamie half mir aus dem Mantel und reichte ihn Tilly. Dann folgten wir ihrem steifen Rücken, als sie den Flur entlangmarschierte. Die Weihnachtsdeko im *Atholl Arms* schien sich seit unserem letzten Besuch vervielfacht zu haben. Am Ende des Flurs, direkt hinter einem an der Wand befestigten Hirschkopf mit Nikolausmütze, stieß sie die Tür zu einem privaten Speiseraum auf. Die Wände waren mit leuchtenden Kerzen und Girlanden aus Tannenzweigen bestückt. In der Mitte des Raums war ein aufwendig dekorierter Tisch für zwei Personen eingedeckt worden. Und in der Ecke, ohne Witz, stand ein Streichquartett – in Smokings. Als wir den Raum betraten, zückten sie ihre Bogen und setzten zu einer schmalzigen Melodie an.

Urplötzlich stieg ein überwältigendes Gefühl in mir hoch, das sich verdächtig nach einer Welle von Übelkeit anfühlte

»Entschuldigt mich«, sagte ich abrupt, während ich mich rückwärts aus dem Raum schob, an einer äußerst verwirrten Tilly vorbei. »Ich muss weg.«

»Dylan, ist alles in Ordnung mit dir?«, fragte Jamie besorgt.

»Ja, ja.« Ich winkte ab, als er nach mir greifen wollte. »Ich muss nur, ähm … bin gleich wieder da.«

Und genauso wie Heaven es nach dem Tate-Mosley-Vorfall am Homecoming-Ball getan hatte, stürzte ich Richtung Damentoilette davon.

Der Kameramann folgte mir ein Stück, doch als die ersehnte Klotür auf der rechten Seite der Lobby auftauchte, knallte ich sie direkt vor seiner Nase zu. Sollte er doch Tilly, Jamie und das Streichquartett filmen. Ich brauchte nur eine Minute. Allein mit mir selbst. Ohne, dass mich jemand beobachtete.

Mit mir selbst. *Ha.* Ich stützte mich aufs Waschbecken und erhaschte einen Blick auf das Mädchen im Spiegel. Ich hatte keine Ahnung, wer sie war. Ich rieb mir die Augen und sah zu, wie mein Make-up verschmierte.

Ich ließ mich auf den Boden gleiten und genoss das Gefühl der kühlen Fliesen an meinem Rücken. Trotz des süßlichen Potpourri-Dufts hatte ich das Gefühl, hier drinnen, wo mich niemand sah, besser Luft zu bekommen.

Ein Klopfen an der Tür.

»Gehen Sie weg!«, brüllte ich.

Wieder ein Klopfen.

»Sie können mich nicht auf dem Klo filmen! Ich bin ziemlich sicher, dass so was illegal ist!«

»Ich will gar nicht filmen.« Jamie. »Kann ich reinkommen?«

»Äh. Klar.«

Er schlüpfte in den kleinen Vorraum, schloss schnell die Tür hinter sich und stemmte seinen Rücken dagegen. Der Kameramann war ihm wahrscheinlich dicht auf den Fersen.

»Was machst du da auf dem Boden?«

»Ich, äh, brauch nur eine Minute für mich«, erwiderte ich.

»Darf ich mich dazugesellen?«

Ich nickte, als er sich an der Wand neben mir hinuntergleiten ließ und seine Knie an die Brust zog.

»Das ist also die Damentoilette«, bemerkte er. »Insgesamt etwas mehr Rosa. Aber genauso geblümt.« Er atmete tief ein. »Schockierenderweise riecht es ziemlich gleich.«

»Ich glaube, das ist das Potpourri.« Ich deutete auf eine Schale neben dem Waschbecken, die mit etwas gefüllt war, das wie Holzspäne aussah.

»Scharf beobachtet wie üblich.« Er räusperte sich. »Wo wir schon beim Thema *Beobachten* sind, ich mag kein Datingexperte sein, aber ich nehme an, wenn sich die Dame auf dem Klo verkriecht, ist das im Allgemeinen kein günstiges Zeichen.«

»Tut mir leid«, flüsterte ich.

»Habe ich etwas falsch gemacht?«

»Nein. Nein!«, beeilte ich mich zu erwidern. Als ich aufblickte, hasste ich mich dafür, diese Sorgenfalte zwischen seinen Augenbrauen verursacht zu haben. »Du hast alles richtig gemacht. Vielleicht zu richtig.«

»Zu richtig?«, wiederholte er.

»Das alles ist wirklich schön, aber … es ist … einfach ein bisschen viel.«

»Ich verstehe«, sagte er steif.

»Es ist nicht schlimm, Jamie! Es ist perfekt. Aber ich bin keine Prinzessin.«

»Zumindest noch nicht. Sollen wir mal schauen, wie die nächste Staffel von *Heimlich dein Prinz* verläuft?«

»Echt witzig.« Ich stieß mit meiner Schulter gegen seine. »Aber du weißt doch, was ich meine.«

»Ich bin nicht sicher.«

»Das ist einfach … zu viel Druck.«

»Druck?«

»Perfekt zu sein. Dass *ich* perfekt sein muss«, erklärte ich. »Weil dieses Date perfekt ist. Aber ich bin es nicht. Es war einfach zu viel für mich.«

»Dylan«, sagte er nach einer Pause, »was glaubst du, warum ich so viele Gedichte auswendig kann?«

»Weil du so klug bist«, antwortete ich sofort, obwohl ich keine Ahnung hatte, worauf er hinauswollte.

»Oh. Äch. Danke.« Er wurde rot. »Aber ich kann dir versichern, dass ich von ausgesprochen durchschnittlicher Intelligenz bin. Das ist bestimmt nicht der Grund.«

»Warum dann?«

»Ich habe ziemlich viel Zeit in Bibliotheken verbracht. Mir fiel es nie leicht, in der Schule Freunde zu finden. Eigentlich tut es das immer noch nicht.«

»Mir auch nicht«, sagte ich. »Ich hatte echt Glück, dass Heaven sich am ersten Kindergartentag neben mich gehockt und beschlossen hat, dass wir beste Freundinnen sind.«

»Ich wäre außerordentlich dankbar gewesen für eine Heaven«, sagte er innig. »Aber so wie es nun mal war, habe ich schnell herausgefunden, dass ich meine Zeit lieber in der Bibliothek verbringe … meine Freunde aus den Büchern finden mich nie schräg.«

»Das verstehe ich.«

»Ich habe keine Erfahrungen mit Liebesbeziehungen aus dem echten Leben, aber recht viele mit Liebesgeschichten aus Büchern. Du bist das erste Mädchen, das ich je gefragt habe, ob es mit mir ausgeht«, gab er schüchtern zu. »Und ich wollte, dass alles perfekt wird. Ich wollte, dass Jane Austen sich vor lauter Romantik in die Hose macht.«

»Jane Austen hätte das ganze Date vollgepinkelt.«

»Das ist eine wirklich erschreckende Vorstellung.«

»Sorry.« Ich versteckte mein Gesicht in den Händen. »Ich bin nicht gut mit so romantischem Zeug.«

»Ich nehme an, ich bin ein bisschen über das Ziel hinausgeschossen.«

»Nein!« Ich riss den Kopf wieder hoch. »Bist du nicht! Das Problem bist nicht du, sondern ich. Der Abend war absolut perfekt. Für ein normales Mädchen. Nicht so eine schräge Spinnerin wie ich. Du verdienst jemanden, der solche Sachen liebt, eine Freundin, die sich Hals über Kopf mit dir in diese romantische Geschichte hineinstürzt. Eine, die Aufmerksamkeit will. Nicht eine, die lieber unsichtbar wäre.«

»Ich will dich, Dylan.« Er hob mein Kinn an. »Außerdem könntest du niemals unsichtbar sein.« Er beugte sich zu mir, und bevor ich wusste, wie mir geschah, küssten wir uns – auf dem Fußboden der Toilette. Was schrecklich unhygienisch war und wahrscheinlich eklig, aber auch irgendwie … perfekt.

Klopf, klopf, klopf.

»Moment!«, riefen wir einstimmig, dann grinsten wir uns an.

»Wenn ihr nicht pinkelt, müsst ihr mich reinlassen, oder herauskommen.«

»Er kann sprechen!«, flüsterte Jamie verblüfft.

»Ich dachte, die hätten alle ein Schweigegelübde abgelegt«, flüsterte ich zurück.

»Im Ernst, Leute«, fuhr der Kameramann fort und hämmerte gegen die Tür. »Kommt raus!«

»Wir kommen«, trällerte ich. »Gleich da.«

Ich sprang auf die Füße – verdammte schwache Knöchel – und zog Jamie mit mir hoch. Wir stießen die Klotür auf und der Kameramann sprang uns aus dem Weg.

»Also wenn wir jetzt bei dir daheim in Tupelo wären«, sagte Jamie, als wir in die Lobby traten, »wohin wärst du dann ausgegangen?«

»Na ja, die ersten Male hätten wir wahrscheinlich in einer großen Gruppe im Partykeller von jemandem abgehangen.«

»Natürlich. Keller. Furchtbar romantisch.«

»Dann wären wir vielleicht ins Kino gegangen.« Ich gründete all meine Dating-Kenntnisse auf Heaven und Tate Mosley. »Oder einen Burger essen oder so.«

»Mit dem Kino kann ich nicht weiterhelfen, aber hättest du Lust auf einen Burger?«

»Ich habe *immer* Lust auf Burger.«

»Dann sollen es Burger sein.«

Er lief entschlossen Richtung des Pubs auf der anderen Seite der Lobby.

»Es tut mir leid, Jamie.« Ich zog an seinem Ärmel, damit er stehen blieb.

»Nein, Dylan, bitte. Mir tut es leid. Ich schätze, es war ein bisschen zu viel des Guten.«

»Es war wunderschön, wirklich. Es ist nur der Druck …«

»… perfekt zu sein. Ich weiß«, sagte er reumütig. »Na ja, dann weißt du ja ganz genau, wie ich mich gefühlt habe, als ich versucht habe, unser Date zu planen.«

»Also hast *du* das hier geplant? Nicht *TRC*?«

»Oh, nein, das war ich ganz allein.« Er führte mich in den Pub. Auf dem Weg zur Bar kamen wir an leeren hölzernen Tischen und Eckbänken vorbei. »Tatsächlich musste *TRC* mich ein wenig zügeln.«

»Danke.« Ich drückte seine Hand. »Das ist das Netteste, was je jemand für mich getan hat.«

»Auch wenn du es gehasst hast?«

»Ich habe es nicht gehasst!«, protestierte ich, als er einen Barhocker für mich hervorzog. Ich schwang mich auf den Hocker und stützte die Ellbogen auf der Theke ab. »Es war unglaublich, wirklich. Ich … ich mag es nur nicht, im Rampenlicht zu stehen.«

Er sah mich fragend an.

»Ich meine, ich mag es nicht, wenn Leute mich anschauen.«

»Wer schaut dich denn an?« Er sah sich verwirrt im Pub um. Die wenigen Leute, die dort saßen, ignorierten uns vollständig.

»Du schaust mich an«, sagte ich leise. *Und die Kamera.*

»Ach ja, das. Nun unglücklicherweise wirst du dich wohl daran gewöhnen müssen. Denn ich kann gar nicht wegschauen.« Das war so ein Spruch, bei dem ich im Fernsehen die Augen verdreht hätte, aber ihn von Jamie zu hören – so aufrichtig –, gab mir das Gefühl, als gäbe es hier vielleicht doch etwas, woran ich glauben konnte. Nicht etwas, vor dem ich Angst haben musste. »Zwei Cheeseburger mit Pommes, bitte«, informierte er den glatzköpfigen Barmann, der einmal nickte und dann wieder dazu überging, die Gläser abzutrocknen.

Ein Lied verstummte, und ein anderes begann – etwas Kitschiges aus den 80ern. So etwas, das Mom sich gern anhört, wenn sie sich morgens zurechtmacht.

»Würdest du mit mir tanzen, Dylan?«

»Mit dir tanzen?« Ich blickte mich um. Da war definitiv nichts, was auch nur im Entferntesten wie eine Tanzfläche aussah. »Hier?«

»Das ist ja wohl kaum romantisch. Es liegen Zigarettenstummel herum und der Fernseher läuft im Hintergrund. Dagegen kannst du nichts einzuwenden haben.«

Da irrte er sich – es war sogar unglaublich romantisch. Niemand hatte mich je bei einem richtigen Ball aufgefordert, geschweige denn eine Tanzfläche erschaffen, wo keine war, einzig und allein, um mit mir zu tanzen. Dennoch ließ ich mich von ihm an seine Brust ziehen. Wir wiegten uns hin und her, und meine Absätze gaben leise saugende Geräusche von sich, jedes Mal, wenn sie sich von dem klebrigen Boden lösten.

»I want to know what love is«, trällerte Jamie schief mit.

»Manchmal ist es auch okay, still zu sein«, flüsterte ich in sein Ohr.

»Dann lass uns still sein«, pflichtete er mir bei, während er mich in seinen Armen hielt.

Und das waren wir.

Kapitel 15

Nach einem ziemlich verschlafenen Sonntag auf Dunyvaig Castle, an dem alle so tief und fest Nickerchen hielten, als würden sie versuchen, sich gegenseitig darin zu überbieten, hatte *TRC* offenbar beschlossen, den Unterhaltungswert der Sendung aufzupeppen, indem sie uns alle zur Teilnahme an einer wie auch immer gearteten Abendveranstaltung verdonnerten.

»Was war das noch mal?«, flüsterte ich und gab mein Bestes, mich hinter meinem Becher vor der Kamera zu verstecken.

»Punsch. Außer du hast dich beim Glühwein bedient«, flüsterte Jamie.

»Nein, nicht das Getränk. Die Veranstaltung. Ich weiß, dass noch nicht Weihnachten ist.«

»Nein, nicht Weihnachten. Es ist Burns Night. Obwohl es eigentlich überhaupt nicht Burns Night ist, da die normalerweise im Januar stattfindet. Und wir haben eindeutig Dezember.«

»Also ist das …«

»Irgendein Mischmasch schottischer Traditionen, die *TRC* in einen Winterabend packen konnte. Glücklicherweise ist es zu kalt für irgendeine Form von Highland Games.«

»Ist das dieser Wettbewerb, wo sie diese krass großen Holzdinger rumwerfen?«

»Ganz genau«, bestätigte Jamie. »Falls du damit das Baumstammwerfen meinst.«

»Also *das* hätte ich ja gern gesehen«, sagte ich bedauernd. »Ich wette, Ronan kann einen kompletten Baumstamm zertrümmern.«

»Oh ja, das hat er allerdings schon getan. Obwohl Baumstammwerfen mit Kit Kirby die weitaus unterhaltsamere Veranstaltung ist. Einmal ist der Baumstamm völlig vom Kurs abgekommen und hat einen Getränkestand zermalmt.«

»Dieser kleine Pimpf kann doch nicht mal einen Blumenstängel heben, geschweige denn einen Baumstamm«, verkündete Heaven durch einen Mundvoll Häppchen.

»Heaven!« Ich zuckte zusammen. »Du weißt doch, dass ich es hasse, wenn du dich so von hinten ranschleichst.«

»Kann doch nichts dafür, dass ich so einen leisen Gang habe.« Sie stopfte sich ein weiteres Blätterteigtäschchen in den Mund. »Habt ihr auch schon eins von diesen Dingern abbekommen? Ich weiß zwar nicht, was es ist« – sie leckte sich genüsslich die Finger ab »aber es ist köstlich.«

»Ähm, nein«, sagte ich im selben Moment als Jamie murmelte: »Das ist ein Haggis-Bällchen.«

»Ein was?« Heaven hielt beim Kauen inne.

»Ein Haggis-Bällchen«, wiederholte Jamie.

»Was ist das, ein Haggis?«, fragte sie.

»Eine Art Wurst, die sich aus allerlei Schafsinnereiresten zusammensetzt – Herz, Leber, Lunge, was eben so da ist. Das

Ganze mit Hafergrütze vermengt. In diesem Fall hier wurde er auf sehr geschickte Weise in etwas Blätterteig gewickelt. Haggis ist zudem das traditionelle Hauptgericht des Burn Suppers, also bin ich sicher, dass wir heute Abend noch einen ganzen Haufen mehr davon bekommen.«

»Igitt.« Heaven stieß ein ersticktes Würggeräusch aus, als sie taktvoll die Überreste ihres Haggis-Bällchens in eine smaragdgrüne Cocktailserviette spuckte. »Bitte entschuldigt mich.«

Heaven wuselte aus dem Raum und hatte dabei beinahe dieselbe Farbe angenommen wie ihre Serviette.

»Wo waren wir gerade?«

»Burns Night.«

»Ach, ja. Stimmt. Du solltest besser Ronan fragen.« Jamie blickte sich im Raum um, wo besagter Herr vor dem prasselnden Kamin Hof hielt, Dusty bewundernd unter seinem Arm geparkt. »Es scheint mir unangemessen, es als Nicht-Schotte zu erklären. Ich bin sicher, ein ganzer Trupp in Schottenkaros gewandeter Clanmitglieder würde mich aufgrund dieses Kulturverstoßes direkt nach Heathrow zurückjagen.«

»Ich verspreche, dir jedweden schottischen Patrioten vom Hals zu halten, aber diese Ecke werde ich ganz bestimmt nicht verlassen, um mit Ronan zu sprechen. Wir haben hier eine perfekt miese Beleuchtung, unsere Stimmen werden mit dieser grausamen Fiedelmusik übertönt, und wir sind zudem stinklangweilig. Wir sind somit praktisch Reality-TV-imprägniert.«

»Ha, du vergisst wohl, dass ich wieder im Kilt stecke. Diese strammen Waden sind wahre Kameramagneten?.«

»Ja, die geben schon was her.« Ich verdrehte gutmütig die Augen.

»Sie waren es, die dich verführt haben, stimmt's?«, fragte er mit einem lässigen Zwinkern.

»Jamie, pssst!«, beschwor ich ihn, still zu sein, und warf einen Blick zur Decke. »Wer weiß, ob es hier nicht versteckte Kameras gibt?«

»Ich glaub, die wissen das schon, Dylan. Sie haben uns auf unser Date begleitet.«

»Oh, stimmt.« Ich schluckte betreten, als mir wieder einfiel, dass ich direkt vor den Augen der Kamera volle Kanne mit Jamie rumgeknutscht hatte. »Auch wenn ich es manchmal für eine Weile vergesse, ist es schwer, sich daran zu gewöhnen. Dieses Gefühl, ständig beobachtet zu werden.«

»Ich glaube nicht, dass man sich je daran gewöhnt. Nicht wirklich«, sagte er leise, mehr zu sich selbst. Er nahm einen Schluck von seinem Punsch. »Du wolltest mich etwas fragen?«

»Oh, stimmt.« Ich schüttelte den Kopf und versuchte, mich zu erinnern. »Diese Feier. Was hat es damit auf sich? Bis du es mir endlich erklärt hast, wird sie schon vorbei sein.«

»Sorry, tut mir leid! In der Burns Night wird Robert Burns gefeiert.

»Und der wäre …?«, hakte ich nach.

»Ein großartiger schottischer Dichter. Er kam am 25. Januar 1759 auf die Welt, also wird am 25. Januar die Burns-Nacht gefeiert.«

»Und was macht man so in der Burns-Nacht?«

»Scotch trinken. Haggis essen. Eine Ode an den Haggis rezitieren.«

»Eine Ode an den Haggis«, wiederholte ich. »Das hast du dir gerade ausgedacht.«

»Ganz gewiss nicht. Ich würde ja gern zehn Kröten wetten, dass Kit Kirby eine Version von *An einen Haggis* zitieren wird, die dich zu Tränen rührt, aber es wäre äußerst unfair von mir, dir dein Geld so abzuknöpfen.«

»Tja, dann freue ich mich natürlich darauf. Obwohl ich dich warnen muss, ich habe nicht mehr in der Öffentlichkeit geweint seit dem ersten Mal, als ich *Der König der Löwen* gesehen habe, also würde ich an deiner Stelle nicht zu viel erwarten. Aber ist das alles? Das ist der ganze Abend?«

»Die Leute werden noch eine ganze Reihe anderer Lieder und Gedichte von Burns vortragen. Und mit *Leute* meine ich vor allem Kit Kirby. Die Burns-Nacht, wo er jemand anderen zu Wort kommen lässt, muss ich erst noch erleben.«

»Also haben wir einen Abend mit Schafsinnereien und einem Gedichte rezitierenden Kit Kirby vor uns«, stellte ich ernüchtert fest. »Das ist ja beinahe wie Schule. Verdammt, das könnte sogar noch eine Stufe übler sein – schlimmer als Mensaessen und Englischunterricht zusammen. Ich hätte zu Hause bleiben sollen.«

»Ich bin froh, dass du es nicht getan hast. Mich diesen Irren allein stellen zu müssen, wäre grauenhaft gewesen. Außerdem kann ich dir versichern, dass Kits Vorträge ausgesprochen lehrreich sind. Wahrscheinlich musst du danach überhaupt nicht mehr zur Schule gehen«, fügte er leichthin hinzu.

Urplötzlich verspürte ich ein bleiernes Gewicht in meinem Magen, als hätte ich ein ganzes Tablett Haggis-Bällchen auf einmal verschlungen. *Ich würde nach Hause zurückkehren müssen.* Natürlich, das hatte ich von Anfang an gewusst – schließlich war das hier nicht mein echtes Leben –, aber ich hatte nie darüber nachgedacht. Darüber, Schottland zu verlassen. Darüber, Jamie zurückzulassen. Über das Verfallsdatum, das uns auf die Stirn gestempelt war wie auf einer Packung Wurstaufschnitt aus dem Supermarkt. Was passierte, wenn man den Menschen traf, von dem man dachte, dass er womöglich *der* eine Mensch sein könnte – *dein* Mensch –, wenn man erst sechzehn war? Und am anderen Ende der Welt lebte? Es war ja nicht so, als würden wir heiraten und auf Wenzeslaus in den Sonnenuntergang davonreiten. Jamie würde für immer in der Geschichte meines ersten Kusses weiterleben, aber er würde aufhören, ein echter Mensch zu sein, und sich in eine bloße Erinnerung verwandeln. Und dieser Gedanke war beinahe unerträglich.

»Leute, diese Haggis-Bällchen sind tödlich«, verkündete Heaven, als sie wiederkam. Sie hatte eins dieser kleinen Ginger-Ale-Fläschchen in der Hand, wie man sie im Flugzeug bekommt. »Ich bin auf dem Klo Dusty über den Weg gelaufen und die hat sich ebenfalls die Eingeweide aus dem Bauch gekotzt. Diese Dinger machen einen echt fix und alle.«

»Das war der Haggis!«, platzte es laut aus mir heraus. Zu laut.

»Ja, sag ich doch.« Heaven und Jamie sahen mich beide an, als sei ich übergeschnappt.

»Also, äh, gibt es heute auch noch was anderes zu essen als dieses Zeug?«, fragte ich hastig, um sie von meinem dämlichen Versprecher abzulenken. »Oder kriegen wir die ganze Zeit nur Haggis?«

»Traditionellerweise gibt es einen Gang mit Suppe«, erklärte Jamie. »Wahrscheinlich auch Käse und Dessert. Außerdem wird der Haggis stets mit Neeps and Tatties serviert.«

»Neeps and Tatties? Das ist doch kein Essen.« Heaven schüttelte den Kopf.

»Das ist die Speise der Götter!«, dröhnte Kit Kirby und tauchte mit einer Kameracrew im Schlepptau in unserem dunklen Eck auf.

»Die Leute müssen echt mal aufhören, sich so an uns ranzuschleichen«, flüsterte ich Jamie zu.

»Auf der nächsten Feier verstecken wir uns am besten hinter einem Sofa«, flüsterte Jamie zurück.

»War das hier als Kostümparty gedacht?«, fragte Heaven spitz. »Wen willst du darstellen? Bob Cratchit?«

»Ich bin Robert Burns!«, verkündete Kit entrüstet und zupfte an seiner weißen Krawatte. »Schottlands geliebtester Sohn! Der Ackermann-Poet! Der Barde von Ayrshire!«

»Er hätte bei seiner Kniehose echt eine Nummer größer nehmen sollen«, wisperte Heaven theatralisch hinter vorgehaltener Hand. »Die sehen aus wie hautfarbene Jeggins.«

»Und was sind jetzt diese Tatties and Neeps?«, fragte ich verzweifelt, in der Hoffnung, Kit möge den Jeggins-Kommentar überhört haben.

»Einfache Kost für einfache Männer wie mich!«, deklamierte Kit. »Ackermann und Poet!«

»Kartoffelpüree und Steckrübenpüree«, erklärte Jamie.

»Herzlichen Dank, Jamie«, sagte Heaven betont. »Ich wollte lediglich eine einfache Erklärung, keine künstlerische Darbietung.«

»Das Kostüm ist neu«, bemerkte Jamie höflich. »Das fügt dem Abend wirklich das gewisse Etwas hinzu.«

»Ja, dieses Jahr peppe ich die Sache ein bisschen auf.« Kit bürstete ein paar unsichtbare Staubfussel von den Aufschlägen seines Fracks. »Muss den Amis doch zeigen, wie der Hase läuft, was?«

Er will wohl eher TRC zeigen, warum er unbedingt sein eigenes Spin-off braucht, dachte ich bei mir. Aber andererseits, von dem bisschen, was ich über Kit Kirby wusste, schien es ganz und gar zu seinem Wesen zu passen. Vielleicht gab es ja Leute, die tatsächlich für das Reality-TV gemacht waren.

»Dann sollten wir wohl aus diesem dunklen Eck raus, was?«

Kit begann uns aus unserem Versteck zu bugsieren. Kein behagliches Mit-der-Wand-Kuscheln mehr für mich. »Die Beleuchtung hier ist ja fürchterlich.«

»Ist das zu glauben?«, murmelte Heaven, als Kit großspurig in die Mitte des Raumes schritt. »Was für ein Angeber.«

Ich für meinen Teil glaubte ja, dass Heavens Problem mit Kit mehr mit ihrer Sorge zu tun hatte, dass es nur Platz für einen Überraschungs-Star auf *Dusty & Ronans royalem Bis-ans-Ende-ihrer-Tage-Dingsda* gab, oder wie auch immer dieser Albtraum sich nannte.

»Vielleicht mag er ja einfach nur Kostüme?«, meinte ich.

»Ja, ich mag auch Kostüme, aber deswegen renne ich hier noch lange nicht als nuttiger Marienkäfer verkleidet herum.«

»Du hast ein nuttiges Marienkäfer–«

»Nein, hab ich nicht«, unterbrach sie mich. Wir sahen zu Jamie und Kit rüber, die offenbar in eine Diskussion über Krawattenknotentechniken vertieft waren, und ließen uns beinahe gleichzeitig auf ein weiches geblümtes Sofa sinken.

»Mhmm.« Heaven schloss die Augen. »Sehr angenehm. Gemütliches Sofa, warmes Feuer, niemand, der über Krawatten redet … Glaubst du, irgendwer würde es mitkriegen, wenn ich ein kleines Nickerchen einlege?«

»Heaven«, sagte ich und war mir nicht sicher, wie ich es sagen sollte. »Wir müssen nach Hause.«

»Was, jetzt?« Sie hob ein Augenlid.

»Nein, nicht jetzt. Aber wir müssen nach Hause. Irgendwann. Nach der Hochzeit.«

»Hm, ja.« Jetzt waren beide Augen offen. Umständlich setzte sie sich in den viel zu weichen Polstern auf. »Ist dir das erst jetzt eingefallen?«

»Nein, ich wusste es. Ich hab's nur irgendwie … vergessen.«

Sie sah mich verwirrt an, dann folgte sie meinem Blick zu Jamie.

»Ooooh. Aber, Dyl, das war doch immer nur als kleines Techtelmechtel gedacht. Keine ernste Sache. Das weißt du aber, oder?«

»Und was ist, wenn ich will, dass es eine ernste Sache wird?«, flüsterte ich.

»Tja, Mist«, sagte sie rundheraus. »Ich dachte, das hier wäre nur so eine *Ich wurde zum ersten Mal in einem Schloss geküsst*-Angelegenheit.«

»Ich glaube, das hat sich darüber hinausentwickelt.«

»Aber wie soll sich da irgendwas entwickeln, Dylan?«, entgegnete sie ernst. »Ich will hier ja nicht deine Traumseifenblase platzen lassen, aber du musst nach Amerika zurück. Und er muss wieder zur Schule. Was dann? Wollt ihre eine Fernbeziehung über zwei Kontinente führen? Mit sechzehn?«

»Ich dachte, du würdest mit mir einen auf hoffnungslose Romantikerin machen«, beschwerte ich mich. »Du weißt schon, die Liebe überwindet alle Hindernisse und so!«

»LIEBE?!!«

Heaven war so laut, dass sämtliche Gespräche verstummten und alle sich zu uns umdrehten, einschließlich der Kameras und der Produktionsleute.

»ICH LIEBE HAGGIS!«, brüllte Heaven und reckte den Daumen in Ronans Richtung, was er pflichtgemäß und mit einem breiten Grinsen erwiderte.

»Gut gehalten«, murmelte ich, während ich versuchte, im Polster zu versinken, um dort für immer zu verschwinden. »Ich hoffe nur, du bist bereit, beim Abendessen eine Tonne Haggis zu verdrücken.«

»Bist. Du. Irre??«, zischte sie. Glücklicherweise wandten sich alle anderen wieder dem zu, was sie getan hatten, bevor sie anfing wie eine Geistesgestörte herumzubrüllen. *»Liebe?«*

»Ich habe nicht gesagt, dass ich ihn liebe! Ich habe nur …«

»Aber du hast es gedacht«, schnitt sie mir das Wort ab. »Dass du verliebt bist. Oder es sein könntest.«

»Vielleicht.«

»Dylan.« Sie fixierte mich mit ihren braunen Augen. Es fiel mir schwer, ihrem strengen Blick standzuhalten, der sonst so warm war. »Das wird kein gutes Ende nehmen. Du wirst verletzt werden. Ich weiß, du willst, dass ich auf den Märchenzug aufspringe, aber ich kann nicht. Denn das hier ist *kein* Märchen. In einer Woche werden wir uns alle in Kürbisse zurückverwandeln und nach Mississippi heimkehren. Und dieses … was auch immer es war … wird vorbei sein. Ihr werdet womöglich auf Facebook befreundet bleiben, euch Mails schreiben, was auch immer, aber es wird nicht mehr sein, was es war. Und nach und nach wird es einfach verblassen.«

Ich hörte sie, aber ich wollte nicht. Nichts von dem, was sie sagte, war falsch, aber es *fühlte* sich falsch an.

»Oh Mann.« Sie kicherte leise und brach den Bann. »Wer hätte gedacht, dass ich mal versuchen würde, dich zu überzeugen, realistischer zu sein?«

Keine von uns beiden sagte seinen Namen, aber wir beide wussten, wer gemeint war. Tate Moseley war so sehr Teil dieses Gesprächs, dass er genauso gut zwischen uns auf diesem hässlichen Blümchensofa hätte sitzen können.

»Versuch einfach, den Moment zu genießen, okay?«, fuhr sie sanfter fort. »Genieße es als das, was es ist, verstanden?«

»Ja.«

»Alles gut zwischen uns?«, fragte sie besorgt.

»Alles gut!« Und es stimmte. Ich war ganz bestimmt nicht wütend auf Heaven – sie hatte nichts als die Wahrheit gesagt –, aber das bedeutete nicht, dass ich sie gerne hören wollte. Wir hatten nur noch eine Woche in Schottland und das schien mir wie eine unfassbar kurze Zeit. Ich war nicht ansatzweise bereit, Jamie Lebewohl zu sagen. Und ich fürchtete, dass ich das nie sein würde.

BONG!!!!!!

Unser vertraulicher Moment wurde von einem lauten Gong unterbrochen. Ich drehte mich um und erblickte einen Butler in Smoking, der mit einem Schlägel in seinem weißen Handschuh neben einem nachhallenden goldenen Gong stand. Ich hätte schwören können, dass zuvor kein Gong im Raum gewesen war.

»Das Abendessen«, verkündete er, »wird serviert.«

»Na dann.« Heaven stieß sich vom Sofa hoch. »Ich glaub, ich könnte so ein Ding zu Hause gut gebrauchen. Könnte meine Brüder dazu inspirieren, die Klappe zu halten und ihre Hintern rechtzeitig zum Abendessen zu bewegen, oder?«

Ich nickte und lächelte, doch meine Gedanken waren immer noch bei Jamie und der Zukunft. Wir folgten dem Schwarm Menschen, die in den Speisesaal strömten, und verfielen in einen Trott wie eine Herde Rindviecher.

Der Tisch war förmlich gedeckt wie immer, aber die Blumenarrangements bestanden diesmal beinahe ganz aus Disteln. Die dicken Votivkerzen waren mit Schottenkarobändern geschmückt und selbst die Teller waren kariert. Ich fand meinen Namen auf einem der Pergamentplatzkärtchen, wo er neben die Zeichnung einer Distel geprägt war. Glücklicherweise saß ich direkt neben Heaven. Ein Bediensteter tauchte wie aus dem nichts auf, um meinen Stuhl hervorzuziehen. Ich war kein bisschen überrascht, als ich sah, dass auch das Sitzpolster kariert war.

Bei den ersten Tönen eines tiefen, dröhnenden Dudelsacks erhoben wir uns von unseren Stühlen. Ein Koch in weißer Uniform folgte dem Dudelsackspieler in den Raum und trug eine riesige weiße Servierplatte, auf der ein großer brauner Klumpen und ein Messer lagen. Das war dann wohl der berühmte Haggis.

Der Dudelsackspieler dudelte weiter, während der Koch den Haggis vor Ronan abstellte. Ronan deutete zu Kit, der feierlich durch den Saal geschritten kam, um sich neben ihn an den Kopf der Tafel zu stellen. Als das Lied sich dem Ende neigte, hob Kit die Hände über den Kopf, als würde er sich dem Himmel zuwenden.«

»Dein fettes Gesicht sei von Glück erhellt«, begann er, die Hände immer noch zum Himmel gereckt, *»du Häuptling in der Würstewelt!«*

Ich prustete los. Laut. Mom und Dusty schossen mir den identischen *Ich werde dich eigenhändig umbringen*-Blick zu.

»Würstewelt?«, formte Jamie stumm und sah mich verschwörerisch an. Wenigstens einer verstand es.

»Die ächzende Schüssel da füllst du aus«, rief Kit und deutete dramatisch auf den Haggis, verzweifelt darum bemüht, sein Publikum wiederzugewinnen. Ich versuchte, einen andächtigen Ausdruck aufzusetzen – je langweiliger ich mich verhielt, desto weniger würden die Kameras mich beachten.

»Sieh, wie der Bauer sein Messer wischt«, intonierte Kit, als wäre er Macbeth, packte das Messer von der Platte und hob es feierlich empor. Mit einem stürmischen *»Er schneidet dich auf, wenn aufgetischt«*, versenkte Kit die Klinge im Bauch des Haggis und schlitzte ihn von einem Ende zum anderen auf. Ich konnte

keine Innereien herausquellen sehen, obwohl es in der nächsten Zeile genau darum ging. Dieser Haggis lag einfach nur schwabbelnd da, doch Heaven wurde trotzdem etwas grünlich im Gesicht. Sie zog ihre kleine Flasche Ginger Ale unter dem Tisch hervor und nahm einen verzweifelten Schluck.

»Noch fünf Strophen«, sagte Jamie stumm und hielt fünf Finger hoch.

Ich klatschte mir mit der Handfläche gegen die Stirn. Womöglich etwas zu laut. *Ups.*

Und so fuhr Kit damit fort, im Raum herumzuhüpfen wie ein besessener Haggis-Kobold. Schließlich kehrte er mit gewichtigen, gemessenen Schritten zum Haggis zurück.

Bedeutete dieser feierliche Moment, dass wir uns dem Ende näherten?

»Drum wünscht ihr, dass er euch verehrt«, sagte Kit leise, beinahe flüsternd. Pause … Pause … dramatische Pause. Längste dramatische Pause in der Menschheitsgeschichte. *»Gebt. Ihm. Einen. HAGGIS!«*

Die letzte Zeile röhrte er, die Hände zum Himmel erhoben, dann verbeugte er sich tief mit wild wippendem Haar. Zu tosendem Applaus richtete er sich wieder auf, das glänzende Gesicht vor Anstrengung gerötet. Ich begegnete Jamies Blick und tat so, als würde ich mir eine Träne aus dem Augenwinkel wischen. Womöglich hatte ich nicht geweint, aber ich hatte meinen Spaß gehabt.

»Gut gemacht.« Ronan klopfte Kit auf den Rücken. »Hätte es nicht besser sagen können. Tja, meine liebe amerikanische Familie, ihr wisst wohl nicht viel über die Burns-Nacht, und ich wette, das ist euer allerserstes Burns-Mahl überhaupt. Normalerweise folgt es einer bestimmten Reihenfolge und einer festen Tradition.«

»Die Tradition ist das Herzstück einer jeden Burns-Nacht«, erklärte Florence naserümpfend.

»Verzeih mir, Mama, denn ich werde die Tradition für einen kleinen Moment unterbrechen«, fuhr Ronan fort. »Ich möchte etwas Neues tun, weil ich davor stehe, einen Neuanfang zu machen … eine neue Familie zu gründen.« Er drückte Dustys Schulter. *Neue Familie?* Versuchte er etwa, Hinweise auf das Baby zu streuen? Ich sah mich hektisch im Raum um, aber alle lächelten höflich und schienen kein bisschen misstrauisch. »Normalerweise kommt der Toast auf die *Lassies* – so nennen wir unsere Mädels hier in Schottland – nach dem Abendessen, aber ich kann nicht so lange warten. Denn es gibt hier eine Lassie im Speziellen, auf die ich heute Abend einen Toast ausbringen möchte.« Wie aus dem Nichts tauchten weiß behandschuhte Kellner auf und gingen mit Champagnergläsern herum.

»Oh, Ronan!«, kicherte Dusty und versteckte sich hinter ihrem Haar. Sie durfte den Champagner nicht trinken! Aber würden nicht alle misstrauisch werden, wenn sie beim eigenen Toast aussetzte? Gott, dieses Baby bescherte mir jetzt schon Magengeschwüre, dabei war es noch nicht einmal auf der Welt.

»Darf ich euch alle bitten, euch mit mir zu erheben?«, fragte Ronan, und mit viel Gepolter und Geschiebe standen wir auf. »Auf Dusty!«, sagte er. »Meine wunderschöne Braut. Das Mädchen, das mein Leben in jeglicher Hinsicht zum Besseren gewendet hat, selbst als ich noch nicht wusste, dass es einer Veränderung bedurfte.«

»Trinken jetzt alle auf die zauberhafte Braut?«, erklang eine selbstbewusste Stimme mit gedehntem amerikanischen Akzent.

Ich drehte mich um und erblickte einen älteren blonden Mann mit sehr weißen Zähnen, der in der Tür lehnte.

Er sah belustigt in die Runde und die Fältchen um seine Augen kräuselten sich in dem sonnengebräunten Gesicht.

»Ist das nicht normalerweise die Aufgabe ihres Dads?«

Moms Champagnerflöte entglitt ihrer Hand und zerschellte in einer Scherbenwolke.

»Daddy?«, flüsterte Dusty.

Kapitel 16

»Ich weiß, ich bin ein bisschen früh dran«, fuhr er gut gelaunt fort, blind für das Chaos, das er angerichtet hatte. An der Oberfläche schien alles bestens, doch ich konnte etwas Unsichtbares spüren, das sich durch den Raum schob wie die Schockwellen einer Unterwasserexplosion. »Das Probedinner ist erst in ein paar Tagen, stimmt's, Mäuschen?«

»Stimmt«, sagte Dusty mit zittriger Stimme und einer deutlichen Blässe unter ihrer künstlichen Bräune.

»Wollte nur sichergehen, dass ich fit und frisch bin an deinem großen Tag.« Er grinste. Ich konnte nicht aufhören, ihn anzustarren. »Siehst gut aus, Laurie.«

Er nickte zu Mom. Sie nickte zurück, wobei ihre Hände zuckten, als würde sie immer noch versuchen, sich an dem zerbrochenen Champagnerglas festzuhalten. Doch die Bedienstete hatte die Scherben bereits auf ein glänzendes kleines Kehrblech befördert.

»Alter«, wisperte Heaven. »Ist das dein Vater?«

Ich zuckte wie eine Bekloppte mit den Achseln. War das

mein Dad? War dieser große blonde Fremde in grauem Anzug mein Vater?

Jamie fing über den Tisch hinweg meinen Blick auf und hob fragend die Augenbrauen. Ich schüttelte den Kopf.

Heavens Hand fand die meine und hielt sie unter dem Tisch fest. Ich konnte nicht glauben, was gerade passierte. Ich hatte bisher eben mal ein Foto von diesem Mann gesehen und hier stand er nun. Wie aus dem Nichts. Es schien unglaublich, dass er überhaupt existieren sollte – ein echter, dreidimensionaler Mensch, der ein Leben wie das meine gelebt hatte, jedoch komplett getrennt von mir.

»Wer sind Sie?«, fragte Florence gebieterisch und zog die Aufmerksamkeit aller im Raum auf sich. Selbst mit der explosiven vaterförmigen Bombe, die in die Mitte des Raumes geworfen worden war, bekam sie das mühelos hin.

»Ich bin der Vater der Braut. Cash Keller«, antwortete er. »Sehr erfreut, Sie kennenzulernen, Ma'am.«

Cash Keller. Das klang wie ein falscher Name. Wie eine Figur aus einem schlechten TV-Spielfilm. Wie einer, den man für einen netten Kerl hielt, bis er die Heldin heiratete und versuchte, sie als Teil eines ausgeklügelten finanziellen Komplotts zu ermorden.

»Den kenne ich doch«, murmelte Heaven seltsamerweise. »Cash Keller … ich kenne ihn.«

»Tja, das wäre dann schon eine von uns beiden«

»Er scheint mir bekannt.«

»Bekannt?«, fragte ich und blinzelte. Also mir kam er nicht wie ein Promi vor.

»Nein, ich meine, er sieht zwar irgendwie aus wie Brad Pitt, aber das ist es nicht. Er kommt mir bekannt vor.« Heaven schloss die Augen. »Nein, er *klingt* bekannt.«

»Nette Hütte, die Sie hier haben.« Cash … *mein Vater … wer auch immer* … stieß einen anerkennenden Pfiff aus. »Jepp, ein ziemlich stattlicher Haufen Ziegel. Hast dir was Ordentliches geangelt, Mäuschen.«

»Daddy!«, rief Dusty empört, während ihr die Röte den Hals hinaufkroch.

»Jetzt schau dich einer nur an, Schätzchen. So ein bildhübsches Mädchen.« Er ging zu Dusty rüber, packte sie bei den Schultern und hielt sie auf Armeslänge von sich, wie um sie zu mustern. Ich erwartete beinahe, dass er sie herumwirbeln würde. »Ich kann nicht glauben, wie erwachsen du geworden bist. Ich schwöre, du bist das Ebenbild deiner Mutter.«

Offenbar war es schwer zu glauben, wie viel die eigene Tochter in sechzehn Jahren wachsen konnte – vor allem, wenn man sich nicht die Mühe gemacht hatte, sie in dieser Zeit auch nur ein einziges Mal zu besuchen.

Zu meiner großen Überraschung ließ Dusty sich von ihm in eine Umarmung ziehen. Wenn sie so tun wollte, als ob das hier ein glückliches Familienwiedersehen wäre, von mir aus. Doch ich würde ganz bestimmt nicht mitspielen. Ich blickte zu Mom rüber, die blass und schockstarr dastand. Was machte man eigentlich, wenn man plötzlich dem Vater gegenüberstand, den man nie getroffen hatte? Ich persönlich fühlte mich hauptsächlich leer, und mir war speiübel, als wäre mein Magen bis zu den Knöcheln runtergerutscht. Wie dieses komische Gefühl, das man manchmal im Fahrstuhl bekommt.

Ich wünschte, er wäre nicht gekommen. Ich war neugierig auf ihn gewesen, klar, aber ich hätte ein Foto bevorzugt. Ich wollte mich nicht mit einem echten menschlichen Wesen aus Fleisch und Blut auseinandersetzen müssen.

»Cash Keller … *96.5 Scores Sports Radio.*« Heavens Augen

öffneten sich flatternd. »Daher kenne ich ihn! Cash Keller, 96.5!«

»Hat da jemand *Scores Sports Radio* gesagt? Cash richtete sein blendend weißes, künstliches Lächeln auf uns und ich erstarrte wie ein Reh im Scheinwerferlicht. »Ist die junge Dame da drüben etwa ein Fan?«

Cash kam geradewegs auf Heaven zu und richtete die volle Kraft seines Charismas auf sie, als würde er eine Lampe anmachen. Gott, es war, als würde er durch seine Sonnenbräune hindurch strahlen. Er schien einer dieser Menschen zu sein, die es gewohnt waren, dass die Leute sie mochten … gewohnt, zu kriegen, was er wollte. Er erinnerte mich an … nun ja, Dusty.

»Hörst du etwa morgens 96.5 mit Cash Keller, Schätzchen?«, gab er Heaven das Stichwort und nickte ihr aufmunternd zu.

»Äh, ja … ja«, stammelte sie und blickte hektisch von Cash zu mir und dann zu Mom. Offenbar war sie sich unsicher, was die gesellschaftliche Etikette in solch einer Situation erforderte. »Wir hören uns Ihre Sendung jeden Morgen im Auto an. Mein Dad findet Sie super.«

»Dein Dad ist Sport-Fan?«

»Er ist Footballcoach.«

»Das ist mein Mann!« Er rieb sich vergnügt die Hände. »Wo unterrichtet er?«

»An meiner Schule. An der Tupelo High.«

»Hey!« Cash schnipste mit den Fingern, als es ihm einfiel. »Dusty, das muss die Schule gewesen sein, auf der du warst. Ich bin sicher, du hast dort einen Haufen Footballerherzen gebrochen.« Er kicherte.

Es war dieser Moment, in dem ich zu dem entsetzlichen Schluss kam, dass mein Dad absolut keine Ahnung hatte, wer ich war. Offenbar erkannte er mich nicht. Obwohl natürlich auch die Möglichkeit bestand, dass er keinen blassen Schimmer von meiner Existenz hatte. Ich hatte geglaubt, dass er gegangen war, *nachdem* ich zur Welt kam, aber im Grunde wusste ich es nicht. Auf allen Fotos aus meiner Kindheit waren nur ich, Mom und Dusty zu sehen.

Was sollte ich jetzt tun? Mich vor ihn hinstellen und mich offiziell vorstellen? *Hi, Cash Keller. Ich bin Dylan Leigh, die Tochter, die du verlassen hast. Nett, dich kennenzulernen. Irres Wetter, das wir grad haben, was?*

Unwillkürlich stieß ich ein gequältes Fiepsen aus. Cash sah rüber und lächelte höflich. Er wusste es nicht. Er hatte wirklich keine Ahnung, wer ich war.

Renn weg!

Ich konnte die Worte so deutlich hören, als hätte sie jemand in mein Ohr gebrüllt. Ich hatte keine Ahnung, was ich mit Cash tun sollte oder was ich Mom sagen oder überhaupt fühlen sollte … Die einzige Sache, die ich wusste, war, dass ich hier rausmusste. Ich stieß meinen Stuhl zurück und stürzte aus dem Raum.

Die Stille entlud sich hinter mir in einem wilden Chaos. Ich konnte Schreie hören, das Quietschen von Stuhlbeinen, das Geklapper des Tafelsilbers. Die einzige Stimme, die ich hören konnte, war die von Jamie, die immer wieder meinen Namen rief. Ich bog um die Ecke in die Eingangshalle, stieß die schwere Holztür auf und rannte in die Nacht.

Irgendwann verstummten die Schritte hinter mir. Ich wusste, dass es ein Leichtes sein würde, die Kameracrew abzuhängen, die von ihrem schweren Equipment aufgehalten wurde. Verdammt, ich konnte jedem in diesem dämlichen Schloss davonrennen. Vor allem, wenn sie sich den Umstand machten, Mäntel und Jacken anzuziehen. Bis sie es nach draußen schafften, wäre ich schon längst weg.

Meine Lungen brannten vor Kälte und Anstrengung. Ich war hier nicht so viel gerannt wie zu Hause und hatte mich immer noch nicht an die beißenden Temperaturen gewöhnt. Aber ich rannte trotzdem, so schnell und so weit wie ich nur konnte, genoss beinahe das Brennen.

Jeder Tritt war wie ein Schlag durch die dünnen Sohlen der Ballerinas, die Dusty mir geliehen hatte. Ich konnte jeden dürren Ast und jeden einzelnen Kiesel unter dem Frost spüren. Glücklicherweise hatte jemand den Schnee von der Straße gepflügt, sonst wäre ich nicht weit gekommen. Durch knietiefen Schnee zu joggen hatte nicht zum Trainingsplan meines Crosslauf-Coachs gehört.

Das Mondlicht, verstärkt durch die Reflexion des Schnees, schien fast taghell. Ich bog ab, weg von den Feldern mit den Schafen, den winzigen Cottages und dem Pferdestall. Zwei Reifenspuren führten tiefer in den Wald. Ich verlor allmählich an Schwung, aber das Letzte, was ich wollte, war auf freiem Feld stehen zu bleiben. Für alle sichtbar. Ich drang tiefer in den Wald vor, folgte den Autospuren, schlug Äste aus dem Weg, einzig und allein getrieben von dem Impuls zu verschwinden. Mich zu verstecken. Ich ließ mich vom Wald verschlingen und lief, bis ich kaum mehr als die Turmspitze von Dunyvaig in der Ferne sehen konnte.

Keuchend und erschöpft blieb ich schließlich neben einem Baum stehen. Ich lehnte mich gegen den Stamm, ließ mich daran zu Boden gleiten und setzte mich in den Schnee. Selbst ich hatte wohl meine Grenzen, wie weit ich rennen konnte. Ziel erreicht – ich war entkommen. Aber jetzt war ich hier draußen, allein, in der kalten, dunklen Dezembernacht, lediglich mit einem beerenroten Kleid und Ballerinas bekleidet. Ich schauderte und rieb meine Arme, um mich zu wärmen. Als mein Herzschlag sich allmählich beruhigte und die Hitze verdampfte, saß ich schweißnass da und fror erbärmlich.

»Ich hätte zu einem McDonald's rennen sollen«, murmelte ich vor mich hin. Da wäre mir warm gewesen. Und ich hätte Pommes gehabt.

Das war alles zu viel. Viel zu viel. Ich konnte Dustys heimliche Schwangerschaft verdrängen, ich konnte die Kameras ignorieren und die Tatsache, dass es nur noch wenige Tage waren, bis ich mich von Jamie verabschieden musste … wahrscheinlich für immer. Aber das völlig unerwartete Auftauchen eines Vaters, von dem ich gedacht hatte, ich würde ihn niemals zu Gesicht bekommen, überstieg selbst meine Verdrängungskräfte bei Weitem.

Da waren zu viele Gefühle im Spiel, und die einzige Möglichkeit, damit fertigzuwerden, war, taub zu werden, gefühllos … denn ich konnte nicht *alles* fühlen. Vielleicht war das aber auch der Frost, der sich langsam über mich legte. Ich hatte keine Ahnung, wie lang ich schon hier draußen saß. Meine Beine brannten nicht mehr, der stechende Kälteschmerz war zu einer dumpfen Taubheit abgeklungen. Ich schlang die Arme um meine Knie und zog sie fester an meine Brust, während mein Körper heftig zitterte. Es fühlte sich an, als ob ich mich an den Rändern auflösen würde – jedes Zittern ein Beben, das mich vollständig erschütterte. Ich schloss die Augen, vergrub den Kopf zwischen meinen Knien und versuchte, mich zu einem möglichst kleinen Knäul zusammenzuducken – voller Panik davor, länger hier draußen zu bleiben, und gleichzeitig zu verängstigt, um zurückzukehren.

Der Mond schob sich hinter eine Wolke und tauchte den

Wald in tiefe Finsternis. Ich versuchte, mit den Zehen zu wackeln, aber ich konnte sie überhaupt nicht mehr spüren. Das hier war um einiges schrecklicher, als am Dunkeld & Birnam-Bahnhof festzusitzen. Ich hatte nicht gewusst, dass einem *so* kalt sein konnte. Ich versuchte, an heiße Augusttage in Tupelo zu denken, an diese Sommerhitze, die über den Bürgersteigen flimmerte und einem das Eis in der Waffel schmelzen ließ, noch bevor man daran lecken konnte. Doch alles, was ich sehen konnte, war Dunkelheit, und alles, was ich spüren konnte, war Kälte. Ich wappnete mich für eine erneute Zitterrunde und lauschte dem Klappern meiner Zähne.

Das Erste, was ich hörte, war der Klang von Hufen. Das Zweite, eine Stimme, die meinen Namen rief. Das dritte war viel Schnauben, und dann tauchte ein absolut riesenhafter schwarzer Hengst vor mir auf, aus dessen Nüstern weiße Dampfwolken quollen.

»Dylan!«, rief Jamie. Er zog an den Zügeln, um das Pferd zum Halten zu bringen, und die Hufe kamen schlitternd vor meinen Füßen zum Stehen. Jamie sah ziemlich verwegen aus, wie er da so ohne Sattel auf dem Hengst saß, mit seinem dunklen Haar, das im Mondlicht glänzte, und seinem Kilt, der in der Brise flatterte, aber ich war nicht in der Stimmung für verwegene Reiter. Und eigentlich auch nicht für Kilts. Ich hatte in den letzten zwei Wochen genug Schottenkaros gesehen, dass es für ein ganzes Leben reichte.

Das hier war doch lächerlich. Ich blinzelte ein paarmal, aber Jamie und das Pferd blieben, wo sie waren.

»Ich bin nicht Jane Eyre!«, schrie ich.

»Wie bitte?« Er blinzelte etwas eulenhaft.

»Ich bin nicht Jane Eyre!«, wiederholte ich. »Du kannst dich nicht ständig Mr-Rochester-mäßig aus der Affäre ziehen!«

»Bis jetzt habe ich nie versucht, mich aus irgendeiner Affäre zu ziehen, und schon gar nicht Mr-Rochester-mäßig«, erwiderte er verdutzt. »Weder habe ich mich als Zigeunerin verkleidet, um deine wahren Absichten zu ermitteln, noch habe ich bei einem Feuer mein Augenlicht verloren. Da ich immer noch fest im Sattel sitze, läuft diese Szene wohl kaum unter Mr-Rochester-mäßig. Außerdem bin ich mir nicht sicher, ob der Name dieses Herrn adjektivisch benutzt werden kann.«

»In Amerika kann man alles als Adjektiv benutzen!«, gab ich schrill zurück und rappelte mich auf. »Man kann adjektivieren, was auch immer man will! Den Schlümpfen sei Dank!«

»Ich glaube, die Schlümpfe kommen ursprünglich aus Belgien.«

»*Du* bist ein Belgier! Ursprünglich!« Ich war mir durchaus bewusst, dass ich das Reich der Vernunft seit geraumer Zeit verlassen hatte, aber es kümmerte mich herzlich wenig. Meine Beine drohten unter mir einzuknicken und meine Knie schlotterten bei jedem neuen Zitteranfall.

»Tatsächlich gab es da eine entfernte Verbindung mütterlicherseits, jedoch schon seit dem vierzehnten Jahrhundert nicht mehr. Aber ich glaube, damals hieß es noch Burgundische Niederlande.«

Ich hob die Hände gen Himmel zu einer Art dramatischem Schulterzucken, das jegliche Erwähnung der Burgundischen Niederlande zu Recht verdiente.

Jamie glitt elegant vom Rücken des Pferdes.

»Geh weg.« Ich rückte von ihm ab, näher zum Baum. »Kehr zum Schloss zurück, okay? Mir geht's gut.«

Er kam auf mich zu. Das Pferd für seinen Teil blieb stehen und begann im Schnee herumzuschnüffeln, wahrscheinlich auf der Suche nach längst erfrorenem Gras.

»Nein, dir geht's nicht gut.«

Meine Unterlippe bebte gefährlich. Vielleicht wurde sie aber auch nur von meinen klappernden Zähnen mitgerissen. Ich schaute weg und konzentrierte mich auf einen Wirbel in einem Baumstamm in der Nähe.

»Lass mich dich nach Dunyvaig zurückbringen, Dylan.« Er streckte seine Hand aus, langsam und sanft, als wäre ich ein wildes Tier, das er nicht verschrecken wollte. »Hier draußen ist es eiskalt. Du kannst nicht hierbleiben, das ist zu gefährlich. Du zitterst unkontrolliert.«

»Ist das so eine Art Hobby von dir, Leute vor dem Kältetod zu retten? Du scheinst das recht häufig zu betreiben.«

»Eigentlich nur bei dir.«

Seine Hand berührte behutsam meine Wange. Ich schloss die Augen und schmiegte mich daran, während die Wärme seiner Handfläche mein Gesicht umfing. Sie brannte beinahe an meiner bitterkalten Haut.

»Ich will nicht zurück«, flüsterte ich.

»Ich weiß. Aber leider ist es keine Option, hier draußen zu bleiben. Du wirst dir noch den Tod holen. Besser lebendig und in einer peinlichen gesellschaftlichen Situation als tot und frei.«

»Das ist wirklich inspirierend. Und scheint mir sehr britisch. Wolltet ihr damals eigentlich so auch mit George Washington fertigwerden?«

»Ich bin mir nicht ganz sicher, ob ich beleidigt sein soll oder nicht. Es scheint mir fast ein Affront gegen die Krone.« Er nahm seine karierte Schärpe ab, indem er die schwere Silberschnalle löste, die sie zusammenhielt, und schüttelte sie aus. Sie war größer, als ich erwartet hätte. Er schlang sie um meine Schultern und wickelte mich ein wie einen Burrito. Ich zitterte zwar immer noch, fühlte mich eingepackt jedoch um einiges besser.

»Können wir uns im Pferdestall verstecken?«, flehte ich. »Einfach nur dort verkriechen und die Türen verbarrikadieren?«

»Irgendwann werden sie uns trotzdem finden.«

»Irgendwann ist besser als jetzt.«

Das Licht von Scheinwerfern brach durch die Dunkelheit. Ich verbarg mein Gesicht im Stoff und sah Sternchen. Das Pferd wieherte aufgeschreckt. Jamie griff nach dem Zaumzeug und gab beruhigende Geräusche von sich, während das Pferd argwöhnisch auf den frostigen Boden stampfte. Ein lautes Hupen ertönte, woraufhin es seinen Kopf schüttelte. Jamie griff an sein Maul, pustete auf seine Nase und streichelte seine Backe.

Meine Augen gewöhnten sich gerade rechtzeitig an das Licht, um ein glänzendes Oldtimer-Cabriolet mit einem undefinierbaren Fellklumpen auf dem Fahrersitz zu sehen, das neben uns zum Halten kam.

»Dylan!« Heaven. Ich erkannte ihre Stimme sofort. »Die Kavallerie ist schon da!«

»Warum glauben eigentlich alle, sie müssten mich mithilfe völlig unpraktischer Transportmittel retten?«, fragte ich niemand im Besonderen. Der Hengst wieherte leise zur Antwort. Er hatte es kapiert.

Heaven ließ den Motor laufen, die Scheinwerfer immer noch an, und hüpfte aus dem Wagen. Sie trug einen dicken Pelzmantel, der ihr bis zu den Knöcheln reichte.

»Warum fährst du mitten im Dezember mit einem Cabrio herum?« Es war nicht die einzige Frage, die ich hatte. Aber es war die erste, die mir einfiel.

»Ich habe nicht kapiert, wie man bei diesem dämlichen Ding das Dach hochmacht! Das ist bestimmt aus dem Paläolithikum oder so!«

»Es ist von 1966«, erwiderte Jamie.

»Ist es deins?«, fragte ich erschrocken.

»Himmel, nein. Schau dir mal das personalisierte Kennzeichen an.«

Ich schaute hin und versuchte, meine Augen vor dem gleißenden Scheinwerferlicht abzuschirmen. Auf dem Nummernschild prangte KIRBY1.

»Du hast Kit Kirbys Wagen gestohlen?«, fragte ich ungläubig.

»Ich habe es nicht *absichtlich* gestohlen. Es stand einfach dort und der Schlüssel steckte. Ich musste doch sehen, ob es euch gut geht, und ich wollte ganz bestimmt nicht zu Fuß herrennen. Ich hätte euch doch nie im Leben eingeholt.«

Es fühlte sich wirklich besonders an, eine beste Freundin zu haben, die einen Wagen für einen stahl.

»Und der Pelzmantel …?«, bohrte ich weiter.

»Den hab ich mir aus einem Garderobenschrank geschnappt. Nur falls du es noch nicht gemerkt hast, wir haben Dezember.« Sie blickte demonstrativ auf meine nackten Knie. »Die Heizung läuft, aber sie bringt nicht viel. Also lass uns schnell wieder reinhüpfen und nach Dunyvaig fahren, bevor wir uns allesamt den Arsch abfrieren, okay?«

Ich blickte zwischen den beiden hin und her, meinen zwei Freunden, die mir zu Hilfe geeilt waren. Die sich in einem dunklen Wald auf die Suche nach mir gemacht hatten und mich nicht drängten, über meinen Vater zu reden oder darüber, warum ich weggerannt war. Sie wollten nur, dass ich es warm hatte und in Sicherheit war. Und vielleicht war es nur die geistige Verwirrung im Frühstadium der Unterkühlung, aber ich hatte mich noch nie glücklicher gefühlt. Wen juckte es schon, dass mein eigener Vater mich nicht erkannte? Ich hatte eine Familie. Und Freunde. Sie wussten, wer ich war. Und ich, ich wusste es auch.

Ein weiteres Paar Scheinwerfer schnitt durch die Dunkelheit, als ein weißer Van auf die Lichtung gerast kam. Wieder beruhigte Jamie das Pferd, als es scheute und missmutig schnaubte.

»Haltet die Diebin!« Ein fuchsteufelswilder Kit Kirby kam aus dem Van gestürmt, sein Mantel flatterte hinter ihm her wie die Flügel eines Todesengels. »Händige mir sofort die Schlüssel aus, du durchgeknalltes Weibsstück.«

Trotzdem war es nicht Kit Kirby, der mir Angst machte. Es war Pamela mit ihrem Klemmbrett, die zusah, als der Kameramann sich uns näherte, wobei ihr Gesicht sich zu einem so breiten Grinsen verzog, dass ich dachte, ihr Gesicht müsste entzweireißen.

Kapitel 17

Am folgenden Nachmittag hatte ich endlich aufgehört zu zittern, dennoch schaffte ich es nicht ganz, das Kältegefühl abzuschütteln. Doch möglicherweise rührte es daher, dass ich mit Pamela allein in einem Raum saß, während ich auf meinen Knien eine gefährlich klirrende Tasse Tee auf einem Unterteller balancierte.

»Nun.« Pamela nahm einen überraschend lauten, schlürfenden Schluck von ihrem Tee, dann setzte sie entschlossen die Tasse wieder auf dem Tellerchen ab. »Hier sind wir also. Ganz allein. Nur du und ich.«

Ich kniff die Augen zusammen und versuchte, an meinem Tee zu nippen. Heiß. Zu heiß. Die dampfende Flüssigkeit schwappte über den Rand, als ich die ganze gefährliche Angelegenheit auf dem Tischchen abstellte.

»Ich muss zugeben, dass ich ziemlich überrascht war, als ich hörte, dass du dich gerne mit mir unterhalten würdest.«

Ich sah sie an. Ja, mich mit Pamela zu treffen, war meine Idee gewesen, aber das machte es nicht einfacher, hier zu sein.

So, wie ich die Sache sah, hatte ich keine andere Wahl. Pamela musste abgelenkt werden, damit sie sich so weit wie möglich vom expandierenden Bauch meiner Schwester fernhielt. Und wenn ich für diese Ablenkung herhalten musste, dann war mir das auch recht.

»Lass uns nur ein paar Kleinigkeiten klären, bevor du deine erste Beichte drehst.«

»Beichte?«, platzte es aus mir heraus.

»Weißt du, was das ist?«

»Ja, ich weiß, was das ist«, knurrte ich. »Ich schaue viel fern. Ich weiß nur nicht, warum Sie mich dabei filmen wollen, wie ich mit einer Kamera rede.«

»Alle anderen haben schon eine Beichte gedreht. Die meisten sogar mehrere. Dusty und Ronan machen *mindestens* eine täglich.«

»Ja, das klingt logisch, ist ja auch ihre Show oder nicht? Niemand schaut das hier an, um mich zu sehen.«

Pamela fixierte mich mit ihrem Blick. Dann seufzte sie schwer und brach das Schweigen. »Weißt du, Dylan, ich habe dir wirklich viel Freiraum gelassen. Sehr viel.«

»Ach wirklich, haben Sie?«, fragte ich mit sarkastischem Unterton.

»Ja, tatsächlich«, erwiderte sie. »Du hast mehr als deutlich gemacht, dass du kein großer Teil dieser Sendung sein willst, und das habe ich respektiert. Ich habe dich noch nie gebeten, eine Beichte zu drehen. Ich habe die Kameracrew angewiesen, so unaufdringlich wie möglich zu bleiben.«

Ich schnaubte. *Das* war unaufdringlich? *Ach, bitte!*

»Wir haben ein Problem, Dylan.«

»Wir? Es gibt kein wir. *Ich* habe kein Problem.« Ich verschränkte trotzig die Arme vor der Brust.

»Na schön. Ich habe ein Problem. Und mein Problem bist du.

Ich setzte meinen eisigsten Blick auf. Er machte null Eindruck auf sie.

»Du musst aufhören wegzurennen, Dylan.«

»Ich bin nicht weggerannt«, schoss ich zurück. »Ich bin im Crosslauf-Team. Ich renne, und zwar gerne. Um zu trainieren.«

Ihr Blick ließ mich ganz klar wissen, dass sie mir meinen Blödsinn kein bisschen abnahm.

»Der gestrige Abend hatte nichts mit Fitness zu tun. Du kannst nicht vor den Kameras wegrennen. Du kannst dich nicht vor den Kameras verstecken. Du kannst dich nicht auf der Toilette verkriechen und die Kameras aussperren.«

»Habe ich denn kein Recht auf Privatsphäre? Das war eine *Toilette*.«

»Wenn du ein Geschäft verrichtest, sicher. Wenn du mit jemand anderem drin bist und plauderst, dann nein. Ich dachte, du wüsstest es zu schätzen, dass ich nur ein Crewmitglied mit auf dein Date geschickt habe. Aber weißt du, was? Wir haben hier einen schlechten Start erwischt.« Sie wedelte mit der Hand, wie um die letzten Minuten auszulöschen. »Es tut mir leid.«

»Leid?«, echote ich ungläubig.

»Ja, es tut mir leid. Wirklich, Dylan. Eigentlich sollte ich mich bei dir bedanken.«

»Wofür?«, fragte ich argwöhnisch.

»Für Jamie! Ist doch klar.« Sie lachte. »Das war eine wirklich nette und unerwartete Entwicklung. Ich hatte ehrlich keine Idee, dass so was passieren würde.« Sie blickte in die Ferne, als würde sie sich etwas vorstellen, das außer Sichtweite lag. »Das wird Fernsehunterhaltung vom Feinsten. Ich habe rein gar nichts von dir erwartet und dann gibst du uns diese großartige B-Story.«

Ich grub die Sohlen meiner Sneaker in den dicken Teppich. Natürlich war ich glücklich, dass ich Jamie begegnet war und er mich geküsst hatte, aber ich wünschte, Pamela hätte nichts davon mitbekommen. Mein ganzer Körper rebellierte, wenn ich an all die Leute dachte, die mich und Jamie im Fernsehen sehen würden. Ich würde in Tupelo wohl auf eine groß angelegte *Fernseher zertrümmer*-Tour gehen müssen. Und nie wieder einen Blick ins Internet werfen.

»Aber natürlich, ein Teenager-Mädchen ohne Freund, ein Teenager-Junge ohne Freundin … Ich hätte es wissen müssen, nicht?« Pamela kniff die Augen zusammen. »Es ist nur die Art und Weise, wie Dusty dich beschrieben hat … Ich habe nicht gedacht, dass du romantisches Potenzial hättest.«

Autsch. Wollte sie etwa mit mir über Dusty reden? Ich presste die Lippen fest zusammen.

»Es muss hart sein, eine so schöne Schwester zu haben.« Sie neigte mitfühlend den Kopf und setzt ein gut einstudiertes *Ich höre dir zu*-Gesicht auf. »Kann nicht einfach gewesen sein, als kleine Schwester des schönsten Mädchens von ganz Mississippi aufzuwachsen.«

Ich blickte über ihre Schulter. Ein Kameramann war in das kleine Wohnzimmer getreten und schloss leise die Tür hinter sich.

»Ich schätze mal, das Privatgespräch ist vorbei«, bemerkte ich spitz.

»Ich schätze, ja«, erwiderte sie. »Wir beide, wir verstehen einander doch, oder? Renne noch einmal vor der Kamera weg, und ich knalle deiner Mutter einen Prozess wegen Vertragsverstoß um die Ohren, der sich so gewaschen hat, dass sie euer Haus verpfänden muss, nur um den Anwaltsvorschuss zu zahlen.«

»Was …? Sie können doch nicht …«

»Aber natürlich kann ich. Das wüsstest du, wenn du dir die Mühe gemacht hättest, auch nur einen der Verträge durchzulesen«, erwiderte sie. »Lass uns also lieb zueinander sein. Ich habe dir einen Freund besorgt – gern geschehen –, und du hast mir zu einer B-Story verholfen – danke schön. Scheint also, als wären wir quitt. Halte dich für den Rest deines Aufenthalts hier in Kameranähe. Es ist ja nicht mehr lange. Sollte nicht so schwer sein. Okay?«

»Okay«, presste ich hervor. Ich wusste wohl kaum genug über Verträge, um ihre Drohung als Bluff zu entlarven. Wenn es überhaupt einer war.

»Und? Ist es nicht viel angenehmer, nett zueinander zu sein?«

Ich entblößte meine Zähne zur Persiflage eines Lachens.

»Na, geht doch! Und jetzt mal im Ernst, wir brauchen diese B-Story«, sagte sie beinahe geistesabwesend. »Es ist nicht viel zu holen bei einer amerikanischen Braut, die den ganzen Abend damit verbringt, den Haggis ihres schottischen Verlobten rauszukotzen. Das erste Mal war ja witzig, aber bei der Hochzeit wird sie das Zeug unten behalten müssen.

Den Haggis rauszukotzen?

Mein Blick schoss zu Pamela. Versuchte sie etwa, mich zu erpressen? Sie schien unbekümmert, als sie einen weiteren Schluck von ihrem Tee nahm. Es war gut möglich, dass sie das mit dem Baby noch nicht herausgefunden hatte, doch sie schien zumindest knapp davor. Ich musste etwas unternehmen … sie von der Fährte abbringen … irgendwas …

Andernfalls wäre Dustys Ehe, ihr Leben, ihre Zukunft, das Baby – *alles* – im Eimer.

»Aber was, wenn ich mehr sein will als die B-Story?«

»Wie bitte?«

Ich konnte nicht sagen, wer schockierter war, dass ich das gerade gesagt hatte – ich oder Pamela.

»Ich will mehr sein als nur die kleine Nebenrolle«, wiederholte ich und versuchte, möglichst überzeugend zu klingen. »Ich … ich und Jamie, meine ich … Sie können uns überall filmen. Alle unsere Dates. Und ich mache die Beichte. Jetzt gleich, wenn Sie wollen.«

»Das ist ein ziemlich abrupter Sinneswandel.« Sie stellte ihre Tasse auf dem Teller ab und beäugte mich argwöhnisch.

»Sie … Sie hatten recht vorhin.« Ich holte tief Luft. Je mehr Zeit die Kameras mit mir verbrachten, desto weniger würde Pamela in Dustys Angelegenheiten herumschnüffeln. Ich musste sie nur davon überzeugen, dass es wirklich das war, was ich wollte. »Darüber, wie schwer es war, Dustys kleine Schwester zu sein. Dass mich nie jemand hübsch findet. Dass ich immer unsichtbar bin, sobald Dusty den Raum betritt.«

»Ja«, gurrte Pamela, »das muss sehr hart sein.«

»Und deswegen will ich meine eigene Story. Eine, bei der es ausschließlich um mich geht. Und *nicht* um Dusty. Okay?« Es hatte den Anschein, als würde sie meine Lüge schlucken. Vielleicht interessierte sie ja auch einfach meine Gründe nicht, solange sie ihr Material bekam. Immerhin gab ich ihr genau das, was sie wollte.

»Schön, Dylan. Ich bin froh, dass wir uns endlich einig sind.« Gott, ich hasste es, wenn Pamela mich anlächelte. Es trieb mich in den Wahnsinn. »Mike wird sich nachher bei dir melden, um deine Beichte in Sachen Jamie aufzunehmen. Wir können sie nachträglich in die Sendung reinschneiden. Wenn du willst, dass es mit deiner Story vorangeht, darfst du nichts zurückhalten. Spare bitte nicht mit Details. Verstanden?«

Ich nickte. Allein bei der Vorstellung, meine Erlebnisse mit Jamie im Detail vor laufender Kamera auszuplaudern, verspürte ich den Wunsch, mich für den Rest meines Lebens in einer Höhle zu verkriechen. Aber für Dusty und das Baby würde ich es tun. Ich musste einfach.

»Dennoch gibt es ein paar Fragen, die ich dir gerne selbst stellen möchte, Dylan«, unterbrach sie meine Gedanken. »Das plötzliche Auftauchen deines Vaters gestern Abend muss ein Schock für dich gewesen sein.«

Ich wollte wirklich bei Pamelas Spielchen mitmachen, Dusty zuliebe, aber ich wollte nicht über Cash Keller nachdenken. Ich wollte nicht über ihn reden. Ich wollte so tun, als ob er überhaupt nicht existieren würde. Als ob er Dunyvaig nie betreten hätte.

»Was für ein *Gefühl* war das, Dylan?«, hakte sie nach.

»Gar keins«, flüsterte ich.

»Tut mir leid, was war das?«.

»Gar keins«, wiederholte ich. »Ich habe *nichts* gefühlt.«

Pamela verengte die Augen zu Schlitzen. Ich wusste, dass ich ihr nicht das gab, was sie von mir wollte. Dabei log ich nicht einmal. Ich spürte eine Leere, die ich nicht fassen konnte. *Nichts* war das einzige Wort, das mir einfiel, um es zu beschreiben.

»Du musst überrascht gewesen sein.«

»*Natürlich* war ich überrascht!«, fuhr ich sie an. »Das war doch genau, was Sie wollten, oder nicht? Die dramatische Wiederkehr des verloren geglaubten Vaters. Muss ein echtes Fundstück für Sie gewesen sein. Wie lange haben Sie gebraucht, um ihn ausfindig zu machen?«

Mitspielen, Dylan. Du sollst *mitspielen.* Warum war das nur so schwer?

»Und was genau ist so schlimm daran, dass wir Cash gefunden haben?« Sie hielt inne, als würde sie versuchen, eine plausible Antwort auf ihre Frage zu finden. »Ich verstehe nicht, warum du glaubst, dass es eine Art Verschwörung gewesen sein soll, ihn nach Schottland zu bringen. Normalerweise wollen doch Mädchen, dass ihr Vater bei der Hochzeit dabei ist.«

Ja, klar. Cash herzubringen hatte wohl eher mit der Schockwirkung und den Einschaltquoten zu tun, aber ganz bestimmt nicht mit Dustys Hochzeit.

»Du weißt doch, wie viel das für deine Schwester bedeutet, Dylan. Du hast doch sicherlich die Folge gesehen, als Dusty Ronan von eurem Dad erzählt hat.«

Das hatte ich tatsächlich. Es war die vierte Folge gewesen, die ausgestrahlt wurde, und die erste, in der die Sache zwischen Dusty und Ronan »ernst« wurde – oder was auch immer im Reality-TV als »ernst« durchging. Dusty hatte ein Kinderfoto von sich hervorgeholt, auf dem sie ganz klein mit windzerzaustem, sonnengebleichtem Haar dastand und die Hand eines großen blonden Mannes in Jeans hielt – ein Foto, von dem ich nicht einmal gewusst hatte, dass sie es *besaß*. Erst weinte sie, und dann weinte Ronan, verbunden durch ihr gemeinsames Los, ohne Vater aufgewachsen zu sein. Später erzählte Ronan bei *Jimmy Kimmel live!*, dass dies der Moment gewesen war, als ihm klar wurde, dass er drauf und dran war, sich in Dusty zu verlieben. Der Aufruf *#FindDustysDad* machte selbst auf Twitter eine Weile die Runde. Komisch, dass Cash sich damals noch nicht als Vater geoutet hatte. Aber vielleicht hatte er auch nur auf ein gratis Flugticket nach Europa gewartet.

»Selbst nachdem Ronan ihr den Antrag gemacht hatte,

weißt du nicht mehr, Dylan?« Sie schürzte affektiert die Lippen. *»Natürlich habe ich immer davon geträumt, dass mein Vater mich eines Tages zum Altar führen wird. Schon seit ich ein kleines Mädchen war. Aber ich schätze, das bleibt einer dieser Träume, die nie in Erfüllung gehen.«* Pamelas Imitation von Dusty war zwar ziemlich treffend, aber auch ein bisschen fies. Ich schaute sie an und konnte nicht glauben, dass sie das gerade wirklich getan hatte.

Scheiß aufs Mitspielen. Dusty verdiente das hier nicht, und schon gar nicht von Pamela. Dusty hatte *TRC* alles gegeben, was sie sich überhaupt wünschen konnten, und Pamela schaffte es nicht einmal, sie mit Respekt zu behandeln. Was hätte ich darum gegeben, Pamela klipp und klar sagen zu können, was ich von ihr und ihrer dämlichen Show hielt.

»Dylan!« Jamie kam atemlos durch die Tür gestürmt. »Du musst mir helfen! Kit Kirby hat Heaven zum Duell herausgefordert!«

»Ein Duell?!« Ich sprang auf und warf dabei beinahe meine Teetasse um. »Was, wegen des Wagens?«

»Ja, natürlich wegen des Wagens! Er ist außer sich! Er hat von irgendwoher zwei Degen, ein Breitschwert, einen Streitkolben und zwei Duellpistolen aufgetrieben, die wohl Sir Arthur Conan Doyle gehört haben!«

»Echt jetzt? Der Typ aus Sherlock Holmes?«

»Wir haben jetzt nicht die Zeit, die Herkunft der Pistolen zu überprüfen … Wir müssen das Duell verhindern!«

»Nur nicht zu früh.« Pamela scheuchte bereits den Kameramann aus dem Raum. »Findet Kirby, bevor er es zu Heaven schafft. Wir sprechen uns später, Dylan.«

Und fort war sie.

Kapitel 18

»Er wird doch nicht wirklich auf sie schießen, oder?«, fragte ich ängstlich und versuchte, mich an Jamie vorbeizudrängen, um Heaven zu retten.

»Natürlich nicht. Insbesondere da es gar kein Duell gibt«, sagte Jamie mit einem verschmitzten Funkeln in den Augen.

»Wie? Kein Duell?« Ich blieb wie angewurzelt vor Sir Grinsekatze stehen.

»Ich wurde oft genug in diese Folterkammer geschleift, um zu wissen, was da vor sich geht. Ich habe mir ein kleines Ablenkungsmanöver einfallen lassen, das dir die Flucht erleichtert.«

»Oh, danke schön. Das war ein verdammt gutes Manöver.«

»Oder, um es mit den Worten von Sir Arthur Conan Doyle zu sagen: *Geh auf's Ganze oder geh nach Hause.*«

»Ich habe irgendwie das Gefühl, dass du mir heute einen ganzen Haufen Fehlinformationen zu Sir Arthur Conan Doyle auftischst.«

»Vielleicht.« Sein Mundwinkel verzog sich zu einem schiefen Lächeln. »Er war übrigens Schotte.«

»Echt?«

»Ja, so viel ist wahr. Aber jetzt sollten wir vielleicht verschwinden, bevor die blutrünstige Dämonen-Crew zurückkommt.«

»Ja, bitte. Nur … nicht zu weit weg«, ergänzte ich, da mir Pamelas Warnung, mich nicht zu weit von den Kameras zu entfernen, noch in den Ohren klang. Aber immerhin, wenn Pamela gerade damit beschäftigt war, Heaven und Kit hinterherzujagen, würde sie sich in der Zeit von Dusty fernhalten.

»Was hältst du von der Bibliothek? Wäre dir diese Entfernung genehm?«

»Ich glaube, das schaffe ich.«

Wir schlüpften aus dem kleinen Wohnzimmer und Jamie schloss leise die Tür hinter uns. Da ich mich immer noch nicht in Dunyvaig zurechtfand, ließ ich mich von ihm durch die Flure zur Bibliothek führen. Ich ging schnell in der Hoffnung, auf dem Weg keinen Kameras über den Weg zu laufen, oder der einen Person, die ich auf Dunyvaig noch weniger sehen wollte als Pamela – Cash Keller.

»Wenn Heaven und Kit gar nicht versuchen, sich umzubringen, was machen sie dann?«, fragte ich.

»Womöglich kommt das mit dem Umbringen erst noch. Anscheinend müssen sie etwas für die Hochzeit einstudieren, wollten mir aber nicht verraten, was.«

»Hmm«, sagte ich nachdenklich, als wir die Bibliothek betraten. Ich schloss die Tür – ich glaubte nicht, dass dies unter »Verstecken vor der Kamera« lief, ich hatte sie schließlich nicht abgeschlossen. »Also wenn sie versuchen, gemeinsam etwas auf die Beine zu stellen, werden sie sich ganz sicher umbringen. Wir hätten ihnen die Duellpistolen wahrscheinlich gleich in die Hand drücken sollen, um es schnell hinter uns zu bringen.«

»Wahrscheinlich«, stimmte Jamie mir zu.

Im der Bibliothek prasselte ein gemütliches Feuer im Kamin. Jemand hatte zwei rote Strümpfe an den Sims gehängt. Eine karierte Decke war einladend auf dem klobigen Ledersofa drapiert worden. Ich legte mehr oder weniger eine Bauchlandung darauf hin und kuschelte mich unter die Decke.

Jamie setzte sich zu mir aufs Sofa. Dann küsste er mich – langsam und zärtlich. Es war ein Märchenkuss, so einer wie ihn ein Prinz geben würde, um Dornröschen aufzuwecken.

»Alles in Ordnung mit dir, Dylan?«, fragte er leise.

»Nein«, flüsterte ich. »Aber ich will wirklich nicht über ihn … es … über irgendwas reden. Oje, entschuldige.« Ich seufzte. »Das ist echt kein Problem, mit dem du dich befassen solltest.«

»Mit was sollte ich mich dann befassen?«

»Wir sind gerade erst … ähm … wir haben gerade erst angefangen …«

»… miteinander zu gehen. Ich denke, man kann sagen, dass wir miteinander gehen. Wir sind immerhin zusammen ausgegangen.« Er lächelte.

»Stimmt. Das sind wir. Okay, dann haben wir also gerade erst angefangen, miteinander zu gehen. Deswegen solltest du dich nicht um so Kram wie meinen davongelaufenen Vater kümmern müssen.«

»Ich will mich aber um all deinen Kram kümmern, Dylan.«

»Warum klingt bei deinem blöden Akzent sogar das Wort *Kram* gut?«, staunte ich kopfschüttelnd. »Das hier ist wirklich das Land der Zauberer.«

»Ich glaube ja, dass eure amerikanische Hirnchemie daran schuld ist.«

»Ach ja?« Ich schwang meine Beine hoch, ließ sie auf seinen Schoß plumpsen und lehnte mich zurück.

»Ja, irgendwas an der Art, wie die amerikanischen Nervenzellen den britischen Akzent empfangen. Es verdreht euch das Hirn.«

»Verdreht unser Gehirn?«

»Ich muss dein Gehirn verdreht haben. Mir fällt sonst kein guter Grund ein, warum du deine Zeit mit mir verbringen willst. Warum du mich küssen willst. Mich *magst.*«

»Wenn überhaupt, dann habe ich dir dein Gehirn verdreht«, sagte ich und wurde rot.

»Vielleicht passiert so was ja, wenn man jemanden trifft, den man gerne mag«, sagte Jamie nachdenklich. »Beide haben ein bisschen das Gefühl, als hätten sie den anderen hereingelegt, um gemocht zu werden.«

Mir lagen so viele Fragen auf der Zunge: *Was passiert nach der Hochzeit? Werde ich dich wiedersehen? Fühlt sich das für dich genauso echt an wie für mich?*

Aber ich fragte nicht, denn alle Antworten, die ich mir wünschte, schienen unmöglich. Stattdessen beugte ich mich zu ihm vor und küsste ihn.

Ich schob mich näher, bis ich beinahe auf seinem Schoß saß, meine Arme um seinen Hals geschlungen. Das Feuer prasselte im Kamin, aber es war nichts im Gegensatz zu der Wärme von Jamies Hand, die sich gegen meinen Rücken presste. Sie gab mir beinahe das Gefühl, klein zu sein, etwas, was ich nie für möglich gehalten hätte. Er wich für einen Moment zurück, hielt seine Arme jedoch weiterhin um mich geschlungen.

»Ich glaube, ich könnte dich ewig küssen«, murmelte Jamie verträumt.

»Ich habe absolut nichts dagegen einzuwenden.«

Ich beugte mich wieder vor, aber er ließ mich innehalten und suchte in meinen Augen.

»Ich kann beim besten Willen nicht verstehen, warum du mich magst, Dylan.« Er schüttelte den Kopf. »Noch vor wenigen Wochen hätte ich mir nicht einmal vorstellen können, mich so lange mit einem Mädchen zu unterhalten, geschweige denn eins zu küssen. Das alles scheint mir absolut unmöglich.«

»Das ist es auch irgendwie. Und unwirklich. Genauso wie diese ganze Situation. Aber ist das normalerweise nicht der Moment, wo du mit einem Gedicht herausplatzt über *Küsse* und *Krähenlust-Himmel* und *wenn es richtig ist, ist es richtig* und so?

»Ach ja, ›Wenn es richtig ist, ist es richtig‹ – eines von Tennysons weniger bekannten Werken.« Er nickte klug. »Ich will dich die ganze Zeit kneifen, um sicherzugehen, dass du echt bist. Oder mich kneifen, um sicherzugehen, dass es kein Traum ist.«

»Vielleicht ist es das ja.« Ich fuhr gedankenverloren mit der Hand durch sein Haar. Es glitt wie Seide zwischen meinen Fingern hindurch. »Seit ich nach Schottland gekommen bin, fühlt sich nichts mehr real an. Aber es ist mir egal. Ich will nicht wieder in Tupelo aufwachen. Ich will noch eine Weile in diesem Traum bleiben.«

»Haltet an den Träumen fest«, rezitierte er, *»denn wenn Träume gehen, ist das Leben ein ödes Feld, bedeckt mit frostigem Schnee.«*

»Glaubst du Langston Hughes hat den letzten Teil über Dunyvaig geschrieben?«, fragte ich.

»Ja, weil es in Amerika nirgends öde, schneebedeckte Felder gibt.«

»Halt die Klappe«, erwiderte ich wortgewandt.

Er zog mich näher an sich, bis ich praktisch auf ihm lag, und sein Mund fand meinen. Für zwei Leute, die bis vor einer Woche nie geküsst worden waren, schienen wir echte Naturtalente zu sein.

Die Bibliothekstür wurde lautstark aufgerissen und herein traten Cash und ein Kamerateam. Jamie und ich lösten uns hastig voneinander und setzten uns kerzengerade auf. Ich zog mir die Karodecke bis unters Kinn, als wäre ich eine viktorianische Jungfer, die in ihrem Schlafgemach überrascht worden war. Ich weiß nicht, woher der Impuls kam, meinen nicht besonders freizügigen Pullover zu bedecken, aber Menschen machen die komischsten Sachen, wenn sie erschreckt werden. Dann fiel mir ein, dass ich für die Kamera mehr Romantik bieten sollte, also tätschelte ich Jamies Wange – auf, wie ich hoffte, sehr sinnliche Art und Weise. Er sah mich an. Wenn auch nicht romantisch. Eher befremdet.

»Ach du meine Güte!« Cash lief rot an und wollte den Rückzug antreten, doch das Kamerateam hinderte ihn daran. »Sorry, Kinder, ich wollte nicht … na ja, ich, äh … wollte nicht …«

Es schien ihm die Sprache verschlagen zu haben. Da ihm der Ausgang versperrt wurde – oder vielleicht auch aus eigenem Antrieb, wer wusste das schon –, trat er in die Bibliothek.

»Ist das nicht der Moment, in dem du *Dad, raus aus meinem Zimmer!* brüllen solltest?«, versuchte er einen Scherz.

»Das ist nicht mein Zimmer.« Ich verbiss mir das *Und du bist nicht mein Vater*, das mir auf der Zunge lag, doch ich denke, er verstand es trotzdem.

»Ein klassischer Vater-Tochter-Moment, den wir hier haben, was?« Er lachte betreten.

»Nicht, dass ich wüsste«, erwiderte ich kühl.

»Der junge Mann hier muss dann wohl dein Freund sein!« Cash kam mit ausgestrecktem Arm auf Jamie zu, der sich umständlich vom Sofa erhob. »Ich muss schließlich sicherstellen, dass du auch gut genug für mein kleines Mädchen bist, was? Na ja, nicht mehr ganz so klein.«

»Ja, den kleinen Teil hast du verpasst«, murmelte ich.

»Mein Name ist Jamie. Ich freue mich, Sie kennenzulernen, Sir.« Jamie ergriff Cashs Hand. Cash schüttelte sie so überschwänglich, dass ich schon glaubte, Jamies Arm würde aus dem Gelenk kugeln.

»Du bist ihm keine Höflichkeiten schuldig.« Ich sprang vom Sofa auf, bereit, Jamie durch körperliche Gewalt aus seinem Handgriff zu befreien, wenn es sein musste. Das hier war mehr als absurd. *Ich* hatte meinen Vater ja noch nicht einmal kennengelernt. Sollte *ich* nicht seine Bekanntschaft machen, bevor *Jamie* es tat?

»Ich bin Brite! Egal, was ich sage, es hört sich immer höflich an«, sagte Jamie hilflos.

Jamie befreite schließlich seine Hand und trat verlegen beiseite, während Cash und ich einander anstarrten. Er war groß – genauso wie ich es mir immer vorgestellt hatte – und blond wie wir alle. Ich suchte in seinem Gesicht nach einem Hauch des Wiedererkennens … nach einer Art Ähnlichkeit … aber ich konnte mich nicht in ihm sehen. Seine Augen waren eher blau wie Dustys, weniger grau wie meine, aber da war nichts in ihnen, das mich mit ihm verband.

»Dylan«, sagte er einfach. Vielleicht suchte auch er nach etwas in mir.

»Dann weißt du also, wer ich bin?« Ich verschränkte die Arme vor der Brust. »Haben die Produktionsassistenten dich endlich aufgeklärt, dass du eine zweite Tochter hast?«

»Nein, natürlich wusste ich es. Ich habe nur nicht … Verdammt, Dylan, du warst ein Baby, als ich dich das letzte Male gesehen habe! Ich konnte dich praktisch in einer Hand halten.

Und jetzt bist du so erwachsen. Kein Wunder, dass ich dich nicht erkannt habe.«

»Ich wüsste nicht, was daran mein Problem sein sollte.«

»Das ist es nicht. Es ist nicht dein Problem, Kleines.«

»Nenn mich nicht so«, fuhr ich ihn an.

»Es ist nicht dein Problem, Dylan«, sagte er behutsam. »Es ist meins. Mir ist klar, dass ich euch Mädchen kein Vater war, aber jetzt bin ich hier. Das ist alles, was ich tun kann … euch sagen, dass es mir leidtut. Und von nun an für euch da sein.«

»Echt jetzt?« Ich lachte. »Das ist alles, was du tun kannst? Sagen, dass du jetzt hier bist? Na klar bist du hier. Wie furchtbar passend, dass du genau dann auftauchst, wenn die Familienzusammenführung im Fernsehen übertragen wird.«

»Ich habe nicht … Das ist nicht …«

»Hast wohl gehofft, dass deine dämliche Radiosendung mal erwähnt wird? Oder eine Stelle als Sportmoderator im Fernsehen dabei rausspringt?«

»Dylan, darum geht es nicht.« Der Tonfall seiner Stimme klang so dermaßen nach pädagogisch wertvollem Kinderfernsehen, dass ich ihn am liebsten erwürgt hätte. »Ich wollte nur hier sein für Dusty an ihrem großen Tag.«

»Das Ganze ist so durchschaubar, dass es echt peinlich ist«, sagte ich giftig. In diesem Moment hasste ich ihn … hasste alles an ihm, bis hin zu dem *Scores Sports Radio 96.5*-Emblem auf seinem Poloshirt. »Du wolltest für Dusty da sein, ja? An ihrem großen Tag?«, fragte ich sarkastisch. »Tja, wo warst du denn, als sie ihren Highschool-Abschluss gemacht hat? Oder ihren College-Abschluss? Glaub mir, für diese großen Tage hat sie einiges mehr an Arbeit investiert!«

»Ich weiß, dass ich viel verpasst habe, Dylan.« Er gab sich größte Mühe, Aufrichtigkeit zu verströmen. Wahrscheinlich in der Hoffnung, dass *TRC* nur diesen Ausschnitt zeigen würde. »Alles, was ich sagen kann, ist, dass ich jetzt hier bin.«

»Ja, das erwähntest du bereits. Ich hab's kapiert. Es juckt mich nur nicht sonderlich«, sagte ich ausdruckslos. »Ich hoffe, du genießt Schottland. Ach ja, falls du und Dusty beschließt, dass ihr einen auf glückliche Familie machen wollt, dann nur zu, aber ich habe nicht vor mitzumachen.«

»Ich weiß, dass ich Mist gebaut habe«, sagte er. »Und ich erwarte nicht von dir, dass du …«

»Genau. Erwarte nichts. Gar nichts«, sagte ich so klar und deutlich wie möglich. »Denn das ist alles, was du von mir bekommen wirst: nichts. Genau das, was ich auch dir zu verdanken hab.«

»Also gut … ganz wie du meinst.« Cash versuchte ein weiteres Lächeln, aber ich war mir sicher, dass selbst die Kameras sehen konnten, wie gezwungen es war.

»Ja, ganz wie sie meint«, sagte Jamie entschlossen, trat zu mir und legte eine tröstende Hand auf meine Schulter.

»Komm, Jamie.« Ich griff nach seiner Hand. »Lass uns … lass uns hier verschwinden.«

Ich hätte mir wahrscheinlich einen vernichtenden Spruch für meinen Abgang überlegen sollen, aber Wortgefechte waren noch nie meine Stärke gewesen. Stattdessen ging ich einfach. Glücklicherweise folgte Cash uns nicht, nur eine Kamera. Gut. Ein Kameramann weniger, der um Dusty herumscharwenzelte. Ich beschloss, genau das zu tun, was mir ständig alle predigten: ihn zu ignorieren.

»Glaubst du, es gibt auch nur den Hauch einer Möglichkeit, dass er es ernst meint?«, fragte Jamie, als er mir durch den Flur folgte. Ich beschloss, zum Wohnzimmer zu gehen – es war womöglich nicht ganz so privat wie die Bibliothek, aber immerhin bestand die Möglichkeit, dass zu dieser Tageszeit eine Käseplatte herumstand.

»Nein«, sagte ich entschieden. »Warum ist er dann erst jetzt aufgetaucht? Das kommt einfach zu gelegen. Er will sich nur im Licht der Öffentlichkeit suhlen.«

Jamie nickte nachdenklich. »Ich hatte vergessen, dass Reality-TV-Ruhm für einige Leute eine erstrebenswerte Sache ist.«

»Für viele. Und ich denke, für einen gewissen Cash Keller ganz besonders.«

Ich wollte gerne glauben, dass ich nicht der biologische Nachkomme eines aufmerksamkeitsgeilen D-Promis war, aber im Hinblick auf den Rest meiner Familie schien es nur logisch. Aber wenigstens war Dusty ehrlich, was das anging. Und Moms Arbeit vor der Kamera war tatsächlich, na ja, *Arbeit.*

Jamie drückte meine Hand. Was auch immer Cash Keller im Schilde führte, bei einer Sache hatte er recht – er war jetzt hier. Und es gab nichts, was ich dagegen tun konnte.

Kapitel 19

»Zieh!«

Ich hielt mir die Ohren zu und wappnete mich für die Explosionen von Gewehrschüssen und splitterndem Ton. Tontaubenschießen wäre am Mittwoch vor der Hochzeit nicht unbedingt meine erste Wahl der Freizeitgestaltung gewesen, aber es war mehr als offensichtlich, dass *TRC* und ich nie einer Meinung waren.

»Sie hätten uns keine Schusswaffen aushändigen dürfen.« Ich schüttelte den Kopf. »Das scheint mir eine ganz und gar fatale Idee.«

»Wenigstens sind die Wachteln in Sicherheit«, sagte Jamie. »Die einzigen Opfer hier sind aus Keramik.«

»*Noch.* Das wird nicht gut enden, merk dir meine Worte«, sagte ich unheilvoll.

»Nimm *DAS*, Kirby!«, jubelte Heaven. Sie schleuderte ihr Gewehr zu Boden und ging zu einem extrem elaborierten Siegestanz über, welcher sowohl den *Sprenkler*, die *Tootsie-Roll* und den *Wurm* beinhaltete.

»Das ist nicht fair!«, jammerte Kirby. »Nicht fair! Du stehst im besseren Winkel! Die Sonne blendet mich!«

»Ooooh, wäh, wäh, wääh.« Heaven stand wieder aufrecht und rieb sich übertrieben die Augen. »Soll Mary Poppins dich abholen kommen, damit du dein Nachmittagsschläfchen halten kannst, Riesenbaby?«

»Mary Poppins legt Babys nicht schlafen!« Kirby warf wütend das Gewehr zu Boden. »Sie nimmt sie mit zu magischen Abenteuern.«

»Gewinner kriegen magische Abenteuer, Riesenbaby-Verlierer dürfen Nickerchen halten.« Heaven verfiel vor Kit Kirby in einen *Moonwalk*, vorwärts und rückwärts. »Und ich kann hier nur *einen* Verlierer sehen.«

»Nicht fair!«, jammerte er. »Überhaupt nicht fair! Ich will eine Revanche.«

»Du kannst deine Revanche haben, Doofkopf, nachdem ich meinen Siegestanz beendet habe«, entgegnete Heaven und vollführte einen sehr überzeugenden *Einkaufswagen-Move.*

»Das wäre dann so ungefähr in zwölfeinhalb Minuten.« Ich tat so, als würde ich auf meine unsichtbare Uhr schauen.

»Hat jemand anders Lust?«, wandte Kit sich an die Reihe von Schützen. »Wer will gegen einen ehrlichen Mann in einem fairen Wettkampf antreten?«

Heaven verdrehte übertrieben die Augen, als sie ihren imaginären Einkaufswagen an ihm vorbeischob.

»Lass ihn ja nicht gegen Dusty antreten«, warnte ich. »Er wird nie wieder aufhören zu schmollen. Sie ist eine echte Todesschützin.«

»Du beliebst zu Scherzen«, erwiderte Jamie.

»Das ist mein voller Ernst. In der Highschool ging sie mit zwei Typen, die voll aufs Jagen abfuhren, und mit einem, dessen Vater Polizist war. Sie ist die totale Killermaschine. Wahrscheinlich kann sie alle hier schlagen.«

»Alle? Schwerlich. Nicht Ronan«, spottete Jamie. »Er ist ein ziemlich guter Schütze.«

»Sogar Ronan«, sagte ich überzeugt. »Ich wette, Dusty kann Ronan mit links schlagen. Willst du ein bisschen Spannung in die ganze Sache reinbringen?«

»Soll das eine Wette werden?«

»Verdammt, ja. Der Verlierer muss dem Gewinner einen Snack zubereiten. Und zwar einen deliziösen Snack.«

»Ich nehme die Wette an.« Er streckte die Hand aus und ich schüttelte sie. »Abgemacht. Ich freue mich schon auf meinen deliziösen Snack.«

»Du solltest deine Waffeln nicht zählen, bevor sie nicht im Toaster waren, Freundchen.«

»Wie bitte?«

»Du hast mich gehört. Hey, Dusty!«, brüllte ich. »Hast du Lust, eine Wette für mich zu gewinnen?«

»Sagtest du was von gewinnen, Dilly?«

Man konnte über Dusty sagen, was man wollte, aber nichts liebte sie so sehr, wie zu gewinnen. Na ja, bis auf ihren Verlobten vielleicht. Sie löste sich aus Ronans Umarmung und grinste mich mit ihrem verschmierten Lippenstift an. Ich persönlich hätte ja vor meiner Mutter mit niemandem rumgeknutscht … auch nicht vor meiner zukünftigen Schwiegermutter … oder dem verloren geglaubten Vater … aber Dusty schien damit kein Problem zu haben. Die drei Erwachsenen saßen zusammen hinter der Schützenlinie unter einem Baum, tranken Kaffee und führten angestrengten Small Talk. Ich war sicher, dass ich nicht die Einzige war, die bemerkte, dass Mom sich so weit weg von Cash wie nur möglich hingesetzt hatte.

Ich hätte auch nie im Leben rosa *Hunter*-Gummistiefel und einen rosa Karomantel getragen, so gesehen gab es da einiges an Dusty, was ich nicht verstand.

»Wer bist *du* denn?«, fragte ich, als sie und Ronan zu uns rüberkamen. »Die Fuchsjagd-Barbie?«

»Sich für die Jagd zu kleiden ist eine Tradition!«, piepste sie mit Babystimme und machte große Kulleraugen. »Was du auch wüsstest, wenn du dich mal darum bemühen würdest, aus diesem schrecklichen Kapuzenpulli zu kriechen!« Sie zog mir neckend die Kapuze über den Kopf und beugte sich ganz nah vor, während ich versuchte, sie von mir wegzuschieben. »Ich spiele brav mit, Dylan«, raunte sie kaum hörbar. »Ich gebe ihnen genau das, was sie wollen. Je dämlicher ich ausschaue, desto weniger Grund hat Pamela, nach neuen dramatischen Enthüllungen herumzuschnüffeln. Doof kommt eben gut im Fernsehen.«

Irgendwie war ich trotz allem beeindruckt von Dusty. Die Vorstellung, Pamela zu geben, was sie wollte, war mir persönlich ein absoluter Graus, aber selbst ich verstand, dass hier Wichtigeres auf dem Spiel stand, als *TRC* einen Strich durch die Rechnung zu machen. Oder im Fernsehen nicht wie ein Trottel dazustehen.

»Na schön, Schwesterherz«, sagte Dusty laut. »Was soll ich diesmal gewinnen.«

»Einen Schießwettbewerb. Ich habe mit Jamie gewettet, dass du gegen Ronan gewinnst.«

»Ist das alles? Nichts leichter als das!«, brüstete sie sich. »Bist du bereit zu verlieren, Baby?«

»Bist du sicher, dass du das tun solltest?«, fragte Ronan zögernd und legte fürsorglich eine Hand auf ihren Rücken.

»Mir geht's blendend«, tat Dusty es mit einem Lachen ab.

»Ich bin ja nicht aus Glas. Ich werde schon nicht zerbrechen, versprochen.«

Ich erstarrte – war das Schießen womöglich schädlich für das Baby? In Fragen, die nicht den Alkoholkonsum angingen, hatte ich keine Ahnung, was eine schwangere Frau alles tun durfte und was nicht. Aber Dusty schien kein bisschen besorgt, vermutlich wusste sie, was sie tat.

»Ich glaube ja, du hast Schiss.« Dusty stupste Ronan vor die Brust. »Schiss, dass dir ein Mädchen den Hosenboden strammziehen könnte.«

»Ronan hat vor nichts Angst«, mischte Kit sich loyal ein. »Einmal hat er sogar eine ohrlose Hundsrobbe niedergerungen.«

»Warum sollte jemand mit einer Robbe ringen?«, fragte ich.

»Es war nicht wirklich Ringen, mehr Kuscheln«, stellte Ronan klar.

»Eine ohrlose Hundsrobbe?«, fragte Heaven.

»Hundsrobben haben außen keine Ohren, aber sie können trotzdem hören«, erklärte Jamie.

»Woher weißt du das?« Ich schüttelte ungläubig den Kopf.

»Das ist nicht das erste Mal, dass ich die Geschichte von Ronan und der Robbe höre«, erwiderte er.

»Tja, Leute, mir scheint, wir hören hier einiges an Geplapper, aber kein Geballer.« Dusty tappte ungeduldig mit dem Fuß. »Warum hörst du nicht auf Zeit zu schinden und schwingst deinen süßen Hintern zu dem Taubenabschuss-Dingsda.«

»Och, schau einer an, sie kennt sogar den Fachbegriff dafür, Ronan«, spottete Kit. »Vielleicht solltest du dir vor Angst in die Hose machen.«

»Oh Mann, das wird ja so toll!« Ich rieb mir vergnügt die Hände, als Dusty nach vorne trat, das Gewehr an die Schulter hob und das Visier anpeilte. »Er hat ja keine Ahnung, auf was er sich da einlässt. *Keine Ahnung.*«

»Ich muss zugeben, dass sie tatsächlich etwas von einer Killermaschine hat«, sagte Jamie.

»Du kannst jetzt keinen Rückzieher mehr machen, Snack-Boy«, kicherte ich fröhlich. »Du hast dich auf die Wette eingelassen.«

»Ein Gentleman tritt nie von seinem Wort zurück«, erwiderte er entrüstet.

»Ihr Jungs seid vielleicht Gentlemen«, sagte Dusty, »aber ich habe vor, wie eine echte Lady zu schießen. Bist du bereit, Baby?«

»Ich werde dir das hier nicht leicht machen, Dusty«, erwiderte Ronan ernsthaft.

»Hoffentlich, denn wenn du das wagen solltest, erschieße ich dich«, drohte sie. »Ich will die Gewissheit, dass ich dir fair und nach allen Regeln der Kunst den Hosenboden stramm gezogen habe.«

»Wir werden ja sehen, wer wessen Hosenboden stramm zieht, Madam!«, verkündete Kit. »Schützen, setzt euren Gehörschutz auf!«

Dusty zog sich die Schutzhörer von Heaven über den Kopf, peinlich darauf bedacht, ihre Haarpracht nicht platt zu drücken, während Ronan sich die von Kit schnappte und weniger vorsichtig über die Ohren stülpte.

»Zieh!«, rief Dusty plötzlich, und die erste Tontaube flog in die Luft. Sekunden später explodierte sie. Genauso wie die nächste. Und die nächste. Und die danach. Dusty zerlegte fünf Tontauben, dann schoss Ronan, dann wieder Dusty. Um ehrlich zu sein, war es ziemlich langweilig – nichts als Schreie und Explosionen. Aber was *überhaupt* nicht langweilig war, waren

Kits und Jamies schockierte Gesichter, als Dusty schoss. Runde um Runde, in der jede Tontaube explodierte, klappte Kits Kiefer tiefer und tiefer.

»Teufel noch mal, das ist ja unglaublich.« Kit schüttelte fassungslos den Kopf. »Einfach nur unglaublich! Wie ist …? Wie kann sie …? Sie trägt doch viel zu viel Make-up, um gut in Sport zu sein.«

»Sexist!«, schimpfte Heaven.

»Bei Gott, ich werde diese amerikanischen Frauen nie verstehen«, brummte er. »Das ergibt doch überhaupt keinen Sinn … Supermodels mit Schießgewehren.«

Ronan war gut, doch an Dusty kam er nicht ran. Er traf zwar beinahe alle seine Ziele, aber es war nicht genug. Von den fünfundzwanzig Tontauben, die abgeschossen wurden, verfehlte Dusty keine einzige.«

»Wuuhuuu!« Cash ließ unter dem Baum ein ohrenbetäubendes Pfeifen hören. »Hammer Schuss, Kleines! Das ist *mein* Mädchen, Leute! Einfach nur der Knaller!«

»Danke, Daddy«, zwitscherte Dusty.

Kotz. Ich konnte mich nicht entscheiden, was schlimmer wäre – dass Dusty mit dem Auftauchen von Cash Keller völlig einverstanden war oder dass sie für die Kameras nur so tat. So oder so hätte man bei ihrem Anblick nie vermutet, dass sie sich seit sechzehn Jahren nicht gesehen hatten.

»Exzellent geschossen, mein Schatz.« Ronan schloss Dusty in seine Arme und küsste sie auf den Scheitel. »Hättest du mich nicht einmal gewinnen lassen können?«

»Niemals.« Sie grinste.

»Nicht mal, wenn mein männlicher Stolz auf dem Spiel stünde?«

»Ganz besonders dann nicht.«

»Und deswegen liebe ich dich auch so.«

Wieder fingen sie an rumzuknutschen und der Rest von uns wandte sich diskret ab.

»Tja, Dylan«, sagte Jamie. »Ich muss ehrlich sagen, das hab ich nicht kommen sehen. Es war nicht … was ich von Dusty erwartet hätte.«

»Du solltest ein Buch nie nach seinem rosa Cover beurteilen«, erwiderte ich selbstgefällig. »Und jetzt her mit dem Einsatz!«

»Was, *jetzt?*«, fragte er verunsichert »Ich habe aber keinen Snack bei mir.«

»Wer hat einen Snack?«, fragte Heaven.

»Das war unser Wetteinsatz. Da Dusty gewonnen hat, muss Jamie mir einen superleckeren Snack zubereiten«, erklärte ich.

»Auch eine Art, zu tief zu zielen, Mädchen.« Heaven schüttelte den Kopf. »Du hättest um ein Auto wetten sollen.«

»Er hat kein Auto. Und ich auch nicht.«

»Wäre ja nicht dein Problem gewesen.« Sie zuckte die Achseln. »Er hätte eben eins auftreiben müssen. Irgendwie.«

»Nicht alle teilen deine lässige Haltung bezüglich Autodiebstählen.«

»Ich habe mir Kats Auto nur *geliehen.*« Heaven funkelte mich an. »Ausgeliehen. Mit der festen Absicht, es wieder zurückzugeben.«

»Ja, aber nur unter Androhung körperlicher Gewalt«, sagte Kit mürrisch. »Wenn ich nicht rechtzeitig gekommen wäre, wäre die kleine Kratzbürste schon auf halbem Weg in die Staaten gewesen.«

»Wie auch immer«, unterbrach ich die beiden und wandte mich an Jamie. »Gibt es einen Ort im Schloss, wo wir einen Snack zubereiten können?«

»In der Küche dürfte momentan nicht viel los sein«, überlegte Jamie. »Bis zum Abendessen dauert es noch ewig. Hoffentlich stört es sie nicht, wenn wir ein bisschen herumwerkeln.«

»Zeit für einen Snack? Och, ich würde auch nicht Nein sagen zu einem kleinen Happen.« Kit tätschelte liebevoll seinen Bauch. »Bin selbst ein klitzeklein bisschen hungrig.«

»Nein«, sagte Heaven entschieden. »Wir haben noch was zu erledigen. Und ich brauch dich mit deinem jetzigen Kampfgewicht.«

Sie stupste ihn in seinen Bauch und er quiekte wie eines der drei kleinen Schweinchen. Seltsam. Was konnten Heaven und Kit wohl gemeinsam zu erledigen haben? Ich wollte mir gar nicht vorstellen, welche Rolle Kits Gewicht dabei spielen mochte.

»Hey, Finger weg!«, befahl er. »Ich habe die Figur eines stattlichen Mannes, vielen Dank auch! Und egal, was ich esse, es wird in drei Tagen keinen großen Unterschied machen. Ich sehe also keinen Grund, warum ich mir nichts Süßes gönnen sollte.«

»Keine Süßigkeiten!«, bellte Heaven. »Wir müssen trainieren und das weißt du.«

»Diese junge Dame ist äußerst grausam, wirklich.« Kit stocherte mit dem Daumen in Heavens Richtung, dann drehte er sich zu ihr um. »Deine Mutter hat da gründlich was missverstanden, als sie dich Heaven genannt hat. *Beelzebub* wäre weitaus passender gewesen.«

»Sehr witzig. Und jetzt ab mit dir. Zurück ins Schloss. Los. Geh.«

Heaven verpasste ihm einen entschlossenen Schubser in den Rücken und er setzte sich langsam und schwer seufzend in Bewegung.

»Hey, Heaven.« Ich packte ihren Arm. »Was genau tust du da mit Kit.«

»Darf ich dir nicht verraten.«

»Darfst nicht oder willst nicht?« Ich kniff die Augen zusammen.

»Es ist ein Geheimnis, Dylan«, erwiderte sie geduldig, als spräche sie mit einem Kind.

»Du bist aber nicht, äh … ich meine, du bist nicht … äh … oder doch?«

»Ob ich was bin? Oh …« Plötzlich dämmerte ihr die Erkenntnis. »Gott, Dylan, du bist echt abartig! Der Typ ist alt! Ich meine, richtig alt!«

»Tut mir leid!«, sagte ich verzweifelt. »Ich musste einfach fragen!«

»Schön, das hast du getan, also weißt du es jetzt und musst nie wieder über diese Horrormöglichkeit nachdenken.« Sie zog eine Kotzgrimasse. »Oh Gott, ich glaube, du hast mein inneres Auge geblendet. Vielen Dank auch.« Sie schüttelte den Kopf und folgte Kit ins Schloss.

»Auf zur Küche?« Jamie hielt mir seinen Arm hin und ich hakte mich unter.

Kapitel 20

Als wir davongingen, hörte ich noch Moms supergekünsteltes Kameralachen – die Art von Lachen, das sie aufsetzte, wenn ein Gast in der Sendung versuchte, einen Witz zu reißen. Ich spürte, wie sich meine Stirn in Falten legte.

»Ich mache mir Sorgen um Mom«, sagte ich leise. »Diese ganze Sache mit Cash Keller. Für *mich* ist das schon schräg genug, aber ich kann mir nicht ansatzweise vorstellen, wie schlimm es für sie sein muss. Außerdem habe ich kein Problem damit, ihn zu ignorieren und ihm die Meinung zu sagen, aber sie ist so *Ich-bin-eine-erwachsene-und-wohlerzogene-Südstaaten-Lady-und-würde-lieber-sterben-als-selbst-zu-einem-Arschloch-unhöflich-zu-sein-das-mich-und-meine-Töchter-verlassen-hat.*«

»Südstaatenfrauen und Briten haben mehr gemeinsam, als ich dachte«, sagte Jamie nachdenklich. »Lieber tot als unhöflich. Und anscheinend auch schockierend tödliche Schießkünste.«

»Ja«, lachte ich, biss mir dann jedoch schnell auf die Lippe. *Verdammt!* Kamera-Mikes Schritte im Schnee waren so leise gewesen, dass ich gar nicht gemerkt hatte, dass er uns folgte. Wahrscheinlich hätte ich Moms schmutzige Wäsche nicht so ins Freie hängen sollen. Tja, jetzt war es zu spät. Außerdem wehte die Leigh-Familienwäsche bereits für alle sichtbar in der Öffentlichkeit – ein kleiner bunter Kommentar meinerseits würde daran nichts ändern.

»Deine Mom ist eine starke Frau«, sagte Jamie leise. »Sie wird das schon schaffen. Immerhin ist sie, ohne auch nur zu zucken, mit Ronans Mutter klargekommen, dabei ist Florence eine der furchteinflößendsten Personen, die ich kennenlernen durfte.«

»Das stimmt, Mom kann echt tough sein. Du hättest mal sehen sollen, wie sie diesen Basketball-Coach plattgemacht hat.«

»Wie bitte?«

»In ihrer Sendung. Sie sollte diesen Coach von der Universität von Mississippi interviewen, der wegen fragwürdiger Trainingsmethoden in der Kritik stand, und sie hat ihn vor laufender Kamera auseinandergenommen. Ihre Sendung sollte eigentlich aus so bravem, nettem Guten-Morgen-Zeug bestehen … du weißt schon, Rezepte für Eiweiß-Frittata oder Spartipps für den Urlaub und so. Aber dann hat der Typ sie zur Weißglut gebracht. Der Clip war kurz ein echter Hit im Internet.«

»Dann ist also deine ganze Familie berühmt?«

»Alle bis auf mich.«

»Gott sei Dank«, sagte er und nahm lächelnd meine Hand.

Wir spazierten in angenehmer Stille zum Schloss zurück und schwangen dabei die Hände zwischen uns. Na ja, still bis auf jedes Mal, wenn Kamera-Mike auf ein besonders quietschiges Stück Schnee trat. Trotzdem, es war wirklich um einiges einfacher, die Kamera zu ignorieren, wenn ich sie nicht sehen konnte. Und wenigstens lieferte ich Pamela so ein bisschen romantisches Material für ihre dämliche B-Story.

»Was darf ich snackmäßig eigentlich erwarten?«, fragte ich, als wir die relativ warme Eingangshalle von Dunyvaig betraten. »Bist du ein guter Koch?«

»Meine Kochkünste beschränken sich vornehmlich auf das Gebiet des Toastgrillens«, erwiderte Jamie und führte mich in den Speisesaal.

»Ich habe *deliziöser* Snack gesagt. Ich lasse mich auf keinen Fall mit trockenen Toastscheiben abspeisen.«

»Womöglich habe ich noch ein paar Tricks im Ärmel.« Jamie blieb vor einem von Dunyvaigs endlosen Bücherregalen stehen. »Grundgütiger!«, rief er schockiert aus. »Ist das etwa *Florence* … in ihrem *Schlüpfer*?«

»Was zum …?«

Ich drehte mich um, um nachzuschauen, doch Jamie packte meinen Arm – und wir verschwanden in der Wand.

Um uns herrschte absolute Finsternis. Ich streckte den Arm aus, konnte jedoch nichts spüren. Was war gerade passiert?

»Geheimtür im Bücherregal«, erklärte Jamie, als er das Licht einschaltete und einen kargen gelben Raum mit einem Ledersessel und einem Tischchen erleuchtete, auf dem ausgerechnet eine Auswahl von *Archie*-Comics verstreut lag. »In einem der Bücher ist ein Hebel versteckt.«

»Scheint mir ziemlich übertrieben das Ganze.« Wer brauchte schon eine Tür im Bücherregal, die zu einem extra *Archie*-Comic-Lesezimmer führte? Der Raum hatte immerhin die Größe eines geräumigen Wandschranks.

»Ich fand es einen recht cleveren Schachzug von mir, um der Kamera zu entkommen.«

»Echt jetzt? Der alte *Mit dem Finger zeigen und wegrennen*-Trick? Sind wir in einem Zeichentrickfilm?«

»Hat doch funktioniert, oder nicht?«, sagte er stolz. »Ich habe gezeigt. Er hat hingeschaut. Und wir sind verschwunden.«

»Ja, schon, aber wir dürfen nicht … Wir sollten nicht vor den Kameras wegrennen.«

»Bist du denn nicht froh?« Er schien überrascht. Was verständlich war. »Ich dachte, du hättest lieber einen Moment ohne Kamera.«

»Hätte ich ja auch gerne. Wirklich. Aber Pamela hatte eine kleine, äh, Unterredung mit mir, darüber, dass ich nicht mehr vor den Kameras weglaufen soll. Und du weißt ja, dass sie …«

»… ziemlich einschüchternd sein kann«, beendete er den Satz für mich. »Du bist nicht vor der Kamera weggerannt, ich habe dich entführt. Und wir sind auch nicht gerannt, wir haben lediglich eine kleine Abkürzung genommen, die der Kameracrew leider nicht bekannt war. Das werde ich Pamela bei unserem nächsten Treffen mit Freude erklären. Vielleicht wird es Kamera-Mike auch so unangenehm sein, uns aus den Augen verloren zu haben, dass er es ihr überhaupt nicht erzählt.«

»Vielleicht«, stimmte ich ihm zu, war aber immer noch besorgt. Natürlich wollte ich nicht, dass Pamela meine Mom verklagte, aber der egoistische Teil von mir wollte allein mit Jamie sein, ohne Zuschauer. Na ja, jetzt war der Schaden schon angerichtet. Es wäre wohl nicht viel damit gewonnen, wenn wir wieder aus dem Bücherregal hervorhüpften, überlegte ich selbstsüchtig.

»Sollen wir?« Während ich noch in Gedanken versunken war, hatte Jamie eine Falltür aufgezogen.

»Du machst wohl Witze, oder?«, keuchte ich verblüfft. »Eine Geheimtür, die zu einer Falltür führt? Wie ich schon sagte: ziemlich übertrieben. Hatten die Murrays damals ein Zwei-zum-Preis-von-einem-Angebot für schräge Schlossarchitektur oder so was in der Art?

»Wenn man schon ein Schloss hat, kann man genauso in die Vollen gehen.«

Ich folgte Jamie durch die Falltür und wartete am unteren Ende der Treppe auf ihn, während er die Luke über unseren Köpfen schloss und nach einer Taschenlampe griff. Gehörte das zu den Aufgaben des Personals, an jeder Falltür im Schloss eine Taschenlampe zu hinterlegen? Und auch die Batterien zu wechseln?«

Jamie ging mit der Taschenlampe voran und bog an einer Weggabelung entschlossen in den rechten Gang. Wenige Minuten später erreichten wir eine Treppe, auf der ebenfalls eine Taschenlampe lag.

Oben angelangt stieß Jamie gegen die Falltür, die mühelos über seinem Kopf aufschwang. Er kletterte hinaus, und ich folgte ihm und blickte mich um, während er die Luke schloss und den kleinen Webteppich wieder zurechtrückte, der sie bedeckte. Wir waren in der Küche angelangt, doch sie war anders als alle Küchen, dich ich je gesehen hatte. Zum einen war sie fast genauso groß wie der Ballsaal. Glänzende Kupfertöpfe- und Pfannen hingen an jeder zur Verfügung stehenden Wandfläche und schimmerten im Licht, das durch die hohen Fenster unter der Gewölbedecke fiel. In der Mitte des Raumes standen sechs riesige Tische mit glänzenden Edelstahlplatten und Holzbeinen. In den höhlenartigen Nischen entlang der Wand, waren Regale eingebaut, die alle nur erdenklichen Schüsseln und Kochutensilien zur Schau stellten, sowie einige restaurantmäßige Öfen und Gasherde, die wie die größere, glänzendere, sauberere Version unseres Diners in Tupelo aussahen. Und dann erblickte ich die Kühlschränke. So viele Kühlschränke. Eine ganze *Wand* aus Edelstahlkühlschränken, allesamt größer als Jamie und so blitzblank, dass sich der Rest der Küche darin spiegelte.

»Beeindruckend, nicht wahr?«

»Ich glaube, diese Küche ist größer als unser Haus«, staunte ich.

»Hier, bitte, setz dich.«

Er zog einen Hocker unter einem der Tische hervor und ich kraxelte drauf.

»Hast du schon einen Plan?«, fragte ich, als er entschlossen auf eine klobige Kühltruhe zuging. »Scheint ganz, als wüsstest du, was du tust.«

»Da war noch etwas, das ich …«, sagte er und begann in der Kühltruhe zu wühlen. »Ich hatte gehofft … es irgendwann einmal ausprobieren zu können … Aha!« Triumphierend zog er einen Gefrierbeutel heraus, der komische braune Klumpen enthielt, und legte ihn vor mir auf den Tisch wie ein Kater, der seinem Frauchen eine tote Maus schenkt.

»Was ist das?«, fragte ich. »Das sieht aus wie gefrorene Kacke.«

»Das ist Schokolade, Dylan!«, rief er entsetzt. »Ganz ehrlich, du bist echt irre. Das sind Marsriegel. Ich konnte keine Reese's-Erdnussbutter-Cups in Dunkeld auftreiben, aber ich glaube, die hier lassen sich ohnehin besser frittieren. Marsriegel sind das Original, hast du doch selbst gesagt, oder nicht?«

»Moment, wie bitte? Du meinst die frittierten Schokoriegel, über die wir am ersten Tag gesprochen haben? Ich kann nicht glauben, dass du dich überhaupt daran erinnerst.«

»Natürlich erinnere ich mich.« Er schien überrascht, dass ich überrascht war. »Seit dem Augenblick, als ich dich gesehen habe, versuche ich, mir alles von dir zu merken, Dylan. Ich will nichts vergessen. Kein Wort, keinen Blick, keinen Moment. Ich will mich an dich erinnern, an alles.«

Plötzlich hatte ich das Gefühl, als hätte ich das Wort »bittersüß« nie zuvor wirklich verstanden – außer wenn es um Schokolade ging. Aber es war das Einzige, das mir in dem Moment einfiel. Jamie sagen zu hören, dass er versuchte, sich alles von mir zu merken, ließ ein Gefühl des Glücks in mir aufsteigen, doch es wurde von dem Wissen vergiftet, dass er es tat, weil wir einander schon bald Lebewohl sagen mussten. Ich wollte für Jamie nicht nur eine Erinnerung sein, doch ich wusste, es war das Beste, was ich kriegen konnte.

»Vergiss mich nicht«, flüsterte ich und spürte entsetzt die Tränen, die in meinen Augen brannten. »Versprich es mir. Versprich, dass du das hier nicht vergessen wirst.«

»Das könnte ich gar nicht. Nie.«

Er beugte sich zu mir runter und küsste mich so fest, dass unsere Zähne aneinanderstießen. Ich klammerte mich an seinen Rücken, als würde ich ertrinken, und wir verharrten in diesem langen, langsamen Kuss, bis ich mich verlegen von ihm löste, mit dem salzigen Geschmack meiner Tränen auf den Lippen.

»Habe ich das richtig verstanden?« Ich wischte mir die Tränen mit dem Ärmel weg. »Du hast diese Schokoriegel nur hier gebunkert in der Hoffnung, mich in die Küche zu locken und sie zu frittieren?«

»Ganz genau. Bevor wir bei Tilly losgefahren sind, habe ich sie in Dunkeld am Kiosk gekauft, während du im Van geschlafen hast.«

»Gleich am ersten Tag? Wow, du bist echt ein Spinner«, neckte ich ihn.

»Ich kann nicht auf cool machen, Dylan«, sagte er verlegen. »Ich bin nicht cool.«

»Coolness wird völlig überbewertet.« Ich zuckte die Schultern. »Sicher, dass du so was hinkriegst? Frittieren scheint mir eine knifflige Sache. Du weißt schon, das ganze heiße Öl …«

»Du wagst es, an mir zu zweifeln? Eine von den *TRC*-Tanten hat mir erlaubt, auf ihrem Smartphone zu googeln, wie es geht. Ich bin perfekt vorbereitet. Siehe zu und lerne.«

Er goss reichlich Öl in einen riesigen Topf, an dessen Rand ein Thermometer geklemmt war, und machte den Herd an. Dann begann er in der Küche herumzurumoren, Schränke zu öffnen und Schüsseln, Mehl und andere Utensilien hervorzuziehen. Konzentriert vermengte er das Mehl, Salz und etwas Backpulver. Dann ging er zum Kühlschrank und kam mit Milch und noch mehr Öl zurück, die er in einer extra Schüssel verquirlte. Dann erst rührte er alles zusammen.

»Vorsicht, Jamie«, warnte ich, als er sich vorbeugte, um das Thermometer zu checken. Ich konnte sehen, wie das Öl bereits vor Hitze flimmerte.

»Perfekt«, sagte er. Mithilfe einer Zange tunkte er einen Schokoriegel in den Teig, bis er vollständig damit bedeckt war, und ließ ihn vorsichtig in das blubbernde, zischende Öl gleiten. Wie Hexen um einen Kessel standen wir da und schauten mit angehaltenem Atem zu, wie der Marsriegel auf und ab hüpfte. Ein paar Minuten später zog Jamie ihn mit einem Schaumlöffel heraus und legte ihn auf einer Lage Küchenpapier ab.

»Er ist echt schön geworden«, sagte ich. Na ja, so schön wie ein fettig heißer Klumpen Teig eben sein konnte.

»Probieren! Probieren!«, drängte Jamie mich grinsend, hob

den Schokoriegel mit der Zange hoch und hielt ihn mir hin. »Beiß mal.«

»Uaah!«, rief ich, als ich ein kleines Stückchen geschmolzener Schokolade abbiss. »Heiß! Heiß! Viel zu heiß!«

»Sorry!«, entschuldigte er sich und begann nachträglich auf den Marsriegel zu pusten.

»Schon okay!« Ich schluckte hörbar. »Lass mich noch mal versuchen.«

Vorsichtig nahm ich einen Bissen. Außen knusperte die Kruste, dann kam der cremig-köstliche Teig und in der Mitte geschmolzene Schokolade pur. Es war so lecker, dass ich unwillkürlich kichern musste wie so ein gestörter Schoko-Gremlin.

»Ist es gut?«, fragte er nervös.

»Es ist perfekt«, erwiderte ich.

Kapitel 21

»Auuu«, jaulte ich.

»Halt still, Schätzchen«, murmelte die großmütterliche Dame, die gerade dabei war, mich aufzuspießen, durch einen Mundvoll Stecknadeln hindurch. Für jemanden, der mir gerade mal bis zum Ellbogen reichte und wie die Frau vom Weihnachtsmann aussah, war sie überraschend gruselig. »Rühr dich nicht. Und würdest du bitte aufrecht stehen?«

Ich richtete mich so gerade auf, wie ich konnte, und stellte mir dabei diesen Faden vor, der von meinem Kopf zur Decke gespannt war, von dem Heaven immer sprach. Ich konnte nicht glauben, dass wir bei der letzten Kleideranprobe waren. Schon bald gäbe es kein Herumschweifen durch das Schloss mehr, keine Mahlzeiten, die sich aus unbekannten Zutaten zusammensetzten, und keine gefilmten Beichten mit Pamela und Kamera-Mike – die sich als gar nicht so schlimm herausgestellt hatten. Eigentlich musste ich vor allem nur im Detail erzählen, was Jamie und ich getan hatten. Pamela zwang mich tatsächlich, etwa fünfzehnmal »Schottland ist der perfekte Ort, um sich zu verlieben« zu sagen, bis es nicht mehr sarkastisch klang. Es lag wohl an irgendeiner Vereinbarung von *TRC* mit *VisitScotland.com #ScotSpirit* – und auch das ließ sie mich richtig oft aufsagen.

Doch jetzt, nach zwei etwas planlosen Wochen auf Dunyvaig, rasten die letzten Tage auf die Hochzeit zu wie ein außer Kontrolle geratener Zug. War das Probedinner wirklich schon morgen? Wenigstens war nichts Schlimmes mehr passiert, seit Jamie und ich durch die Geheimtür verschwunden waren. Nun, noch nicht. Vielleicht setzte Pamela schon eifrig ihre Klageschrift wegen Vertragsbruchs auf. Sofort bekam ich Gänsehaut am ganzen Körper.

»Hättest du mir keine langen Ärmel spendieren können, Dusty?«, fragte ich, als die Schneiderin mich die Arme über den Kopf heben ließ, um an meiner Taille herumzustochern. »Ich meine, wir haben *Dezember.*«

»Du wirst doch die ganze Zeit drinnen sein, Dummerchen«, sagte Dusty wegwerfend. »Außerdem ist der Fetzen aus Samt. Mit langen Ärmeln würdest du beim ersten Tanz schon schwitzen wie ein Ferkelchen.«

»Du schwitzt und das weißt du.« Heaven deutete mit ihrem Champagnerglas, das mit sprudelnder nicht alkoholischer Traubenschorle gefüllt war, auf mich. »Deine Schwester kümmert sich nur um dich. Eine gute Entscheidung mit den Ärmeln, Dusty.«

»Danke dir, Heaven.«

Ich verdrehte die Augen, als sie klirrend mit ihren Gläsern anstießen. Die beiden saßen in seidenen Morgenmänteln auf dem Sofa – auf Dustys weißem Exemplar prangte *Braut* auf dem Rücken, auf Heavens rosafarbenem *Anne-Marie* – und sahen für meinen Geschmack viel zu kumpelhaft aus. Da Heaven nur Brüder hatte, konnte sie nicht wirklich verstehen, wie ätzend eine große Schwester sein konnte. Mom saß ihnen gegenüber in einem dick gepolsterten Sessel, glücklicherweise trug sie keinen albernen Morgenmantel, sondern eine typisch geschmackvolle Kombination aus Kaschmir-Twinset und Stoffhose.

Ich fragte mich, ob dies der Raum war, in dem die Herrin des Anwesens früher ihre Kleider geschneidert bekam. Wir befanden uns irgendwo im zweiten Stock, und das Zimmer war riesig, größer noch als mein Schlafzimmer. Ein dreiflügeliger Spiegel – genauso einer wie der in dem Laden in Tupelo, wo Dusty sich all ihre Kleider für die Schönheitswettbewerbe besorgte – stand vor einem kleinen Podest und beherrschte den gesamten Raum. Kleiderschränke zogen sich über sämtliche Wände, aber als ich vorhin einen Blick hineingeworfen hatte, waren sie allesamt leer gewesen. Es war also nicht der Raum, wo Florence ihre Kleidung aufbewahrte.

Oh Gott. *Florence.* Wenn Dusty mit Ronan hier einzog, würde Florence dann immer noch hier wohnen? Wahrscheinlich. Wo sollte sie sonst hin? Das hier war immerhin ihr Zuhause Ich schauderte bei dem Gedanken. Egal wie groß Dunyvaig war, ich würde kein Haus – nicht einmal ein Schloss – mit *dieser* Frau teilen wollen.

»Du siehst zauberhaft aus, Dylan«, sagte Mom aufmunternd. »Ist es nicht schön, mal aus dieser Jeans rauszukommen?«

»Nicht besonders«, erwiderte ich. Es war zwar ein wunderschönes Kleid aus dunklem, meerblauem Samt, aber die Korsettstäbe in dem engen Mieder bohrten sich in meine Rippen, und es juckte mich in den Fingern, den herzförmigen Ausschnitt alle zwei Sekunden hochzuzerren, damit mein flacher

Busen nicht vor den Augen der gesamten Welt entblößt wurde. Ganz zu schweigen von den unzähligen kleinen Knöpfchen, bei denen man ewig brauchte, um sie zu schließen, oder der Schottenkaro-Schärpe, die über meinem Hintern zu einer absurd großen Schleife geknotet war. Wenigstens war der Rock nur wadenlang und locker gebauscht – *Tea-length*, hatte Dusty es genannt –, also bestand keine Gefahr, dass ich stolpern würde. Ein Stressfaktor weniger auf dem Weg zum Altar.

»Nerv mich ja nicht mit dem Kleid, Dilly!«, warnte Dusty. »Ich habe dir schon erlaubt, Ballerinas zu tragen, oder etwa nicht? Was willst du mehr?«

»Ich dachte, wir tragen Ballerinas, damit die Brautjungfern nicht fünf Köpfe größer sind als Kit Kirby«, sagte ich.

»Ballerinas werden da kaum helfen.« Heaven schüttelte den Kopf.

»Nun?«, fragte die Schneiderin und trat einen Schritt zurück. »Was denken Sie?«

»Gut«, sagte Dusty entschieden. »Sie ist fertig.«

»Ganz reizend«, pflichtete Mom ihr bei.

»Dann ist es Zeit für die Braut!«, trällerte die Schneiderin. »Runter mit dir, Schätzchen. Ich helfe dir mit den Knöpfen.«

Ich hopste von dem Podest und die pummeligen, doch flinken Finger der Schneiderin lösten die Knöpfe in Windeseile. Ich verschwand hinter dem Paravent, wo ich meine Klamotten abgelegt hatte, und wand mich aus dem Kleid, wobei meine Rippen vor Erleichterung sangen. Womöglich lag da ein rosa Seidenmantel mit einem *Dylan*-Schriftzug aus Strasssteinen herum – oder schlimmer noch, mit *Dilly* –, aber falls er da lag, hatte ich keinerlei Absicht, ihn ausfindig zu machen. Also schlüpfte ich einfach wieder in meine Jeans und meinen Kapuzenpulli.

Als ich zurückkam, setzte Dusty ihr volles Champagnerglas auf dem Tisch ab und stellte sich mit demonstrativ über den Kopf gestreckten Armen hin.

»Ich bin ja so aufgeregt!«, quietschte Heaven.

Ein außenstehender Beobachter hätte meinen können, dass *sie* die Brautjungfer wäre. Ich fühlte mich irgendwie schlecht, dass ich nicht so quietschig und sentimental und aufgeregt war, aber hoffentlich verstand Dusty, dass dieser ganze Hochzeitskram einfach nicht mein Ding war. Außerdem, es war ja nicht so, als ob wir zuvor diese Art von quietschigen, sentimentalen Schwestern gewesen wären. Dusty war so viel älter als ich, dass ich den Großteil meiner Kindheit das Gefühl hatte, eine Art glamouröse Babysitterin zu haben. Und dann, als ich in die Middleschool mit all ihren Torturen kam, bildeten die Erinnerungen dort an sie eine ständige Mahnung daran, dass ich in jeglicher Hinsicht ungenügend war. Weil ich einfach nicht Dusty war – ohne perfektesHaar, ohne perfektes Lächeln und ohne einen stetigen Strom an Verehrern. Nur ich.

»Hast du das Kleid schon gesehen, Dyl?«, fragte Heaven mit derselben aufgeregten Stimme, wie wenn wir den Bräuten in der *Say Yes to the Dress*-Show zuschauten, wenn sie sich für ein Kleid entschieden.

»Ich glaub, ich habe, äh, ein Foto gesehen«, antwortete ich lahm.

»Das Foto wird dem Kleid nicht gerecht«, sagte Dusty, als sie hinter dem Paravent verschwand. »Passt bloß auf, Leute, gleich wird euch Hören und Sehen vergehen.«

Die Schneiderin zog eine riesige weiße Kleiderhülle aus einem der Schränke und reichte sie Dusty nach hinten.

»Brauchst du Hilfe, Liebes?«, fragte Mom.

»Nein, ich hab's schon.« Alles, was ich über den Paravent

hinweg sehen konnte, waren lange gebräunte Arme und ein riesiger fluffiger Berg aus weißem Tüll. »Ich ziehe es nur schnell über, dann kann eine von euch es hinten zumachen.«

Eine paar Sekunden später trat sie hervor. Das Kleid hatte denselben herzförmigen Ausschnitt wie meines und bestand aus schwerer cremefarbener Seide, die sich strahlend von ihrer Haut abhob. Der volle, bauschige Rock ergoss sich bis zum Boden, und die glockenförmige Form ließ es aussehen, als würde Dusty dahingleiten und nicht gehen. Dusty war wunderschön – das wusste ich, ich hatte jeden Tag meines Lebens mit dieser Tatsache verbracht –, aber ich hatte sie noch nie zuvor *so* gesehen.

»Das ist jetzt noch nicht der ganze Effekt«, sagte Dusty, als sie auf das Podest zuging. »Weil ich es noch nicht zugemacht habe. Außerdem kommt da noch die Schärpe mit der Riesenschleife über dem Hintern aus demselben Clan-Tartan, wir ihr sie alle tragen werdet. Aber so könnt ihr euch schon ein Bild machen.«

»Dusty«, sagte Mom gerührt und betupfte ihre Augen.

»Wow«, staunte Heaven ehrfürchtig.

»Ich habe die Schärpe schon hier!«, zwitscherte die Schneiderin und wedelte mit einer langen Bahn Dunleavy-Karostoff. »Ich zieh hinten nur schnell den Reißverschluss zu, Schätzchen, dann machen wir die Schärpe rum.«

»Na dann, Mrs McGregor, hoch mit dem Ding!« Dusty grinste. »Und seid jetzt bitte nicht schockiert, aber ich habe beschlossen keinen Schleier zu tragen«, sagte sie so ernsthaft, als würde sie ein entsetztes Aufkeuchen erwarten. »Ich werde weißes Heidekraut im Haar tragen. Und vielleicht eine Distel. Außer es sieht zu stachelig aus. Ronans Trauzeugen werden auch kleine Distelchen und Heidekraut als Ansteckblumen tragen … das wird so schottisch, dass es alle von den Socken haut.«

»Huch, das ist aber ein kleines bisschen knapp, Schätzchen«, gluckte Mrs McGregor hinter Dustys Rücken, als sie versuchte, die Seiten des Kleides zusammenzuziehen. »Dauert ein bisschen, bis ich das zukriege.«

»Oh, oh!«, formte Heaven stumm, als wir Blicke tauschten.

»Sie haben wohl nicht brav auf die Figur geachtet, hmm?«

»Es … es tut mir leid«, stammelte Dusty. »Das ist das ganze üppige Essen hier … Und dann haben wir nicht einmal einen Fitnessraum hier, also habe ich in letzter Zeit nicht trainieren können. Ich denke, ich kann den Bauch einziehen. Zerren Sie den Reißverschluss einfach hoch und dann machen wir uns an die Knöpfe.«

»Schon in Ordnung, Schätzchen. Sie sind nicht meine erste Braut, die bei der Kuchenprobe über die Stränge geschlagen hat. Oder vielleicht …«, sie musterte Dusty kritisch, »… ist es gar nicht der Kuchen, der das Problem ist, sondern der Braten, wenn Sie meine bescheidene Meinung wissen wollen.«

»Mrs McGregor!«, keuchte Dusty. Eine tiefe, brennende Röte kroch ihr über den Hals. »Ich weiß ja nicht, was Sie da reden, aber ich wäre Ihnen sehr verbunden, wenn Sie Ihr Plappermaul halten würden.«

Ich erstarrte auf meinem Platz, unfähig auch nur einen Muskel zu rühren, doch ich hatte das Gefühl, als würde der Raum um mich herum sich drehen. Wir waren so nahe dran gewesen, es bis zur Hochzeit geheim zu halten – nur noch zwei Tage. Ich spürte, wie mir der Schweiß auf die Stirn trat, und ein Gefühl der Übelkeit machte sich in meinem Magen breit.

»Ein Braten?«, fragte Heaven. »Wie *ein Braten … in der Röhre?*«

Dusty presste fest die Lippen aufeinander und ihre Röte verwandelte sich in Leichenblässe. Ich konnte Heaven nicht anschauen, konnte Mom nicht anschauen, konnte nirgends hinschauen als zu Dusty.

»Dusty … bist du schwanger?«, fragte Mom schwach.

»Heilige Chili-Cheetos«, wisperte Heaven.

Dusty stöhnte, bedeckte ihr Gesicht mit den Händen und ließ sich auf den Boden sinken, wobei ihr Rock sich um sie herum aufbauschte.

»Wären Sie so freundlich, uns eine Minute allein zu lassen, Mrs McGregor?«, sagte Mom ruhig, als wäre rein gar nichts geschehen. »Wir können die Anprobe später fortführen.«

»Kein Problem, wirklich kein Problem.« Mrs McGregor begann rasch ihre Stecknadeln und anderen Utensilien zusammenzupacken.

»Und ich bin sicher, dass wir auf Ihre Diskretion vertrauen können, Mrs McGregor«, fügte Mom hinzu. Sie war die Höflichkeit selbst, aber ich konnte den stählernen Tonfall hören, der in ihren Worten mitschwang.

»Kein Ton von mir. Keine Sorge.« Mit einer Welle aufgeregter »Schätzchen« wuselte Mrs McGregor zur Tür hinaus und zog sie gewissenhaft hinter sich zu.

»Dusty«, sagte Mom, und ihre Stimme war voller Liebe. »Du bekommst ein *Baby*.«

Ich sah, wie Dusty zu Mom aufblickte.

»Es tut mir leid, Mom«, flüsterte sie. »Bist du jetzt wütend?«

»Wütend? Oh, Liebes.« Mom lächelte und die Fältchen um ihre Augen kräuselten sich. »Ich bin einfach nur … so … glücklich.«

Sie lachte, und da lachte auch Dusty, eine seltsame, prustende Mischung aus Lachen und Weinen. Mom durchquerte das Zimmer, ließ sich neben Dusty auf das Podest sinken und schloss sie in ihre Arme.

»Ich werde Oma!«, sagte Mom stolz, während sie sich beide zusammen vor und zurück wiegten. Ich konnte nicht sagen, ob sie lachten oder weinten – vielleicht beides.

»So viel dazu, es geheim zu halten.« Dusty wischte sich über die Augen und die Wimperntusche hinterließ schwarze Streifen auf ihren Händen.

»Ist schon okay«, sagte Heaven ernsthaft. »Ich werde es niemandem weitererzählen, Dusty. Ich verspreche es.«

»Es spielt keine Rolle«, erwiderte sie. »Es ist zu spät.«

»Was ist zu spät?«, fragte ich.

Dusty hob ihren Arm, um auf etwas zu zeigen. Ich drehte mich um und erblickte den Kameramann. Stimmt. Ich hatte vergessen, dass er da war.

»Das Geheimnis ist nicht mehr geheim«, sagte Dusty düster. »Ich bin sicher, dass Sie es an Pamela ausplaudern, noch bevor ich aus dem Kleid draußen bin«, wandte sie sich an den Kameramann, der jedoch stumm blieb. »Und ich kann es kaum erwarten, zu hören, was Amerika *dazu* zu sagen hat. Kein Baby verdient den Hass, den man über mich ausschütten wird.«

»Hass? Komm schon, Dusty. Hab ein bisschen Vertrauen. Die Leute mögen dich«, sagte ich entschlossen. »Das sagt doch Pamela die ganze Zeit, oder? Dass ganz Amerika auf deiner Seite ist.«

»Auf meiner Seite? Du bist ja witzig, Dylan«, erwiderte sie ohne eine Spur von Humor. Die Leichtigkeit von vorhin war durch grimmige Verzweiflung ersetzt worden. »Auf jede nette alte Dame, die einen Brief an das *People*-Magazin schreibt, um mir und Ronan ein Happy End zu wünschen, kommen zehn *DieDustyDie*-Blogs.«

Ich schnaubte. *DieDustyDie?* Komm schon. Wer würde meiner Schwester schon den Tod wünschen?

»Das gibt es wirklich, Dyl. Google es doch«, sagte sie ernst, und zum ersten Mal bemerkte ich, wie müde sie aussah. Da waren dunkle Schatten unter ihren Augen, die nicht einmal ihr Concealer verdecken konnte. »*DieDustyDie* ist ein Hashtag. Da wurde ein ganzer Twitter-Trend kreiert, einzig und allein zu dem Zweck, mich zu hassen.«

»Aber das spielt doch keine Rolle«, beharrte ich. »Wen kümmert es schon, was die Leute denken? Über das Baby oder über dich oder über irgendwas? Ihre Meinungen zählen nicht. Sie kennen dich nicht.«

»Aber sie denken, dass sie mich kennen!«, rief sie und stand auf. Mom beugte sich vor, um sie aufzuhalten, doch dann überlegte sie es sich anders. »Du verstehst nicht, wie das ist, wenn es Leute gibt, die du nie im Leben getroffen hast und die trotzdem glauben, dass sie dich kennen.« Sie begann hektisch im Zimmer auf und ab zu laufen. Der Saum ihres Hochzeitkleids schleifte hinter ihr her, während sie versuchte, den vorderen Teil des Rocks mit den Armen hochzuraffen und gleichzeitig das Oberteil davon abzuhalten, runterzurutschen. »Es ist echt hart. Es ist verdammt hart. Ich hatte ja keine Ahnung, wie hart es sein würde. Und es sind ja nicht nur diese schrecklichen Internet-Trolls! Es sind die netten Menschen. Diejenigen, die so *engagiert* sind. Wie kann es nur sein, dass es sie so sehr mitnimmt? All diese Meinungen von Gott und der Welt, die bringen mich noch um. Das Gewicht, das auf mir lastet … es ist erdrückend.«

»Aber warum tust du es dann?«

»Ich muss.« Sie seufzte. »Ich bin *TRC* jeden verdammten Tag dankbar, dass sie Ronan in mein Leben gebracht haben. Aber ich wünschte mir, ich hätte diese verdammten Verträge etwas besser durchgelesen, bevor ich unterschrieben habe.« Sie blickte direkt in die Kamera. »Schon gut, ich weiß, dass ihr diesen Teil nicht bringen werdet.«

»Dusty.« Mom erhob sich und breitete ihre Arme aus. »Komm her, meine Kleine.«

Dusty brach in Moms Armen zusammen, ihr Rücken wurde von heftigen Schluchzern geschüttelt. Obwohl sie ein halb offenes Hochzeitskleid trug, sah sie aus wie ein kleines Kind. Mom rieb beruhigend ihren Rücken, hoch und runter, hoch und runter.

»Vielleicht sollten wir gehen«, flüsterte Heaven.

Ich nickte, und wir schlüpften durch die Tür, während Dusty leise in Moms Armen weinte.

»Heilige Kacke«, sagte Heaven, als wir die Tür zum Anproberaum hinter uns schlossen. »Heilige fliegende Kackbällchen.«

»Willst du dir keine Hose anziehen?«, fragte ich und deutete auf ihren Morgenmantel.

»Ich kann mich nicht mal erinnern, wo ich meine Hose hingetan habe. Lass uns hier verschwinden. Ich brauche ein paar Cheetos. Haben die hier Maisflips in diesem Land?«

»Wenn ich das bloß wüsste.«

»Gott sei Dank ist dieses Schloss so verdammt groß. Ich brauche echt eine Minute ohne Kamera.« Heaven legte sich eine Hand auf die Brust. »Ich glaub, ich hab eine Angina. Wie meine Omi.«

»Du hast keine Angina.« Ich packte sie an ihrem Ellbogen und zerrte sie mit mir den Flur entlang.

»Das ist zu viel Drama. Viel zu viel. Ich komm nicht klar mit so vielen dramatischen Enthüllungen in einer einzigen Folge von *Heimlich dein Prinz*.«

»Wenn du es im Fernsehen sehen würdest, würde es dir gefallen.«

»Ja. Ganz genau. In sicherem Abstand, vor meinem Fernseher. Nicht im echten Leben. Nicht, wenn man es selbst hautnah miterlebt. Oder dabei ist, wenn es anderen widerfährt. Das hier passiert ja nicht mal mir und ich flippe schon aus! Flippst du aus? Du scheinst gar nicht auszuflippen. Warum flippst du nicht aus?«

»Äh, ich flippe innerlich aus.«

Durch ein Wunder der Schlossnavigation landeten wir direkt vor meinem Zimmer. Ich schubste Heaven hinein und schloss die Tür hinter uns.

»Du wirst Tante, Dylan«, staunte Heaven. »Tante Dylan. Wow.«

»Ich weiß«, grinste ich. »Tante Dylan.«

»Du flippst echt nicht aus.« Heaven ließ sich rückwärts auf mein Bett fallen, die Hände immer noch theatralisch an die Brust gepresst. »Warte mal.« Sie stützte sich auf die Ellbogen. »Hast du es etwa *gewusst*? Flippst du deswegen nicht aus?«

»Ähm …«

»Du *hast* es gewusst! Ich kann nicht glauben, dass du es wusstest und mir nichts erzählt hast!«

»Ich konnte nicht, Heaven, ich hatte Dusty versprochen …«

»Nein, Dylan, halt … ich bin nicht sauer oder so. Ich bin *beeindruckt*«, stellte sie klar. »Ich bin nicht sicher, ob ich ein so großes Geheimnis für mich hätte behalten können.«

»Ich musste«, erwiderte ich schlicht. »Und jetzt müssen *wir* dafür sorgen, dass Ronans Mom es nicht vor der Hochzeit erfährt.«

»Den Teufel wird sie tun.« Heaven riss die Augen auf. »Keine

Angst, kleines Baby«, sagte sie grimmig »Tante Heaven macht das schon.«

Wenn Pamela davon Wind bekam – und ich wusste, dass würde sie, da die Kamera alles aufgezeichnet hatte –, war ich mir nicht sicher, ob es überhaupt noch möglich wäre, es bis zur Hochzeit geheim zu halten. Doch Tante Dylan und Tante Heaven würden verdammt noch mal ihr Bestes geben. Ich hatte Dusty schon oft künstlich heulen sehen, aber ich hatte sie noch nie *so* weinen gesehen. Und vielleicht verstanden wir uns ja nicht immer besonders prächtig, aber letzten Endes war sie meine Schwester. Und dieses Baby würde zu unserer Familie gehören, genauso wie Dusty.

Ich würde also alles tun, was in meiner Macht stand, um die beiden zu beschützen.

Kapitel 22

Die Kapelle von Dunyvaig Castle war ein eigenständiger Bau, der sich ganz in der Nähe auf dem Anwesen des Schlosses befand. Sie hatte dicke steinerne Mauern und eine hohe Gewölbedecke und sah original so aus, als ob König Artus hier Guinevere geheiratet hätte. Dusty, Ronan und der Priester standen vorne in der Apsis und wurden in das Licht getaucht, welches durch die drei großen Fenster mit den Kreisen obendrüber strömte – *Burgfenster*, hatte ich sie immer genannt. Ich fragte mich, was wohl der richtige Name dafür war. Jamie würde es wissen, er war bestimmt ein Genie in Fragen mittelalterlicher Architektur.

Das letzte Licht der Nachmittagssonne fiel in einer wahren Farbexplosion über die Kirchenbank. Es wurde durch die Buntglasfenster an meiner Seite gefiltert und sah aus wie ein Regenbogen, der sich durch die Kirche spannte. Ich blinzelte lächelnd die Glasengel an, ich wusste zwar nicht genau, warum sie mit einem Haufen nackter Babys rangen, aber ich genoss das Farbenspiel trotzdem.

»Yo, Mann, ist der Priester alt genug, um, äh, zu priestern?«, fragte Heaven. »Er sieht aus wie ein abgewiesener Ron Weasley.«

Wenn ich es mir recht überlegte, sah der Priester wirklich ziemlich jung aus. Ich hatte mich anfangs von dem riesigen kupferroten Bart täuschen lassen, der fast sein gesamtes Gesicht verdeckte und leuchtete wie ein nagelneuer Penny. Aber das bisschen, das ich erkennen konnte, sah überraschend jugendlich aus.

»Er ist mit Kit und Ronan zur Schule gegangen«, erklärte Jamie. »Sie waren im selben Jahrgang an der Eton und haben ewig zusammen Rugby gespielt. Das war natürlich, bevor er Pater MacKenzie wurde.«

»Ich hatte einen schrulligen alten Opi erwartet wie der aus *Arielle die Meerjungfrau*«, sagte Heaven. »Geht es eigentlich bald los? Ich muss *echt* mal«, sagte sie betont.

»Das Klo ist ganz vorne, direkt hinter der Sakristei«, wies Jamie sie an.

Heaven schob sich seitwärts aus der Bank, flitzte den Mittelgang entlang und gab sich Mühe, Dusty und Ronan nicht zu stören, die vorne standen.

»Gehören Knutschereien in der Sakristei eigentlich zu den Aktivitäten, die einen zum ewigen Höllenfeuer verdammen, was meinst du?«, flüsterte Jamie, als sie weg war.

»Aber klar doch. Hast du denn nicht Dantes *Inferno* gelesen? Es gibt einen ganzen Höllenkreis, der nur für Sakristei-Knutscher reserviert ist.«

Jamie prustete los und überspielte es mit einem Husten. Kits Kopf schnellte herum, und er blickte uns argwöhnisch an, dann wandte er sich wieder seiner Lektüre zu. Ich hatte den starken Verdacht, dass es kein Kirchengesangsbuch war.

Jamies Finger schoben sich zu meiner Hand, die auf der Bank lag, und der Knöchel seines kleinen Fingers stieß gegen meinen. Langsam verschränkten sich unsere Finger. Ich rückte näher an ihn heran und presste meinen Schenkel gegen seinen. Aber nicht auf die *Wir knutschen gleich in der Sakristei*-Art, ich genoss es nur, ihn neben mir zu spüren – so warm und fest und echt. Und *hier.*

»Ich kann nicht glauben, dass die Hochzeit schon morgen ist«, raunte Jamie.

»Ich auch nicht.« Wir waren in der Kirche und probten die Zeremonie, doch ich konnte es immer noch nicht ganz fassen – und erst recht nicht, dass ich am frühen Montagmorgen in einem Flieger nach Tupelo sitzen würde.

»Geh nicht«, sagte er plötzlich. »Ja, ich weiß, dass du gehst. Natürlich, ich bin ja nicht verrückt. Und du musst nichts darauf erwidern. Aber ich musste es wenigstens einmal laut aussprechen, so als wäre ich dir in der letzten Szene eines Films zum Flughafen gefolgt.«

»Ich …«

»Du musst nichts sagen, Dylan, wirklich«, unterbrach er mich sanft.

Ich saß schweigend auf der Bank und hielt seine Hand. Ich hatte das Gefühl, dass, wenn ich erst wieder in Tupelo wäre, sich nichts von alldem hier real anfühlen würde. Ich würde Jamie schrecklich vermissen, mit derselben schmerzenden Traurigkeit, die ich damals als Kind verspürt hatte, als ich nie meinen Brief aus Hogwarts bekam. Diese besondere Trauer, die davon herrührt, etwas zu vermissen, von dem man weiß, dass man es nie haben kann. Das Ende kam näher. Und sein unerbittlicher Sog war förmlich spürbar.

»Die Trauzeugen des Bräutigams bitte nach vorne!«, rief

Pater MacKenzie. »Die Damen können ihre Plätze hinten einnehmen und sich bereit machen loszulaufen.«

»Das wäre dann wohl mein Stichwort.« Jamie drückte ein letztes Mal meine Hand und stand auf. Ich zog meine Knie hoch und ließ ihn an mir vorbei, noch nicht ganz bereit aufzustehen. Als Jamie auf halbem Weg zum Altar war, sprang Kit von seinem Platz auf und schlang einen Arm um seinen Hals. Er packte ihn in einer Art Schwitzkasten und schleifte ihn nach vorne, als würde er mit seinem kleinen Bruder ringen. Ein mahnender Blick von Pater MacKenzie jedoch reichte und Jamie wurde losgelassen. Ich musste grinsen, als er versuchte, sein zerstrubbeltes Haar wieder in Ordnung zu bringen.

»Oh, wow, Dilly.« Ich hatte Dusty nicht bemerkt, die am anderen Ende meiner Bank stand und mich beobachtete. »Dich hat's voll erwischt, oder?«

»Halt die Klappe«, sagte ich heiter und rutschte zum Ende der Bank.

»Du magst ihn *wirklich*«, staunte sie.

Ich beschloss, sie zu ignorieren.

»Was hast du jetzt vor?«, plapperte sie weiter auf mich ein, während ich über den Mittelgang zum hinteren Ende der Kirche lief. »Fernbeziehung? Nein, das wäre verrückt, du bist zu jung. Wirst du ihn denn je wiedersehen? Wie konntest du nur? Oh, verdammt. Hmm … Ich wette, wenn du Pamela davon erzählen würdest, würde *TRC* dir einen Haufen Flugtickets kaufen, damit sie euch bei eurer Fernbeziehung filmen können.«

»Nein!«, rief ich entsetzt. Schnell blickte ich mich um. Da standen natürlich Kameramänner herum, aber hoffentlich fand keiner von ihnen, dass die Idee wichtig genug wäre, um sie Pamela gegenüber zu erwähnen. Sie wirkten ziemlich gelangweilt. Nur über meine Leiche würde *TRC* ein Fernbeziehungs-Dating-Special über Jamie und mich produzieren. Lieber würde ich nie wieder ein Wort mit ihm sprechen.

»Hast du nicht wichtigere Dinge, um die du dich kümmern solltest, als um mein Privatleben?«, fragte ich vielsagend.

»Nein, habe ich nicht«, antwortete Dusty knapp mit einem Blick zu den Kameras. »Bisher gab es noch keine unerwarteten Entwicklungen bezüglich des … Hochzeitsplans.«

Also hockte Pamela noch auf der Baby-Bombe. Einerseits war ich froh, dass Florence noch nichts wusste, doch andererseits war die Vorstellung, dass Pamela diese explosive Geschichte jeden Moment hochgehen lassen könnte, extrem beunruhigend. Ich hoffte, dass sie zu sehr hinter dieser Märchenhochzeit stand, um die Zeremonie mit einem dramatischen Einspruch zu Fall zu bringen.

»Habe ich etwas verpasst?« Heaven war von der Toilette zurück und tauchte neben uns auf.

»Dylan ist verliebt und es wird kein gutes Ende nehmen.« Dusty schüttelte den Kopf.

»Dusty, *hör auf!*«, sagte ich mit der bösesten leisen Stimme, die ich hinbekam.

»Dann habe ich also nichts verpasst.« Heaven seufzte.

»Das ist doch deine Hochzeit, oder nicht?«, fragte ich schrill. »Können wir uns einfach darauf konzentrieren?«

»In Ordnung, Julia, wir können uns später mit dir befassen.« Dusty zuckte mit den Schultern. Ein zufälliger Beobachter hätte nie erraten, dass sie versuchte, ein heimliches Baby vor ihrer zukünftigen Schwiegermutter zu verstecken. Wie konnte sie nur so ruhig bleiben? So *normal*? Dusty musste eine wahrhafte Großmeisterin in der Kunst der Verdrängung sein. »Mama, wo sind Probesträuße?«

Warum wir es üben mussten, Blumensträuße zu halten, war mir ein Rätsel. Aber Mom zauberte einen Karton voller Wildblumenbouquets hervor, die mit karierten Bändern zusammengeschnürt waren, und reichte jeder von uns einen.

»Wann landet eigentlich Anne-Maries Flieger?«, fragte Heaven und drehte ihr Bouquet zwischen den Händen.

»Morgen früh um fünf Uhr. Du wirst also genug Zeit haben, um sie auf den Stand der Dinge zu bringen.«

Heaven ging als Erste den Mittelgang entlang, danach folgte ich, während Dusty mich den gesamten Weg über ausschimpfte, weil ich zu schnell lief. Als Pater MacKenzie mich an die rechte Stelle rückte, streckte Jamie seinen Kopf aus der Reihe, um mir hinter Ronan und Kit zuzuzwinkern. Kit machte übertriebene Knutschgesichter, hörte aber abrupt mit einem schmerzhaften »Uff!« auf. Wenn ich mich nicht sehr täuschte, hatte Jamie ihm soeben sehr unzeremoniell den Ellbogen in die Nieren gerammt.

»Und das ist der Moment, in dem der Vater die Braut zum Altar führt«, verkündete Pater MacKenzie feierlich und deutete auf Dusty.

Ich schnaubte und verdrehte die Augen und wartete darauf, dass Dusty ihn korrigierte. Aber anstatt etwas zu sagen, stand sie nur schockstarr am anderen Ende des Kirchenschiffs da, während ihr Mund sich öffnete und schloss wie bei einem Fisch.

»Es tut mir sehr leid.« Pater MacKenzie runzelte die Stirn und schien offensichtlich verwirrt. »Habe ich etwas Falsches gesagt?«

Ich wartete darauf, dass Dusty etwas sagte. *Mom* würde sie zum Altar führen. Sie musste einfach. Ich blickte zu Mom rüber, die auf der Kante der Kirchenbank hockte. Sie starrte geflissentlich auf ihre im Schoß gefalteten Hände. Cash sprang von seinem Platz auf und joggte den Mittelgang entlang, als wäre er auf dem Weg, einen Preis entgegenzunehmen.

»Sie haben's erfasst, Padre!« Er reckte den Daumen in Richtung von Pater MacKenzie. »Hier hinten, richtig?«

»Halt das mal.« Ich klatschte mein Probesträußchen gegen Heavens Brust.

»Dylan«, warnte Heaven, »ich bin nicht sicher, ob du dich da wirklich einmischen solltest.«

»Ich bin schon eingemischt. Das ist meine *Familie.*«

Ich marschierte den Mittelgang zurück und hatte keine Ahnung, was ich sagen wollte – nur die absolute Überzeugung, dass ich dort hinmusste. Hoffentlich würde ich herausfinden, was zu tun war, bis ich ankam. Und hoffentlich würde meine Entscheidung nicht den Mord an meiner Schwester beinhalten, denn das war momentan die einzig befriedigende Reaktion, die ich mir vorstellen konnte. Ich ignorierte Cash vollständig und blickte in Dustys blaue Augen, die sich zuerst vor Überraschung weiteten und dann zu Schlitzen verengten, als sie den Ausdruck auf meinem Gesicht sah.

»Was. Tust. Du. Da?«, zischte ich.

»Meine gottverdammte Hochzeit proben«, zischte Dusty zurück. »Was du ebenfalls tun solltest, falls du es vergessen hast. Hast du dich verirrt?«

Sie packte mich am Arm und riss mich in die Ecke. Ich war überrascht, dass dabei nichts ausgerenkt wurde.

»Bin gleich wieder da, Daddy!«, zwitscherte Dusty.

»Er ist nicht dein Daddy«, wisperte ich wütend. »Er verdient diesen Namen nicht. Er ist dein biologischer Erzeuger. Das war's.«

Heavens Vater hatte dieses hölzerne Schild über seinem

Computer hängen, auf dem stand: *Jeder kann Vater werden, aber es braucht jemand Besonderen, um ein Daddy zu sein.* Ich war versucht, Cash Keller eins zu besorgen – und es ihm über den Schädel zu ziehen.

»Du verstehst das nicht, Dylan. Du hast keine Erinnerungen an ihn. Er war … er war *witzig*«, sagte sie, als sie sich für das Wort entschieden hatte, »wenn er da war.«

»Ja. Ganz genau. Wenn er da war.«

»Einmal«, sagte sie mit einer komisch verträumten Stimme, »ist er vorbeigekommen und hat mich von der Schule abgeholt. Ich dachte schon, Oma wäre etwas Schlimmes passiert, als ich ins Rektorat gerufen wurde, aber Daddy sagte nur, dass es einen Notfall gab. Und der Notfall war, dass wir unbedingt in den Zoo gehen mussten.« Sie grinste. »Also gingen wir in den Zoo und schauten uns all die Tiere an, und ich aß so viel Eis, dass ich in einen Mülleimer kotzen musste.«

»Das war ja wirklich sehr verantwortungsbewusst von ihm«, bemerkte ich höhnisch. »Du kannst von Glück sagen, dass du kein Diabetes hast.«

»Im Ernst, Dylan. Gib ihm eine Chance. Er ist doch gekommen, oder nicht?«

»Ja, er ist gekommen. Sechzehn Jahre zu spät.« Ich hörte ihre Argumente, aber ich konnte sie nicht verstehen.

»Er ist immer noch ein Teil von dem, was ich bin«, beharrte sie. »Und das macht ihn auch zu einem Teil von heute.«

»Tja, das sollte er aber nicht sein, denn Mom ist …«

Mom war fort. Die Bank, auf der sie gesessen hatte, war leer. Sie musste durch eine andere Tür hinausgeschlüpft sein … vielleicht gab es eine an der Vorderseite der Kapelle, neben dem Altar.

»Tja, anscheinend ist sie fort«, beendete ich meinen Satz. »Ist es das, was du wolltest? Ich hoffe, du bist jetzt glücklich.«

»Natürlich wollte ich das nicht, ich … Oh, verdammt.«

»Weißt du, was? Ich glaub, ich habe für heute genug geprobt. Ich muss Anne-Marie hinterherlaufen und neben Anne-Marie rumstehen. Ich denke, ich hab's kapiert.«

»Benimm dich nicht wie ein Baby, Dilly …«

»*Ich* benehme mich nicht wie ein Baby«, erwiderte ich bemerkenswert ruhig. »Ich gehe Mom suchen.«

An Cash Keller ging ich vorbei, als würde er nicht existieren. Der Schwall kalter Luft, als ich die Tür öffnete, war wie ein Schlag ins Gesicht. Ich atmete tief ein, schloss die Tür hinter dem Kameramann, der mir gefolgt war, und stapfte mit knirschenden Schritten durch den gefrorenen Schnee zurück zum Schloss.

»Wurden Sie mir zugeteilt, oder so was?«, fragte ich Kamera-Mike, während er neben mir herstapfte. Offensichtlich hatte er nicht vor zu antworten. »Das tut mir leid. Was haben Sie verbrochen? Den kürzeren Strohhalm gezogen?«

Er schwieg wie ein Geist in grünem Kapuzenpulli und gefütterter Weste.

Wo würde Mom wohl am ehesten hingehen, wenn sie aufgewühlt war? Überallhin, wo es Kaffee gab. Also steuerte ich direkt Dunyvaigs Küche an, den einzigen Ort, der Kaffee bereitstehen haben könnte.

Ich erblickte sie sofort. Mom saß allein an einem langen Tisch, der blonde Bob hing über ihre Hände, die einen Kaffeebecher umschlossen hielten. Als sie die Schritte auf den Stufen hörte, schaute sie auf.

»Dylan!«, rief sie überrascht. »Was tust du hier?«

»Dusty führt sich auf wie eine Dumpfbacke.« Ich zog den Hocker neben ihr hervor, setzte mich hin und knallte die Ellbogen auf den Tisch. Kamera-Mike postierte sich ein Stück seitlich und gab uns mehr Raum, als ich gedacht hätte. *Huch …* eine überraschende Geste der Menschlichkeit.

Mom kicherte in ihren Kaffeebecher hinein.

»Du solltest dich nicht mit deiner Schwester streiten. Vor allem nicht an ihrem großen Tag.«

»Es ist nicht ihr großer Tag. Noch nicht. Und ich darf mich sehr wohl mit ihr streiten, wenn sie sich wie eine Dumpfbacke benimmt«, sagte ich mürrisch. »Bist du denn gar nicht sauer?«

»Ich bin nicht sauer, Dyl«, erwiderte sie schlicht. »Es ist ihre Hochzeit. Sie hat jedes Recht, das zu tun, was sie tun will.«

»Aber das, was sie will, ist *falsch*«, beharrte ich. »Wie kann sie so nett zu Cash sein? Wie kann sie zulassen, dass er an der Hochzeit teilnimmt? Wie kann sie es überhaupt ertragen, mit ihm zu reden? Wie …? Ich bin nur … Ich verstehe sie einfach nicht.«

Ich verstummte und beobachtete Moms Knöchel, die sich um den blauen Becher anspannten.

»Ihr Mädchen seid so unterschiedlich«, sagte sie nachdenklich und brach das Schweigen.

»Ja, ich weiß.« Ich verdrehte die Augen. »Das habe ich schon oft genug gehört.«

»Aber das seid ihr wirklich«, beharrte sie. »Dusty ist ein bisschen wie ich. Und sie ist sehr nach ihrem Vater geraten, so ist es nun mal. Sie *braucht* Menschen. Sie braucht es, dass man sie mag. Aber du …«

»Ich bin ein Höhlengnom, der niemanden braucht«, half ich ihr nach.

»Du bist kein Gnom, kein bisschen«, schalt sie mich. »Außerdem weißt du, dass ich es hasse, wenn du dich selbst so schlecht machst, also hör auf damit.« Ich senkte den Kopf, aber ich konnte ihren bohrenden Blick auf mir spüren. Irgendwie erinnerte ich mich immer nur an die Male, wenn Mom abfällige Bemerkungen über meine Klamotten machte, aber ich dachte nie an die Male, als sie es nicht zuließ, dass ich gemeine Sachen über mich selbst sagte. »Du machst die Sachen eben gerne nach deiner Fasson. Gehst deinen eigenen Weg. Du hast keine Angst davor, alleine zu sein.«

»Das liegt nur daran, dass die meisten Leute echt nervig sind.«

»Genau das meine ich!« Mom lachte. »Die meisten von uns kümmern sich viel zu sehr darum, was diese nervigen Leute denken. Aber du nicht, du bist ein zäher Knochen.«

»Warum ist es dann so schwer für mich, permanent vor der Kamera zu stehen?«, fragte ich leise.

»Ich glaube, dass es für alle schwer ist.« Mom drückte meine Hand. »Der Rest von uns ist einfach besser darin, so zu tun als ob.«

»Aber du arbeitest jeden Tag mit Kameras.«

»Ja, das tue ich. In einem Studio, wo alles unter Kontrolle ist. Wo ich ein Team von Leuten habe, die hart dafür arbeiten, dass ich in Bestform bin, und wo ich am Ende des Tages offiziell Feierabend machen kann, mein Make-up abwischen und die Jogginghose mit den Löchern anziehen.«

Ich lachte. Ich hatte Moms einziges wahrhaft abartiges Kleidungsstück vergessen – eine alte, ausgeleierte Jogginghose, die sie sich nach langen Dreharbeiten zu Entspannungszwecken gönnte. Vielleicht waren wir doch nicht so verschieden, wie ich immer geglaubt hatte.

»Es ist seltsam, die ganze Zeit gefilmt zu werden«, flüsterte sie hörbar und unterstrich das Ganze mit einem übertriebenen Zwinkern Richtung Kamera-Mike. »Glaub mir, ich gebe mir die größte Mühe, natürlich zu wirken, aber es fühlt sich ganz sicher nicht so an.«

»Was du nicht sagst.«

»Aber du kannst damit klarkommen. Du bist stark, Dylan.«

»Ich weiß nicht, ob ich das bin«, murmelte ich verlegen.

»Aber ich«, erwiderte sie schlicht. »Weswegen ich auch weiß, dass du bezüglich Cash deine eigenen Entscheidungen treffen wirst. Weil du dich kennst. Das hast du schon immer getan. Und das ist alles, was zählt. Was *du* tust. Nicht was Dusty tut.«

»Er ist keine Familie für mich.« Endlich schien ich herausgefunden zu haben, wie ich mich fühlte. »Er mag womöglich mein Vater sein, aber er ist nicht meine Familie. Du bist meine Familie, Mom. Du und ich und Dusty. Selbst wenn sie eine Dumpfbacke ist.«

»Unglücklicherweise ist das mit der Dumpfbackigkeit womöglich erblich«, sagte sie reumütig. »Es ist nicht ganz allein Dustys Schuld.«

»Aber wie geht es *dir* Mom?«, fragte ich. »Wegen dem Wiederauftauchen von, äh … der Oberdumpfbacke? Es muss schräg sein für dich.«

»Schräg beschreibt es nicht mal annähernd«, sagte sie trocken. »Ganz ehrlich, wenn es nach mir ginge, hätte ich es vorgezogen, ihn nie wiederzusehen. Niemals. Und dass er genau *jetzt* zurückkommt, wo es doch mehr als offensichtlich ist, dass er nur bei dieser Show mitmachen wollte …«

»Ja! Danke!«, unterbrach ich sie, froh darüber, dass mir endlich jemand zustimmte. »Ich finde es echt mies, dass er sich jetzt erst blicken lässt. Das ist so … so …«

»Es ist schäbig«, sagte Mom angewidert. »Schäbig« war das Wort, das Mom sich für ein Verhalten reservierte, welches sie unter aller Würde erachtete – niederer als nieder. »Aber Dusty scheint es viel zu bedeuten, dass er hier ist. Also sollte ich mich wohl freuen.«

»So habe ich das noch gar nicht betrachtet«, sagte ich. Nur weil ich dachte, dass sein Auftauchen schrecklich und widerwärtig und, na ja, schäbig war, hieß das noch lange nicht, dass es Dusty nichts bedeutete.

Ich wusste, dass ich nie in der Lage sein würde, das zu verstehen, aber ich könnte zumindest versuchen, mich für meine Schwester zu freuen.

»Ich hoffe nur, dass er ihren großen Tag nicht irgendwie ruiniert. Er hat wirklich ein Händchen dafür, die großen, schönen Momente im Leben zu vermasseln.« Sie lächelte mich traurig an. »Nur gut, dass er sich aus dem Staub gemacht hat, bevor er einen deiner Geburtstage verpassen konnte.«

»Ich bin auch froh, dass er weg war.« Ich griff nach ihrer Hand.

Ich war zu verlegen, um Mom all die Dinge zu sagen, die ich ihr sagen wollte. Zum Beispiel, wie großartig sie alles ohne ihn hingekriegt hatte. Wie glücklich ich mich schätzte, von ihr großgezogen worden zu sein. Ich hielt nur ihre Hand und hoffte, dass sie spüren konnte, wie sehr ich sie liebte.

»Alles ist gut, Dyl. Versprochen. Amüsiere dich einfach auf der Hochzeit morgen, okay? Ich habe vor, einen verdammt guten Tag zu haben, egal was Cash Keller tut oder nicht tut. Außerdem wird es eine hammermäßige Party. Du weißt doch, dass es haufenweise Kuchen geben wird, also genieße es.«

»Okay«, erwiderte ich grinsend. »Ich liebe dich, Mom.«

»Ich liebe dich auch, meine Süße.«

Sie nahm eine Haarsträhne, die mir ins Gesicht gefallen war, und schob sie hinter mein Ohr, wie sie es schon tausendmal getan hatte, seit ich klein war. Sie zog mich in einer Umarmung an sich, und wir saßen da, in der gemütlichen Wärme der Küche, in Sicherheit vor der Kälte, die draußen herrschte.

Kapitel 23

Das Probedinner stellte sich als ein einziges Minenfeld heraus. Cash Keller war immer noch da, und Mom und ich gingen ihm aus dem Weg; er würde vermutlich Dusty zum Altar führen, und ich ging Dusty aus dem Weg. Und Dusty? Ach ja, sie war natürlich schwanger.

Aber meines Wissens nach war sie immer noch *heimlich* schwanger. Ich war sicher, dass der Kameramann es Pamela erzählt hatte. Ich meine, wie bitte hätte er das nicht tun sollen? Das war absolut der Stoff für »die dramatischste Staffel überhaupt« – auch wenn es bisher nur eine Staffel von *Heimlich dein Prinz* gegeben hatte. Aber Pamela hatte die Baby-Karte noch nicht ausgespielt – nicht einmal eine vage Andeutung. Vielleicht hätte ich mehr Angst haben sollen, denn etwas braute sich definitiv zusammen, aber ich war zu erleichtert, dass noch nichts passiert war, um mich meinen Befürchtungen hinzugeben. Ich war auch immer noch ziemlich sauer auf Dusty, aber nicht so sauer, dass ich das kleine Geheimnis, das sie unter dem Herzen trug, vor versammelter Mannschaft enthüllt hätte.

Tilly hatte sich wirklich selbst übertroffen. Das *Atholl Arms* sah aus, als wäre es von einer Legion betrunkener Elfen dekoriert worden. Ich hatte starke Zweifel, ob selbst der Nordpol am 23. Dezember so weihnachtlich aussah.

Duftende Tannenzweige, funkelnde Lichterketten und karierte Schleifen schmückten jede zur Verfügung stehende Oberfläche. Der Mistelzweig, der von der Decke baumelte, verfing sich ständig in meinem Haar. Unzählige Kerzen tauchten den Raum in ein weiches Licht. Es schien unausweichlich, dass irgendwas in dem überfüllten Raum Feuer fangen würde, aber noch hatte es das nicht.

»Es tut mir schrecklich leid«, verkündete Jamie, als er mich in einem Eck fand, wo ich mich hinter einem riesigen samtbezogenen Ohrensessel versteckte, der von einem Kissen mit einem gestickten Cavalier King Charles Spaniel geziert wurde. Ich war nicht sicher, vor was genau ich mich zu verstecken glaubte. Ich hatte Kamera-Mike mehr oder weniger den ganzen Abend an meiner Backe kleben gehabt. In letzter Zeit hatte ich ihn ständig um mich, und mittlerweile war ich mir sicher, dass er offiziell auf mich angesetzt worden war. Er musste bei unserem Date ziemlich gutes Material aufgenommen haben, wenn man ihn von der Frühstücksschicht wegbefördert hatte. Ich beschloss, nicht weiter darüber nachzudenken, *wie* gut.

Jamie streckte mir die leeren Handflächen entgegen. »Ich dachte, es sei zu heiß für Schokolade. Also habe ich versucht was Kühles, Spritziges aufzutreiben, aber der Andrang an der Bar war absolut irre. Ich habe es nicht einmal in die Nähe geschafft.«

»Ich glaube, Dusty und Ronan haben ganz Dunkeld und Birnam eingeladen … und Dustys komplette Schwesternschaft von der Studentenverbindung … und Ronans Rugby-Team.«

»Und wahrscheinlich die komplette Bevölkerung Schottlands dazu.«

»Im Ernst. Ich kann kein einziges bekanntes Gesicht mehr sehen.«

»Ich auch nicht.« Er schaute über die Menge, bis sein Blick an etwas – oder jemandem – hängen blieb. Ein Flackern des Wiedererkennens huschte über sein Gesicht und er wurde leichenblass. Blasser noch als sonst.

»Schätzchen!« Eine groß gewachsene Frau in einem beeindruckenden Pelzmantel wedelte lebhaft mit ihren Armen. »Schätzchen, hier drüben!«

»Ach du Scheiße«, stieß Jamie ein leises Fluchen aus.

»Wer ist das?«

»Meine Mutter.«

»Deine Mutter?«, staunte ich. Nun, da ich es wusste, schien es mehr als offensichtlich. Die hochgewachsene Gestalt, die Blässe, das schwarze Haar … ich hatte nur nicht erwartet, sie hier zu sehen. Jamie hatte seine Eltern nur einmal erwähnt und ich hatte ihre Existenz sofort wieder vergessen. Und auch, dass sie zur Hochzeit herkommen könnten.

»Schätzchen!« Sie winkte weiter. »Gillecroids! Gillecroids, mein Schatz! Hier drüben!«

»Wie bitte?« Ich hörte sie, aber es ergab überhaupt keinen Sinn. »Wie hat sie dich genannt? Gah-irgendwas? Was ist das?«

»Mein Name.«

»Dein Name ist Jamie«, korrigierte ich ihn.

»Nein, ist er nicht. Er lautet Gillecroids Edmund Alexander James.«

»Gah-was?«, stammelte ich. »Was redest du da? Ist das überhaupt ein Wort? Ist das überhaupt ein Name? Kannst du es buchstabieren?«

»G-I-L-L-E-C-R-O-I-D-S«, buchstabierte er langsam.

»Aha.« Ich ließ es sacken. »Gillecroids. Was für ein Name ist das denn?«

»Ein gälischer Name. Er bedeutet *Diener Christi.*«

»Gälisch? Also bist du *Schotte*?« Ich stupste ihn in die Brust. »Ach, und was war das dann mit deinem feinen englischen Getue? Ich habe das Gefühl, als würde ich dich gar nicht kennen«, zog ich ihn auf.

»Meine Mum ist Schottin. Aber mein Dad ist Engländer. Ich bin in England aufgewachsen.« Komischerweise fing Jamie an zu schwitzen. Schweißperlen traten sichtbar auf seine Stirn. Es war warm hier drinnen, aber nicht *so* warm.

»Cool. Na ja, Gillecroids ist schon irgendwie schräg, aber du hättest es nicht verheimlichen müssen. Du hättest mir deinen wahren Namen verraten können, Eugene«, scherzte ich.

»Eugene?«

»Eugene Fitzherbert? Aus *Rapunzel – Neu verföhnt*? Für jemanden, der sämtliche Liedtexte aus *Die Eiskönigin* auswendig kann, ist der Rest deines Disney-Wissens erschreckend dürftig.«

Ein älterer Herr in bleigrauem Anzug erschien mit zwei Champagnerflöten an der Seite von Jamies Mutter.

»Ist das dein Dad?«, fragte ich. Jamie nickte. »Sollten wir nicht hingehen und Hallo sagen?«

Warum stand Jamie nur da, als wäre er am Fußboden festgeklebt, während seine Mutter wie wild winkte? Ich begann mich durch die Menge zu schieben, um seine Eltern zu begrüßen.

»Dylan, warte!«

Sein Griff um meinen Arm war zu fest und er schwitzte immer noch heftig. Ich hatte noch nie jemanden eine Panikattacke bekommen sehen, aber ich wurde womöglich gerade Zeugin von einer.

»Oh …« Langsam dämmerte es mir und eine Welle der Scham überfiel mich. Natürlich. Es war ihm peinlich. »Ich verstehe. Du willst nicht, dass sie mich kennenlernen.« Ich wand mich mit etwas Mühe aus seinem Klammergriff. »Ist schon okay, Jamie. Ich gehe mal Heaven suchen.«

»Nein!« Er stieß einen erstickten Schrei aus, sein Blick war wild. »Das ist es nicht, ganz und gar nicht … Es ist nur … Ach, verdammt.« Er wischte mit seinem Ärmel Schweiß von seiner Stirn. »Ich hätte es dir sagen sollen. Schon längst. Das hier ist womöglich die schlimmste Art und Weise für dich, es herauszufinden.«

»Mir was sagen?«, bohrte ich nach und suchte in seinem Blick nach Antworten, die ich nicht finden konnte. »Was herausfinden?«

»Gillecroids!«

Nun, die Frage erübrigte sich – Jamies Eltern hatten sich bis zu uns durchgekämpft. Kamera-Mike brachte sich hinter uns in eine bessere Position. Er freute sich bestimmt diebisch, denn Pamela wäre sicherlich in der Lage, diese Elternkennenlern-Situation in etwas unfassbar Peinliches zu verwandeln. Oder, was noch wahrscheinlicher war, meine Wenigkeit würde etwas unfassbar Peinliches daraus machen, indem ich einfach nur ich selbst war.

»Oh, Schätzchen!« Jamies Mutter packte ihn in eine pelzige Umarmung. »Du frierst doch bestimmt bis auf die Knochen? Ich habe vergessen, wie kalt und unwirtlich es hier oben sein kann! Es ist das reinste Sibirien!«

Falls Jamies Mutter Schottin war, so konnte ich es an ihrer Stimme kaum hören. Sie hatte denselben kristallklaren Akzent wie Jamie, mit nur einem Hauch eines rollenden Rs.

»Ich bin sicher, dem Jungen ist gut warm. Du hast ihm genug Pullover eingepackt, Margaret.« Ein gutmütiger, neckender Tonfall schwang in der Stimme von Jamies Vater mit. Er sah aus wie ein Filmbösewicht – ein gerissener Geschäftsmann, der versucht, eine Kleinstadt aufzukaufen oder so was –, aber er klang nett. Und er trug die glänzendsten Schuhe, die ich je gesehen hatte.

»Hast du denn genug gegessen, Gillecroids?« Jamies Mutter hielt ihn auf Armeslänge von sich, als würde sie ihn auf Anzeichen des nahenden Hungertodes absuchen. »Du bist ja spindeldürr! Eine kleine Brise würde dich umhauen!«

»Bitte, Mama, nenn mich Jamie«, murmelte er und lief rot an.

»Oh, papperlapapp«, sagte sie wegwerfend. »Jamie ist so ein gewöhnlicher Name. Gillecroids ist *besonders*. So wie du, mein Schatz!« Sie wuschelte liebevoll durch sein Haar.

»Mama …«, krächzte Jamie, dessen Kopf mittlerweile die Farbe von Roter Bete hatte.

Das waren nicht die Eltern, die ich nach Jamies äußerst knapper Schilderung erwartet hatte. Sicher, er hatte nur gesagt, dass sie viel auf Reisen waren, aber ich hatte mir sofort eine unnahbare, frostige Mutter und einen abwesenden, unterkühlten Vater ausgemalt. Ganz offensichtlich hatte ich mich geirrt.

»Hallo, wen haben wir denn da«, sagte Jamies Mutter, als ihr Blick zum ersten Mal auf mich fiel. »Wer ist die junge Dame, Gillecroids?«

Verlegen lächelte ich Jamies Eltern an.

»Mama, Papa, das ist Dylan«, stellte er mich vor

»Schätzchen, sie ist ja entzückend!«, sagte Jamies Mum nachdrücklich. »So hochgewachsen! Ein richtiges Mädchen mit der richtigen Größe. Und diese Wangenknochen! Wie eine römische Statue!«

»Äh, da…danke schön«, stammelte ich. »Hi.«

»Aha!«, trumpfte sie auf. »Was für Zähne! Ich meine, hier amerikanische Zahnarztkunst entdeckt zu haben!« Sie hob ihr Glas, offenbar um auf die Zahnheilkunde anzustoßen.

»Margaret, die junge Dame ist doch kein Pferd«, seufzte Jamies Vater. »Wenn du also bitte darauf verzichten würdest, ihre Zähne zu untersuchen.«

»Ich habe ihre Zähne nicht untersucht!«, protestierte sie. »Ich habe nur zufällig bemerkt, dass sie sehr hübsch sind, und das zum Ausdruck gebracht. Du bist Amerikanerin, ja?«

»Ja.«

»Also gehörst du zur Seite der Braut?«, hakte sie nach, bevor ich noch etwas sagen konnte.

»Ja. Ich bin Dustys Schwester.«

»Aber natürlich!« Ich war so überrascht, dass sie *nicht* überrascht war, dass mir die Kinnlade ein bisschen aufklappte. Hatten die leichte Blondierung und das bisschen Make-up wirklich einen solchen Unterschied bewirkt? Es war das erste Mal in meinem Leben, dass jemand nicht *»Wirklich?«* gefragt hatte, nachdem ich verkündet hatte, Dustys Schwester zu sein. »Das sieht man gleich. Die zwei größten und hübschesten Mädchen im Raum! Dein Kleid ist bezaubernd. Die Mädchen heutzutage kleiden sich allesamt wie Dirnen. Es ist ja so schön, eine bescheidene, sittsame junge Dame mit Stil kennenzulernen.«

Jamie stöhnte leise beim Wort »Dirne«. Ich machte mir im Geiste eine Notiz, herauszufinden, was genau es bedeutete, aber in Anbetracht des Zusammenhangs hatte ich da so eine Idee.

»Ich freue mich auch, Sie kennenzulernen, Mrs …« Ich verstummte verlegen, als mir klar wurde, dass ich immer noch nicht Jamies Nachnamen kannte.

Jamies Mutter wandte sich zu ihm und hob eine Augenbraue. Er presste die Lippen zusammen, als würde er eine unausgesprochene Frage beantworten.

»Nenn mich doch einfach Margaret«, sagte sie nach einer kurzen Pause freundlich. »Das ist James«, sie deutete mit einem Kopfnicken zu ihrem Ehemann.

»Ja, James, der anscheinend unfähig ist, sich selbst vorzustellen«, sagte er.

»Ich bin schlicht besser darin, Darling«, entgegnete sie und gestikulierte wie wild mit dem Glas Richtung Decke. »Also … seid ihr beiden ein *Paar*?«

»Mama!«, krächzte Jamie. Er schien unfähig, noch was anders zu tun, als zu krächzen und rot zu werden.

»Ich wusste es! Endlich!«, jauchzte Margaret triumphierend. »Dylan, weißt du denn, dass er noch *nie* ein Mädchen nach Hause mitgebracht hat?«

»Bei dieser Reaktion weiß ich gar nicht, warum!«, presste Jamie hervor. »Überprüfst ihre Zähne und beäugst ihre Statur, als wäre sie eine … eine … Zuchtstute, die zum Verkauf steht!«

Ich zog eine Grimasse in Jamies Richtung, doch er zuckte nur hilflos die Achseln.

»Ich bin nur nett!«, entgegnete Margaret beleidigt. »Das nennt sich ein *Kompliment*. Eine Ausdrucksform, mit der du dich womöglich besser vertraut machen solltest, falls du beabsichtigst, einen solch kostbaren Schatz wie unsere reizende Dylan hier zu behalten.«

Margarets zahlreiche Vertrauensbekundungen waren schmeichelhaft, aber auch verwirrend. Bisher hatte ich nicht viel mehr getan, als groß zu sein, gerade Zähne zu haben und ein halbes Dutzend Worte von mir gegeben zu haben. Eine Glanzleistung war das nicht unbedingt.

»Mama, bitte«, sagte Jamie mit erstickter Stimme. »Sei. Einfach. Normal.«

»Deine Obsession mit Normalität ist wirklich ermüdend, Gillecroids.« Margaret stieß heftig die Luft durch die Nase aus.

»Bitte, lass uns den Jungen nicht in Verlegenheit bringen«, meldete sich Jamies Vater zu Wort. »Es wäre doch eine Schande, wenn er in diesem zarten Alter vor Scham sterben müsste. Er hatte kaum Zeit, sein ganzes Potenzial zu entfalten.«

Jamies Mum war anders als alle Menschen, die ich je getroffen hatte, die Art Frau, von der ich nie geglaubt hätte, dass es sie im echten Leben gibt, so eine wie Auntie Mame aus *Die tolle Tante.* Sie brauchte nur noch eine dieser langen Zigarettenspitzen und ein Paar Opernhandschuhe.

»Also, dann«, sagte Jamie. »Das war einfach nur … unübertroffen. Mutter, Vater, wie immer ein großes Dankeschön dafür, so entsetzlich peinlich zu sein. Aber ich fürchte, Dylan und ich werden gerade dringend in einem anderen Zimmer gebraucht … weit weg von hier.«

»Gillecroids …«

»Lass sie gehen, Margaret«, sagte Jamies Vater sanft und legte eine Hand auf ihren Arm, um sie zurückzuhalten. »Wir sind schließlich nicht die Spanische Inquisition.«

»*Niemand erwartet die Spanische Inquisition*«, sagten Jamie und sein Vater dann gleichzeitig. Ich starrte die beiden an. Machten sie hier jetzt einen auf Monty Python?

»Stimmt.« Jamie stieß einen tiefen Seufzer der Erleichterung aus und grinste breit. Endlich sah er wieder normal aus. »Danke, Papa. Wir sehen uns später, in Ordnung?«

»Eure Königliche Hoheit!«

Ich hörte eine Stimme, die unverkennbar Florence gehörte, es aber unmöglich sein konnte – sie klang so *fröhlich.* Und doch war sie es. Florence bahnte sich ihren Weg zu unserer kleinen Ecke des Pubs und war beinahe nicht wiederzuerkennen mit dem breiten Grinsen, das ihr Gesicht teilte. Ich hatte sie nie zuvor lächeln gesehen. Irgendwie ließ es sie keinen Deut freundlicher aussehen.

Was auch immer Florence' Stimmung verbessert hatte, verschlechterte die von Jamie drastisch. Er war schon wieder merkwürdig blass geworden. Ich knuffte ihn in den Arm, aber er reagierte nicht.

»Eure Königliche Hoheit!«, rief sie entzückt aus, als sie unsere kleine Gruppe umwabert von einer Wolke Lavendelwasser erreichte. *Eure Königliche Hoheit? Wie bitte*?! Ich bedachte Jamie mit einem bohrenden Blick, den er jedoch geflissentlich ignorierte. »Wir fühlen uns äußerst geehrt, dass Sie uns heute Abend Gesellschaft leisten. Welch eine Freude!« Florence sah Jamies Vater mit großen Kulleraugen an. Es war schräg genug gewesen, mit anzusehen, wie freundlich sie Jamie die letzten zwei Wochen behandelt hatte, aber das war nichts im Vergleich zu dem, wie sie sich an seinen Vater ranschleimte. »Und Ihre reizende Frau Herzogin haben Sie ebenfalls mitgebracht.«

Herzogin? Eure Hoheit? Was zum Henker war hier los?

»Florence! Wie läuft's so?« Margaret schlürfte geräuschvoll den Rest ihres Champagners aus dem Glas. Florence zog einen etwas widerwilligen Flunsch und wandte ihre Aufmerksamkeit sofort wieder Jamies Vater zu.

»Wir danken Ihnen sehr für Ihre Einladung«, sagte der höflich. »Unsere Glückwünsche zur Hochzeit. Sie müssen sich gewiss schrecklich freuen.«

»Es ist … wie es ist«, erwiderte Florence knapp.

Obwohl ich sauer auf Dusty war, verdiente sie das nicht. Ein kleines wütendes Feuer flackerte tief in meinem Bauch auf.

»Sieh an, sieh an!«, wandte sie sich an mich. »Ihr amerikanischen Mädchen lasst aber auch wirklich nichts anbrennen.«

Ich konnte die Beleidigung spüren, die hinter ihren Worten mitschwang – oder vielleicht *in* ihren Worten –, aber ich hatte keine schlagfertige Erwiderung parat. Florence war Furcht einflößend. Und Jamie war keine große Hilfe. Er war so steif und kalt, als wäre ich gegen eine Wachsfigur bei Madame Tussauds gerannt.

»Vorsicht, Eure Hoheit.« Florence lächelte kühl in Richtung von Jamies Vater. »Sonst werden sie noch mit einer schlaksigen amerikanischen Herzogin in Jogginghosen enden.«

»Also ich *liebe* ja Jogginghosen!«, warf Jamies Mutter ein und schwang ihr Glas bedrohlich in Florence' Richtung, als wäre es eine Waffe.

Schlaksige amerikanische … *Herzogin*? Florence' öffentliches Geläster war mein geringstes Problem. War Jamie etwa ein Herzog? Ein Prinz? Ein König? Was war er? Florence hatte seinen Dad *Königliche Hoheit* genannt. Und seine Mom war Herzogin. Was ihn zu was genau machte? Einem Prä-Herzog vielleicht? Oder auch zu einer Königlichen Hoheit?! Ich wusste nicht genug über Adelstitel und Erbfolgen, um zu kapieren, was genau das bedeutete, aber ich wusste genug, um zu kapieren, dass Jamie *adelig* war. Adeliger noch als Ronan. Ich fühlte mich extrem verwirrt, überrumpelt und dumm. Wussten das denn alle außer mir? Hatten sie es die ganze Zeit gewusst?«

»Würden Sie uns einen Moment entschuldigen«, sagte Jamies Vater höflich. »Es war mir eine Freude, Sie wiederzusehen, Lady Dunleavy. Ich freue mich auf die Hochzeit morgen.«

Etwas unsanft bugsierte er seine Frau mit sich fort, die wild gestikulierte und irgendwas von »Jogginghosen« murmelte. Florence rümpfte die Nase in unsere Richtung und ging davon.

»Deswegen hast du mir also nicht deinen richtigen Namen verraten«, sagte ich hölzern.

»Ich wollte es tun, Dylan, ich schwöre. Ich wollte nur nicht … Verdammt.« Er atmete lautstark aus und blies dabei das Haar aus seiner Stirn. »Können wir irgendwohin, wo es ruhiger ist? Bitte? Es ist nur … Hier … Komm mit.«

Er griff nach meinem Arm und zog mich mit sich aus dem Pub, in die Lobby und die Treppe des Gasthauses hinauf. Kamera-Mike folgte uns natürlich, und ich ließ ihn, ganz so, wie ich es Pamela versprochen hatte. Denn das war doch exakt, was Pamela gewollt hatte, oder nicht? Drama. Romantik. Einen *heimlichen* Prinzen.

Wir blieben in einem menschenleeren Flur vor einem Bücherregal stehen, das mit Taschenbüchern vollgestopft war. Dämliche Liebesschmonzetten. Wahrscheinlich quollen sie nur so über vor heimlichen Prinzen. Ich verspürte den irrationalen Drang, sie Jamie an den Kopf zu schmeißen. Nun ja, vielleicht gar nicht so irrational.

»Dylan, bitte. Lass es mich nur erklären. Es tut mir so schrecklich …«

»Wie lautet er?«, unterbrach ich ihn. »Dein richtiger Name, mein ich. Dein *voller* Name. Mit Titel und allem Drum und Dran.«

»Seine Königliche Hoheit Prinz Gilleroids Edmund Alexander James«, erwiderte er schwer.

»*Seine Königliche Hoheit*«, wiederholte ich schwach. »Prinz? Hast du gerade *Prinz* gesagt? Oh mein Gott. Du bist *heimlich ein Prinz*!«

»Nein, bin ich nicht!«, erwiderte er aufgebracht. »Das ist doch nur ein Konzept, das von diesem irren Fernsehsender geschaffen wurde. Ich bin nicht heimlich, überhaupt nicht.«

»Oh Gott. Ist eigentlich jeder in dieser Show ein heimlicher Prinz?«, fragte ich hysterisch. »Ist Kit Kirby vielleicht der Erzbischof von Canterbury?«

»Erzbischof ist kein Erbtitel … Kit Kirby wurde nicht geweiht … Er gehört nicht mal zur Church of England, geschweige denn …«

»Vergiss Kit Kirby! Du bist ein *Prinz*, Jamie!«

»Das bin ich nicht! Na ja, eigentlich schon, aber …«

»Ich will eine Erklärung. Jetzt.«

»Mein Vater ist Prinz«, stieß er hervor, als würde er ein Pflaster abreißen. »Kein wichtiger Prinz. Einer von den jüngeren Söhnen, du weißt schon.«

»Ein jüngerer Sohn von *wem*? Queen Elizabeth?«

Jamie nickte beinahe beschämt.

»Queen Elizabeth ist deine Oma?!«, kreischte ich.

»Wir sehen sie eigentlich nur an Feiertagen«, murmelte er, »und auch nicht lange. Mama hasst das Weihnachtsessen auf Sandringham. Sie hat versucht, sich am Sonntag davor zu drücken … das ist auch einer der Gründe, warum sie so wild darauf war, zur Hochzeit zu kommen. Eigentlich versteht sie sich nur mit Harry wirklich gut.«

»Harry. Du meinst *Prinz Harry*?«

»Ja. Er ist mein, äh, Cousin.«

»Cousin?!« Ich bemerkte, dass ich nichts anderes mehr tat, als die Namen verschiedener Verwandter herumzukreischen, aber ich konnte es einfach nicht fassen. Es konnte doch unmöglich sein, dass Jamie – *mein* Jamie – allen Ernstes ein Prinz war?

»Ihn sehe ich auch kaum! Ehrlich, Dylan, ich bin ein ganz

normaler, langweiliger Prinz. Ich bin *nicht* Harry. Ich stehe nie in den Zeitungen.«

»Die Zeitungen?«, wiederholte ich ungläubig. »Bist du etwa berühmt oder so was?«

»Ganz bestimmt nicht. Ich mache nie etwas. Deswegen nennen sie mich auch *›Seine Königliche Schüchternheit‹*.«

»Seine Königliche Schüchternheit …« Plötzlich fügte sich alles. »So hat dich doch Kit genannt, am ersten Tag im Schloss hier! Gott, ich bin ja so dämlich!«

»Du bist nicht dämlich, Dylan. Warum um Himmels willen solltest du dich mit den Inhalten britischer Boulevardblättchen auskennen?«

»Du sagst es doch gerade selber. Du bist berühmt genug, dass die Klatschzeitungen dir einen Spitznamen verpasst haben.«

»Das war wirklich nur das eine Mal, als ich bei *Sentebale* mitgearbeitet habe.«

»Und das wäre?«, hakte ich nach.

»Ein Wohltätigkeitsprogramm, das, äh … von Harry gegründet wurde«, beendete er lahm seinen Satz. »Und Prinz Seeiso. Von Lesotho.«

»Oh mein Gott.« Ich ließ mich gegen das Bücherregal sinken, halb vor Angst umzufallen. Jamie war ein Prinz. Die Reporter machten Fotos von ihm für die Zeitungen. Er traf sich zum Weihnachtsessen mit der Queen. Er trieb sich mit seinem *Cousin* Prinz Harry in Afrika herum. Und mit dem Prinzen von Lesotho. Und wer weiß noch wie vielen anderen Royals. Die Kluft zwischen uns war so viel größer als nur der Ozean, der unsere Kontinente trennte.

»Ich bin ja so *dumm*«, sagte ich mit Nachdruck. Ich stand kurz davor, mit dem Kopf gegen die Wand zu schlagen. »Haben eigentlich alle außer mir das gewusst? Saßt ihr alle da und habt euch totgelacht, so nach dem Motto: *Oh, ha, ha, du hast ja keine Ahnung, Dylan Leigh!*«

»Nein, ganz bestimmt nicht«, versicherte er mir. Nur dass ich nicht in der Stimmung war, mir etwas versichern zu lassen. »Na ja, alle Leute hier in der Gegend wissen es, aber sie halten es lediglich für eine Art, äh, Job, für den ich mich nicht beworben habe. Die Einzige, die meine Titel je zur Sprache gebracht hat, war Pamela, in einer ihrer furchtbaren Beichten. Sie hat mich gefragt, wie es sich anfühlt, ein Prinz zu sein … ob es schwer war, als Prinz eine Freundin zu finden oder nicht … all diese albernen, dummen Fragen … Das sind nicht unbedingt die Themen, die ich gerne spontan diskutiere.«

»Warum hast du es mir nicht erzählt?«

Kamera-Mike kreiste um uns herum und kam immer näher an mein Gesicht heran. Zu nahe.

»Ich habe nicht … Ich konnte nicht …«

»Hat Pamela dich dazu angestiftet?«, fragte ich scharf und richtete mich zu meiner vollen Größe auf, wobei ich versuchte, die zudringliche Kameralinse zu ignorieren. Ich wollte Jamie in die Augen sehen. »Hat sie dir gesagt, dass du es mir nicht verraten sollst? Damit es eine große, dramatische Enthüllung gibt? Zwei heimliche Prinzen auf einen Schlag? Eine letzte großartige Wendung bei *Dusty & Ronans Sie-lebten-glücklich-bis-ans-Ende-ihrer-Tage-Volksmusikfest?*

»Natürlich nicht!«

Ich konnte ihn nicht einmal mehr hören. Ich hatte das Gefühl zu ersticken in der warmen, abgestandenen Luft. Ich tastete am Regal entlang, um mich an etwas festzuhalten, und meine Finger schlossen sich um ein glänzendes Buchcover. War denn *irgendetwas* von dem mit Jamie echt gewesen? Oder war unsere gesamte Beziehung von der Sendung arrangiert worden?

»Hat Pamela dir gesagt, du sollst so tun, als würdest du mich mögen? Mich küssen? Mich *anlügen*?«

»Nein! Ich habe dich nie angelogen!«

»Aber du hast mir nie die Wahrheit gesagt!«

»Nein.« Er seufzte schwer. »Das habe ich nicht.«

Ich sah ihn argwöhnisch an. Das war normalerweise der Moment bei einem Liebesfilm, wo ich etwas Richtung Fernseher warf und die blöde romantische Heldin anschrie, die am Boden zerstört war, weil ihr Lover sie wegen einer dämlichen Sache angelogen hatte. Aber gerade jetzt fühlte es sich nicht dämlich an.

»Pamela hat mich zu gar nichts angestiftet. Das schwöre ich dir. Ich schwöre auf mein Leben. Das hier ist echt. Alles, was wir haben … alles, was wir sind. Es ist echt. Ich schwöre es.« Er streckte den Arm nach mir aus, aber ich wich zurück und presste mich gegen das Regal. Er ließ niedergeschlagen die Hände sinken. »Kannst du mir wenigstens das glauben?«

Ich atmete tief ein und sah ihn an, sah ihn wirklich an.

»Ja«, gab ich widerwillig zu. So wütend ich auch war, so wenig konnte ich mir Jamie als Drahtzieher vorstellen, der eine ganze Liebesgeschichte nur für die Einschaltquoten inszenieren würde. So herzlos konnte er nicht sein. Das wusste ich. Außerdem war er viel zu schräg, um nicht echt zu sein. Wenn er eine Rolle gespielt hätte, hätte der Sender ihn viel normaler und austauschbarer gemacht. Und ihm zahmeres Haar und Selbstbräuner verpasst.

»Es war einfach nur … so schön, jemanden kennenzulernen, der nichts über meine Familie weiß. Der sich nicht um meinen Titel schert. Der mich nur als Jamie kennt. Jemanden, der mich nur als Jamie mag.« Er schüttelte den Kopf. »Es schien beinahe unmöglich. Zu gut, um wahr zu sein. Ich habe es einfach nicht geschafft, dir zu sagen, wer ich bin. Es war egoistisch, aber ich mochte es viel zu sehr, dass du nicht wusstest, wer ich bin. Außerdem hatte ich Angst, dass die Wahrheit die Dinge zwischen uns verändern könnte. Dass du mir gegenüber anders empfinden würdest, dass es dir unangenehm wäre oder du eingeschüchtert wärst.«

»Eingeschüchtert? Weil ich so ein stilloser amerikanischer Bauerntrampel bin?«

»Nein!«, rief er. »Es hat nichts mit *dir* zu tun, sondern mit mir. Die Leute benehmen sich anders, wenn sie einem Royal begegnen. Du hast doch Florence gesehen! Ehrlich, Dylan, es ist keine große Sache. Ich schwöre es.«

»Und *ob* es eine große Sache ist!«

»Nein, ist es nicht«, beharrte er. »Ich bin doch nur sechster in der Thronfolge oder so.«

»Sechster?! *Sechster?!* Normale Menschen stehen nicht für die britische Krone an, Jamie! Sie stehen an für, ich weiß nicht … Hotdogs!«

»Es könnte schlimmer sein«, entgegnete Jamie schwach. »Ich könnte der nächste Herzog von Atholl sein.«

»Das ist nicht der Moment für Atholl-Witze!«, erwiderte ich schrill. »Echt nicht, Jamie! Oder Gillecroids! Oder wer auch immer du bist!«

»Ich bin Jamie!«, sagte er verzweifelt. »Ich bin immer noch Jamie. Ich bin exakt derselbe Mensch, der ich immer war.«

Aber war er das wirklich? Er war wahrscheinlich in einem noch größeren Schloss aufgewachsen als Dunyvaig, war auf Poloponys geritten, hatte Bentleys gefahren und Kaviar mit goldenen Löffeln gegessen. Was würde er denken, wenn er jemals unser Haus in Tupelo sah? Die winzige Küche und das Zimmer, das ich mir mit Dusty geteilt hatte? Wahrscheinlich war es kleiner als seine Garage.

»Oh nein, Dylan. Es tut mir so leid.«

Ich spürte etwas Heißes, Nasses auf meiner Wange und bemerkte zu meinem Entsetzen, dass ich weinte. Jamie sah genauso erschrocken aus. Er streckte die Hand aus, und ich zuckte zusammen, als er meine Wange berührte.

»Dylan?«

Mom stand auf der Treppe unter uns, eine Hand auf dem Geländer, und sah sehr besorgt aus. Und verwirrt. Ein zweiter Kameramann stand hinter ihr. Ich hatte das Gefühl, als würden die Kameras aus jedem Winkel auf mich zukommen. Ich wünschte, sie würden einfach nur alle verschwinden. Wie war Dusty bloß die ganzen Monate damit zurechtgekommen?

»Es ist Zeit für den Toast, Kleines«, sagte sie sanft. »Wir brauchen dich unten.«

»Wie viele Toasts braucht denn so eine Hochzeit?«, sagte ich trübe und wischte mir mit der Hand übers Gesicht.

»Ich fürchte, an der Front legen wir gerade erst los.« Sie kam die letzten Stufen hoch und legte tröstend die Hand auf meinen Rücken. »Komm mit runter, Dylan. Es ist Zeit.«

Wortlos ließ ich mich von ihr die Treppe runterführen und Jamie allein dort zurückbleiben.

Kapitel 24

»Er wird eine ganz große Show für dich abziehen«, sagte Heaven am nächsten Morgen und kaute verträumt an ihrem Strohhalm.

»Nein, wird er nicht«, entgegnete ich. »Er würde auf der Hochzeit von jemand anderem nie eine Show abziehen. Das wäre viel zu unhöflich.«

»Hallo?! Das ist der Typ, der ein Pferd und einen Schlitten für euer erstes Date aufgefahren hat. *Ich* sage, es wird eine Riesenshow geben.«

»Hoffst du etwa, dass es eine gibt?«, fragte ich misstrauisch. »Du warst doch diejenige von wegen: *Es wird sowieso enden, also setz lieber gleich einen Schlussstrich, bla, bla, bla, und so weiter und so weiter.*«

»Na ja, nicht unbedingt *hoffen*, aber …«

»Ich dachte, du würdest dich freuen!«, unterbrach ich sie. »Darum ging es doch, oder nicht? Die Geschichte von Dylans erstem Kuss hat das saubere Ende gefunden, das du wolltest. Ich habe einen Typen in einem Schloss geknutscht. Er hat gelogen. Wir sahen uns nie wieder und wurden nicht einmal Facebook-Freunde. Ende.«

»Er hat nicht *wirklich* gelogen …«

»Doch, das hat er!«, widersprach ich. »Warum verteidigst du ihn? Auf wessen Seite stehst du eigentlich?«

»Auf deiner! Natürlich auf deiner!« Sie jagte die letzten Tropfen Limo am Grund des Glases und sog sie lautstark durch den Strohhalm. »Ich sag ja nur, dass er eigentlich nicht gelogen hat.«

»Etwas zu verschweigen, bleibt trotzdem eine Lüge. Das sagt Oma auch immer.«

»Deine Oma!« Heaven strahlte auf. »Ist sie schon da?«

»Sie hat darauf bestanden, in letzter Minute einzufliegen«, mischte sich Dusty ein, die mit geschlossenen Augen dasaß, während eine stylishe Frau in Schwarz ihr Lidschatten um die Augen schmierte. »Damit ihre Füße nicht länger als unbedingt nötig amerikanischen Boden verlassen müssen. Habe versucht, sie für das Probedinner rumzukriegen, aber die Frau ist stur wie ein Esel.«

»Also muss es wohl genetisch bedingt sein«, sagte Heaven. »Dass ihr alle so einen Knall habt, meine ich.«

Oma *war* durchgeknallt. Aber auf die gute, nein, die beste Art überhaupt. Zum Beispiel, indem sie nur Pullover mit Tweety drauf trug, was genau der Stil war, der mir für meine alten Tage vorschwebte. Sie war auch die einzige Frau in unserer Familie, die klein war. Insgeheim hegte ich die Angst, sie wäre einst so groß gewesen wie der Rest von uns, aber dann ein paar Köpfe geschrumpft.

»Können wir bitte aufhören, über Oma oder Dylans Probleme zu reden? Das heute soll *mein* ganz besonderer Tag sein«, jammerte Dusty. »Die Gesprächsthemen sollten sich eigentlich darauf beschränken, wie strahlend schön ich heute aussehe.«

Ich seufzte, ließ mich auf der Couch zurücksinken und legte die Füße auf Heavens Schoß ab, wobei ich peinlich darauf achtgab, das Oberteil meines Brautjungfernkleids festzuhalten. Ich war im Grunde fertig, nur dass ich den Reißverschluss noch nicht zugemacht hatte. Ich legte absolut keinen Wert darauf, dass meine Rippen von den Korsettstäben zerquetscht wurden, bevor es absolut nötig war.

»Mädchen, du hast vielleicht große Latschen.« Heaven stieß einen Pfiff aus.

»Das ist jetzt wirklich nichts Neues«, entgegnete ich

»Leute, ich schwöre euch, ich habe solche Tränensäcke unter den Augen, dass ihr darin euer Gepäck für einen Trip nach Hawaii unterbringen könntet.« Anne-Marie, Dustys reisende Trauzeugin, war heute früh angekommen, noch bevor ich aufgewacht war, und war gerade damit beschäftigt, ihr Gesicht kritisch in einem Handspiegel zu mustern. »Ich brauche mehr Concealer. Leute, dieses Medizinstudium ist echt kein Spaß!« Sie klopfte hektisch mit den Fingerspitzen unter ihren Augen herum, als versuchte sie, wach zu werden. »Ich habe das Gefühl, als würde ich an einem Experiment teilnehmen: *Was passiert, wenn du das ganze Wasser in deinem Blutkreislauf durch Cola Light ersetzt?* Ich werde das erste vollständig kohlensäurehaltige menschliche Lebewesen sein.«

Abgesehen vom Medizinstudium schien sie immer noch dieselbe Wachsmalstift essende Anne-Marie zu sein, die ich kannte. Ich fasste innerlich den Vorsatz, in naher Zukunft nicht krank zu werden, und schob mich tiefer in die Sofapolster.

»Jetzt mal im Ernst, Dylan«, sagte Heaven und ignorierte Anne-Marie. »Ich glaub, ich verstehe Jamie.«

»Bitte, wie?« Ich stützte mich auf die Ellbogen hoch, um sie besser zu sehen.

»Das ist wie … Na, du weißt doch selbst, wie sehr du es hasst, wenn zu Hause alle sagen: ›*Du* bist Dustys Schwester? Echt jetzt? *Die* Dusty Rose Leigh? OMG, die Tussi ist so unfassbar perfekt, die kackt bestimmt Diamanten.‹«

Wider Willen musste ich losprusten.

»Siehst du? Du weißt ganz genau, was ich meine«, sagte Heaven selbstgefällig. »Und jetzt stell dir das alles in tausendmal Schlimmer vor. Denn es ist genau das, was Jamie durchmacht, jedes Mal, wenn er jemand Neues kennenlernt. ›Oh, Eure Königliche Hoheit, vielen Dank, dass Sie uns mit Ihrer Prinzigkeit beehren‹«, flötete sie mit einem affektierten Lächeln.

»Es ist mir egal, wie prinzig er ist. Er hätte es mir offen und ehrlich sagen sollen. Von Anfang an.«

»Ach ja?« Sie neigte den Kopf zu mir wie ein neugieriges Vögelchen. »Sei mal ehrlich, Dylan. Du wärst doch ausgerastet.«

»Wäre ich nicht.«

»Wärst du wohl. Gut, vielleicht ist *ausgerastet* ein zu krasses Wort«, überlegte sie. »Aber es hätte die Sache zwischen euch geändert und das weißt du.«

»Neeein«, sagte ich leise, aber ich war mir nicht sicher, ob ich es selbst glaubte. Vielleicht spielte es auch keine so große Rolle, wie ich reagiert hätte oder nicht – viel wichtiger war, wie Jamie sich fühlte. Heaven hatte recht, die kleine Schwester von Miss Mississippi zu sein, war nichts im Vergleich dazu, der einzige Sohn eines Prinzen zu sein. Außerdem musste ich fairerweise gestehen, dass ich ihm ebenfalls nie meinen vollen Namen verraten hatte. Vielleicht weckte die Tatsache, ein Prinz zu sein, dieselben Gefühle in ihm wie für mich dic Tatsache, dass ich mit Zweitnamen Janis hieß – weswegen ich es vorzog, dass die Leute es nie erfuhren.

»Oh Mann«, seufzte ich, »ich habe mich echt wie eine dieser dämlichen Tussis in einer romantischen Komödie aufgeführt, stimmt's?«

»*Wie vergraul ich einen Prinzen in zehn Tagen*«, schlug Heaven als Titel vor.

»Ich kann nicht glauben, dass ich mich da einmische«, meldete Dusty sich zu Wort. »Aber ich tue es. Und ich kann mich nicht rühren, weil ich warten muss, bis meine falschen Wimpern trocken sind, also komm gefälligst hier rüber, Dylan.«

Murrend stemmte ich mich vom Sofa hoch, wobei ich achtsam mein Kleid an die Brust presste. Dusty winkte das Make-up-Mädchen beiseite und lehnte sich mit geschlossenen Augen zurück, die Wimpern auf ihren Wangen ruhend. Sie sahen aus wie große Plastikkäfer, ganz dunkel und stachelig.

»Ich möchte aus Prinzip nur anmerken, dass ich nicht erfreut bin, dass wir diese Diskussion heute führen. Heute geht es um *mich*. Ich sollte das einzige Thema sein, über das wir sprechen. Heute ist *mein* ganz besonderer Tag.«

Ich verdrehte die Augen. Dann fiel mir ein, dass sie mich gar nicht sehen konnte.

»Okay, Dusty, ich habe deine offizielle Beschwerde zur Kenntnis genommen. Danke, dass du so nachsichtig mit mir bist«, fügte ich ironisch hinzu.

»Hast du eigentlich nie daran gedacht, deine große Schwester um Rat zu fragen, die sich vor gar nicht allzu langer Zeit in exakt derselben Situation befunden hat wie du jetzt?«

»Oh. Ähm. Ja. Ich meine, nein«, erwiderte ich ehrlich und

war etwas verlegen ob meiner Stumpfsinnigkeit. »Ich habe nicht daran gedacht.«

Komischerweise hatte ich selbst hier im Schloss, umgeben von den ganzen Kameras, den »heimlichen« Teil von Dusty und Ronans *Heimlich dein Prinz*-Romanze ganz vergessen gehabt. Immerhin hatte ich ihn nur einmal getroffen, als er noch heimlich ein Prinz war. Den Rest der Zeit hatte ich ihn als Right Honorable Lord Irgendwas gekannt. Immerhin hatten die Dreharbeiten zu *Heimlich dein Prinz* nur sechs Wochen gedauert. Dusty hatte diese Wochen in dem Glauben verbracht, lediglich bei einer Art *Bachelor*-mäßigen TV-Show mitzumachen, und ich hatte sie nur während der Folge gesehen, als sie Ronan nach Hause mitbrachte, um ihn uns vorzustellen. Ronan war im Handumdrehen von *Ich hab total den süßen Typen kennengelernt!* zu *Überraschung! Ich bin mit einem Prinzen verlobt!* avanciert.

»Das liegt daran, dass du doof wie ein Baumstumpf bist, meine liebe kleine Dilly. Vor allem wenn es um Jungs geht.«

Ich sträubte mich innerlich, aber mir fiel keine schlagfertige Erwiderung ein. Denn leider, leider hatte sie recht.

»Ich werde das hier nur einmal sagen, und zwar laut und deutlich, damit sogar du es kapierst. Und dann widmen wir uns schleunigst wieder *meinem* ganz besonderen Tag.« Dusty holte tief Luft und ich beugte mich vor. »Es. Spielt. Keine. Rolle.«

»Wie bitte?«

»Habe ich etwa gestottert?« Sie hob ein Augenlid etwa an. »Oh, gut, sie sind trocken.« Sie blinzelte ein paarmal und ließ die dichtesten, dunkelsten Wimpern flattern, die ich je gesehen hatte. »Du hast mich verstanden. Es spielt keine Rolle, Dilly. Nicht einmal ein klitzekleines bisschen.«

»Wie sollte es denn bitte schön keine Rolle spielen? Er ist ein

Prinz, Dusty«, sagte ich beinahe flüsternd. »Ein *Prinz*. Das ist verrückt. Viel zu verrückt. Ich weiß doch nicht einmal, wie ich mit einem Prinzen reden soll!«

»Natürlich weißt du das, Dummerchen.« Sie verdrehte die Augen. »Du hast die ganzen letzten drei Wochen nichts anderes getan, als mit einem Prinzen zu reden.«

»Aber da *wusste* ich nicht, dass er ein Prinz ist.«

»Und jetzt, da du es weißt, ändert es rein gar nichts. Es ist nicht viel anders als damals, als ich mit Ricky Lindsay ging. Sein Daddy war der Matratzenkönig, weißt du noch?«

»Ein Prinz von England zu sein, ist ein bisschen was anderes als der Matratzenprinz von Tupelo, Dusty.«

»Ach echt? Also ich war damals total eingeschüchtert von ihrer riesigen Villa. Ich hatte ja keine Ahnung, wo ich zwei Jahre später einziehen würde«, sagte sie reumütig. »Es ist nichts, was Jamie sich ausgesucht hat. Es ist die Rolle, in die er hineingeboren wurde. Und womöglich ist es seltener, als ein Matratzenprinz zu sein, aber der Gedanken dahinter ist doch derselbe … Wer dein Daddy ist, bestimmt noch lange nicht, wer du selbst bist.«

Ich schwieg einen Moment und musste an Cash Keller denken. Ich war mir ziemlich sicher, dass es nicht das war, was sie gemeint hatte, aber es war genau meine Meinung zu ihm – dass er nichts damit zu tun hatte, wer ich war.

»Und ich verspreche dir, dass es keine so große Sache ist«, fuhr sie fort. »Du weißt doch, die Monarchie hier drüben ist sowieso mehr Show als alles andere, stimmt's? Sie empfangen nur Würdenträger und weihen neue Krankenhausflügel ein und schauen bei Truppenparaden zu und so Zeug. Eigentlich ist es nur eine ehrenamtliche Tätigkeit.«

»Aber er hat gelogen …«

»Okay, erst einmal …«, sie hielt einen Finger hoch, um mich zum Schweigen zu bringen, »… hat Ronan mich nach Strich und Faden belogen. Er hat mir einem falschen Nachnamen genannt, eine falsche Heimatstadt, einen falschen Job und sonst was. Eine Lüge nach der anderen. Aber es war nichts, was wichtig gewesen wäre.«

»Nein, nur jede Einzelheit von dem, wer er ist.«

»Aber das ist doch nicht, wer er *ist*, Dummerchen. Dein Name ist nicht, wer du bist. Ich weiß, dass du das weißt. Aber du streitest doch nur mit mir, weil du streiten willst, denn offenbar bist du einzig und allein zu diesem Zweck auf diese Welt gekommen.«

»Gar nicht wahr.«

»Jetzt leg einmal deinen angeborenen Trieb beiseite, mir bei allem und jedem zu widersprechen, und hör mir gut zu.« Das waren ein Haufen gewichtiger Worte für Dusty. »Jamie wollte nur, dass du ihn dafür magst, wer er ist, und nicht dafür, wer sein Daddy ist. Und genau das ist doch passiert.«

»Mhmpf«, murmelte ich unbestimmt.

»Lass es nicht so zu Ende gehen, Dyl. Du kannst ihm von mir aus sagen, dass es nicht cool von ihm war, wenn du unbedingt willst. Aber dann vergib ihm und tanz mit ihm und gib ihm einen Abschiedskuss. Geh nicht im Streit fort.«

»Man kann alles wieder reparieren, Dylan«, sage Anne-Marie aufmunternd. »Selbst einen kaputten Plexus brachialis.«

Ich schaute die beiden finster an – rein aus Prinzip –, aber in meinem Inneren spürte ich, dass sie recht hatten. Auch wenn ich nicht wusste, was ein Plexus brachialis war.

»Es hat sich nichts geändert. Er ist immer noch derselbe verliebte Trottel, der dich mag«, sagte Dusty. »Krone hin oder her. Wen juckt es schon, ob er ein Prinz ist?«

»Wusstest *du* denn, dass er ein Prinz ist?«

»Scheiße, nein. Ronan hat kein Wort davon erwähnt, und ich habe Besseres zu tun, als den Trauzeugen meines Zukünftigen zu googeln. Hier gibt es sowieso viel zu viele Royals, um den Überblick zu bewahren.«

»Nicht einmal ich wusste, dass er ein Prinz ist, Dyl«, meldete sich Heaven zu Wort. »Dabei habe ich eine Tasse von der Royal Wedding.«

Sie hatte die Tasse bei einem Ramschverkauf für 50 Cent gekauft und bewahrte darin ihre Stifte auf, aber trotzdem. Ich nahm an, dass das zumindest ein gewisses Interesse an der Königsfamilie bewies.

»Es ist doch überhaupt nicht wichtig, wer es wusste.« Dusty zuckte die Achseln. »Wichtig ist, dass du die Dinge wieder in Ordnung bringst.«

»Oh Gott.« Ich schluckte hörbar. »Heißt das, *ich* muss eine Riesenshow für ihn abziehen?«

Diverse Bilder rauschten vor meinem inneren Auge vorbei … eines entsetzlicher als das andere: Ich, wie ich Jamie ein Ständchen samt Mikrofon und Karaoke-Maschine brachte. Ich, wie ich mit einem Haufen Plakaten aufmarschierte, auf denen *Für mich bist du perfekt* stand. Ich, wie ich vor dem Schloss stand und einen Gettoblaster in die Luft reckte. Aber Dunyvaig hatte ungefähr 400 Fenster … ich würde Jamies Zimmer nie im Leben finden.

»Nein!«, rief Dusty. »Sei einfach *normal*, Dilly.«

»Dusty!« Auf einmal kam Mom ins Zimmer geplatzt. Sie war so außer Atem, dass sie sich schwer keuchend auf den Knien abstützte. »Ich weiß nicht, wie sie es … Aber sie hat … Und sie ist … Ach, Scheibenkleister!« Mom blickte Dusty in die Augen. »Sie weiß es. Und sie ist auf dem Weg.«

Dusty wurde leichenblass unter ihrer Make-up-Grundierung … und ihrer künstlichen Bräune.

»Macht euch bereit, Ladys«, sagte sie grimmig. »Die Bestie ist im Anmarsch.«

»Wird das hier so übel wie die letzte Studentenverbindungs-Party?« Anne-Marie sprang auf. »Verdammter Mist, ich hab meine Ringe schon ausgezogen.« Sie ließ drohend ihre Knöchel knacken.

Vielleicht war Anne-Marie doch etwas interessanter, als ich sie in Erinnerung hatte.

»Was passiert jetzt?«, fragte Heaven mich leise.

»Äh … Sie weiß … Sie kommt …« Ich fügte schnell die Teile zusammen. »Oh nein! Florence hat das mit dem Baby herausgefunden. Und sie ist auf dem Weg hierher.«

Heavens Kiefer klappte auf, während mein Magen sich vor Panik überschlug. Ich hätte nicht überrascht sein dürfen – seit dem Moment, als Mrs McGregor die Bemerkung von *Dustys Braten in der Röhre* rausgerutscht war, hatte ich gewusst, dass es hierzu kommen würde. Aber dennoch, selbst für Pamelas Niveau war es ziemlich erbärmlich, die Baby-Bombe nur Stunden vor der Hochzeit platzen zu lassen.

Florence kam durch die Tür gerauscht, ihre Nüstern blähten sich vor Wut. Sie wurde von einer schadenfrohen Pamela und einem zweiten Kameramann flankiert, der sich ins Eck verdrückte, vorsichtig darauf bedacht, aus dem Aufnahmewinkel des Kameramanns zu bleiben, der bereits im Zimmer war.

»Du!«, donnerte Florence und kam mit ausgestrecktem Arm auf Dusty zu. In ihrer Faust hielt sie etwas umklammert, das wie ein kleines weißes Plastikstäbchen aussah. »Du … du … durchtriebene, lüsterne, manipulative, hinterhältige …«

»Ich würde mir dein nächstes Wort gut überlegen, liebste Mami.« Dusty trug nichts außer einem weißen Seidenmorgenmantel, auf dessen Rücken *BRAUT* prangte, aber sie schaffte es trotzdem, ausgesprochen bedrohlich auszuschauen. Vielleicht weil sie, selbst in Strümpfen, Florence haushoch überragte. »Du willst doch nicht etwas sagen, was du später bereuen könntest. Wir werden schon bald eine Familie sein.«

»Nur wegen deiner … deiner … Perfidität!«

Perfidität? Die Situation war wirklich total schrecklich, aber wenn man die Augen schloss und nur zuhörte, hörte es sich an wie bei einem viktorianischen Showdown.

»Warum lässt du deine piekfeinen Vokabeln nicht bleiben und sagst mir geradeheraus, was du mir vorwirfst, hmm?« Florence loderte womöglich vor Zorn, doch Dusty blieb cool wie ein Eisberg. Und ich, ich war ziemlich beeindruckt.

»Was ich dir vorwerfe? *Das hier!*« Florence hielt Dusty das weiße Stäbchen unter die Nase. Der Ärmel ihres smaragdgrünen Seidenblazers rutschte runter und entblößte einen dicken Armreif, dessen Form stark an einen Dachs erinnerte. Für einen kurzen Moment lenkte er mich von dem weißen Stäbchen ab. »Du hast meinen Sohn überlistet, damit er dich heiratet! Endlich ergibt das alles Sinn!«

»Alter, das ist ein Schwangerschaftstest«, flüsterte Heaven.

»Wo hat sie den denn her? Hat Florence etwa in den Mülltonnen gewühlt?«, flüsterte ich ungläubig.

»Aber ich habe nicht … Wie hast du …? Ich verstehe nicht.« Dusty runzelte verwirrt die Stirn. »Ich habe hier gar keinen Schwangerschaftstest gemacht.«

Hinter uns ertönte ein diskretes Räuspern. Ich wirbelte herum. Ich wettete auf Pamela.

»Es spielt keine Rolle, woher ich ihn habe«, sagte Florence hastig.

Ich hatte das Gefühl, als würde mein Hirn mit einer Million Stundenkilometern rotieren. Pamela hatte von Dustys Schwangerschaft erfahren. Und dann hatte der Sender einen gefälschten Test ausgelegt, damit Florence ihn finden konnte. Oder sie hatten Florence einfach nur gesagt, dass Dusty schwanger war, und ihr das passende Requisit in die Hand gedrückt. Was auch immer passiert war, es war wirklich total krank.

»Das Einzige, was eine Rolle spielt, ist, was es beweist«, beharrte Florence. »Du bist schwanger!«

Dustys eiskalte Entschlossenheit schmolz dahin. Plötzlich wirkte sie … müde. Mit einem Seufzen legte sie schützend die Hand über ihren Bauch und schloss die Augen.

»Warte!«, rief ich, ohne sicher zu sein, was ich da sagte. »Tun Sie das nicht. Tun Sie's nicht, okay?« Ich sah an Florence vorbei zu Pamela. Florence war ein fieser Snob und ein schrecklicher Mensch, aber ich wusste, wer wirklich dahintersteckte. »Wir wissen doch alle, dass Ihr Produktionsteam Dusty den Test untergejubelt hat. Lassen Sie die Sache einfach bleiben. Bitte.«

»Dylan«, sagte Pamela eisig, jegliche Spur ihres sonstigen falschen Lächelns war wie weggeblasen. »Wir haben uns doch bereits über das Thema Zusammenarbeit unterhalten. Was du tust, ist das exakte Gegenteil davon. Also sprich mich nicht an und hör auf, in die Kamera zu schauen. Kehre einfach wieder zum Geschäftlichen zurück.«

»Warten Sie! Bitte!«, flehte ich. »Wenn Sie diese Story aufgeben, werde ich etwas wirklich Interessantes tun, ich verspreche es. Ich werde einen Salto über einen Tisch machen. Ich werde Jamie mein Getränk ins Gesicht schütten! Nein, ich werde Jamie ins Gesicht schlagen!« Pamela wirkte nicht annähernd so interessiert, wie ich es mir erhofft hatte. Ich entschied mich für eine andere Taktik. »Nein, vergessen Sie's. Wir werden rummachen! Ich werde mich nachts in sein Zimmer schleichen, und Sie können uns mit so einer Nachtsichtkamera filmen, wie beim *Bachelor Pad.*«

»Grundgütiger, Dylan«, keuchte Mom.

»Ich sage ja nicht, dass ich irgendwas *tun* werde, wenn ich in seinem Zimmer bin. Ich sage nur, dass ich zusammen mit Jamie reingehen werde! Und Sie können danach das Bildmaterial auf jede beliebige belastende Form zusammenschneiden, die Sie wollen!«

»Ich bin nicht sicher, ob das viel besser ist«, wandte Heaven ein.

»Ich würde mich aber besser fühlen.«

»Ich nicht«, widersprach Mom entschlossen.

»Danke für dein Angebot, für mich einen auf Schlampe zu machen, Schwesterherz«, sagte Dusty, und sehr zu meiner Überraschung lächelte sie dabei. »Ich wusste nicht, dass du mich so magst.«

»Dusty, ich liebe dich«, sagte ich. Es war mir peinlich, aber ich musste es trotzdem loswerden. »Auch wenn wir uns streiten, ich bin auf deiner Seite. Immer. Du bist meine Familie. Genauso wie das Baby.«

»Jetzt bring mich aber nicht zum Weinen, Dummerchen. Ich werde noch mein Make-up ruinieren«, schniefte sie und zog mich in eine Umarmung. Ich war schockiert, als ich eine kleine, aber spürbare Beule an ihrem Bauch bemerkte, die kurz zuvor ganz sicher noch nicht da gewesen war.

»In Ordnung, Leute, jetzt lasst uns alle mal wieder zur Ruhe kommen.« Dusty zog sich aus der Umarmung und tupfte die nicht existenten Wimperntuscheflecken unter ihren Augen weg. »Es besteht keinerlei Notwendigkeit, dich in diese Reality-Dramen verwickeln zu lassen, Dylan, auch wenn ich dein Angebot zu schätzen weiß. Ich habe alles im Griff. Pamela«, Dusty drehte sich um und blickte ihr entschlossen in die Augen, »ich übernehme ab hier.«

Dann nahm Dusty einen tiefen Atemzug, drehte sich zu Florence um und sagte: »Ja, ich bin schwanger. Und wir könnten glücklicher nicht sein. Nur um eins klarzustellen: Ich habe herausgefunden, dass ich schwanger bin, *nachdem* wir uns verlobt haben, aber das spielt keine Rolle. Was jedoch eine Rolle spielt, ist, dass ich deinen Sohn liebe. Und er liebt mich. Und das ist der Grund, warum wir heiraten, nicht weil ich ihn überlistet oder in eine Falle gelockt hätte. Du und ich, wir wissen, dass ich nicht hinter seinem Geld her bin, weil er nämlich gar keins hat. Und ich gebe keinen Pfifferling darauf, die nächste Lady Dunleavy zu werden.«

Florence' Nüstern bebten vor Empörung und ich musste ein Kichern unterdrücken.

»Ernsthaft, du kannst den Titel behalten, und ich werde einfach die stinknormale Mrs Murray sein. Für mich geht das völlig in Ordnung.« Dusty holte tief Luft. »Wir sind dabei, uns eine Familie aufzubauen. Eine *Familie.* Und das bedeutet mir etwas. Also schlage ich vor, dass du mit an Bord kommst. Denn ich werde nirgendwo hingehen. *Ich bleibe.* Außerdem habe ich keine Angst vor dir, denn ich komme aus Mississippi«, sagte Dusty stolz. »Und wir Mädels aus dem Süden lassen uns von niemandem was gefallen. Kapiert?«

Ich bin mir nicht sicher, wer verblüffter war, als Dusty ihren Finger in Florence' Brust bohrte – Florence oder Dusty selbst. Florence starrte ungläubig auf Dustys manikürten Fingernagel hinunter, dann wieder hoch zu Dusty, mit einem Ausdruck, der an Bewunderung grenzte.

»Haben wir einander verstanden?«, sagte Dusty mit geröteten Wangen.

»Ich denke, das haben wir«, erwiderte Florence knapp. »Und ich denke, du wirst dich besser machen, als ich dachte. Allem Anschein zum Trotz.« Sie rümpfte die Nase. »Ich nehme an, du solltest dich langsam fertig machen. Es zeugt von schrecklich schlechtem Benehmen, zur eigenen Hochzeit zu spät zu kommen.«

Und damit drehte sie sich auf ihren praktischen Absätzen um und ging. Pamela und einer der Kameramänner folgten ihr.

»Tja, krasse Sache, Baby, was?« Dusty tätschelte ihren Bauch. »Das ist einer dieser Momente, in denen ich echt einen Drink gebrauchen könnte«, sagte sie wehmütig.

»Wow … das war … einfach nur *wow*.« Heaven schüttelte fassungslos den Kopf. »Dylan, ich glaub, deine Schwester ist ab sofort meine große Heldin.«

»Ich glaube, meine auch«, sagte ich leise.

Dusty sah überrascht zu mir auf, doch dann lächelte sie ein echtes, aufrichtiges Lächeln, das nichts mit der Schönheitskönigin zu tun hatte.

»Ich trinke für dich!«, meldete sich Anne-Marie freiwillig. Sie hob ein Glas Sekt, das wie aus dem Nichts aufgetaucht war. »Auf die Mississippi-Mädels!«

»Auf Schwestern«, sagte ich.

»Auf Babys«, schlug Heaven vor.

»Auf *meine* Mädels«, sagte Mom.

»Auf all das und auf euch, Leute«, schloss Dusty. »Und jetzt trink endlich diesen Sekt für mich, meine Schöne.«

Anne-Marie hob das Glas, während Heaven sie lautstark anfeuerte. Mom streckte ihre Arme aus und griff mich und Dusty an den Händen.

Es war witzig – ich war womöglich Tausende Meilen von Tupelo entfernt, aber in dem Moment fühlte ich mich zu Hause.

Kapitel 25

Sich leicht zurechtzufinden, gehörte definitiv nicht zu den Vorteilen des Schlosslebens. Ich hielt einen kleinen Plan in der Hand, den Dusty mir auf eine Cocktailserviette gezeichnet hatte, während ihre Mahnung, ja nicht zu spät zu kommen, in meinen Ohren nachklang.

Heaven – die Schutzheilige aller BFFs dieser Welt – hatte zu Ablenkungszwecken einen ziemlich überzeugenden Ausraster aufs Parkett gelegt, weil sie nach Anne-Maries Auftauchen den Scottish Grand March nicht vor der Kamera tanzen durfte. In einem Anfall vorgetäuschter Wut schmiss sie ein Champagnerglas an die Wand, sodass ich in dem darauffolgenden Chaos unbemerkt von den Kameras aus der Tür schlüpfen konnte.

Die Treppe hinauf, ums Eck, den Flur entlang, noch mal ums Eck … Moment, nein, falscher Weg … zurück zum Flur, noch mal ums Eck, weiter den Flur entlang … und da war es. Eine Tür, die genauso aussah wie meine.

Klopf-klopf-knarz-klopf-klopf-klopf.

»Äh, hereinspaziert!«

Ich schob die Tür auf. Jamie hockte in seinem festlichen Kilt auf dem Boden und zeichnete mit einem superdicken roten Edding etwas auf einen großen Bogen Karton. Ich schloss die Tür hinter mir und ging zu ihm rüber, bis die Zehen meiner cremefarbenen Ballerinas fast an den Rand des Plakats stießen. Er blickte ein Stück auf und hatte Augenkontakt mit meinen Knöcheln.

»Soll das ein …?« Ich verstummte, als ich den roten Klecks auf dem Plakat erblickte. »Ach, weißt du was? Vergiss es. Ich gebe auf. Ich habe keine Ahnung, was das sein soll.«

»Das sollte so eine … *Die Schöne und das Biest*-Aktion werden«, erwiderte er verlegen und blickte unter seinem dunklen Haarschopf zu mir hoch. »Aber meine Rose sah überhaupt nicht wie eine Rose aus. Und dann hatte ich auch noch Zweifel wegen des Stockholm-Syndrom-Aspekts in der Geschichte, also habe ich versucht, aus der Rose ein Herz zu machen … was wiederum zu dem roten Fleck geführt hat, den du da vor dir siehst. Moment mal … Warum bist du hier? Bin ich zu spät? Ist es schon Zeit für die Hochzeit? Oh Gott, hat die Hochzeit schon angefangen?«

Mit panischem Blick rappelte er sich auf.

»Nein! Entspann dich!« Ich packte seine Unterarme, um ihn zu beruhigen. Wir haben noch sechs Minuten. Oder so.« Jetzt wäre der richtige Moment gewesen, eine Uhr zu besitzen. »Also entspann dich nicht zu viel.«

»Dann haben wir keine Zeit zu verlieren, Dylan. Ich bin froh, dass du hier bist. Es tut mir so schrecklich …«

»Pst.« Ich legte meinen Zeigefinger auf seine Lippen. »Heb es dir für später auf, okay? Ich verstehe, warum du es mir nicht erzählt hast. Und es ist in Ordnung. Versprochen.«

»Mmpf«, sagte er. Hastig nahm ich den Finger wieder weg.

»Und ich hoffe, dass dir das bewusst ist, aber die Tatsache, dass du ein Prinz bist, ist für mich absolut kein Anreiz, um mit dir befreundet zu sein oder deine Freundin zu sein oder sonst was. Ich habe nicht das geringste Interesse daran, eine Prinzessin zu werden.«

»Das wärst du auch nicht. Wenn wir heiraten würden, meine ich. Du wärst Herzogin, so wie meine Mama. Nicht dass wir heiraten würden. Also jetzt. Ha!« Sein ersticktes Lachen klang verlegen.

»Herzogin, Prinzessin … was auch immer. Mich interessiert das alles nicht. Ich *will* das alles nicht. Ehrlich gesagt ist es ein ziemlicher Dämpfer.«

»Das sag ich doch!«, rief er. »Das ist ein weiterer Grund, warum ich es dir auf keinen Fall hätte erzählen können …«

»Weiß ich doch«, unterbrach ich ihn. »Ich verstehe dich und warum du mir nicht erzählt hast, dass du ein heimlicher Prinz bist. Entschuldige …«, ich unterbrach Jamie, bevor er protestieren konnte. »Nur Prinz. Nicht heimlich. Denn wenn ich ganz ehrlich bin, dann bin ich mir sicher, dass ich dich anders behandelt hätte. Vielleicht nicht auf die Art, wie du es erwartet hättest – also, ich hätte dir nicht die Füße geküsst oder so was –, aber es wäre trotzdem anders gewesen. Darum bin ich froh, dass du es mir nicht gleich erzählt hast.«

»Wirklich?«

»Ja, weil ich auf diese Weise wirklich *dich* kennenlernen konnte. Genauso wie du auch mich kennenlernen konntest. Das Ich, das ich wirklich bin. Obwohl du mir die Wahrheit hättest erzählen sollen, bevor Florence dich geoutet hat.« Ich funkelte ihn an. »Das war nicht cool. Niemand will von jemandem wie Florence aufgeklärt werden.«

»Da hast du absolut recht. Und ich entschuldige mich tausendfach dafür. Ich hätte es dir früher sagen sollen.«

»Aber nicht zu früh.«

»Nicht zu früh«, pflichtete er mir bei.

»Es tut mir leid«, platzten wir beide gleichzeitig heraus. Dann lächelten wir uns an. Er zog mich in seine Arme.

»Es tut mir leid, dass ich es dir nicht gesagt habe«, murmelte er in mein Haar.

»Es tut mir leid, dass ich überreagiert habe«, flüsterte ich in sein Ohr.

»Na dann.« Er tätschelte meinen Rücken. »Allen tut es furchtbar leid. Bedeutet das, wir können zur Normalität zurückkehren?«

»Ja, bitte!«

»Gott sei Dank.«

Er presste seinen Mund auf meinen, so begierig darauf, mich zu küssen, dass mir die Luft wegblieb. Ich klammerte mich an seinen Armen fest, damit ich nicht umfiel, und entspannte mich dann in seiner Umarmung, die sich so richtig anfühlte. Viel zu früh lösten wir uns wieder voneinander.

»Wenn wir den ganzen Tag hier rumstehen und knutschen, verpassen wir wirklich noch die Hochzeit«, sagte er.

»Und dann bringt uns Dusty um.«

»Und das wäre dann wirklich die dramatischste *Heimlich dein Prinz*-Staffel aller Zeiten.« Er gab eine ziemlich gute Imitation der Hintergrundstimme von *TRC*. »Erste Küsse. Verloren geglaubte Väter. Ein Doppelmord. *Heimlich dein Prinz* … die wirklich dramatischste Staffel aller Zeiten.« Ich lachte. »Du musst ungefähr zweimal pro Minute *die dramatischste Staffel aller Zeiten* sagen, sonst glaubt niemand, dass es *wirklich* die dramatischste Staffel aller Zeiten war.«

»Ausnahmsweise habe ich keine Zweifel daran, dass es dramatisch wird. Aber jetzt müssen wir wirklich laufen«, sagte ich nervös. »Ich glaube, die Hochzeit geht bald los. Also so richtig, richtig bald.«

»Stimmt. Warte einen Moment … ich will nur noch ein zusätzliches Taschentuch für Ronan in meinem Sporran verstauen. Ich habe das ungute Gefühl, dass das heute ein Vier-Taschentücher-Tag für unsere beliebteste schottische Heulsuse wird.«

»Was ist ein Sporran?«

»Dieses große, pelzige Ding, das wie ein Portemonnaie aussieht.« Er deutete vorne auf seinen Kilt, wo tatsächlich ein pelziges Täschchen baumelte.

»Tut mir leid … ich kann da nicht hinschauen.« Ich bedeckte meine Augen. »Es fühlt sich unanständig an. Es ist einfach … genau da.«

»Na, dann schau weg, während ich mein Taschentuch einpacke.«

Das tat ich auch brav und sah mich das erste Mal im Zimmer um. Er hatte denselben Grundriss wie meines und dieselben karierten Vorhänge, aber etwas war dennoch anders. Es sah so aus, als ob hier tatsächlich jemand leben würde. Überall stapelten sich Bücher. Eine mit schnörkeligen blauen Löwen und dem Banner des Chelsea-Fußball-Clubs bedruckte Decke lag gefaltet über dem karierten Bettüberwurf. Und zusätzlich zu den Pferdegemälden hingen Poster an der Wand. Ich sah Benedict Cumberbatch als Sherlock Holmes, zwei Hobbits … doch dann musste ich prusten, als mein Blick auf ein ziemlich sexy Poster von Emma Watson aus ihren Post-Hermine-Tagen hängen blieb.

»Kicherst du etwa wegen meines Emma-Watson-Posters?«,

fragte er beleidigt. »Nur damit du's weißt, sie ist eine glänzende Schauspielerin.«

»Ja, sie glänzt sogar, wenn sie sich die Hose auszieht.«

»Tut sie nicht … Ich meine, sie ist nicht …«

»Entspann dich, Jamie. Ich ziehe dich doch nur ein bisschen auf. Du hast hier ja ein richtiges Zimmer. Ich meine, das ist doch *dein* Zimmer, oder?«

Er nickte. »Ja.«

»Seid du und Ronan wirklich alte Familienfreunde?«

»Sozusagen. Wir sind auch Cousins zweiten Grades.«

»Aha!«

»Mist. Ich schätze, diesbezüglich habe ich wohl tatsächlich glatt gelogen, was? Das ist moralisch noch verwerflicher. Ich wollte einfach nur nicht, dass du glaubst …«

»… dass du auch ein Right Honorable Lord Irgendwas bist? Wo du doch in Wahrheit noch etwas viel Schlimmeres bist?«

»Schlimmer?«, fragte er beleidigt. »Ein Prinz zu sein, ist nicht so grauenhaft, wie alle denken.«

»Es ist schrecklich. Das ist der Grund, warum es in Amerika eine Revolution gab. Um grauenhafte Prinzen wie dich loszuwerden.«

»Jetzt reicht es aber, du undankbarer Yankee. Immerhin waren wir es, die dein komisches Land gegründet haben. Und jetzt kannst du versuchen, diesem grauenhaften Prinzen hier zu entkommen. Du schaffst es ja doch nicht.«

»Also erstens bin ich aus dem Süden und kein Yankee und zweitens kriegst du mich nie im Leben!«, rief ich, flitzte aus dem Zimmer und lachte, während ich den Flur entlangrannte.

»Dylan, das ist die falsche Richtung!«

»Weiß ich doch! Yiiii-haaaaa!!«, schrie ich, als ich an ihm vorbeiwetzte. »Du kriegst mich trotzdem nicht!«

»Natürlich nicht, du bist schließlich ein ganzes Stück schneller als ich!«

Ich war mir nicht ganz sicher, wohin ich rannte, aber einige Ecken und lange Fluren später, tauchte die Treppe vor mir auf. Ich flog die Stufen hinunter, Jamie dicht auf meinen Fersen, doch dann zerrte etwas an meiner Schärpe und zwang mich abrupt stehen zu bleiben.

»Hey!« Ich drehte mich um und sah Jamie, der mich an meiner Schärpe festhielt. »Blöde Poschleife«, murrte ich. »Ein äußerst unsportliches Verhalten, muss ich schon sagen! Lass mich augenblicklich wieder los, du gemeiner Schuft!«

»Schuft? Tut mir leid, aber habe ich hier aus Versehen Charles Dickens verhaftet?«

»Lass einfach die blöde Poschleife los.«

»Es gibt einen besseren Weg. Eine schnelleren Weg.« Jamie grinste und wandte sich von der Eingangstür ab. Ich rannte hinter ihm her, ohne die geringste Ahnung zu haben, was er vorhatte, bis Jamie plötzlich eine Tür aufstieß und wir in der Bibliothek standen.

»Oh, Gott, sag jetzt bloß nicht: *Die vorsätzliche Falltür kehrt zurück*?«

»So werden wir die Fernsehserie nennen«, erwiderte Jamie, während er zur Mitte des Raumes ging und den Teppich von der Luke schob. »Sobald *Die vorsätzliche Falltür* verfilmt wurde und ich eine Hollywoodberühmtheit geworden bin.«

»Oh, Seine Königliche Schüchternheit verrät seine Prinzipien?« Ich schüttelte den Kopf. »Ich hätte wirklich mehr von dir erwartet.«

»Still jetzt.« Jamie schwang die Falltür auf. *»Noch einmal stürmt, noch einmal, liebe Freunde!«*

»Warum genau klettern wir unmittelbar vor der Hochzeit in

ein schwarzes Loch?«, fragte ich, als ich die ersten Stufen in die Dunkelheit hinabstieg.

»Ich habe dir doch erzählt, dass das Tunnelsystem recht weitläufig ist. Es ist eine Abkürzung.« Die Klappe schloss sich über uns, dann ging mit einem Klick die Taschenlampe an und warf einen Lichtbogen vor mich, während ich weiter hinabstieg. »Ich fürchte, wir haben nicht die Zeit, über das Anwesen zu rennen. Und ich würde vor Scham sterben, wenn die Hochzeitszeremonie sich aufgrund unserer Unpünktlichkeit verzögern würde.«

»Weißt du denn, wohin wir gehen?«

»Aber selbstverständlich.«

Mit seiner freien Hand nahm Jamie meine und führte mich den Gang entlang. Er bog entschlossen mal hierhin, mal dorthin ab, und ich fragte mich, ob er hier Brotkrümel ausgestreut hatte oder so was in der Art, denn für mich sah alles gleich aus.

»Ich habe das Gefühl, als wären wir einen großen Kreis gelaufen«, sagte ich, als wir eine Treppe erreichten, die ganz genauso aussah, wie die, welche wir anfangs hinabgestiegen waren.

»Dein mangelndes Vertrauen erschüttert mich. Nach dir.«

Ich stieg die Stufen hinauf und drückte gegen die Falltür. Sie bewegte sich nicht. Ich drückte fester. Immer noch nichts.

»Jamie«, keuchte ich und spürte bestürzt die ersten panischen Schweißtropfen auf meiner Stirn, »wir sitzen in der Falle! Wir werden hier unten feststecken und die Hochzeit verpassen und STERBEN.«

»Das sind exakt die dramatischen Elemente, die wir für *Die vorsätzliche Falltür kehrt zurück* brauchen werden!«, sagte Jamie vergnügt. »Aber für den Moment würde ich einfach vorschlagen zu klopfen.«

Ich hämmerte gegen die Decke. Ich hörte ein Schaben und Kratzen, dann flog die Falltür auf und flutete den Tunnel mit Licht.

»Dylan Janis Leigh!« Moms Krallen schlossen sich um meine Arme, als sie mich aus der Dunkelheit hervorzog. »Was auf Gottes grüner Erde hast du unter der Kirche verloren? Bist du unter die Beutelratten gegangen, Kind? Du musst völlig den Verstand verloren haben.« Sobald Jamie draußen war, knallte Mom die Falltür zu, bedeckte sie wieder mit dem Läufer und zupfte die Ecken zurecht. Ich winkte Jamie zum Abschied, als Mom mich von der Kapelle wegzog, den Flur entlang und in einen kleinen Raum. »Wolltest du deiner Schwester einen Herzinfarkt bescheren?«

»Hey, Dilly!« Dusty sah nicht aus, als würde sie einen Herzinfarkt bekommen. Sie saß in ihrem Hochzeitskleid auf einem Sessel, die Füße auf Anne-Maries Schoss abgelegt, und mampfte fröhlich einen Teller Pommes. »Mama, hast du irgendwo Ranch-Dressing auftreiben können?«

»Nein, meine Süße, ich glaube nicht, dass die das hier machen«, gurrte Mom und wandte sich sofort wieder mir zu, um mich böse anzuschauen. Wenn jemand einen Herzinfarkt bekam, dann Mom.

»Willst du eine Fritte, Dilly?« Dusty hielt mir den Teller hin. »Alles in Ordnung mit Jamie?«, fragte sie leise.

Ich reckte den Daumen, während ich mir ein paar Pommes in den Mund stopfte.

»Gut«, sagte sie selbstzufrieden. »Nun, Ladys, sollen wir mit der Show beginnen?«

Mom drückte mir ein Bouquet mit weißen Rosen, Disteln und Heidekraut in die Hand, das mit einem blauen Samtband zusammengebunden war, bevor sie Dusty die Pommes wegnahm und ihr aus dem Sessel half. Als Dusty sich aufrichtete, fiel ihr Kleid in seine perfekte Glockenform herab. Ihre Frisur war schlicht, das weiche Haar locker hochgesteckt und von weißem Heidekraut gekrönt. Sie war wunderschön, aber kein bisschen aufgetakelt. Es war das Gegenteil ihrer Miss-Mississippi-Robe – kein einziger Glitzerstein und keine Paillette weit und breit. Es war perfekt.

Dusty nahm ihren Brautstrauß – eine riesige Kaskade weißer Rosen – von Mom entgegen und lächelte uns drei an.

»Tja, stellt euch mal auf, Mädels!«, gluckte sie, als würde sie eine Schar Hühner zusammentreiben. »Ich kann Ronan nicht den ganzen Tag warten lassen, oder?«

Als die Orgelmusik einsetzte, stellte ich mich hinter Anne-Marie auf, und Mom führte uns aus dem kleinen Raum. Sie streckte den Kopf ums Eck, dann nickte sie uns zu.

Als Anne-Marie den Mittelgang entlangschritt, nahm ich einen tiefen Atemzug, rollte meine Schultern zurück und stellte mir einen Faden vor, der von meinem Kopf zur Decke gespannt war. Mom richtete meine Arme, um das Bouquet ein bisschen höher zu halten, dann schubste sie mich sanft hinterher. Heaven, die in ihrem knallpinken Kleid mühelos in der zweiten Reihe zu erkennen war, winkte mir zu. Ich sah Pater MacKenzie, der selig auf mich und die versammelte Gemeinde hinunterstrahlte. Neben ihm stand Ronan, der mit gefährlich zitternder Unterlippe schniefte, aber für den Moment trockenen Auges blieb. Auch Kit stand da … bekam er gerade einen Herzinfarkt? Eines seiner Augen zuckte unkontrolliert. Einen Wimpernschlag später wurde mir klar, dass er nicht zuckte, sondern *zwinkerte.*

Dustys Highschool-Cheerleader-Truppe, die Studentinnenverbindung und eine Handvoll Schönheitsprinzessinnen von ihrem Miss-America-Jahr füllten vier künstlich gebräunte, falsch bewimperte und haarverlängerte Reihen – und ganz offensichtlich wusste der arme Kirby nicht, wo er zuerst hinschauen sollte.

Schließlich blieb mein Blick auf Jamie ruhen, der groß und stolz in seinem Kilt dastand. Sein Haar war ordentlicher, als ich es je zuvor gesehen hatte, ordentlicher sogar als bei unserem Date, auf sorgfältige, respektable Art zurückgekämmt. Wie hatte er es so schnell in Ordnung gebracht, nachdem er aus der Falltür gekrabbelt war? Vielleicht hatte er auch einen Kamm in seinem Sporran stecken.

Ich schaffte es den Gang hinunter und bis zu meiner Stelle neben Anne-Marie, ohne dass sich irgendeine Katastrophe ereignete, womit ich mehr als zufrieden war. Na gut, ich winkte auf etwas würdelose Art und Weise, als ich Oma in der vordersten Reihe erblickte, die in einem paillettenbesetzten lila Hosenanzug erstrahlte, aber angesichts der Umstände war es die einzig angemessene Reaktion.

Dann erhoben sich alle Gäste von ihren Plätzen. Mein Atem stockte, als ich Dusty am anderen Ende des Kirchenschiffs erblickte. Nicht nur, weil sie wunderschön aussah – was sie tat –, sondern weil sie zwischen Mom *und* Cash Keller stand. Ich wollte womöglich nicht, dass Cash Keller Teil meines Lebens war, aber wenn Dusty es sich wünschte, war das ihr gutes Recht. Ich war einfach nur glücklich, dass Mom ebenso daran Anteil hatte.

Ronan entschlüpfte ein dicker Schluchzer, woraufhin der gesamte Raum die Köpfe herumdrehte. Tränen strömten über sein Gesicht. Wortlos reichte Jamie ihm ein Taschentuch.

Das Einzige, was noch lauter war als Ronans Heulen, war Kits Gesang, aber irgendwie war die Zeremonie trotzdem wunderschön. Es ging alles in einem einzigen schnellen Rausch vorbei, bis Pater Mackenzie die beiden zu Mann und Frau erklärte, Ronan seine Dusty küsste und die gesamte Kirche jubelte. Die Orgel stimmte das Lied zum Auszug an, und Ronan und Dusty hüpften förmlich den Gang entlang Richtung Kirchentür, wobei Dusty mit ihrem Strauß wedelte wie mit einem Pokal. Kit bot mir seinen Arm an und wir folgten ihnen. Als wir die Kirche verließen, hatte ich über seinen Kopf hinweg freie Sicht, um Oma und Heaven zuzuwinken.

Eine Reihe Highlander in Kilts säumte Dudelsack spielend und trommelnd den gesamten Weg zurück zum Schloss. Kit seilte sich hastig von mir ab, um mit Anne-Marie zu laufen, und Jamie rückte nach, um seinen Platz einzunehmen. Ich beschwerte mich ganz sicher nicht, als Jamie seinen Arm um meine Taille schob.

»Fühlst du dich jetzt schottisch?«, rief Jamie über das Dröhnen der Dudelsäcke hinweg.

»Ich dachte, Dudelsäcke wären furchtbar, aber das hier ist eigentlich echt cool!«, rief ich zurück.

Wir folgten Dusty und Ronan an den Dudelsackspielern vorbei und stürmten durch die Türen von Dunyvaig. Die Bediensteten warteten mit Tabletts voller Champagner und dampfenden Bechern. Jamie schnappte sich geschickt zwei davon und wirbelte mit mir in eine warme Ecke. Er reichte mir einen. *Mhmm.* Heiße Schokolade.

»Dunyvaig ist nicht übel, wirklich nicht übel«, verkündete Kit lautstark. Ich drehte mich um und sah ihn neben dem Kamin stehen, einen Arm traulich um Anne-Maries Taille geschlungen. Er verlor wirklich keine Zeit … nicht dass es mich überrascht hätte. »Fürchterlich klein im Vergleich zum Kirby Estate in Aberfeldy, aber sehr idyllisch.«

»Warte mal einen Moment … Was bist *du* denn heimlich?«, fragte Anne-Marie aufgeregt. »Wovon bist du der Prinz?«

»Ähm … ich bin gar nichts heimlich, meine Süße.«

»Oh.« Anne-Marie legte die Stirn in Falten, seufzte und sagte dann: »Erzähl mir doch mehr von diesem Anwesen, Honigpferdchen.«

Jamie verdrehte die Augen und führte mich vom Kamin weg. »Ich kann es kaum erwarten, die Rede *dieses* Trauzeugen zu hören«, sagte er. »Das wird der absolute Knaller. Aber umso besser für dich, oder? So hast du keinen Druck.«

»Keinen Druck?«

»Na, wegen deiner Rede«, klärte er mich auf. »Kits Trauzeugenrede wird natürlich völlig irre. Egal, was du sagst, Fräulein Brautjungfer, du stehst auf der sicheren Seite.«

»Stimmt«, sagte ich mit einem schwachen Lächeln.

Die Rede.

Meine Rede.

Scheiße.

Kapitel 26

Der einzige Vorteil der eisigen Panik, die Besitz von meinem Bauch ergriffen hatte, war, dass absolut kein Platz für noch mehr Ängste blieb. Als sich also die Angehörigen des Brautpaars für den Scottish Grand March vor dem Ballsaal aufreihten, konnte mich die Vorstellung, in den Raum zu tanzen, während Hunderte von Leuten zuschauten, kein bisschen aus der Fassung bringen. Weil ich nämlich *keine* Rede hatte – für die einzige Hochzeit meiner einzigen Schwester. Was mich offiziell zum schlimmsten zertifizierten Obertrottel überhaupt machte.

»Das heißt, wir laufen einfach nur im Kreis herum? Das ist alles?«, fragte Anne-Marie, die offenbar schon ein paar Drinks zu viel intus hatte. Hoffentlich würde heute Abend niemand seinen Plexus brachialis verarzten lassen müssen.

»Halt dich einfach ganz nah bei mir, meine Hübsche, und ich werde dich in die richtige Richtung führen«, säuselte Kit.

»Ooh, ich werde mich *sehr* nah halten!«, kicherte sie.

Unglaublich. Der kleinste Casanova der Welt hatte wieder zugeschlagen.

»Du bist so still, Dylan.« Jamie knuffte mich in die Schulter. »Du machst dir doch keine Sorgen wegen des Grand March, oder?«

»Nein. Ich meine, ja. Ein bisschen. Vielleicht? Wir marschieren doch nur im Kreis herum, stimmt's? Hahahaha!« Ich stieß ein schreckliches, peinliches, verkrampftes, falsches Lachen aus – ganz ohne Grund, außer dass mein panikerfüllter Körper beschlossen hatte, er müsse es loswerden.

»Meine Güte. Du musst das Tanzen wirklich hassen, oder?« Jamie riss die Augen auf.

»Ich werde in diese Stadt aus dem Film *Footlose* ziehen, wenn ich zurück bin. Nein, ich werde einen Brief schreiben und den Präsidenten bitten, das ganze Land zu *footloosen*«, plapperte ich weiter. »Hahahaha!«

Jamie hob eine Augenbraue, entschied sich aber klugerweise dagegen, etwas zu sagen.

Endlich öffneten sich die Türen zum Ballsaal, doch es war absolut nicht das, was ich erwartet hatte. Zum einen waren weit und breit keine Schottenkaros zu sehen. Stattdessen war der Saal in ein Wintermärchenland verwandelt worden – als hätte die Außenwelt ins Schloss Einzug gehalten. Der Raum glitzerte in Schneeweiß und funkelndem Silber. Echte weiß und silbrig angemalte Bäume reihten sich an den Wänden und reckten ihre schlanken Äste zu dem Deckengemälde mit den Hirschen über ihnen empor. Es sah genau aus wie …«

»Narnia«, sagte James verblüfft.

»*Genau* das habe ich auch gedacht«, wisperte ich.

»Ich erwarte jeden Moment Mr Tumnus vorbeitrotten zu sehen …«

»Im Grunde passt es, wenn du genau darüber nachdenkst.

Wir haben den Löwen … Ronan mit seiner langen Mähne. Die Hexe …«

»Ronans Mom, ja, das ist mehr als offensichtlich.«

»Und Dustys Kleiderschrank«, schloss ich zufrieden. »Der, falls du es nicht wusstest, extrem umfangreich ist.«

Jamie stieß ein lautes Lachen aus und die Band begann die ersten Klänge des Grand March zu spielen. Unbeholfen hopste, hüpfte und marschierte ich an Jamies Arm in den Saal. Eigentlich hätte ich als Brautjungfer an der Seite des Trauzeugen, Kit Kirby, tanzen müssen, aber zu diesem Zeitpunkt hätte ich die Klette – früher auch als Anne-Marie bekannt – nur noch mit einer Brechstange von seinem Arm lösen können. Doch mir war es mehr als recht, Jamie als Partner zu haben, und bevor ich wusste, wie mir geschah, war das Ganze auch schon vorbei.

»Du hast es geschafft!« Heaven wartete am Rand der Tanzfläche und hielt mir eine Limo mit einem winzigen Trinkhalm und einer Zitronenscheibe hin. »Du hast überlebt! Du hast dem Grand March so was von den Marsch geblasen.«

»Ja, und jetzt sind alle meine Sorgen vorbei«, murmelte ich und griff nach der Limo.

»Tja, ich hab schon mal unsere Tischsituation abgecheckt. Nicht übel, gar nicht übel.« Sie bugsierte mich zu einem runden Tisch, der bereits zur Hälfte mit beinahe identischen rothaarigen Teenagern besetzt war. »Da sitzen wir, Jamie, Kit Kirby – *argh* –, Anne-Marie und noch ein Haufen von Ronans Cousins. Auch wenn ich kein Wort von dem verstehe, was sie sagen. Die haben so einen starken Akzent, dass er eine eigene Gewichtsklasse braucht. Also bereite dich schon mal auf ziemlich viel höfliches Lächeln und Nicken vor.«

»Heaven.« Ich packte ihren Arm und ließ sie mitten in ihrem Monolog innehalten. *»IchhabkeineRedegeschrieben.«*

»Wie meinen?« Sie hielt sich übertrieben die Hand ans Ohr.

»Ich. Habe. Keine. Rede. Geschrieben.«

»Oh Gott, nein«, erwiderte sie aufgebracht. »Dylan. Nein, nein und nochmals nein! Das war das Einzige, was du hier tun musstest, das *Einzige*.«

»Das ist doch nicht so schlimm … oder?«, fragte ich schwach.

»Und *ob* es schlimm ist.« Sie stemmte die Hände in die Hüften. »Wie konntest du als Brautjungfer nur keine Rede schreiben?«

»Ich, äh, hab es einfach vergessen. Es war so viel los!«

»Das ist keine Entschuldigung!«

»Es tut mir leid, Heaven, es tut mir so leid.«

»Bei *mir* brauchst du dich nicht entschuldigen. Entschuldige dich verdammt noch mal bei deiner Schwester.« Sie schloss die Augen und presste ihre Finger an die Schläfen. »Meine Güte. Jetzt, pflanz deinen Hintern hin. Ich habe im Moment keine Zeit für dich.«

»Du hast keine Zeit für mich? Warum nicht? Was hast du vor?«

»Dinge, Dylan. Ich habe Dinge zu erledigen. Und jetzt *setz dich hin*.«

Sie schubste mich auf einen Stuhl. Ich lächelte und nickte verlegen Ronans Cousins zu, die entweder etwas Freundliches oder total Beleidigendes von sich gaben. Ich wusste es nicht.

Die Lichter wurden gedimmt und der Saal verstummte. Jamie bahnte sich seinen Weg zu dem Stuhl neben mir, während Heaven irgendwohin davonflitze. Ein Scheinwerfer erleuchtete die Tanzfläche und Dusty und Ronan traten Händchen haltend in den Lichtkreis. Die traditionelle Céilí-Band, die Florence gebucht hatte, spielte sich bei »It's Your Love« die Seele aus dem Leib. Tim McGraw und Faith Hill hätten es nicht besser machen können. Dusty und Ronan wiegten sich sanft im Kreis, ihr Kopf lehnte an seiner Schulter. Es gab keine ausgefallene Choreografie oder so was, aber vielleicht war es genau das, was ihren ersten Tanz so wunderschön machte. Dusty sah so glücklich aus, dass ich für einen Moment glaubte, mein Herz müsste vor Glück für sie zerspringen. Als das Lied verstummte, brach der Saal in jubelnden Beifall aus, gespickt von vereinzelten ohrenzerfetzenden Pfiffen.

»Und nun«, verkündete der kräftige, raue Kerl, der Tim McGraws Part gesungen hatte, ins Mikrofon, »kommen wir zu einer ganz besonderen Darbietung vom Trauzeugen und der besten Freundin der Brautjungfer.«

Wer bitte, wie? Der *wer* und die *wie*? Ich riss hektisch den Kopf herum, auf der Suche nach Heaven, und sah dabei wahrscheinlich wie ein übergeschnappter Uhu aus, konnte sie jedoch nirgends entdecken.

Die Band schlug einen Akkord an, und der Scheinwerfer schwenkte zur Saaltür, wo Heaven und Kit standen – Arm in Arm. Sie trugen beide Kilts und Samtjacken, dazu Kniestrümpfe und schwarze flache Schuhe, deren Bänder um die Waden zusammengeschnürt waren. Als die Fiedel einsetzte, kamen sie in den Raum gehüpft. Mein Kiefer klappte auf. Jamie streckte die Hand aus und klappte ihn netterweise wieder hoch.

Ich wusste nicht genug über schottische Tänze, um zu wissen, *was* das war – ich wusste nur, dass es äußerst komplizierte Fußarbeit, sehr gerade Beine und ziemlich viele Kicks und Sprünge erforderte. Wie hatten sie das bloß hingekriegt? Heaven hatte nicht mit der Sprache herausrücken wollen, was sie übten, und das hier war ganz offenbar das Resultat davon, aber wie hatte sie es nur geschafft, sich in einer Woche in eine schottische Profitänzerin zu verwandeln?

»Hast du davon gewusst?«, fragte ich Jamie, während die Menge jubelte.

»Ich hatte keine Ahnung!« Er klatschte verblüfft. »Verdammt, die beiden sind brillant!«

Die Band endete mit einem kräftigen letzten Akkord und Heaven und Kit verbeugten sich bei donnerndem Applaus. Aber gerade, als ich dachte, der Tanz sei vorbei, hörte ich eine Gitarre vom anderen Ende des Raums. Alle Köpfe wandten sich zur Tür des Ballsaals.

Ein süßer blonder Typ betrat Gitarre spielend den Saal und grinste ins Publikum, während er zur Band auf die Bühne ging. War das etwa Hunter Hayes? Ich war mir nicht ganz sicher. Obwohl Dusty im Auto ständig *MISS 98* hörte, wenn ich bei ihr mitfuhr, hätte ich bei einer Gegenüberstellung keinen ihrer liebsten Country-Sänger herauspicken können, und ganz bestimmt nicht Hunter Hayes. Aber falls *TRC* versuchten, hier ihre eigene Version vom *Bachelor* durchzuziehen, wäre das Ganze ohne ein Privatkonzert eines berühmten Musikgasts nicht vollständig gewesen.

Heaven und Kit packten ihre Kilts, rissen sie weg und enthüllten darunter komplett andere Outfits, während das Publikum vor Begeisterung ausflippte. Der Unterhaltungswert und Aufwand dieser Sendung erreichte langsam Broadway-Niveau, und es war nicht das erste Mal, dass ich mich fragte, wie groß das Budget für dieses ganze Spektakel war.

Kit hatte es irgendwie geschafft unter seinem Kilt ein Hemd und eine Shorts mit Vichy-Karos zu verstecken, die perfekt zu Heavens kurzem Jumpsuit passten. Der Anblick erinnerte an ein außer Kontrolle geratenes Picknick – aber auf die gute Art und Weise. Als Vielleicht-Hunter-Hayes »Love dont't know what distance is« anstimmte, schlangen sie einander die Arme um die Taillen, wirbelten herum und setzten zu einer dieser komplizierten Partner-Jazz-Choreografien an, die ich außerhalb von *Dancing With the Stars* nie gesehen hatte.

Erst da wurde mir bewusst, dass ich auf und ab hüpfte und wie wild mit meiner Serviette über dem Kopf wedelte. Na ja, von mir aus … die einzige Art und Weise, auf so etwas Ausgeflipptes zu reagieren, war selber völlig auszuflippen. Als Hunter sang: »But I don't want good and I don't want good enough, want can't sleep can't breathe without your love«, nahm Heaven Anlauf, und Kit fing sie auf und hob sie hoch in die Luft. Das Geschrei war ohrenbetäubend.

»Er hat die *Dirty-Dancing*-Nummer durchgezogen!«, kreischte ich außer mir und wedelte immer noch mit meiner Serviette. »Dieser durchgeknallte Irre hat echt den Swayze gemacht!«

»Ich hätte nicht gedacht, dass er so eine Kraft in den Armen hat!« Viel zu spät bemerkte ich, dass Jamie schon die ganze Zeit unglaublich süß und komplett unkoordiniert mittanzte.

Kit und Heaven schlugen Räder aufeinander zu, aber während Heaven sich aufrichtete, landete Kit mit einem scheußlichen ploppenden Geräusch auf seiner Schulter. Die Musik verstummte abrupt, als er vor Schmerz aufkreischte.

»Ruft die Sanitäter!«, jammerte er. »Ich bin verletzt! Und dann auch noch auf meiner Schokoladenseite!«

»Alle mal zurück!« Anne-Marie drängte sich durch die Menge, die sich bereits um Kit versammelt hatte. »Wir brauchen keine Sanitäter. Wir haben eine zukünftige Ärztin hier.« Anne-Marie beugte sich runter und tastete um Kits Arm herum. »Ist nichts gebrochen, Honigpferdchen. Du hast dir nur die Schulter ausgekugelt. Halt gut still.« Mit einem weiteren ploppenden Geräusch, bei dem sich mir der Magen umdrehte, renkte Anne-Marie die Schulter wieder an ihren Platz. Kit jaulte auf, dann stützte er sich auf, kam auf die Füße und rollte probehalber seine Schulter vor und zurück.

»Verdammt, sie hat es tatsächlich repariert«, staunte er. »Na dann, guten Appetit, Leute!«

Es war wahrscheinlich nicht das grandiose Finale, das Heaven sich erhofft hatte, aber dramatisch war es allemal. Während Kit seinem Publikum zuwinkte, setzten Jamie und ich uns hin und fielen gut gelaunt über den Brotkorb her. Ich hatte immer noch keine Rede. Was zugegebenermaßen nicht toll war. Aber immerhin hatte ich zwei funktionierende Schultern … und einen Korb voller leckerer Kohlenhydrate.

Mitten während des Salatgangs rief der Bandleader Kit auf die Bühne. Mein Magen ließ ein nervöses Gurgeln hören. Nein, es würde alles gut werden. Alles gut.

»Hallo, meine Lieben!«, wandte Kit sich an die Menge, wobei er den guten Arm hob und die bernsteinfarbene Flüssigkeit in seinem Glas herumschwappte. Sein anderer Arm steckte in einer Schlinge, die aus einem silbernen Pashmina-Schal gemacht war, der definitiv nicht ihm gehörte. »Ich bin Kit Kirby, der Trauzeuge. Als ich Ronan das erste Mal traf, dachte ich: *Dieser vorlaute Bengel hat echt viele Legos.*« Kichern aus der Menge. »Na ja, wir waren damals vier. Winzige Knirpse. Als ich Dusty das erste Mal traf, dachte ich: *Ronan, du Glückspilz, was für ein Hingucker! Diese Beine! Beine bis zum Boden hat das Mädchen!*« Ich konnte die Macht der zornigen Florence-Blicke bis hierher spüren. »Aber es sind nicht nur die Beine. Da ist noch die ganze obere Hälfte!«

Ich hörte einen Stuhl über den Boden poltern und sah, wie Ronan aufsprang.

»Mit allem gebührenden Respekt, Ronan! Ist alles respektvoll gemeint!«, protestierte Kit. »Es ist ein Kompliment, das ist alles!«

Ronan hielt ihn nicht auf, aber er setzte sich auch nicht hin.

»Abschließend möchte ich sagen, dass mir klar geworden ist, dass Dusty und Ronan mehr sind als nur Beine und Legos. Zusammen sind sie viel besser als getrennt. Und mit so viel Liebe umgeben zu sein, hat mich schon immer zur Poesie inspiriert. Weil ich nämlich sehr romantisch bin.« Er zwinkerte grob in Anne-Maries Richtung, beschloss dann aber auf Nummer sicher zu gehen und zusätzlich ein paar ehemaligen Schönheitsköniginnen zuzuzwinkern. Er räusperte sich. »Es war einst ein Mädchen aus Tupelo …«

»Halt! Nein.« Ronan stand beinahe vorne und schnappte nach Kits Mikrofon. »Nein, nein. Ich glaube, du hast schon mehr als genug gesagt. Prost, Kumpel!«

»Es sollte doch gar nicht unanständig werden! Na ja, kaum.«

»Siehst du?«, sagte Jamie, als Ronan Kit entschlossen zu seinem Platz zurückbugsierte. »Ich hab dir doch gesagt, dass wird ein Kinderspiel für dich. Solange du keine schmutzigen Limericks dichtest.«

»Hehe«, lachte ich betreten.

Der Bandleader sagte irgendwas über die Brautjungfer, Dylan, die kleine Schwester der Braut, und eine Rede, aber ich hörte in meiner blinden Panik vor allem ein weißes Rauschen. Irgendwie schaffte ich es auf die Bühne hoch, getragen von einer Welle höflichen Applauses.

Das Mikro war viel zu niedrig eingestellt, also zog ich es aus der Halterung. Ich zuckte zusammen, als ein hohes, schrilles Rückkopplungspfeifen erklang.

»Hallo, alle zusammen. Ich bin, äh, Dylan, Dustys Schwester.« Meine Hand zitterte so schlimm, dass das Mikrofon in meiner Hand vibrierte. »Die meiste Zeit meines Lebens, wenn ich den Leuten erzählte, dass ich Dustys Schwester sei, kam ein: *Echt?! Du bist Dustys Schwester?!* Und das war, äh, nervtötend … gelinde gesagt.« Vereinzeltes Lachen aus der Menge. »Oft habe ich mir gewünscht, nicht Dustys kleine Schwester zu sein. Ich wollte Ich sein. Einfach nur Dylan. Aber heute konnte ich es kaum erwarten, mich so vorzustellen … weil ich nämlich die tollste, coolste große Schwester dieser Welt habe.« Ich holte tief Luft. »Das Erste, was den Leuten an Dusty auffällt, ist ihre Schönheit. Und ich meine, das ist sie ja auch – so schön, dass es für den Rest der Welt echt unfair ist. Aber eigentlich ist es der am wenigsten wichtige Teil von ihr.« Das erste Mal schaute ich zu Dusty rüber. Sie strahlte mich an. »Sie ist echt tough. Manchmal schon erschreckend tough. Sie schafft es, kleinen Mädchen knallhart damit zu drohen, sämtliche ihrer Barbies zu köpfen … vor allem, wenn dieses Mädchen eine gewisse Krystal Hooper ist und dich und deine beste Freundin nicht zu ihrem Geburtstag eingeladen hat.« Heaven hob eine Hand und winkte von ihrem Platz aus den Gästen zu. »Und vor allem schafft sie es auch, diese Drohung wahr zu machen … Sie ist so geduldig, dass sie sich tausendmal denselben Disney-Film mit dir anschauen kann, und gleichzeitig so spontan, dass sie dir an einem stinknormalen Donnerstagnachmittag ein Tigergesicht schminkt, weil sie findet, dass du noch das gewisse Etwas für dein Fußballtraining brauchst. Dusty ist der einzige Mensch, der es je geschafft hat, mich so zum Lachen zu bringen, dass ich mir in die Hose machen musste.« Ok, *das* hätte ich definitiv nicht sagen sollen. Aber all die Erinnerungen an Dusty aus unserer Kindheit strömten so schnell zurück, dass ich sie nicht davon abhalten konnte, aus mir herauszuplatzen. »Sie hat einen echt bösen Humor, aber sie ist nie gemein. Sie ist beispielsweise viel eher bereit zu verzeihen als ich. Dusty glaubt an zweite Chancen. Selbst bei Leuten, die es nicht unbedingt verdienen.« Mein Blick schweifte über die Menge und begegnete dem von Cash Keller. Schnell schaute ich wieder weg. »Und was vielleicht das Wichtigste überhaupt ist, sie ist voller Liebe. Sie liebt mich und sie liebt unsere Mom. Und Ronan, dich liebt sie *so* sehr.« Mit einem Tröten, das eines Elefanten würdig gewesen wäre, schnäuzte Ronan sich in ein großes weißes Taschentuch. Jamie hatte gut daran getan, einen extra Vorrat einzupacken. »Ich weiß, dass du das weißt, weil ich sehen kann, wie sehr auch du sie liebst. Und ich weiß auch, dass du ihr echtes Ich liebst, nicht die Schönheitskönigin, denn bei dir hat Dusty keine Scheu, ihre Tiara mal abzulegen und albern zu sein. Und das sind die Momente, in denen ich meine Schwester am meisten liebe – wenn sie einfach nur sie selbst ist. Und mit dir ist sie das, voll und ganz.« Ich vernahm eine Bewegung aus dem Augenwinkel. Es war ein Kameramann, der auf mich zugewuselt kam, um eine Nahaufnahme zu erhaschen, die gigantische schwarze Linse direkt auf mein Gesicht gerichtet. »Es ist schwer, man selbst zu sein. Es braucht Mut … vor allem, wenn man weiß, dass einem die ganze Welt dabei zuschaut.«

In diesem Moment wurde mir bewusst, dass es mir gelungen war, die Kameras zu ignorieren. Und zwar nicht, weil sie mir nicht mehr auffielen, sondern weil sie mir *egal* waren. Ich war genau der Mensch, der ich war, mit oder ohne Kamera. Pamela und die Crew und all die Leute zu Hause in Tupelo konnten zusehen, wenn sie wollten. Es würde nichts an mir oder Jamie oder meiner Familie ändern. Wir wussten, wer wir waren. Und wenn ich mir Dusty und Ronan ansah, wusste ich, dass meine Schwester ebenfalls wusste, wer sie war, wenn sie mit ihm zusammen war. Ich schluckte hörbar und hoffte inständig, die prickelnden Tränen in Schach halten zu können.

»Willkommen in unserer Familie, Ronan. Ich fühle mich sehr geehrt, deine kleine Schwester zu sein.« Was seine eigenen Tränen anging, gab Ronan sich keine solche Mühe, sie zurückzuhalten. Er weinte offen und inbrünstig. Dusty tätschelte seinen Rücken und grinste ihn an. »Auf Ronan und Dusty!« Ich hob mein Glas. »Aber vor allem auf Dusty. Immerhin ist das heute *ihr* ganz besonderer Tag.«

Während die Leute klatschten, kehrte ich an meinen Platz zurück, mehr als erleichtert dem Scheinwerferlicht entkommen zu sein. Meine Vorspeise wartete schon auf mich, doch ich sah sie zweifelnd an.

»Ist das da ein Minihuhn?«, fragte ich.

»Das sind Wachteln«, klärte mich einer der rothaarigen Cousins auf. »Direkt hier vor Ort auf Dunyvaig geschossen.«

Nein, nicht die Wachteln! Wie konnten sie das nur tun? Mit bleichem Gesicht drehte ich mich zu Jamie um, der mitfühlend meine Hand tätschelte und mir ein weiteres Brötchen reichte. Ich konnte nicht glauben, dass ich Zeugin eines Wachtelmassenmordes war.

»Gute Nacht, süße Wachteln«, flüsterte ich.

»Und Engelscharen singen dich zur Ruh«, fügte Jamie hinzu.

Kapitel 27

Pamela, der Dementor, tauchte mit gezücktem Klemmbrett hinter meinem Stuhl auf, um uns für die Fotos zu entführen. Ich stöhnte niedergeschlagen und schob mich von meinem Stuhl, nicht jedoch, ohne mir zuvor das Brötchen in den Mund zu stopfen.

Zufrieden kauend nahm ich Jamies Hand, und wir trotteten ihr folgsam nach, während Anne-Marie hinter uns an Kits Schulter herumfummelte. Pamela führte uns in das große Wohnzimmer, wo Dusty und Ronan bereits vor dem Kamin posierten. Ein Fotograf klickte in einem fort auf den Auslöser, umringt von diesen großen professionellen Lichtreflektoren wie bei *Americas Next Top Model.* Ich erblickte Oma, die es sich in einem Sessel bequem gemacht hatte und mit Mom plauderte, und eilte zu ihr hinüber, um sie zu umarmen, wobei ich sie fast vom Sessel riss.

»Die Fotos werden exklusiv im *People*-Magazin erscheinen«, verkündete Pamela und ließ den Raum verstummen. Der Anflug von Triumph in ihrer Stimme war unüberhörbar. »Noch keine Bestätigung für das Cover, aber lasst uns die Daumen drücken. Also werden wir ein paar Aufnahmen mit der Familie, den Trauzeugen und den Brautjungfern machen, und dann noch ein paar mit Jamie und Dylan für die Seitenspalte.«

»Hä?«, machte ich, als Jamie in wesentlich höflicherem Tonfall »Entschuldigung, wie bitte?« fragte.

»Ihr beide werdet *die* große Überraschung des Exklusivberichts! Die Lovestory, die absolut niemand hat kommen sehen! Wir bringen ein kleines Extra über euch, darüber, wie die Liebe an den unwahrscheinlichsten Orten, mit den unwahrscheinlichsten Menschen erblühen kann. Dylans Verwandlung vom hässliches Entlein zum Schwan und Jamies Reise von *geek* zu *chic*. Die ganze Geschichte eben.«

»Was? Nein. Ich …«

»Klingt toll, Pamela! Prost«, unterbrach mich Jamie und legte beschwichtigend eine Hand auf meine Schulter. »Spiel einfach mit«, raunte er. »Ich bin ein wahres Blinzelgenie. Völlig ausgeschlossen, dass sie ein brauchbares Foto von mir finden … auf jeden Fall keins, dass den Schluss zulässt, dass ich jetzt irgendwie *chic* wäre.«

Und so ließ ich mich von Pamela für irgendwelche Aufnahmen herumschieben, half Dusty eine ziemlich feuchtfröhliche Anne-Marie zu stützen, ließ mich von Oma in die Wangen kneifen, als Dusty, Mom und ich uns über ihr aufstellten, und lachte, als Kit immer wieder versuchte, Ronan im großen Gruppenfoto beim Armdrücken zu besiegen.

Um ehrlich zu sein, Fotos mit nur mir und Jamie zu machen, war gar nicht so schlimm. Eigentlich war es sogar … ganz nett. Während ich so dastand, mit seinen Händen um meine Taille, und mir Mühe gab, auf möglichst wenig gestörte Art und Weise zu lächeln, wurde mir schlagartig klar, dass wir nie zusammen auf einen Abschlussball gehen würden. Also würden wir das *People*-Magazin statt des Jahrbuchs haben. Ich lächelte, diesmal richtig, und hoffte, dass dieser eine Moment, in dem Jamie und ich uns noch so nahe waren, dass wir einander berühren konnten, für immer bewahrt werden würde.

Als wir an unseren Tisch zurückkehrten, waren die Wachteln glücklicherweise verschwunden und von einer Käseplatte ersetzt worden, zu der ich keinerlei persönliche Verbindung hatte. Ich griff gut gelaunt zu, lachte und plauderte mit Heaven, Jamie und dem beinahe unverständlichen Cousin.

»Da bist du ja, Schätzchen!« Ich drehte mich um und erblickte Jamies Mutter, die mit ihrem Mann im Schlepptau in einem silbernen Cocktailkleid erstrahlte. »Können wir bitte, bitte die Tische wechseln? Ich ertrage Florence keine Sekunde länger. Sie ist einfach zu furchtbar, um es in Worte zu fassen.«

»Sorry, Mama«, erwiderte Jamie. »Eigentlich mag ich meinen Tisch ganz gerne.«

»Natürlich tust du das, mit so einer reizenden Begleitung! Du siehst hinreißend aus heute Abend, Dylan, wie immer!« Sie deutete Luftküsschen zu meinen beiden Wangen an. »Und jetzt erzähl mal. Hat mein geliebter begriffsstutziger Sohn dich schon zu uns eingeladen? Ich habe an die Osterferien gedacht – Bakewell im Frühling ist wirklich bezaubernd.«

»Mama!«, rief Jamie.

»Oh, na schön. Es wird wahrscheinlich die ganze Zeit wie aus Kübeln regnen. James, lass uns die beiden doch nach Mallorca mitnehmen!«, rief sie. »Ist das nicht eine viel bessere Idee? Du wirst wohl deine Sonnenbrille einpacken müssen, Dylan, es kann schon ganz schön heiß werden um die Jahreszeit.«

»Mallorca, Margaret?«, fragte Jamies Vater. »Wirklich?«

»Ja, wirklich. Du weißt doch, dass meine Winterdepression zu dieser Jahreszeit besonders schlimm ist. Es ist ein medizinisches Problem, Darling. Wir *müssen* nach Mallorca.«

»Wenn du darauf bestehst«, gab sich Jamies Vater geschlagen.

»Das tue ich. Ooh, ist das ein Brie auf eurer Käseplatte? Gillecroids, kann Mami deinen Brie haben?«

»Ganz sicher nicht«, sagte Jamie steif. »Iss deinen eigenen Brie.«

»Wie es schärfer nagt als Schlangenzahn, ein undankbares Kind zu haben!«, jammerte Margaret. »Na schön, ich nehme an, eine Lady Horrible Dunleavy lässt sich ertragen, wenn man unbedingt muss. Für einen Brie.« Sie seufzte. »Dylan, du bekommst die Reisedaten für Mallorca zugeschickt. A bientôt, meine Lieben!«

Und mit einer Wolke von Luftküssen verschwanden Jamies Eltern wieder.

»Mallorca?«, fragte ich. »Hat deine Mom mich eben nach Mallorca eingeladen?«

»Bitte, sag mir, dass du eine Heaven-förmige Lücke in deinem Koffer frei hast«, seufzte Heaven.

»Etwas in der Art ließe sich bestimmt arrangieren.« Jamie nahm einen Schluck Wasser, sein Ohrenspitzen waren knallpink angelaufen.

»Das war sehr nett von ihr, aber dir ist schon klar, dass so was nicht ganz normal ist, oder?«, fragte ich mit gedämpfter Stimme.

»An meiner Familie ist nichts normal«, sagte er bedauernd. »Aber ich hoffe, du kannst trotzdem nach Mallorca mitkommen. Es ist wirklich nett dort.«

»Ich werd's mir merken.«

Die Hochzeit ging in Windeseile vorbei, ein fröhlicher Rausch aus Essen und Geplauder. Und auch wenn es mich ärgerte, das zugeben zu müssen, aber mir war dabei sogar egal, dass Dusty sich den Weihnachtsabend unter den Nagel gerissen hatte. Die Feier war genauso lustig, wenn nicht lustiger, wie heiße Schokolade aus der Mikrowelle zu essen und Weihnachtsfilme auf *Lifetime* zu schauen. Bevor ich mich's versah, schnitten Dusty und Ronan die Hochzeitstorte an – eine mehrstufige, bunt gesprenkelte Funfetti-Kreation. Irgendwie hatte Dusty es geschafft, in Schottland Funfetti aufzutreiben. Jamie und die rothaarigen Cousins schienen äußerst besorgt und verwirrt, als Dusty ihr Stück Torte in Ronans Gesicht klatschte – offenbar war das auf dieser Seite des Atlantiks keine Tradition. Ronan für seinen Teil lachte jedoch nur und begann die Zuckergussklümpchen aus seinem Bart zu zupfen und aufzuessen.

Ich selbst hatte zwei Stück Funfetti-Torte verspeist, dafür aber kein Stück von dem Früchtebrot, auf das Florence der Tradition halber bestanden hatte – *igitt!* –, und schwebte auf einer Wolke zuckersüßer Seligkeit, als Jamie auf mich zukam.

»Du hast Zuckerguss in deinem Haar«, sagte ich und schob verträumt eine dunkle Strähne aus seinem Gesicht, als ich versuchte, ein Klümpchen zu entfernen.

»Hast du Lust, hier zu verschwinden?«, fragte er.

»Klar.« Heaven befand sich, wie üblich, in der Mitte eines Tanzkreises, doch ich war viel zu sehr mit Kuchen vollgestopft, um das Tanzbein zu schwingen. Geschweige denn, um noch mehr Kuchen zu essen. »Wohin gehen wir?«

»An einen neuen Ort … einen Ort, an dem du in Dunyvaig noch nie warst. Außerdem habe ich eine Überraschung für dich. Und ich möchte wetten, dass du so etwas noch nie hattest.« Er tätschelte eine merkwürdige Ausbuchtung unter seiner Jacke.

»Ich bin dabei.«

Jamie legte eine Hand fest über das mysteriöse Etwas und die andere auf meinen Rücken, während er mich zur Tür des Ballsaals führte. Doch als wir an der Tanzfläche vorbeikamen, trat uns Cash Keller in den Weg, der an diesem Tag in seinem Smoking besonders Brad-Pitt-mäßig aussah.

»Schenkst du mir diesen Tanz, Kleines?«, fragte er.

»Nein, danke«, erwiderte ich steif. Jamie drückte meine Hand.

»Komm schon, Dylan. Kannst du nicht ein Auge zudrücken? Willst du mich für immer bestrafen?«

»Ich *bestrafe* dich nicht«, entgegnete ich. »Ich *kenne* dich einfach nicht.«

»Dann lern mich kennen.«

»Du kommst zu spät«, sagte ich schlicht. »Ich will dich nicht kennen.« Als ich es sagte, wurde mir klar, wie ernst ich das meinte. Ich glaubte nicht, dass er ein böser Mensch war, und womöglich bestand sogar die Chance, dass er nicht nur hierhergekommen war, um sich selbst in Szene zu setzen, aber ich wollte auch nichts von ihm. Vielleicht machte mich das zu keinem besonders guten Menschen, weil ich ihm nicht vergeben konnte – so wie Dusty es konnte und offenbar auch getan hatte –, aber das war meine Wahl, die Entscheidung, die ich getroffen hatte. Er war nicht meine Familie. Er war ein Niemand für mich. Und das war okay so.

»Ist doch nur ein Tanz, Kleines.«

Ich wollte schon gehen, aber dann sah ich, wie Dusty uns anschaute. Sie stand mit einem Teller Funfetti-Torte in der Hand wie angewurzelt neben der Tanzfläche, und ich musste daran denken, was Mom in der Küche gesagt hatte – darüber, dass es Dusty durchaus etwas bedeutete, dass Cash Keller hergekommen war. Und vielleicht gab es einen Weg, wie auch ich etwas Bedeutendes für Dusty tun konnte.

»Na schön!«, fuhr ich ihn an, sodass er vor Schreck beinahe zurücksprang. »Aber ich mache es nicht für dich.«

Ich ging mit Cash im Schlepptau zu Dusty rüber, nahm ihr den Kuchenteller aus der Hand und stellte ihn auf dem Tisch ab.

»Was tust du da, Dilly«, zischte sie, als mehrere Kameras gleichzeitig sich um uns zusammenrotteten, ganz offensichtlich in der Erwartung einer hochdramatischen Szene.

»Du hast mir gesagt, dass Cash ein Teil davon ist, wer du bist. Deswegen willst du, dass er heute dabei ist. Und ich will das, äh, unterstützen.« Ich blickte mich nach Cash um und dann hinter ihm nach Jamie, der geduldig, mit Kamera-Mike an seiner Seite, neben der Tür des Ballsaals wartete. »Also habe ich Cash gesagt, dass ich mit ihm tanzen werde. Aber nur, wenn du auch mit uns tanzt.«

»Na ja, das wird ziemlich trottelig ausschauen«, erwiderte Dusty, aber ich konnte ihr ansehen, dass sie sich freute.

»Wenn ich tanze, sieht das immer trottelig aus.«

Und ja, wahrscheinlich sah es wirklich bescheuert aus, als Cash mich und Dusty über die Tanzfläche wirbelte. Ich bemerkte, dass Mom uns zuschaute, und hoffte, sie dachte nicht, dass ich sie irgendwie verriet, und sie wusste, dass ich es nur für Dusty tat. An der Art, wie sie lächelte, meinte ich zu erkennen, dass sie es verstand. Dusty lachte ausgelassen, als Cash sie an all die Male erinnerte, die sie als kleines Mädchen auf seinen Füßen stehend mit ihm getanzt hatte. Mir wurde klar, sie hatte Erinnerungen, die ihr lieb waren und die sie festhalten wollte.

Doch nicht für mich. Wie Mom immer sagte – Dusty und ich waren verschieden. Vielleicht würde ich eines Tages meine Meinung über Cash ändern, aber für heute wusste ich, was ich wollte. Einen Tanz, Dusty zuliebe, und dann konnte Cash zu seinem Leben zurückkehren, und ich zu meinem.

Der Song endete und ich drückte Dusty fest an mich.

»Danke, Dilly«, flüsterte sie in mein Haar.

»Dylan«, korrigierte ich sie.

»Dylan.«

Ohne mich noch einmal nach Cash umzusehen, ging ich zu Jamie hinüber. Wenigstens konnte ich jetzt ehrlich sagen, ich hoffte, Dusty habe eine gute Zeit mit ihm gehabt. Ich hoffte auch, dass seine Radioshow kein einziges Mal in der Sendung erwähnt werden würde. *So* reif und erwachsen war ich dann doch nicht.

Jamie lächelte mich an, als ich am Ausgang des Ballsaals zu ihm stieß, und mir kam der Gedanke, es wäre womöglich das, was ich am meisten vermissen würde – die Art, wie Jamie lächelte, wenn er mich sah. Ich wünschte mir inbrünstig, Kamera-Mike möge verschwinden, damit ich einen Moment alleine mit Jamie haben könnte. Aber da lief Jamie schon hinter die Kamera, sodass er aus dem Bild war, zog ein Stück Papier aus seiner Jackentasche und faltete es auseinander, damit Kamera-Mike es lesen konnte. Dreißig Sekunden später grinste Kamera-Mike breit, nickte einmal und drehte sich dann weg, um die Tanzfläche zu filmen.

»Ein Abenteuer erwartet uns«, verkündete Jamie, als er die Türen aufstieß und wir ohne Kamera aus dem Saal schlüpften.

»Was zum Teufel war auf dem Zettel?«, wollte ich wissen.

»Ich musste mit ihm kommunizieren, ohne dass die Kamera etwas sehen oder hören konnte.«

»Ja, das habe ich kapiert. Aber was *stand* auf dem Zettel?«

»Es gibt Dinge, die bleiben besser geheim.«

Vielleicht hatte er recht. Also folgte ich Jamie die Treppe hoch, wo die meisten Zimmer sich befanden, dann noch eine Treppe hoch und noch eine, dann mehrere lange Flure entlang, um einige Ecken herum, und gerade als ich dachte, es sei unmöglich, noch länger zu laufen, blieben wir vor einer seltsamen kleinen Tür mit spitzem Bogen stehen. Als Jamie sie aufzog, erblickte ich eine steinerne Wendeltreppe.

Ich hatte gedacht, dass nichts an Dunyvaig mich noch in Erstaunen versetzen könnte – immerhin war dieser Ort gerammelt voll mit Falltüren –, aber die hier schaffte es doch. Jamie bedeutete mir einzutreten, und ich stieg die schmale Wendeltreppe hinauf, höher und immer höher, bis wir in einem kleinen gemauerten Raum anlangten, der eine verblüffende Ähnlichkeit zu Rapunzels Turmzimmer hatte. Das Einzige, was sich darin befand, war eine breite Fensterbank mit einem dicken roten Kissen, gerade groß genug, dass wir zu zweit darauf sitzen konnten.

»Was …? Wie …? Was ist das hier für ein Ort?«, fragte ich verblüfft.

»Wie groß ist deine Lust auf eine Lektion Architekturgeschichte?«

»Minimal.«

»Nun gut. Dunyvaig war ursprünglich eine Burg … eine Festung … ein Wehrturm, vor einer ziemlich langen Zeit, im vierzehnten Jahrhundert. Teile dieses Gebäudes existieren immer noch, aber der Großteil wurde in der Georgianischen Ära errichtet. Ein Anbau, der um einiges größer war als der ursprüngliche Kern.«

»Also ist das hier ein Teil der mittelalterlichen Burg?«

»Ganz und gar nicht. Dieser Turm hier wurde tatsächlich während der neugotischen Welle im 19. Jahrhundert erbaut. Der damalige Lord Dunleavy war schrecklich exzentrisch. Aber die Geschichtsstunde ist jetzt vorüber, versprochen.«

Jamie zog eine Flasche *Veuve Cliquot* aus seiner Jacke und ich schnappte nach Luft.

»Champagner! Das ist *extrem* Humphrey-Bogart-mäßig von dir.«

»Ich bin schon fast unangenehm charmant, nicht wahr?« Er wackelte mit den Augenbrauen. »Vielleicht hatte Pamela doch recht und ich bin von *geek* zu *chic* mutiert. Wie auch immer, obwohl ich normalerweise keine illegalen Aktivitäten betreibe, schien mir das hier eine Nacht, die es womöglich erfordert, die Regeln zu brechen. Nur dieses eine Mal.«

Ich hielt mir die Augen zu und duckte mich, als der Champagnerkorken von der Wand prallte und die Blubberblasen über den Flaschenrand sprudelten.

»Mist. Ich hätte Gläser mitbringen sollen. Zwei Champagnerflöten in der Jackentasche hätten mich vollends in die Humphrey-Bogart-Liga katapultiert.«

»Schon okay. Ich bin nicht so vornehm.«

»Dann, Prost.«

Er streckte mir die Flasche hin, und ich nahm einen Schluck, die Blasen prickelten auf meiner Zunge. Es schmeckte ganz anders als alles, was ich je zuvor probiert hatte – süß und zugleich auch wieder gar nicht süß. Ich reichte Jamie die Flasche zurück, ließ mich auf der Fensterbank nieder und zog die Beine unter mich, während ich über das Anwesen blickte, das im Mondschein dalag. Es hatte aufgehört zu schneien, doch so weit mein Auge reichte, lag alles unter einer weißen dicken Decke. Es musste viel später sein, als ich dachte. Der nächtliche

Himmel war so hell, als würde schon bald der Morgen anbrechen. Jamie setzte sich neben mich auf das Kissen und stellte die Flasche zu seinen Füßen ab.

»Was passiert jetzt, Jamie?«

»Wir schlürfen weiter diesen äußerst exquisiten Champagner und sehen zu, wie die Sonne aufgeht.«

»Du weißt, was ich meine.«

»Ach, na gut. Also, morgen, bevor ich nach Sandringham fahre, besorge ich mir deine E-Mail-Adresse und mache dich auf Facebook ausfindig. Hast du eigentlich Skype?« Ich schüttelte den Kopf. »Dann mail ich, wie du dir Skype besorgst. Oder du googelst es einfach, wenn du heimkommst. Es ist nicht besonders schwierig. Es wird nicht dasselbe sein – das kann es gar nicht –, aber ich kann nicht *nicht* mit dir reden. Es wird immer Dinge geben, die ich dir erzählen möchte. Da gibt es noch so viel mehr, was ich über dein Leben in Tupelo erfahren möchte. Ich will auch alles über deine Abenteuer mit Heaven hören. Und auch über jedes Mal, wenn du etwas isst, was nicht frittiert werden sollte, aber trotzdem unerwartet deliziös schmeckt.«

Als er grinste, tanzte ein Lachen in seinen strahlend blauen Augen, und ich verspürte einen Stich in meiner Brust, der so sehr schmerzte, dass mir für einen Moment die Luft wegblieb.

»Und wenn du mir eines Tages mailst«, sagte er ernsthaft, »um mir zu sagen, dass du ein Date mit einem Jayden oder Jackson oder Taylor oder irgendeinem anderen grässlichen amerikanischen Jungen hast, dann ist das auch in Ordnung.« Ich boxte ihn in den Arm. Es schien mir die einzig logische Reaktion darauf. »Ich werde mich wahrscheinlich im Bad verstecken und heulen wie ein Mädchen, aber ich werde mich trotzdem für dich freuen. Ich werde natürlich irre eifersüchtig sein, und zwar so sehr, dass Heathcliffe neben mir wie ein richtig entspannter Typ dasteht, aber ich würde mich freuen … weil ich will, dass du glücklich bist. Und die Sache hier … also, wir … sind im Moment nicht, äh … praktikabel. Also, äh, warte nicht auf mich. Falls du daran gedacht hast. Aber vielleicht hast du das gar nicht. Ich hab den Faden verloren, stimmt's? Mist. Dabei hatte ich es mir sogar auf Karteikarten aufgeschrieben und so.«

»Es war eine gute Rede, Jamie.« Ich drückte seine Hand.

»Na ja. Danke. Und vielleicht … vielleicht könnte ich ja zu Besuch kommen?«

»Machst du Witze? Das wäre großartig! Du würdest mich wirklich besuchen kommen?«

»Absolut. Und vielleicht könntest du mich auch besuchen kommen?«

»Deiner Mom zufolge werde ich im April sowieso da sein. Oder auf Mallorca.«

»Ach, ja, Mallorca. Egal, wo wir sind, ich werde nicht zulassen, dass sie dich quält, das verspreche ich dir«, sagte er entschlossen.

»Deine Mom quält mich nicht. Eigentlich finde ich ihre Art ganz nett.«

»*Nett?* Du findest ihren Irrsinn nett?«, fragte Jamie ungläubig.

»Ich mag sie. Und ich würde liebend gerne zu Besuch kommen. Aber wahrscheinlich ist das total teuer, oder? Ich bin nicht sicher …«

»Darum müsstest du dir keine Sorgen machen. Ich würde …«

»Oh Gott«, unterbrach ich ihn. »Jetzt sag mir nicht, dass du ein Privatflugzeug hast oder so.«

»Äh, na ja … es hat auch Vorteile, ein Prinz zu sein«, sagte er verlegen. »Ich kann genauso gut davon profitieren, oder?«

»Ich mochte dich ja lieber, als du noch ein einfacher Bauernjunge warst«, sagte ich.

»Ich mochte dich schon immer.« Er strich mir eine Haarsträhne hinters Ohr und seine Hand blieb auf meiner Wange liegen.

»Ich bin nicht bereit zu gehen«, flüsterte ich.

»Ich werde nie bereit sein, dass du gehst.«

Seufzend kuschelte ich mich unter seinen Arm und schmiegte mich eng an ihn, meinen Kopf an seine Schulter gelehnt. Er streichelte sanft mein Haar, als hätte er Angst, ich könnte zerbrechen. Ich schloss die Augen.

»Es könnte sein, dass ich dich liebe, weißt du«, sagte er leise.

»Ich weiß«, antwortete ich. »Es könnte sein, dass ich dich auch liebe.«

Die ersten vereinzelten Strahlen der Sonne brachen über die kahlen grauen Äste des Waldes. Orangefarbenes Licht durchschnitt die Dunkelheit und erleuchtete den Himmel.

»Frohe Weihnachten, Dylan«, sagte Jamie.

»Frohe Weihnachten, Jamie.«

Zusammen sahen wir zu, wie die Sonne aufging.

© Melissa Lynn

STEPHANIE STROHM ist in New York geboren und in Connecticut aufgewachsen. Zunächst studierte sie Geschichte und Schauspiel, später auch Deutsch und Französisch in Frankreich und Deutschland. Mittlerweile lebt sie mit Mann und Hund in Chicago und widmet sich nun ganz dem Schreiben von Jugendbüchern. In *Für immer dein Prinz* kommen fast alle ihre Lieblingsthemen vor: Großbritannien, Königshäuser, Schönheitswettbewerbe, romantische Reality-TV-Sendungen und nicht zuletzt, was es bedeutet, eine Schwester zu haben.

Mehr über cbj auf Instagram unter @hey_reader

Adriana Popescu

Paris, du und ich

ca. 352 Seiten, ISBN 978-3-570-40366-2

Romantik pur hatte sie geplant – eine Woche Paris bei ihrem chéri Alain. Doch angekommen in der Stadt der Liebe, muss die 16-jährige Emma feststellen, dass Alains »Emma« inzwischen »Chloé« heißt und sie selbst nun dumm dasteht: ohne Bleibe, ohne Kohle, aber mit gnadenlos gebrochenem Herzen. Ähnlich down ist Vincent, dem kurz vor der romantischen Parisreise die Freundin abhandengekommen ist, und den Emma zufällig in einem Bistro trifft. Die beiden Verlassenen schließen einen Pakt: Sich NIE wieder so heftig zu verlieben. Und nehmen sich vor, trotz allem Paris unsicher zu machen, allerdings auf ihre Art. Doch ob das klappt: sich in der Stadt der Liebe NICHT zu verlieben?

30334

www.cbj-verlag.de